D1726573

Die heimlichen *Geliebten* des Gärtners

Die heimlichen Geliebten des Gärtners

Über 500 ungewöhnliche Pflanzen für alle, die das Besondere suchen

Jane Taylor

Mit Fotografien von Marijke Heuff

DUMONT

SEITE 1: *Nur wenige Pflanzen besitzen so zartgefärbte Blüten wie die Akeleien-Art* Aquilegia viridiflora *mit ihren alabasterfarbenen Blütenblättern und schokoladenbraunen Spornen.*

SEITE 2: *Tiefstehende Spätsommersonne beleuchtet dunkelrosa Herbstanemonen und die Rosen-Sorte 'Astrid Lindgren'.*

RECHTS: *Auf den schleierartigen Blütenständen eines dunkellaubigen Perückenstrauches* (Cotinus coggygria) *glänzen Regentropfen wie Kristallperlen.*

Die Deutsche Bibliothek – CIP-Einheitsaufnahme

Die **heimlichen Geliebten des Gärtners** : über 500 ungewöhnliche Pflanzen für alle, die das Besondere suchen / Jane Taylor. Mit Fotogr. von Marijke Heuff. [Aus dem Engl. übers. von Ana Bator und Angelika Feilhauer]. – Köln : DuMont, 1998
Einheitssacht.: *Country Living* Special plants – over 500 outstanding plants for the enthusiastic gardener <dt.>
ISBN 3-7701-4478-3

Originaltitel: *Country Living* Special Plants – Over 500 Outstanding Plants for the Enthusiastic Gardener

Veröffentlicht in Zusammenarbeit mit der National Magazine Company Ltd.

Aus dem Englischen übersetzt von Ana Bator und Angelika Feilhauer
Redaktion und Herstellung der deutschen Ausgabe: Angelika Franz, München
Umschlaggestaltung: Nicole Hardegen, Köln

Printed and bound in Singapore

ISBN 3-7701-4478-3

Inhalt

Einleitung

Dieses Buch wendet sich an den anspruchsvollen Gartenbesitzer, der mit den Pflanzen, die gerade in Mode sind, unzufrieden ist oder der sich andere Pflanzen wünscht als die vielen in den Gartencentern erhältlichen, die in Massen verkauft werden. Die Auswahl der Pflanzen wurde subjektiv getroffen und weist daher persönliche Vorlieben auf. Sie beinhaltet sowohl vertraute als auch weniger bekannte Gewächse, die jedoch alle etwas gemeinsam haben – durch ihre bestechende Schönheit, ihren betörenden Duft, ihre Fähigkeit, strengen Wintern die Stirn zu bieten, ihre seidige Zartheit oder ihre kräftige Robustheit haben sie mein Herz erobert. Es war oft schwierig, unter den Tausenden von Pflanzen, die ich bereits gezogen habe, auszuwählen. Manche, in die ich regelrecht verliebt bin, sind im Handel kaum zu bekommen, so daß ich sie schweren Herzens nicht aufgenommen habe. Viele Pflanzen sind überall erhältlich, nach einigen muß man jedoch etwas suchen. Wenn Sie sie schließlich aufgespürt haben, hoffe ich, daß Sie sie genauso unwiderstehlich finden wie ich.

Die Zusammenstellung beginnt mit Bäumen und Sträuchern, die geeignet sind, dem Garten Struktur zu verleihen. Die Auswahl ist groß: Es werden Bäume vorgestellt, die für Schatten sorgen, und Bäume, die das Auge mit ihren Blüten,

Die anmutig nickenden Blüten der Nieswurz-Sorte Helleborus torquatus *'Little Black' präsentieren dunkle Kronblätter, die elfenbeinfarbene Staubgefäße umgeben. Sie heben sich gut vom dunkelgeaderten Laub ab.*

Früchten oder ihrem Laub erfreuen, Bäume von dezenter Anmut und mit imposanter Silhouette, immergrüne Bäume, aber auch sommergrüne, deren kahles Geäst im Winter genauso schön sein kann wie ihr sommerliches Blätterdach. Ausdrucksstarke Sträucher, die beinahe das ganze Jahr über reizvoll sind, ergänzen die Bäume. Je kleiner der verfügbare Platz ist, desto mehr Bedeutung haben Bäume und Sträucher für eine Gestaltung, die ganzjährig ansprechend sein soll. Gehölze, die öfter im Jahr durch ihre Schönheit bestechen – sei es durch eine herrliche Blüte oder leuchtendes Herbstlaub –, haben stets Vorrang.

Ein schöner Garten kann ohne weiteres ausschließlich aus Bäumen und Sträuchern, kombiniert mit Gras oder Stein, bestehen, doch die meisten von uns wünschen sich mehr. Aus diesem Grund widme ich mich im zweiten Kapitel vertikalen Pflanzungen im Garten, indem ich eine Auswahl von Kletterpflanzen behandle, die Sie ein wenig verführen soll. Kletterpflanzen können Haus und Garten optisch verbinden, fügen auf kleinem Raum Farbe hinzu, während sie Mauern und Bäume schmücken, oder versehen einen Strauch mit einem zusätzlichen jahreszeitlichen Höhepunkt. Darüber hinaus können auch Rabatten zur Heimat von Kletterpflanzen werden. Wahre Liebhaber von Kletterpflanzen prüfen jeden Baum und jeden Strauch nicht nur auf ihre Schönheit oder Nütz-

Die mit winterlichem Rauhreif überzogenen Blätter der Bergenien-Sorte 'Sunningdale' zeigen einen purpurroten Hauch. Wo sie von der Sonne beschienen werden, nehmen sie auch ein tiefes Weinrot an.

lichkeit hin. Sie überlegen sich auch, wie eine Kletterpflanze in ihren Zweigen wirken würde. Hat man einmal ein Bewußtsein dafür entwickelt, entdeckt man selbst in einem verhältnismäßig neu angelegten Garten viele Möglichkeiten, um Kletterpflanzen zu ziehen – und zwar nicht nur wie üblich an den Hauswänden oder am Gartenzaun.

Doch Pflanzen, die Farbschwünge und -wolken aus Blüten oder Laub bilden, stellen den Höhepunkt einer Rabatte dar – sie entsprechen den getränkten Farbpinseln eines Aquarellmalers. Diese Pflanzen sollten en masse gesetzt werden und nicht einzeln oder paarweise. Selbst im kleinsten Garten machen sich großzügige Pflanzungen gut; sie sollten sorgfältig ausgewählt werden, damit sie keine zu große Lücke entstehen lassen, wenn ihre beste Zeit vorbei ist. Zu den Pflanzen für großflächige Farbeffekte in der Rabatte zähle ich auch diejenigen, die »architektonische« Qualitäten haben: Pflanzen mit den deutlichen Konturen von lanzett- und breitförmigen Blättern sowie mit Blüten, deren Form genauso besticht wie ihre Farbe.

Sicherlich kann man eine Rabatte so bepflanzen, daß sie für kurze Zeit eine wahre Farbenpracht bietet. Meist macht sie dann aber das übrige Jahr einen etwas verkommenen Eindruck. Die meisten Gärtner, besonders diejenigen, die gerne experimentieren, sammeln und nur wenig Platz zur Verfügung haben, wünschen sich jedoch Rabatten, die das ganze Jahr über reizvoll oder zumindest ansehnlich wirken. Für sie eignen sich Pflanzen, die ich als »flüchtig« bezeichne: Zwiebelblumen, die sich als Frühlingsgruß unter Sträuchern ausbreiten oder zwischen Stauden sprießen, auf kleinstem Raum Sommerfarben versprühen oder die Blühperiode bis in den Herbst verlängern; Ein- und Zweijährige, bei denen der Wechsel von Farbe und Form einfacher zu handhaben ist als bei Stauden in einer Rabatte, sowie nicht winterharte Stauden und Halbsträucher, die zwar jährlich ersetzt werden müssen, aber diese kleine Mühe tausendmal belohnen.

Einige der herrlichsten Pflanzen in diesem Buch benötigen den Schatten und Schutz eines Waldes oder gedeihen nur auf Grasweiden. Viele von ihnen sind Wildpflanzen oder weisen deren Anmut und Grazie auf. In eine solche Umgebung passen keine hochgezüchteten Pflanzen, die sich eher für die formale Gestaltung einer Rabatte eignen. Rhododendren sind die klassischen Waldsträucher, kurz gefolgt von Kamelien. Selbst Besitzer von Gärten mit alkalischem Boden, der für Rhododendren den Tod bedeutet, können ein kleines Waldstück anlegen; im Kapitel über Wald- und Obstgärten werden Sie viele Pflanzen dafür finden.

Einige Pflanzen gedeihen so gut in feuchtem oder sumpfigem Boden, daß es begeisterten Gärtnern gelingt, mit Hilfe einer Plastikfolie die Feuchtigkeit im Boden zu bewahren und so einen künstlichen Sumpf anzulegen. Natürlich wird er nicht wie in freier Natur aussehen, wo die herrlich durchtränkten Ufer eines Wasserlaufes feuchtigkeitsliebenden Pflanzen zu voller Schönheit und einem dschungelartigen Wuchs verhelfen. Obwohl auch einige ausdauernde

Unkräuter in feuchter Erde gedeihen, besitzen viele Sumpfpflanzen hübsches und Unkraut unterdrückendes Laub, unter dem sich immer wieder Blüten zeigen.

Es gibt mehrere Möglichkeiten, ein Buch über Pflanzen zu schreiben, doch ein gelungener Garten wird das beste Buch überflügeln. Auch die subjektive Pflanzenauswahl, die für ein Buch getroffen werden muß, unterscheidet sich notwendigerweise von der, die man für die Bepflanzung eines Gartenstückes wählen würde. So hoffe ich, daß der anspruchsvolle Gärtner dieses Buch mit Interesse und Begeisterung, aber auch mit einem kritischen Auge lesen wird. Er sollte es nicht als »Rezeptbuch« oder Pflanzenkatalog betrachten, sondern als eine Eröffnung von Möglichkeiten, die es umzusetzen, zu überdenken – oder zu verwerfen – gilt. Selbst die herrlichsten Pflanzen werden, wenn sie falsch plaziert sind, nicht ihre volle Schönheit erlangen, doch die besten Pflanzen verdienen auch die beste Pflege. Dieses Buch soll dazu inspirieren, Gärten mit wunderbaren Pflanzen auszustatten, mit Pflanzen, die für sich genommen schön sind, aber auch mit dem vorgesehenen Platz harmonieren. In dieser dualen Sichtweise – und nicht im Übernehmen einer Vorgabe – zeigt sich ein kritischer Blick und ein feines Gespür für die Gartengestaltung.

*Die imposanten Blütenähren eines einzelnen kräftigen Horstes Akanthus (*Acanthus mollis *Latifolius-Gruppe) sind von Pflanzen mit unterschiedlichen Blattformen umgeben – einem samtweichen silberfarbenen »Teppich« aus Wollziest* (Stachys byzantina)*, kleinen Hügeln aus hellem Heiligenkraut* (Santolina chamaecyparissus)*, der Weymouthskiefer* Pinus strobus *'Nana' und einem hellbraunbehaarten Rhododendron.*

Strukturpflanzen

Ausdrucksvolle Bäume und Sträucher

Frost hat die wolkenartigen Rispen des Perückenstrauches Cotinus coggygria *'Royal Purple' in Blässe erstarren lassen. Nur wenige rötliche Blätter erinnern noch an die leuchtende Laubfärbung im Sommer. Dieser Strauch bietet zu allen Jahreszeiten einen herrlichen Anblick: Im Frühling wirken die jungen Blätter wie leuchtende Rubine. Dann nehmen sie das satte Rot ihres sommerlichen Kleides an, um schließlich zu einer feurigen Herbstfärbung überzugehen.*

Bäume bilden die »Seele«, Sträucher die Struktur eines Gartens. Die stattlichen und würdevollen oder seltsam knorrigen Baumstämme sind mit unwirklich anmutender weißer oder leuchtendmahagonibrauner Rinde in gewellten Furchen oder groben Schuppen bekleidet. Ihre Äste streben nach oben wie die Gewölberippen einer Kathedrale oder neigen sich uns anmutig entgegen. Sei es, um uns in frühlingshafter Frische oder sommerlicher Üppigkeit ihre Blütenpracht oder im Herbst ihre Früchte darzubieten. Der Herbst ist gekennzeichnet durch den Übergang des grünen Blattwerks in leuchtendes Laub, das sich wie ein Teppich aus zur Erde gefallenen Blättern auf dem Boden ausbreitet, und durch die Beständigkeit immergrüner Pflanzen. Während dieser Zeit werfen Bäume ihre vom Sonnenlicht durchbrochenen Schatten, die unaufhaltbar und unmerklich über Rasen, Rabatten und Wege wandern. Unter und zwischen den Bäumen geben Sträucher den Pflanzungen die nötige Struktur. Ihre Blätter, Blüten und Früchte zeigen auf spektakuläre oder eher zurückhaltende Weise die Abfolge der Jahreszeiten und erfüllen sowohl die kalte Winterluft als auch schwüle Sommertage mit ihrem Duft.

Strukturpflanzen

Die zarten Blüten der als Hochstämmchen erzogenen Rose 'Ballerina' ergießen sich über runde Blätter. Die halbverdeckten geraden Rosenstämme korrespondieren mit den Lavendelähren der violettblauen Sorte 'Hidcote' und der hellrosa 'Loddon Pink'. Im Hintergrund sind korallenrote Inkalilien (Alstroemeria-Ligtu-Hybriden) zu sehen.

Bäume und Sträucher verleihen einem Garten zwar Zeitlosigkeit, sie selbst sind jedoch nie statisch. Während ihrer Blüte machen sie auf sich aufmerksam, und für den Rest des Jahres geraten sie wieder in Vergessenheit. Ob von der Jungpflanze über die ausgewachsene bis zur scheinbar alterslosen Pflanze – sie sind einer ständigen Veränderung unterworfen.

Gewöhnlich sieht man den Judasbaum (Cercis siliquastrum) *als ausladenden, frei stehenden Baum, doch hier wurde er an einer Pergola gezogen. Sie wird im Frühling mit kräftig dunkelrosa Blüten bedeckt, die wie die nierenförmigen Blätter an Ästen und Zweigen erscheinen.*

Bäume werden aus den unterschiedlichsten Gründen gepflanzt, denn sie sprechen uns auf mannigfache Weise an. Natürlich spielt die Ästhetik eine große Rolle dabei. Viele Bäume sind reizvoll, einige wenige sogar während des ganzen Jahres. Die meisten von ihnen sind jedoch nur in einer oder in zwei Jahreszeiten dekorativ, wenn sich ihre Blüten, Blätter, Früchte oder Rinden besonders verführerisch zeigen. Da wir auf optische Reize stark reagieren, zieht das Aussehen eines Baumes als erstes unsere Aufmerksamkeit auf sich. Haben wir uns an ihn gewöhnt, lernen wir auch den Duft seiner Blüten, die Textur seiner Rinde und das Rascheln seiner Blätter im Sommerwind oder während des Laubfalls zu schätzen.

Es muß nicht besonders hervorgehoben werden, daß Bäume eine dominierende Rolle bei der Gartengestaltung spielen. Sie spenden im Sommer willkommenen Schatten, und, etwas profaner, sie können häßliche Anblicke verdecken sowie den Lärm von der Straße

'Charles de Mills' ist eine alte elegante Gallica-Rose. Die purpurweinroten und rötlichbraunen Blätter der geöffneten Blüten sind so kunstvoll und gleichmäßig angeordnet, daß die Blüte an die Unterseite eines ausgewachsenen Wiesenchampignons erinnert.

Die angenehme Melancholie des Herbstes wird durch schwache Sonnenstrahlen, die das Nahen der Winterkälte ankündigen, verstärkt und im Anblick des laubübersäten Rasens gefangen. Die leuchtenden Farben des Fächerahorns (Acer palmatum) *kommen vor den dunklen Tönen der anmutig hängenden Zweige der Siskiyou-Fichte* (Picea breweriana) *im Hintergrund noch deutlicher zur Geltung.*

Strukturpflanzen

oder benachbarten Grundstücken reduzieren. Für manche Menschen sind solch ästhetische und praktische Betrachtungen bedeutungslos – sie pflanzen einen Baum, um sich über die eigene Vergänglichkeit hinwegzusetzen, sozusagen als dynastische Handlung. Viele von uns umgeben Bäume mit einer Art Mystik, auch wenn sie diese vielleicht nicht beschreiben können. Es scheint, als ob wir die jeweilige »Seele« eines Baumes spüren könnten, wie sie sich langsam über die Jahre hinweg entwickelt, während der Baum von der jungen bis zur ausgebildeten Pflanze heranwächst.

Die Ästhetik von Bäumen kann sehr unterschiedlich sein. Die Erhabenheit einer Eiche unterscheidet sich stark vom schlanken hängenden Wuchs des Ätnaginsters oder der filigranen Silhouette einer Birke. Einige Bäume sind hauptsächlich wegen ihrer Blüten beliebt, auch wenn sie darüber hinaus wenig bieten, obwohl sich das Laub mancher Sorten auch im Herbst hübsch verfärbt. Zu ihnen zählen viele der bekanntesten Bäume für kleine Gärten, wie etwa die Japanischen Zierkirschen. Andere Bäume sind vornehmlich aufgrund ihrer eleganten Blätter attraktiv, wie beispielsweise die Sorten des Japanischen Mond- oder Flaumahorns mit ihren leuchtenden Tönen im Herbst, der Dreidornige Lederhülsenbaum *(Gleditsia triacanthos),* der grüne Glanzliguster *(Ligustrum lucidum),* die Siskiyou-Fichte *(Picea breweriana)* und langnadlige Kiefern. Auch die Blatt- und Nadelfarbe kann reizvoll sein, wie etwa das Silber der Ölweide, das gedämpfte Blaugrau der rauhborkigen Arizona-Zypresse und – wem es gefällt – auch das satte Violett von einigen Holzapfel- und Blutpflaumen-Sorten. Manche Bäume bieten mit der Blüte im Frühling und den Früchten im Herbst zwei jahreszeitliche Höhepunkte. Zu ihnen gehören beispielsweise einige Sorten des Hartriegels und viele Züchtungen der Eberesche, sowohl von Mehlbeeren *(Sorbus aria)* als auch vom Vogelbeerbaum *(Sorbus aucuparia),* sowie die Felsenbirnen *Amelanchier canadensis* und *A. lamarckii*. Andere Bäume wiederum besitzen solch herrliche Blüten und vielleicht gleichzeitig hübsche zierliche Blätter, daß sie viele Monate im Jahr Bewunderung verdienen: an erster Stelle die opulenten Magnolien, die farbenprächtigen und üppigen Judasbaum-Arten *Cercis canadensis* und *C. siliquastrum* sowie die Storaxbaum-Art *Styrax japonica* für die Grazie und Anmut ihrer Blüten, Blätter und Wuchsform.

Hydrangea macrophylla *'Générale Vicomtesse de Vibraye' ist eine der bekanntesten Hortensien mit kugelförmigen Blütenköpfen. Diese herrliche alte Sorte bringt in Erde, die sowohl sauer als auch reich an Aluminiumsalzen ist, intensiv blaue Blüten hervor; in alkalischem Boden blüht sie rosa. Hier gedeiht sie im Schatten von Weißbuchen* (Carpinus betulus), *die zu einer Stelzenhecke erzogen wurden und deren Stämme sie einrahmt.*

Einige Bäume zeigen verschiedene reizvolle Attribute: Der Katsurabaum besitzt stets wunderschönes Blattwerk, doch im Herbst kommen seine Farbe und sein Duft besonders gut zur Geltung; auch Ahorne mit schlangenhautartiger und abblätternder Rinde sind im Herbst herrlich anzusehen. Diese Ahorne haben eine Eigenschaft, die oft unterschätzt wird: eine wunderschöne Rinde. Wegen ihrer Rinde werden auch Birken meistens gepflanzt, doch die Erdbeerbaum-Hybride *Arbutus* x *andrachnoides*, *Eucalyptus pauciflora* ssp. *niphophila* und Scheinkamelien besitzen ebenso eine dem Laub würdige Rinde. Diese ist nicht nur schön anzusehen, sondern lädt den anspruchsvollen Freizeitgärtner dazu ein, seine Hand bewundernd über Stämme und Äste gleiten zu lassen.

Obwohl Sträucher unserem Schönheitssinn schmeicheln, besitzen, wenn überhaupt, nur wenige die etwas urzeitlich anmutende, seelenvolle Ausstrahlung von Bäumen. Bei der Gestaltung eines Gartens ist es sinnvoll, sowohl kräftige und robuste Sträucher, die Teil des Grundgerüstes sind, sowie Sträucher, die durch jahreszeitliche Reize bestechen, einzusetzen. Die erste Gruppe zeichnet sich durch eine solide Struktur aus Zweigen aus oder durch eine kompakte, runde, gestufte oder pyramidenförmige Silhouette. Die Merkmale der zweiten Gruppe betreffen eher die Blüten und die Blätter als die Wuchsform; sie werden im Kapitel über Rabatten behandelt. Bei der Gestaltung eines Gartens sind stets alle räumlichen und zeitlichen Aspekte zu beachten. Ein Strauch, der zu allen Jahres-

Die runden Kronen und die eleganten Blätter gehören der Kugelakazie Robinia pseudoacacia *'Umbraculifera'. Sie ist sehr empfindlich und benötigt einen Windschutz, um ihre Silhouette zu bewahren. Hier wurden ihr als Kontrast ein auffällig rosafarbener Perlmuttstrauch* (Kolkwitzia amabilis) *und im Hintergrund die in warmem Gelb blühende Rosen-Sorte 'Maigold' zur Seite gestellt.*

Die Sorte 'Roseum' ist eine gefülltblühende Form des Gemeinen Schneeballs (Viburnum opulus)*: Die einzelnen Blüten sind steril und bilden wie bei den kugelförmigen Blütenständen der Hortensien einen runden Kopf; die Wildarten bringen dagegen eher spitze Blütenrispen hervor.*

Unter einer weißstämmigen Sandbirke (Betula pendula) *breiten sich an etagenförmig angeordneten Zweigen die aufrechten weißen Blütenstände des Japanischen Schneeballs* Viburnum plicatum *'Mariesii' aus. Darüber läßt die Sonne das granatfarbene Laub einer Rotbuche* (Fagus sylvatica *Atropurpurea-Gruppe) durchsichtig erscheinen.*

Strukturpflanzen

Wenn der Japanische Mond- oder Flaumahorn (Acer shirasawanum *'Aureum' syn.* A. japonicum *f.* aureum) *sein leuchtendes Herbstkleid präsentiert und herabfallende Blätter einen »Teppich« unter den ausladenden Zweigen bilden, läßt er bereits ahnen, wie sein Geäst im Winter aussehen wird.*

zeiten einen neuen Anblick bietet, hat einen höheren Wert für den Garten als einer, der unsere Aufmerksamkeit nur auf sich zieht, wenn er blüht oder Früchte trägt.

Während Bäume auch nach dem Laubfall ihren Charakter bewahren und ihr nacktes Geäst von besonderem Reiz ist, sind nur wenige laubabwerfende Sträucher im Winter dekorativ. Immergrünen Sträuchern wohnt dagegen eine gewisse Stabilität inne, die von kurzlebigen Höhepunkten gekrönt wird. Das bedeutet nicht, daß sich immergrüne Pflanzen nicht verändern und nur als Hintergrund für farbenprächtige Blumen und Früchte dienen. Auch sie bilden neue Triebe und werfen alte Blätter ab – nur der Rhythmus, in dem sie dies tun, unterscheidet sich von dem der anderen Pflanzen. Dies zeigt sich in Frühling und Sommer, wenn sich die jungen Triebe in kräftigen oder hellen Farben von den dunkleren, härteren alten Blättern abheben, oder zu Beginn des Winters, wenn die Blätter violette, mahagonibraune oder silbrige Töne annehmen. Meine Auswahl von ausdrucksstarken immergrünen Sträuchern umfaßt unter anderem die Rosmarinweiden-Art *Itea ilicifolia,* die Glanzmispel-Hybride *Photinia* x *fraseri*, einige Sorten von Schneeball, Kamelie, Säckelblume und natürlich Rhododendren – all diese Sträucher besitzen wunderschöne Blüten und reizvolle Blätter. Unter den niedrigen Sträuchern, die das ganze Jahr über hübsch anzusehen sind, befinden sich die kleineren Rhododendren und ein Strauch, den ich nie missen möchte: die Seidelbast-Art *Daphne pontica*.

Sie sind dicht genug, um als Bodendecker zu dienen – oder besser als hübsche Decke für nackte Erde (das Wort »Bodendecker« klingt so profan); dazu eignen sich auch viele der immergrünen Azaleen. Ein zusätzlicher Vorteil ist, daß sie handlich sind; man kann sie dicht pflanzen und, wenn sie sich ausbreiten, auseinandersetzen oder an anderer Stelle eine neue Gruppe bilden. Im Winter blühende Fleischbeeren und niedrige Skimmien mit ihren leuchtenden Früchten und farbenprächtigen Knospen gehören beinahe ebenfalls in diese Kategorie. Wobei wir bei den kostbaren Sträuchern wären, die im Winter blühen, unter ihnen die Zaubernuß und einige Schneeball-Sorten. Diese Sträucher haben mehr dekorativen als strukturierenden Charakter und stehen während der Blüte oder im Herbst, wenn sie Früchte tragen, im Mittelpunkt. Danach treten sie diskret in den Hintergrund. Den winterblühenden Sträuchern folgen zu Beginn des Frühjahrs Scheinhasel, Zierquitte und bald danach Ginster, Delavayi-Päonie und weitere Schneeball-Sorten. Sommerliche Pracht bieten Buddleie, Hortensie und Strauchkastanie. Der Honigduft der Buddleien gehört genauso zum Sommer wie die Schmetterlinge, die die überhängenden Blütenrispen umflattern. Duft ist eine der charakteristischsten und doch flüchtigsten Eigenschaften von Pflanzen – unbeschreiblich in seiner manchmal wechselhaften, doch stets Assoziationen wachrufenden Art. Pfeifenstrauch, Rose, Myrte, Flieder, die Klebsamen-Art *Pittosporum tobira* und auch Schneeball-Sorten verströmen ihren Duft, den man am besten mit bekannten Duftnoten beschreibt, wie etwa »leicht würzig«, »schwer« oder »süß«. Diese Sträucher wirken in Pflanzungen meist am schönsten, denn viele stellen geeignete Rabattenpflanzen oder ein Verbindungsglied zwischen den naturbelassenen Gartenbereichen und den kultivierten Anlagen in der Nähe des Hauses dar.

Wie auch immer sie eingesetzt werden, sicher ist, daß ein Garten ohne Sträucher halb nackt ist, ein Garten ohne Bäume jedoch kaum als solcher bezeichnet werden kann.

Mit Beginn des kalten Wetters zeigen die schmalen, spitzen Blätter der Schneeball-Sorte Viburnum nudum *'Pink Beauty' ein kräftiges Rot, das durch helle Beeren noch zusätzlich hervorgehoben wird.*

Das violette Laub der Blutpflaume 'Pissardii' und die düster wirkende Schwarzkiefer dahinter werden durch die silberfarbenen Blätter der Ölweide aufgehellt. Zusammen mit der dunklen Strauchpflanzung im Hintergrund bilden sie eine solide Struktur für Gräser wie Miscanthus sinensis *'Malepartus', 'Silberfeder' und 'Strictus', das Pfeifengras* Molinia *'Transparent', die Rasenschmiele* Deschampsia cespitosa *'Goldschleier' sowie die Rutenhirse* Panicum virgatum *'Rehbraun'.*

Die Blüten von Abutilon vitifolium *sind so zart und durchsichtig wie die aller Malvengewächse. Die helle Tönung wird durch die tieforangefarbenen Staubgefäße noch unterstrichen.*

ABIES KOREANA

Immergrüner Nadelbaum · Höhe und Breite: 3 m · Zierwert: von Sommer bis Herbst · Zone: 4 bis 8

Die pyramidenförmige Koreanische Tanne ist während des ganzen Jahres hübsch anzusehen. Sie besitzt dunkelgrüne, unterseits weiße Nadeln, doch der Hauptreiz liegt in ihren Zapfen. Bereits junge, kaum kniehohe Pflanzen tragen an den Ästen aufrechtstehende, intensiv purpurviolette Zapfen. Sie haben etwa die Länge eines Fingers, sind aber breiter. Es gibt noch andere Tannen mit ähnlich gefärbten Zapfen, aber nur diese Art hat den kompakten, langsamen Wuchs, der sie für kleine Gärten geeignet macht. Es ist nicht einfach, passende Pflanzpartner zu finden. Sie sollten ebenfalls schwachwüchsig sein, damit die Pyramidenform der Tanne nicht verdeckt wird. Gleichzeitig dürfen sie nicht zu dominant sein, damit sie keine Konkurrenz zur außergewöhnlichen Farbe des Nadelbaumes bilden. Die bereits zum Klischee gewordene Kombination Heide und Tanne vermeidet man besser. Statt dessen sind die Elfenblumen-Hybride *Epimedium* x *youngianum* mit ihrem violettgetönten Laub und die Mahonien-Art *Mahonia nervosa*, mit ihrer fast metallisch anmutenden Blattextur die interessantere Wahl.

Die Koreanische Tanne benötigt einen tiefgrundigen, feuchten Boden, um gut zu gedeihen. Ein Rückschnitt ist nicht erforderlich, totes Holz sollte aber entfernt werden.

ABUTILON VITIFOLIUM

Laubabwerfender Strauch · Höhe: 4,5 m · Breite: 3 m · Zierwert: von Früh- bis Hochsommer · Zone: 8 bis 10

Die samtigbehaarten, an Wein erinnernden Blätter dieser in Chile heimischen Schönmalven-Art sind von zartem Graugrün und bilden einen guten Hintergrund für die großen schalenförmigen Blüten. Die Sorte 'Veronica

Tennant' trägt viele lavendelfarbene Blüten, doch die weißblühenden Sorten erscheinen durch ihre fast durchsichtige Klarheit hübscher. Der Strauch ist raschwüchsig und bevorzugt Sonne oder Halbschatten. An windigen Plätzen benötigt er Stützen; ansonsten ist er windunempfindlich, besonders in warmen Regionen. *A. vitifolium* eignet sich gut für Einfriedungen, wo die Sträucher mit der kletternden Nachtschatten-Sorte *Solanum crispum* 'Glasnevin' kombiniert werden können. Diese hat violette Blüten, die denen der verwandten Kartoffel *(S. tuberosum)* ähneln. Sie öffnen sich, wenn die Blütezeit der Schönmalven endet, und verlängern dadurch den Reiz der Pflanzung bis in den Herbst.

Schönmalven-Sorten lassen sich im Sommer durch Stecklinge vermehren; eine Aussaat kann eine Palette an Blütenfarben hervorbringen – von Eisgrün über Mauve bis Weiß. Bei Exemplaren, die an einer Mauer wachsen, sollte ein Leittrieb erzogen werden; dabei muß der Hauptstamm zwar gut befestigt werden, aber ein weiteres Einbinden ist nicht erforderlich. Es ist sinnvoll, Blüten abzuschneiden, denn die Pflanze produziert so viele Samen, daß sie vor Erschöpfung plötzlich eingehen kann. Im Spätfrühling wird totes Holz entfernt. Um die Größe des Strauches zu erhalten, kann nach der Blüte ein leichter Rückschnitt vorgenommen werden. Er sollte nur an sorgfältig erzogenen Exemplaren erfolgen, da sonst das Wachstum der Seitentriebe gefördert wird.

ACER (Ahorn-Arten mit schlangenhautartiger und abblätternder Rinde)

Laubabwerfende Bäume · Höhe: 4,5 bis 6 m · Breite: 4,5 m · Zierwert: in Herbst und Winter · Zone: 5 bis 8

Im Herbst warten diese Ahorn-Arten mit einer feurigen Laubfärbung und leuchtenden Früchten auf, die mit ihren Flügeln vom Wind an die verschiedensten Plätze getragen werden. Doch neben einer grazilen Silhouette aus anmutig schlanken Ästen und eleganten Blattformen bieten im Winter gefurchte und abblätternde Rinden einen reizvollen Anblick. Der Schlangenhautahorn *(A. capillipes)* besitzt eine grünliche, weißgestreifte Rinde und korallenrote junge Triebe. Vom Davids-Ahorn *(A. davidii)* werden verschiedene Formen kultiviert, die eine lockere Wuchsform und eine grüne oder rötliche, weißgestreifte Rinde und rotviolette Triebe haben. Der aus Japan stammende Graue Schlangenhautahorn oder Rostnervige Ahorn *(A. rufinerve)* weist eine graugrüne, weißgestreifte Rinde auf, die bei jungen Trieben noch mit einem weißen Flaum überzogen ist; das amerikanische Pendant ist der Pennsylvanische Streifen-Ahorn *(A. pensylvanicum)*. Der Zimtahorn *(A. griseum)* verfügt über eine streifig abblätternde, zimt- oder mahagonibraune Rinde und dreifiedrige, unterseits silbriggraue Blätter, die sich im Herbst scharlach- und purpurrot verfärben. Bäume, deren Laub eine intensive Herbstfärbung annimmt, finden in dunkelblättrigen immergrünen Pflanzen, wie etwa Stechpalmen und Mahonien, die besten Partner.

Die aufgeführten Ahorn-Arten gedeihen in jedem fruchtbaren Gartenboden. Bei den Ahornen mit schlangenhautartiger Rinde, die schlechte Stammbildner sind, sollte man einen Leittrieb erziehen. Wenn der Baum heranwächst, werden in der Ruhephase während des Winters alle kreuzenden Zweige entfernt, damit die Rinde und die anmutige Form sichtbar sind. Gegen Ende der Wachstumsperiode, im Spätsommer und Frühherbst, sollte nur ein mäßiger Schnitt erfolgen. Ahorn-Arten mit abblätternder Rinde werden genauso behandelt.

Die mit Rauhreif überzogene, in Streifen abblätternde Borke des Zimtahorns (Acer griseum) *macht eine weiche Rindenschicht sichtbar.*

Acer
Herbstlicher Glanz

DETAILS, VON OBEN:
Die filigranen Blattkonturen des Japanischen Mondahorns kommen durch das Sonnenlicht noch deutlicher zur Geltung.

Der kalkweiße Stamm der Weißrindigen Himalaja-Birke (Betula jacquemontii) *wird durch das kräftig dunkelrotbraune Laub des Fächerahorns* Acer palmatum *f.* atropurpureum *hervorgehoben.*

Die Fächerahorn-Sorte 'Sango-kaku' ist ein Individualist: Ihre hellen jungen Blätter nehmen im Herbst einen buttergelben Farbton an, bevor sie zu Boden fallen und im Winter korallenrotes Geäst bloßlegen.

Die symmetrisch geformten Blätter der Fächerahorn-Sorte 'Osakazuki' bilden einen dunkelpurpurroten »Teppich« auf dem herbstlichen Rasen.

GROSSES FOTO:
Zu den schönsten Formen des Fächerahorns gehören diejenigen mit filigranen Blättern, wie Acer palmatum *var.* dissectum. *Sein Laub ruft Assoziationen an exquisite Spitzen hervor.*

ACER PALMATUM

Laubabwerfende Bäume oder Sträucher · Höhe und Breite: 1,5 bis 4,5 m · Zierwert: von Frühling bis Herbst · Zone: 5 bis 8

Es gibt so viele Sorten des Fächerahorns *(Acer palmatum),* daß man ein ganzes Buch über sie schreiben könnte. Meist handelt es sich um kleine Bäume mit hellgrünen fünf- oder siebenlappigen Blättern, doch einige Sorten mit tief eingeschnittenem, filigranem Laub wachsen nur zu kleinen, runden Büschen heran. Beide Blattformen – die groß- wie die feinlappigen – zeigen sowohl kupferrote und violette Töne als auch eine grüne Färbung; darüber hinaus gibt es Formen mit panaschiertem und grüngelbem Laub. Sie alle nehmen eine herrliche Herbstfärbung an. Die abgestorbenen Blätter der alten Sorte 'Osakazuki' zeigen eine der lebhaftesten Färbungen – doch auch die scharlachroten Schattierungen der jungen Blätter im Frühling sind sehenswert. Die Sorten 'Shindeshôjô' und 'Shishio' präsentieren im Frühling eine ähnliche Farbe, während 'Chitoseyama' zunächst in hellem Korallenrosa, später in Bronzegrün leuchtet und bei 'Katsura' Töne wie gelbbräunliches Orange und Korallenrot miteinander verschmelzen. Unter den violettlaubigen Sorten sind besonders folgende hervorzuheben: die fast schwarze Sorte 'Bloodgood', die filigranlaubigen 'Burgundy Lace' und 'Garnet' sowie die Sorten von *A. palmatum* var. *dissectum* 'Crimson Queen', 'Inaba-shidare' und 'Dissectum Nigrum'. Sie alle verfärben sich im Herbst scharlach- bis purpurrot. Das Herbstkleid von 'Sango-kaku' ('Senkaki') hat eine ungewöhnlich gelbe Farbe und darüber hinaus im Winter leuchtende korallenrote Stämme. Doch die schönste unter den gelblaubigen Sorten stammt nicht vom Fächerahorn ab, sondern vom Japanischen Mond- oder Flaumahorn: *A. shirasawanum* 'Aureum' syn. *A. japonicum* f. *aureum.* Ihre runden, gelappten Blätter zeigen vom Frühling bis zum Herbst ein zartes Gelbgrün und färben sich dann scharlachrot. Da die Blätter jedoch bei zu starker Sonneneinstrahlung und austrocknenden Winden verbrennen und bei zu tiefem Schatten ein unschönes Grün annehmen, ist es etwas schwierig, für den Baum einen geeigneten Platz zu finden. Alle Sorten des Fächerahorns gedeihen am besten an einem vor stechender Sonne und kalten Winden geschützten Ort, wo die Wurzeln zugleich kühlen, feuchten, humosen Boden vorfinden. Ein Schnitt ist nicht erforderlich, totes oder beschädigtes Holz sollte jedoch entfernt werden.

Das Herbstkleid der Ahorn-Arten und -Sorten sieht so bestechend schön aus, daß ihr hübscher Anblick im Frühling oft übersehen wird. Der Fächerahorn 'Osakazuki' hat auch als blühender Baum Bedeutung.

Die gefingerten Blätter der Strauchkastanie (Aesculus parviflora) *erscheinen im Frühjahr und verblassen dann von Kupfer zu hellem Grün, um im Sommer ein kräftiges Grün anzunehmen. Unter den niedrigen ausladenden Ästen dieses ausgewachsenen Exemplars gedeihen Hasenglöckchen.*

AESCULUS PARVIFLORA

Laubabwerfender Strauch · Höhe und Breite: 3 m · Zierwert: in Hochsommer und Herbst · Zone: 4 bis 9

Die Strauchkastanie stammt aus dem Süden der USA. Sie hat eine ausladende Wuchsform und bildet nur wenige Ausläufer. Ihre weißen Blüten mit roten Staubbeuteln sitzen in lockeren Rispen und öffnen sich später als bei Roßkastanien üblich. Die gefingerten Blätter entfalten sich im Frühling bronzefarben; im Herbst nehmen sie eine hübsche Färbung an. Die Wuchsform der Strauchkastanie erlaubt es, daß man sie mit Frühlingsblumen unterpflanzt. Hasenglöckchen passen gut zu den jungen Blättern, auch dunkelrosa Narzissen und das leicht rosafarbene junge Laub der Elfenblumen harmonieren mit den aprikosenfarbenen Blattönen.

Die Strauchkastanie gedeiht in jedem fruchtbaren Gartenboden. Absenker in torfhaltiger Erde bilden bald Wurzeln; die Vermehrung kann jedoch auch durch die kastanienähnlichen Samen erfolgen. Der seitliche Wuchs sollte durch Schnitt begrenzt werden, wobei darauf zu achten ist, daß die äußeren Zweige in Bodenhöhe wachsen. Der Schnitt sollte im Winter vorgenommen werden, wenn sich der Strauch in der Ruhephase befindet.

AMELANCHIER LAMARCKII

Laubabwerfender Baum · Höhe und Breite: 4,5 m · Zierwert: in Frühling und Herbst · Zone: 3 bis 7

Die Kupferfelsenbirne ist einer der hübschesten Bäume für kühlere Regionen, die im Frühling blühen. Er trägt viele sternförmige weiße Blüten, denen im Hochsommer süßschmeckende schwarze Beeren folgen (manchmal entstehen aus ihnen ganz von selbst Sämlinge). Im Herbst bietet sein Laub ein wahres Feuerwerk aus Rottönen, wobei Rosa nicht vertreten ist. Die kräftige Blattfarbe der Kupferfelsenbirne ist die ideale Begleitung für gelblichgrüne Wolfsmilch, die goldfarbene Flattergras-Sorte *Milium effusum* 'Aureum', die sonnengelben Korbblüten der Gemswurz, die scharlachroten und orangefarbenen Blüten der Zierquitten-Art *Choenomeles japonica* und für kleine Narzissen. Wer zartere Nuancen bevor-

RECHTS: *Im Herbst ist diese mehrstämmige Kupferfelsenbirne* (Amelanchier lamarckii) *unübertroffen: Ihr Laub färbt sich zuverlässig und leuchtet außergewöhnlich.*

zugt, sollte rosafarbene Azaleen (nur in saurer Erde), halbhohe weiße oder cremefarbene Narzissen, Salomonssiegel, die Schattenblumen-Art *Smilacina racemosa* oder Farne wählen.

Wie Azaleen und Schattenblumen lieben auch Felsenbirnen saure Erde; sie gedeihen aber auch in jedem fruchtbaren Gartenboden, flachgrundige, kalkhaltige und trockene Böden ausgenommen. Die Kupferfelsenbirne bildet im Gegensatz zu einigen anderen Arten der Gattung keine Ausläufer. Sie wächst zu einem ein- oder mehrstämmigen Baum heran; Triebe, die am unteren Stamm erscheinen, können zwar sofort entfernt werden, stellen aber einen besonderen Reiz dar.

ARBUTUS × ANDRACHNOIDES

Immergrüner Baum · Höhe und Breite: 4,5 m · Zierwert: das ganze Jahr · Zone: 7 bis 9

Der Reiz dieser kleinen Erdbeerbaum-Hybride liegt nicht in ihren krugförmigen weißen Blüten, die im Spätherbst und Winter erscheinen, sondern in ihrer zimtfarbenen und fuchsroten Rinde. Die Blätter sind glänzend dunkelgrün und reflektieren jede Lichtveränderung. Der Baum ist eine Hybride zwischen der in Süd- und Westeuropa heimischen Art *A. unedo* sowie der aus Griechenland stammenden *A. andrachne*. Von ersterer erbte er die Kalkverträglichkeit, von der zweiten Art die nur mäßige Winterhärte, obwohl er nicht ganz so frostempfindlich ist.

Die Wurzeln der Erdbeerbäume vertragen keine Störungen; die Bäume sollten deshalb als Containerpflanzen gekauft werden. Wenn sie heranwachsen und dichter werden, sollte man im Frühling abgestorbene Zweige im Inneren entfernen; sonst ist kein Schnitt notwendig. Die Hauptäste neigen dazu, fast waagerecht zu wachsen, und sollten so nackt wie möglich gehalten werden, damit ihre schöne Rinde zur Geltung kommt. Hat der Baum durch Frost oder Sturm Schaden genommen, so kann er, wenn die Wachstumsphase beginnt, zurückgeschnitten werden, falls nötig auch stark.

Ein Gartenbesitzer kann sich glücklich schätzen, wenn er einen Erdbeerbaum wie diese ausgebildete Hybride (Arbutus x andrachnoides) *übernehmen oder geduldig warten kann, bis aus einer jungen Pflanze ein starker, großer Baum geworden ist. All denjenigen, die nicht so privilegiert sind, bietet dieser Baum jedoch auch eine außergewöhnlich schöne, farbenprächtige Rinde.*

BERBERIS

Laubabwerfende Sträucher · Höhe: 1,8 m · Breite: 1,5 m · Zierwert: das ganze Jahr · Zone: 5 bis 8 (oder wie angegeben)

Die Berberitzen-Art *B. dictyophylla* ist ein Strauch fürs ganze Jahr (Zone 6 bis 8). Sie trägt gräulichblaue, unterseits weiße Blätter, die sich im Spätherbst scharlach- und purpurrot verfärben, zur Mitte des Winters abfallen

Viele Birken besitzen eine weiße Rinde, doch Stamm und Äste der Kupferbirke (Betula albosinensis *var.* septentrionalis) *schimmern in Apricot, Gelbbraun und Creme.*

und dann weiße Stämme sichtbar werden lassen. Die Blüten dieser Art sind für Berberitzen erstaunlich groß und erinnern an kleine, gefüllte zitronengelbe Rosenblüten. Ihnen folgen weißbereifte rote Früchte. Älteres Geäst verliert mit der Zeit seinen kalkweißen Schimmer, und falls der Strauch nicht geschnitten wird, verliert er auch seine Form. Will man sowohl die hübschen weißen Stämme im Winter als auch seine herrlichen überhängenden Zweige nicht missen, muß der Strauch jährlich oder alle zwei Jahre stark geschnitten werden; zwei- und dreijähriges Holz wird im Winter entfernt. Feste Handschuhe schützen dabei vor den spitzen Dornen. Nach dem Schnitt sollte man mulchen und düngen. Die Pflanze ist winterhart, und wie die meisten Berberitzen stellt auch diese Art geringe Ansprüche an den Boden; er sollte jedoch gut durchlässig sein. Im Sommer genommene Stecklinge bringen nicht immer Erfolg. Ein beheizbarer Vermehrungskasten kann die Chancen erhöhen.

Von den Formen der Heckenberberitze *(B. thunbergii)* ist besonders die Sorte 'Golden Ring' zu empfehlen. Sie hat gefällige Proportionen und blutrote Blätter, die sich durch schmale grünlichgelbe Ränder vom Laub anderer Sorten abheben. Die wenigen scharlachroten Früchte werden im Herbst vom Zinnober- und Purpurrot der absterbenden Blätter in den Schatten gestellt. 'Golden Ring' kann durch Stecklinge vermehrt werden und gedeiht in jedem fruchtbaren, durchlässigen Boden. Ein sonniger Platz sorgt für eine schöne Herbstfärbung.

BETULA

Laubabwerfende Bäume · Höhe: 10 bis 25 m · Breite: 6 bis 15 m · Zierwert: das ganze Jahr · Zone: 5 bis 7 (oder wie angegeben)

Birken werden wegen ihrer weißen, creme-, bernstein- oder aprikosenfarbenen, gelbbraunen oder fast schwarzen Rinde geschätzt, aber auch wegen ihres gelben Herbstlaubes, das einen hübschen Kontrast zum Rot der Ahorne und Ebereschen bildet. Hinzu kommt das raschelnde Geräusch der abfallenden Blätter. Birken sind in den hohen Lagen und kühlen Regionen der nördlichen Hemisphäre beheimatet. Die Palette reicht von der Papierbirke (*B. papyrifera;* Zone 2 bis 6) mit weißer Rinde, der Gelbbirke (*B. alleghaniensis* syn. *B. lutea;* Zone 4 bis 7) mit hellen, goldbraunen Stämmen, der Rot- oder Schwarzbirke (*B. rubra* syn. *B. nigra;* Zone 4 bis 9) mit abschälender Rinde über die herrliche Sand- oder Weißbirke (*B. pendula;* Zone 3 bis 7) der europäischen und russischen Wälder und Bergregionen bis zu den Arten aus China, Japan und dem Himalaja. Zu ihnen gehören die Kupferbirke (*B. albosinensis* var. *septentrionalis*) mit aprikosen- und die Erman-Birke *(B. ermanii)* mit creme- bis pfirsichfarbener Rinde. Besonders hervorzuheben ist jedoch *B. jacquemontii,* die Weißrindige Himalaja-Birke, die in den trockenen westlichen Gebirgszügen des Himalaja und in Kaschmir beheimatet ist (siehe Seite 23). Obwohl sie auch in flachgrundigem, felsigem Boden wächst, gedeiht sie in fruchtbarer, durchlässiger Erde besser.

Wer eine Birke als Schattenspender pflanzt (etwa für Azaleen in saurem Boden oder für die Anemonen-Art *Anemone apennina* in alkalischem Boden), sollte bedenken, daß sie lange Faserwurzeln besitzt, die begierig nach Nährstoffen an der Erdoberfläche sind. Ein Schnitt ist nur selten nötig; will man einen Hauptstamm erziehen, sollte man die Ruhephase nutzen, um den Stamm allmählich von den unteren Zweigen zu befreien.

BRACHYGLOTTIS MONROI

Immergrüner Strauch · Höhe: 60 cm · Breite: 90 cm · Zierwert: Laub · Zone: 9 bis 10

Die *Brachyglottis*-Sorte 'Sunshine' ist sehr bekannt, aber die Art *B. monroi* ist reizvoller. Sie hat eine niedrige, buschige Wuchsform und gewellte, graufilzige Blätter mit einer weißen Unterseite, deren oberer Rand sichtbar ist und die Blätter wie mit Rauhreif überzogen aussehen lassen. Die gelben Blüten sind unscheinbar und können entfernt werden. Ein kräftiger Schnitt im Frühling hemmt ihre Bildung und hält den Strauch kompakt, wozu auch ein sonniger Platz mit durchlässiger Erde beiträgt. Die Pflanze ist für windgepeitschte Küstenstandorte geeignet. Vermehrung erfolgt durch Stecklinge im Sommer.

BUDDLEJA

Laubabwerfende Sträucher · Höhe und Breite: 1,8 m · Zierwert: im Sommer · Zone: 6 bis 9 (oder wie angegeben)

Es gibt nur zwei Formen von Buddleien, die ich den Sträuchern mit herausragender Struktur und klarer Silhouette hinzufügen möchte. Beide wurden sowohl aufgrund ihrer Blätter als auch ihrer Blüten gewählt. Die Sorte 'Lochinch' ist winterhärter und besitzt leuchtendgraues Laub und eine kräftige Wuchsform. Ihre dicken Rispen aus kleinen hellavendelfarbenen Blüten mit bernsteingelbem Auge duften intensiv und süß nach Honig. *B. fallowiana* var. *alba* (Zone 7 bis 9) ist empfindlicher und trägt helleres, weißfilziges Laub. Die etwas schlankeren Rispen bestehen aus elfenbeinweißen Blüten mit einem orangefarbenen Auge. Beide Sträucher schneidet man im Frühling kräftig zurück, damit sie nicht zu hoch werden. Sie benötigen einen sonnigen Platz und durchlässige, fruchtbare Erde. Beide sind einfach zu vermehren, indem man im Sommer Stecklinge nimmt.

LINKS: Brachyglottis monroi *mit ihren grauen, weißgerandeten gewellten Blättern bietet das ganze Jahr über einen hübschen Anblick. Die kleinen gelben Korbblüten können entfernt werden, wenn sie nicht in das vorhandene Farbschema passen.*

Die dicken, spitzzulaufenden Blütenrispen der Buddleien-Sorte 'Lochinch' werden durch die leuchtendgrauen Blätter hervorragend ergänzt.

Bupleurum fruticosum

Immergrüner Strauch · Höhe und Breite: 1,2 m · Zierwert: im Sommer · Zone: 7 bis 9

Wie Wiesenkerbel gehört auch diese Hasenohr-Art zur Familie der Doldenblüter. Doch anders als sein krautiger Verwandter verfügt der Strauch nicht über dessen lockere Anmut, sondern hat eine buschige Form aus meergrünen Blättern und kleinen gelbgrünen Blüten. Er ist resistent gegen salzhaltige Winde und gedeiht in jedem fruchtbaren, durchlässigen Boden an einem sonnigen oder halbschattigen Ort. Jung gepflanzt kann sich der Strauch allmählich an windige Standorte anpassen. Ein Schnitt ist meist nicht erforderlich, steht der Strauch jedoch zu geschützt, kann er ein sparriges Aussehen bekommen. Damit er kompakt bleibt, sollte er im Spätfrühling einen Schnitt bekommen. Die Vermehrung erfolgt durch Stecklinge im Spätsommer.

Die Kamelien-Hybride Camellia x williamsii *vereint die besten Eigenschaften ihrer Eltern, insbesondere die elegante Form und zarte Färbung der Blüten von* C. saluenensis.

Camellia

Immergrüne Sträucher · Höhe und Breite: 3 m · Zierwert: von Winter bis Frühling · Zone: 7 bis 9

Kamelien sind kräftige und pflegeleichte Sträucher, vorausgesetzt sie wachsen in saurem, humusreichem Boden und an einem leicht schattigen und (frost)geschützten Platz. Sie sind immergrün und präsentieren Blüten, die so schlicht sein können wie die der Hundsrose, so üppig wie von Päonien oder so bestechend klar, daß sie wie aus Wachs wirken. Kamelien eignen sich für die Topfkultur, so daß sie auch in Gärten gezogen werden können, die keinen sauren Boden aufweisen. Paarweise aufgestellt, schmücken gefülltblühende oder päonienförmige Kamelien eine Eingangstür. Die einfachblühenden Formen wirken in freigestalteten Bereichen besser. Die Sträucher müssen im Sommer gut gewässert und gedüngt werden, damit die Knospenbildung sichergestellt ist. Kübelpflanzen dürfen jedoch nie in staunasser Erde stehen.

Die Art *C. japonica* umfaßt die größte Sortenauswahl. Weiße, dunkelrosa, rote oder gestreifte Blüten heben sich gut von den breiten glänzenden Blättern ab. Bei einfach- und halbgefülltblühenden Sorten wie 'Adolphe Audusson' mit ihren roten Blüten bieten gelbe Staubgefäßbüschel noch zusätzlichen Reiz. Die Hybriden von *C.* x *williamsii* zählen zu den winterhärtesten und den am üppigsten blühenden Kamelien; sie sind eine Züchtung aus *C. japonica* und *C. saluenensis* und bringen viele hellrosa Blüten hervor, die im Frühling dunkler gezeichnet sind. Die ursprünglich einfach- und hellrosablühende Sorte *C.* x. *williamsii* 'J. C. Williams' gehört zu den schönsten Kamelien, während die bekannte Sorte 'Donation' in grellem Rosa eher eine modische Kreation ist. 'Salutation' ist eine Kreuzung zwischen *C. reticulata,* einem frostempfindlichen Strauch mit vielen Blüten und netzadrigen Blättern, und *C. saluenensis;* sie trägt ab dem Spätwinter halbgefüllte hellrosa Blüten. 'Cornish Snow' *(C. saluenensis* x *C. cuspidata)* ist eine wetterbeständige, einfachblühende weiße Schönheit, die im Spätwinter und zu Frühlingsbeginn blüht und kupferrotes junges Laub zeigt. Eine Ausnahme unter der sonst üblichen Farbskala bildet die hübsche Sorte 'Jury's Yellow' – ihre Blüten weisen ein zartes Rahmgelb auf, das in der Blütenmitte durch Primelgelb aufgefrischt wird.

Kamelien benötigen so gut wie keinen Schnitt. Zweige, die die Form beeinträchtigen, sollten jedoch entfernt werden. Dies geschieht am besten nach der Blüte. Einige Varietäten sind »selbstreinigend«, doch bei anderen sollte man verblühte Blütenstände entfernen.

Ceanothus

Immergrüne Sträucher · Höhe: 30 cm bis 4,5 m · Breite: 1,8 bis 4,5 m · Zierwert: von Frühlingsbeginn bis Herbst · Zone: 7 bis 10 (oder wie angegeben)

Die meisten immergrünen Säckelblumen sind im heißen, trockenen Hügelland Kaliforniens heimisch. Sie benötigen demnach einen sonnigen Platz mit einem sehr gut dränierten Boden. In Regionen, die zu kalt für frei stehende Exemplare sind, machen sich Säckelblumen gut vor einer schützenden Mauer. In milderem Klima und in geschützten Stadtgärten gedeiht die Hybride *C.* x *veitchianus.* Sie ähnelt einem Baum und ist im Frühling mit blauen Blüten übersät, so daß das hübsche Laub kaum zu sehen ist. Die Santa-Barbara-Säckelblume (*C. impressus;* Zone 8 bis 10) ist ebenfalls von hohem Wuchs. Mit ihren kleinen Blättern und einer üppigen blauen Blüte im Spätfrühling ist sie die perfekte Ergänzung zu einer gefüllten zartgelben Banksrose oder den schalenförmigen Blüten von *Fremontodendron*, die ein kräftigeres Gelb zeigen.

Von Küstengebieten stammende Arten mit niedrigem, ausladendem Wuchs wie *C. thyrsiflorus* var. *repens* (Zone 8 bis 10), eine Form mit flaschenbürstenähnlichen blauen Frühlingsblüten und dunkelgrünen Blättern, eignen sich gut als Bodendecker an einer sonnigen Böschung; cremefarbener Elfenbeinginster ist ein passender Pflanzpartner. *C. griseus* var. *horizontalis* 'Yankee Point' (Zone 8 bis 10), eine Auslese der Art, die von der Halbinsel Monterey stammt, hat eine ähnliche Form, aber seine Frühlingsblüten sind von einem intensiveren Blau.

Diese baumartige Säckelblume ist konkurrenzlos: Jeder Zweig ist übersät mit herrlich blauen Blüten, deren Farbe sich in den Reihen zartblauer Bartschwertlilien fortsetzt und vom Weiß der Kalla (Zantedeschia) *aufgelockert wird.*

LINKS: *Dieser Katsurabaum* (Cercidiphyllum japonicum) *ist ideal plaziert: Er steht zwar geschützt, aber die Sonne beleuchtet die zarten Farbtöne seines Herbstkleides.*

UNTEN: *Die rosaroten Hülsenfrüchte des Gemeinen Judasbaumes* (Cercis siliquastrum) *stellen einen unerwarteten zusätzlichen Reiz dar – Hauptattraktion sind jedoch seine herrlichen Frühlingsblüten.*

Obwohl die aufgeführten Säckelblumen zu den winterharten zählen, sollte man als Vorsichtsmaßnahme im Sommer einige Stecklinge nehmen. Hier und dort entstehen Sämlinge, doch sie können sich von ihren Eltern unterscheiden. Immergrüne Säckelblumen sollten regelmäßig leicht geschnitten werden; einen Rückschnitt bis ins alte Holz vertragen sie jedoch nicht.

CERCIDIPHYLLUM JAPONICUM

Laubabwerfender Baum · Höhe: 10 m · Breite: 6 m · Zierwert: im Herbst · Zone: 5 bis 8

Die herzförmigen Blätter des Katsurabaumes erinnern im Frühling an die des Judasbaumes, wenngleich sie nicht so groß sind. Sie entrollen sich zunächst in Nuancen von Dunkelrosa und Weinrot, um im Sommer ein hübsches Grün anzunehmen. Am schönsten sieht der Katsurabaum jedoch im Herbst aus, wenn sich sein Laub gelb oder mattrosa verfärbt. Außer seiner Herbstfärbung gibt es noch einen Grund, weshalb er einen Platz im Garten bekommen sollte: Wenn die Blätter zu Boden fallen, verbreiten sie den Duft von heißem Karamel. Dieser hält sich nur für die Dauer des Laubfalls, so daß in manchen Jahren das Vergnügen eventuell nur kurz ist und man sehnsüchtig auf das nächste Jahr warten muß.

Der Baum benötigt tiefgrundigen, fruchtbaren Boden an einem Platz, der geschützt ist vor austrocknender Sonne, Frühlingsstürmen und Spätfrösten, um im Frühling Blattschäden zu vermeiden. Er bildet mehrere Leittriebe aus, die sich jeweils zu Stämmen mit waagerechten Ästen entwickeln. Diese Wuchsform sollte nicht durch einen Schnitt verändert werden; ist er doch einmal nötig, dann nimmt man ihn während der Ruhephase zwischen Herbst und Spätwinter vor.

CERCIS

Laubabwerfende Bäume · Höhe und Breite: 4,5 m · Zierwert: im Frühling · Zone: 6 bis 9 (oder wie angegeben)

Man sagt zwar, daß sich am Gemeinen Judasbaum *(C. siliquastrum)* Judas erhängt habe, was dem Baum seinen Namen gab, doch seine ausladenden, dünnen Äste erscheinen kaum stark genug für das Gewicht eines Mannes. Es wäre schade, wenn die Legende nur dazu dienen sollte, Freizeitgärtner davon abzuhalten, den Baum zu pflanzen, denn er ist im Spätfrühling einer der schönsten Vertreter seiner Heimat, der Mittelmeerregion. Die rosavioletten Blüten des Hülsenfrüchtlers sind in Doldentrauben angeordnet und erscheinen an Ästen und selbst am Stamm (siehe Seite 15). Später entrollen sich herzförmige Blätter, und die Blüten machen dekorativen rosaroten Hülsenfrüchten mit Samen Platz. Die

Vermehrung durch Samen ist einfach; es kommt jedoch auch vor, daß sich neben dem Baum Sämlinge zeigen. *C. siliquastrum* f. *albida* ist eine sehr anmutige weißblühende Form mit hellgrünen Blättern. Der Judasbaum benötigt einen gut dränierten Boden und volle Sonne.

Das nordamerikanische Pendant zum Gemeinen Judasbaum ist der Kanadische Judasbaum (*C. canadensis;* Zone 4 bis 9) aus den östlichen Gebieten des Kontinents. Von dieser Art gibt es eine violettlaubige Sorte namens 'Forest Pansy' (Zone 5 bis 9).

Der Judasbaum benötigt, wenn überhaupt, nur selten einen Schnitt; durch Frost und Sturm beschädigtes oder von Schädlingen befallenes Holz sollte jedoch im Frühjahr entfernt werden (Rotpustel-Pilz kann in feuchten Regionen Probleme bereiten). Judasbäume lieben es nicht, wenn ihre Wurzeln gestört werden, und sollten deshalb als junge Pflanzen eingesetzt werden.

CHOENOMELES

Laubabwerfende Sträucher · Höhe: 1 bis 1,5 m · Breite: 1,5 m · Zierwert: zu Frühlingsbeginn · Zone: 5 bis 9

Die Zierquitte gehört im Frühjahr zu den herrlichsten Sträuchern. Sie ist besonders für Gärten wertvoll, deren Boden für Rhododendren und Azaleen zu kalkhaltig ist. Der Strauch zeigt meist scharlachrote bis orangefarbene Blüten, doch es gibt auch Formen mit weißen, dunkelrosa, korallenroten, blutroten oder aprikosenfarbenen Blüten. Im Herbst sind die Zweige übersät mit großen gelben Früchten, deren Aroma fast das der Früchte von Quitten erreicht und die ein köstliches Gelee ergeben; man kann sie auch nur in eine Schale legen, damit sich der Duft im Raum verbreitet. Zu den erprobten Zierquitten gehören die Sorte 'Moerloosei' der Chinesischen Zierquitte *(Ch. speciosa)* mit dunkelrosa Blüten sowie die Hybride *Ch.* x *superba* mit ihren Sorten 'Knap Hill Scarlet' und die Ausläufer bildende 'Crimson and Gold'. Ihre roten Blüten ergeben einen schönen Kontrast zu den weißen Wolken der Felsenbirne oder den gelbgrünen Deckblättern von frühlingsblühender Wolfsmilch.

Zierquitten gedeihen in jedem fruchtbaren Boden. Sie können frei stehend gepflanzt oder an einer Mauer erzogen werden, wo sie selbst im Schatten üppig blühen. An offenen Standorten benötigen sie keinen Schnitt und entwickeln dann ihre natürliche unregelmäßige Form. An einer Mauer erzogene Pflanzen sollten in der Wachstumsphase geschnitten werden; Seitentriebe auf fünf Blätter (außer sie sollen die Wand bedecken) und grundständige Triebe auf zwei Blätter zurückschneiden. Dadurch wird die Knospenbildung gefördert und kann der Befall durch Blattläuse besser kontrolliert werden.

Die frühlingsfrischen dunkelrosa und weißen Blüten der Chinesischen Zierquitten-Sorte 'Moerloosei' heben sich vor dem rötlichgrauen Stein besonders gut ab.

Zwischen den leuchtendgelben, glänzenden jungen Blättern der Orangenblume 'Sundance' zeigen sich die langstieligen violetten Blüten der Italienischen Waldrebe (Clematis viticella).

Choisya ternata

Immergrüner Strauch · Höhe und Breite: 2,4 m · Zierwert: in Frühling und Herbst · Zone: 7 bis 9

Die aus Mexiko stammende Orangenblume ist ein hübscher immergrüner Strauch mit einer runden Wuchsform und dunkelgrünglänzenden, aromatischen dreizähligen Blättern. Im Spätfrühling erscheinen viele sternförmige Blüten mit einem süßen Orangenduft; oft erfolgt auch im Herbst nochmals eine wenn auch nicht so üppige Blüte. In kühlen, aber frostfreien Regionen bildet die Pflanze einen idealen buschigen Strauch für eine Mauerecke. In wärmeren Gebieten kann sie frei stehen, wo sie eine große, kompakte Form annimmt und einer nicht zu wuchsfreudigen Kletterpflanze Heimat bieten kann. Die gelblaubige Sorte 'Sundance' ist wegen ihres hellen Anblicks während des ganzen Jahres beliebt. Ein zu warmer, exponierter oder zu schattiger Standort läßt ihr leuchtendes Laub aber verblassen. Abgesehen von den Bedürfnissen von 'Sundance' benötigen Orangenblumen einen fruchtbaren, durchlässigen Boden und einen sonnigen oder halbschattigen Platz. Sie können durch Stecklinge vermehrt werden. Ein regelmäßiger Schnitt ist nicht nötig. Wird der Strauch zu groß, kann er nach der Blüte im Spätfrühling kräftig zurückgeschnitten werden. Frostgeschädigtes Holz sollte im Frühling, wenn keine Frostgefahr mehr besteht, entfernt werden.

Cistus

Immergrüne Sträucher · Höhe: 15 cm bis 1,2 m · Breite: 75 cm bis 1,2 m · Zierwert: im Sommer · Zone: 7 bis 9

Die Zistrose ist ein immergrüner Strauch, der an sonnigen, trockenen Plätzen am besten gedeiht. Sie ist in der Mittelmeerregion heimisch und bevorzugt daher heiße, trockene Sommer und kühle, nasse Winter. Jede Blüte hält nur einen Tag, aber es öffnen sich immer wieder neue Knospen, so daß während des ganzen Sommers für einen farbenprächtigen Anblick gesorgt ist – von Weiß über Dunkelrosa bis Magenta, manchmal mit einem rotbraunen Fleck an der Basis eines jeden seidigen Blütenblattes. Einige Zistrosen besitzen klebrige Blätter, die an warmen Sommerabenden einen Duft verbreiten, der an den der Macchia erinnert. Die Lackzistrose *(C. ladanifer)* wächst aufrecht und trägt große reinweiße Blüten mit einem pflaumenroten Basalfleck. *C. laurifolius* ist etwas frostunempfindlicher und zeigt cremeweiße Blüten.

Unter den mittelgroßen Zistrosen mit rundem Wuchs besitzen *C. salvifolius* und *C.* x *hybridus (C.* x *corbariensis)* hübsche weiße Blüten; bei letzterer öffnen sie sich aus dunkelrosa Knospen. Es gibt auch Zistrosen mit dunkelrosa Blüten, wie *C.* x *skanbergii* mit perlmuttrosa Blüten über gräulichen Blättern, 'Peggy Sammons' und *C.* x *pulverulentus* (besonders bei 'Sunset') mit magentaroten Blüten. *C.* x *purpureus* besitzt große violettrosa Blüten mit rotbraunem Basalfleck, und *C. albidus* zeigt bläulichrosa Blüten über weißfilzigen Blättern. Das silberfarbene Laub und die zartvioletten Blüten des Gartensalbeis (Purpurascens-Gruppe) bilden die passende Ergänzung zu diesen dunkelrosablühenden Zistrosen.

C. x *dansereaui (C.* x *lusitanicus)* 'Decumbens' mit weißen Blüten und schokoladenbraunem Basalfleck wächst flach über felsigem Grund und Hängen.

Obwohl Zistrosen besonders im Sommer von Bedeutung sind, bieten ihre grauen und grünen Blätter, aufgelockert durch das glänzende Laub von *C.* x *cyprius* und die gelblich rotviolettbraunen Töne von *C.* x *hybridus*, in warmen Lagen auch im Winter einen schönen Anblick. Dort können sie als ganzjährige Bodendecker eingesetzt werden. Zistrosen-Hybriden sind kurzlebig und leicht durch Stecklinge zu vermehren; die Vermehrung bei Arten wie *C. laurifolius, C. salvifolius* und *C. creticus* (in dunklen Rosatönen) ist durch Aussaat einfach, oft säen sie sich sogar üppig selbst aus. Zistrosen sollten nicht geschnitten werden, Rückschnitte bis ins alte Holz nehmen sie sogar übel. Frostgeschädigte Zweige können im Frühling entfernt werden. Es ist sinnvoll, die Sträucher öfter zu ersetzen, denn junge Pflanzen sind winterhärter und schöner als alte.

CORDYLINE

Immergrüne Sträucher · Höhe und Breite: 3 m · Zierwert: Laub · Zone: 8 bis 10

Keulenlilien fügen mit ihren schwertförmigen Blättern Rabatten meist ein neues Element hinzu. Am schönsten sehen sie als Jungpflanzen aus, wenn sich ihre spitzen Blätter sternförmig ausbreiten und sie noch keinen Stamm gebildet haben. Im Frühling erscheinen duftende elfenbeinfarbene Blüten, denen manchmal blauschwarze Früchte folgen. Die schmalen Blätter von *C. australis* sind meist mattgrün, doch violettlaubige und panaschierte Formen ergänzen eine Rabatte durch ihre Farbe und ihren Wuchs. Samenvermehrte Pflanzen von violettlaubigen Keulenlilien weisen eine Farbskala von Schokoladenbraun bis Blutrot auf und sind in der Purpurea-Gruppe zusammengefaßt. Die älteren panaschierten Züchtungen werden übertrumpft von 'Torbay Dazzler' mit ihren cremefarbenen und grauen Blättern, die breiter sind und Rosetten bilden. Sorten werden durch Stammstecklinge vermehrt. Die Pflanze gedeiht in fruchtbarer, durchlässiger Erde in der Sonne.

Cistus x cyprius *ist eine der schönsten großen Zistrosen. Ihr dunkles gekräuseltes Laub bietet einen herrlichen Hintergrund für die reinweißen Blüten, deren Blätter jeweils einen purpurroten Basalfleck aufweisen und Seidenpapier ähneln.*

Die Keulenlilien-Art Cordyline australis *präsentiert sich mit ihren fedrigen Blütenständen und schwertförmigen Blättern in voller Pracht. Das dunkle Laub von Strauchveronika bildet einen Kontrast dazu.*

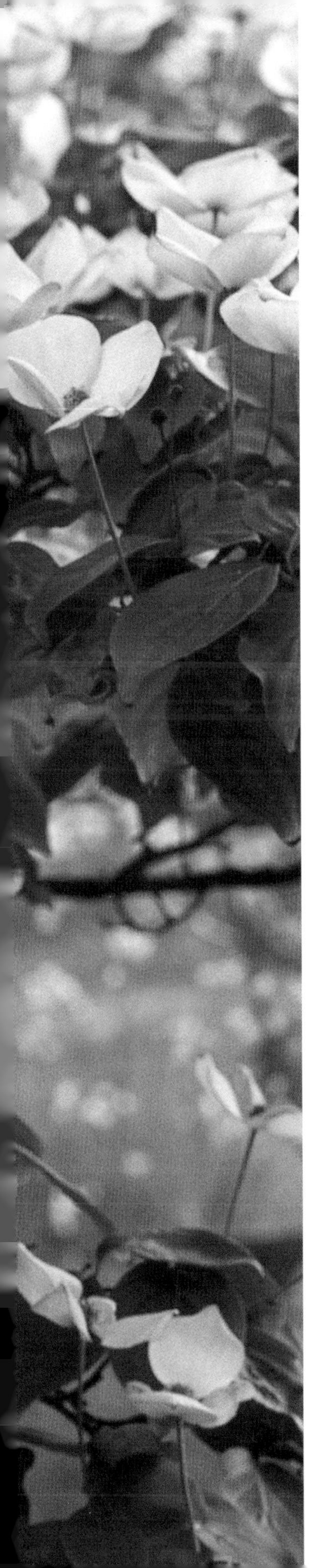

Cornus
Bedeckte Schönheit

DETAILS, VON OBEN:
Die Varietät Cornus kousa *var.* chinensis *gehört mit ihren herrlichen elfenbeinfarbenen Deckblättern über den ausladenden Ästen zu den anpassungsfähigsten Hartriegel-Gewächsen.*

Den Blüten von Cornus kousa *var.* chinensis *folgen im Herbst Früchte, die an Erdbeeren erinnern.*

Die Form rubra *des Blumenhartriegels aus dem Osten der USA blüht nicht nur in Weiß, sondern bringt auch dunkelrosa bis zartrubinrote Blüten hervor.*

Hartriegel kann zwei jahreszeitliche Höhepunkte verzeichnen: die Blüte und die Herbstfärbung. Wie Cornus kousa *aus Japan zeigt, nehmen die Blätter kupferfarbene, rubinrote und gelbbraune Schattierungen an.*

GROSSES FOTO:
Die waagerechten Äste von Cornus kousa *var.* chinensis *präsentieren augenfällig die weißen Deckblätter der Blüten, die beinahe zu schweben scheinen.*

Cornus

Laubabwerfende Bäume · Höhe: 6 m · Breite: 4,5 m · Zierwert: in Spätfrühling und Herbst · Zone: 5 bis 8 (oder wie angegeben)

Hartriegel besitzt auffällige petalenähnliche Deckblätter, die kleine Blüten umgeben. Bei der japanischen Art *C. kousa* und der aus China stammenden, kalkverträglicheren Varietät *chinensis* sind diese Deckblätter weiß oder cremefarben und gehen später in Rosa über; dies trifft auch auf den im westlichen Nordamerika heimischen Nutall-Blütenhartriegel zu (*C. nuttallii;* Zone 7 bis 9). Der Blumenhartriegel (*C. florida*) aus dem Osten der USA blüht in Weiß, Dunkel- oder Rosarot und gedeiht am besten in kontinentalem Klima mit heißen, sonnigen Sommern und kalten Wintern. Arten aus Asien und aus dem Westen der USA bevorzugen dagegen kühles, feuchtes Klima. Die Blüten von 'Eddie's White Wonder' (Zone 7 bis 9) gehören mit ihren breiten weißen Deckblättern zu den schönsten Hartriegel-Blüten. Diese Kreuzung zwischen *C. florida* und *C. nuttallii* vereint die klimatischen Anforderungen der Eltern. Im Herbst nehmen alle Hartriegel eine leuchtende Färbung an.

Der Nutall-Blütenhartriegel (Cornus nuttallii) *bietet den reizvollsten Anblick, wenn seine Deckblätter sich in jadegrünen Nuancen ausbreiten, dann zu Creme verblassen und schließlich ein dunkles Rosa annehmen.*

Der aus Asien stammende Pagodenhartriegel *(C. controversa)* ist hauptsächlich in seiner weißpanaschierten Form bekannt. Doch auch die grünblättrige Version ist sehr hübsch, besonders im Spätfrühling, wenn die fast waagerechten Äste mit kleinen weißen Blüten übersät sind; obwohl diese keine auffälligen Deckblätter besitzen, wirken sie in ihrer Fülle wunderschön. Im Herbst, wenn sich die Blätter purpur- und violettrot verfärben, stellt der Baum noch einmal eine Augenweide dar.

Hartriegel benötigt tiefgrundigen, fruchtbaren, vorzugsweise neutralen bis sauren Boden. Bei allen Arten sollte man versuchen, einen Hauptstamm zu erziehen; die etagenförmige Wuchsform, die bei den Arten zwar nicht sehr ausgeprägt, aber trotzdem vorhanden ist, entwickelt sich von selbst.

Die Glockenhasel (Corylopsis pauciflora) *mit ihren korallenroten jungen Blättern und duftenden Blütenbüscheln an kahlen Ästen gehört zum Besten, was der Frühling an Sträuchern zu bieten hat.*

Corylopsis

Laubabwerfende Sträucher · Höhe und Breite: 1,8 m · Zierwert: im Frühling · Zone: 6 bis 8

Die Scheinhasel besitzt Blätter, die an die der Haselnuß *(Corylus)* erinnern, der sie auch ihren Namen verdankt. Sie trägt an kahlen Zweigen hängende Blütenbüschel mit dem Duft von Schlüsselblumen. Alle Arten machen sich gut im Garten, für wenig Platz mit kalkfreier Erde ist jedoch die Glockenhasel *(C. pauciflora)* zu empfehlen. Sie besitzt nicht viele, dafür aber große Blüten und korallenrotviolette Triebe. Ein »Teppich« aus der hellblauen Anemonen-Art *Anemone apennina* oder kräftiger blauer *Chionodoxa sardensis* unter ihr sieht bezaubernd aus. Die Scheinhasel sollte sich jedoch ausbreiten und von der Basis aus verzweigen können; dadurch ist auch eine Vermehrung durch Absenken einfach. Ein Schnitt würde ihre Wuchsform nur zerstören.

Vor der violettlaubigen Lambertsnuß (Corylus maxima *'Purpurea') zeichnet sich die Silhouette eines blühenden Perückenstrauches* (Cotinus coggygria) *ab. Er wird ergänzt von den hübschen, gelappten blaugrauen Blättern der Federmohn-Art* Macleaya microcarpa, *die der Pflanzung schon bald ihre hohen luftigen Blütenrispen in hellem Korallenrot hinzufügen wird.*

Cotinus

Laubabwerfende Sträucher · Höhe und Breite: 2,4 m · Zierwert: im Sommer · Zone: 4 bis 8

Der Perückenstrauch *(C. coggygria)* gehört zu den Sumachgewächsen und präsentiert während des ganzen Sommers fedrige Blütenrispen, die zunächst einen beigerosafarbenen, später einen grauen »Schleier« bilden. Die runden Blätter nehmen im Herbst herrliche scharlachrote und orangefarbene Töne an, besonders bei Hybriden wie 'Grace', die die Baumeigenschaften von *C. obovatus* besitzt. Verdientermaßen sind jedoch die violettlaubigen Formen des Perückenstrauches aufgrund ihrer Färbung am bekanntesten. Sie eignen sich hervorragend als Hauptpflanzen in einer in Rot gehaltenen Pflanzung oder als Kontrast zu gräulichblauem Laub oder Blüten in zarten Farben. Der »Schleier« der violettlaubigen Züchtungen ist jedoch im Vergleich zu dem der grünblättrigen nur ein Hauch. Stark geschnittene Exemplare, die, wenn überhaupt, nur selten blühen, besitzen die schönsten Blattfarben. Sorten wie 'Royal Purple' (siehe Seite 13) oder die vielversprechende neue 'Velvet Cloak' gehören der Rubrifolius-Gruppe an. Aus Samen gezogen, bringt diese Laubfarben von Schokoladenbraun bis dunklem Blutrot hervor. Sie eignen sich besonders gut für in weichen Farben gehaltene Pflanzungen.

Der Perückenstrauch benötigt einen sonnigen Platz; violettlaubige Züchtungen bilden in der Sonne die kräftigsten Farben aus. Ein nährstoffarmer Boden fördert eine leuchtende Herbstfärbung. Die Vermehrung erfolgt am einfachsten durch Absenker. Exemplare, die wegen ihres Laubes gezogen werden, sollten ein Gerüst aus niedrigem holzigen Geäst ausbilden können, bevor sie im Frühling stark zurückgeschnitten werden; bei jungem Holz bis zur vorletzten Knospe. Sträucher, die ihre Blütenstände zur Schau stellen dürfen, benötigen keinen Schnitt, totes Holz sollte jedoch entfernt werden.

CUPRESSUS ARIZONICA

Immergrüner Nadelbaum · Höhe: 9 m · Breite: 4,5 m · Zierwert: das ganze Jahr · Zone: 6 bis 9

Die rauhborkige Arizona-Zypresse gedeiht in heißen, trockenen Regionen, toleriert aber auch kühles und feuchtes Klima. Durch ihre schuppigen graublauen Nadeln und ihren hübschen pyramidenförmigen Wuchs bietet sie einen reizvollen Anblick. Sie sieht sowohl in Kombination mit spitzblättrigen Agaven oder rosa- und weißblühendem Oleander unter gleißender Sonne als auch in Pflanzungen mit graublauen Funkien oder blauen Gräsern unter bedecktem Himmel hübsch aus.

Der Nadelbaum sollte als Jungpflanze in gut durchlässigen Gartenboden gesetzt werden. Bei frei stehenden Exemplaren kann man einen Leittrieb erziehen. Die Pflanze eignet sich auch für Hecken, sollte dann aber in der Wachstumsphase regelmäßig geschnitten werden; sie ist jedoch nicht besonders langlebig. Die Vermehrung erfolgt im Spätsommer oder Herbst durch Stecklinge von Seitentrieben oder durch Aussaat; Sorten müssen durch Stecklinge vermehrt werden.

CYTISUS × PRAECOX 'WARMINSTER'

Laubabwerfender Strauch · Höhe und Breite: 90 cm · Zierwert: im Spätfrühling · Zone: 7 bis 9

Diese Sorte des Elfenbeinginsters bildet einen runden Strauch mit fast blattlosen überhängenden Rutenzweigen, die im Frühling duftende, cremefarbene Blüten tragen. Zusammen mit der blaublühenden Säckelblume *Ceanothus thyrsiflorus* var. *repens* ergibt er eine schöne Bepflanzung für eine sonnige Böschung. Die Blüten von 'Allgold' leuchten in Goldgelb, die von 'Hollandia' in Creme und Purpurrot. Die Pflanzen gedeihen an einem sonnigen Platz in fruchtbarem, durchlässigem Boden mit neutraler bis saurer Erde; sie tolerieren auch kalkhaltige Erde, wenn sie im Winter nicht staunaß ist. Vermehrung erfolgt durch Stecklinge im Sommer. Ist ein Schnitt nötig, dann sollte er im Frühling nach der Blüte durchgeführt werden, jedoch nicht bis ins alte Holz.

DANAË RACEMOSA

Immergrüner Strauch · Höhe und Breite: 90 cm · Zierwert: das ganze Jahr · Zone: 7 bis 9

Der Alexandrinische Lorbeer ist mit dem Mäusedorn *(Ruscus aculeatus)* verwandt und hat elegante, überhängende grüne Zweige mit schmalen glänzend-dunkelgrünen Scheinblättern. Die Pflanze bevorzugt einen schattigen Platz mit humosem Boden und harmoniert mit Skimmie, grüner Nieswurz, Elfenblume, Schneeglöckchen und kleinen Farnen. Die anmutige Wuchsform kommt am besten zur Geltung, wenn die umliegenden Pflanzungen niedrig gehalten werden. Im Frühling, wenn sich in Bodenhöhe neue Triebe zeigen, sollte man die alten Stämme herausschneiden. Die Vermehrung erfolgt im Frühling oder im Herbst durch Teilung oder durch Aussaat, wenn nach einem heißen Sommer die orangeroten Früchte reifen.

DAPHNE PONTICA

Immergrüner Strauch · Höhe: 30 bis 90 cm · Breite: 75 cm bis 1,5 m · Zierwert: im Frühling · Zone: 6 bis 9

Auf den ersten Blick wirkt die Pflanze mit ihren gelblichgrünen Blütendolden unscheinbar. Doch kaum eine an-

Ob in seinem ursprünglichen Cremegelb oder im Goldgelb von 'Allgold' – der Elfenbeinginster bringt im Frühling mit seinen schlanken Rutenzweigen voller Blüten Licht und Farbe in den Garten.

Der Glanz der Scheinblätter unterstreicht die elegante, spitzzulaufende Form des Alexandrinischen Lorbeers. Die Pflanze ist nicht nur für den Garten wertvoll, sondern liefert auch hübsche Zweige für die Vase.

Die cremegelben Blüten der Ölweide bilden einen zarten und duftenden Baldachin über Elfenblumen, Bergenien, Farnen und der Storchschnabel-Sorte Geranium macrorrhizum *'Album'.*

Diese Zweige von Eucalyptus pauciflora *ssp.* niphophila *zeigen deutlich die gelbbraune, olivgraugrüne und elfenbeinfarbene Rinde.*

dere Seidelbast-Art verströmt in kühlen Frühlingsnächten einen so lang anhaltenden, unbeschreiblich süßen Duft. Darüber hinaus besitzt sie eine hübsche runde Form mit glänzenden dunkelgrünen Blättern. Der Strauch sieht während des ganzen Jahres anmutig aus und benötigt keinen Schnitt. Den Blüten folgen kleine dunkelrote Früchte; wenn man sie vor den Vögeln schützt und vorsichtig das giftige Fruchtfleisch entfernt, erhält man Samen für die Vermehrung. Die Pflanze benötigt kühle, feuchte, humose Erde an einem schattigen Platz.

ELAEAGNUS

Laubabwerfende Bäume und Sträucher · Höhe und Breite: 1,8 m · Zierwert: im Frühling · Zone: 2 bis 6 (oder wie angegeben)

Die platinfarbenen, metallisch glänzenden Blätter der Silberölweide *(E. commutata)* sind mit denen eines graulaubigen Strauches vergleichbar. Die Blattränder sind leicht gewellt und kontrastieren gut mit den rotbraunen Ästen. Doch der Baum ist außergewöhnlich winterhart. Die kleinen Blüten duften süßlich; ihnen folgen kleine, silbrige, eiförmige Früchte. Die Silberölweide gedeiht in jeder Erde, außer in flachgrundiger, kalkhaltiger oder sumpfiger, und bildet langsam Ausläufer. Sie kommt an sonnigen, windigen Plätzen am besten zur Geltung; selbst die Stürme an Küstenstandorten erträgt sie mit Gleichmut. Dies trifft auch auf die Ölweide (*E. angustifolia;* Zone 2 bis 8) zu. Der kleine Baum besitzt weiße Blätter an kantigen dünnen Zweigen und im Frühling duftende, kleine cremegelbe Blüten; in kälteren Regionen stellt er einen guten optischen Ersatz für Olivenbäume dar. Diese Ölweiden benötigen kaum einen Schnitt, totes Holz sollte jedoch entfernt werden. Will man die Wuchsform korrigieren oder den Stamm freihalten, dann kann dies nach der Blüte geschehen. Vermehrung erfolgt durch Absenker oder Aussaat, bei der Silberölweide auch durch Teilung.

EUCALYPTUS PAUCIFLORA SSP. NIPHOPHILA

Immergrüner Baum · Höhe: 6 m · Breite: 4,5 m · Zierwert: das ganze Jahr · Zone: 7 bis 10

Wie bei Birken ist es auch bei *Eucalyptus* schwierig, unter den vielen Arten eine auszuwählen. Die meisten bevorzugen das mediterrane und kalifornische oder semiarides Klima, so daß ich eine vorstelle, die in kälteren und feuchten Regionen gedeiht: *E. pauciflora* ssp. *niphophila* ist nicht nur schön, sondern auch widerstandsfähig. Die Unterart besitzt sehr große, breitlanzettförmige graugrüne Blätter mit einer ledrigen Textur an orangefarbenen Stielen. Das Laub kann jedoch nicht mit dem der blaublättrigen Arten konkurrieren. Die Rinde ist aber unübertroffen: ein Patchwork aus Olivgrün, Grau und Creme. Die Blüten sind cremeweiß.

Dieser Baum wächst langsam und wird weder zu groß noch fällt er beim ersten Sturm um. Er benötigt kaum einen Schnitt, außer man möchte einen glatten Stamm. Dann müssen nach und nach die unteren Äste entfernt werden. Auf keinen Fall sollte er stark zurückgeschnitten werden, wie dies wegen der jungen Blätter bei manchen *Eucalyptus*-Arten gemacht wird. Der Baum bevorzugt fruchtbaren, durchlässigen Boden und wird am besten jung gepflanzt. In Töpfen gezogene Exemplare sollte man meiden, da sie nur langsam Wurzeln bilden. Die Vermehrung erfolgt durch Aussaat.

EUPHORBIA CHARACIAS

Immergrüner Strauch · Höhe und Breite: 1,2 m · Zierwert: im Frühling · Zone: 7 bis 9

Diese buschige Wolfsmilch-Art aus dem Mittelmeergebiet gehört zu den Pflanzen, die auch »architektonische« Qualitäten besitzen. Allerdings nur dann, wenn sie blüht: An dicken, mit giftigem Milchsaft gefüllten Stengeln sitzen hohe, zylindrische grünlichgelbe Trugdolden und schmale bläulichgrüne Blätter. *E. characias* ssp. *characias* hat säulenförmige Blütenstände mit grünen Deckblättern, die ein schokoladenbraunes Auge zeigen. Die aus dem östlichen Mittelmeerraum stammende *E. characias* ssp. *wulfenii* präsentiert breitere und luftigere Blütenstände aus zitronengelben bis hellgrünen Blüten, jedoch ohne dem dunklen Auge.

Die Pflanzen benötigen einen sonnigen Platz mit gut durchlässiger Erde. Die Stengel, die Blüten tragen werden, neigen sich im Spätwinter und strecken sich, wenn sich die Blüten öffnen. Verblühte Blütenstände sollten an der Basis herausgeschnitten werden, damit nachwachsende Triebe Platz haben. Aussaat ist die einfachste Methode, die Pflanzen zu vermehren.

FATSIA JAPONICA

Immergrüner Strauch · Höhe und Breite: 3 m · Zierwert: im Herbst · Zone: 7 bis 10

Die Zimmeraralie gehört zu den hübschesten immergrünen Pflanzen. Der große Strauch trägt glänzende sieben- bis neunfingrige Blätter, die tief eingeschnitten sind und einen gewellten Rand aufweisen. Ein Blatt kann bis zu 30 cm breit werden. Im Frühling kontrastiert das alte dunkelgrüne Laub mit den neuen zartgrünen Blättern. Im Herbst dient es als Hintergrund für die dekorativen Dolden aus cremeweißen Blüten, die sich aus kräftigen, hellgrünen Knospen öffnen und denen im Winter schwarze Beeren folgen. Es gibt eine panaschierte Form, deren Blätter einen gewellten Rand in Cremeweiß zeigen.

Dieser Strauch gedeiht in jedem durchlässigen Boden – auch in Topfkultur – an einem sonnigen oder schattigen Platz und verträgt selbst windige Standorte. Frei stehende Exemplare bilden eine runde Form aus, deren wenige Zweige sich unter der eigenen Last fast bis zum Boden neigen. Mitte des Frühlings geschnittene Pflanzen entwickeln zwei bis drei Stämme, unter denen schattenliebende Farne oder Funkien eine Heimat finden können. Halbausgereifte bis ausgereifte Stecklinge bewurzeln schnell.

An der Schönheit von Euphorbia characias *ssp.* wulfenii *kann man sich lange Zeit erfreuen. Ihre hohen, zylindrischen gelbgrünen Blütenstände heben sich gut vom dunklen bläulichgrünen Laub ab.*

Die Zimmeraralie zählt zu den immergrünen Sträuchern mit den größten Blättern. Bei der Sorte 'Variegata' sind sie elfenbeinfarben gerandet. Die gelappten blaugrünen Blätter daneben gehören zu einem Federmohn.

Im Hochsommer, wenn der Ätnaginster in voller Blüte steht, bietet der Baum den schönsten Anblick, doch auch für den Rest des Jahres ist seine grazile Silhouette aus schlanken Zweigen eine Augenweide.

Halimium lasianthum *gehört zu den seltenen Pflanzen, die über eine eigene Farbkombination verfügen: Hellgelbe Blüten mit einem umbrabraunen Basalfleck auf jedem Kronblatt harmonieren mit grauen Blättern.*

GENISTA AETNENSIS

Laubabwerfender Baum · Höhe und Breite: 4,5 m · Zierwert: im Frühsommer · Zone: 9 bis 10

Der Ätnaginster ist ein kleiner Baum mit lockeren, fast blattlosen, überhängenden Zweigen. Sie werfen nur leichten Schatten, selbst wenn sie mit leuchtendzitronengelben Schmetterlingsblüten übersät sind. Der Baum gedeiht an sonnigen Plätzen mit gut durchlässigem Boden und kann durch Aussaat oder halbausgereifte Stecklinge vermehrt werden. Wird sein Wuchs begrenzt, so bildet er einen großen Strauch, mit niedrigverzweigten Ästen. Man kann jedoch auch einen Leittrieb erziehen, indem ein kräftiger Jungtrieb für einige Jahre gestützt wird, bis er verholzt ist. Danach ist außer dem Entfernen von totem Holz kein Schnitt mehr notwendig. Anders als die übrigen Ginster-Arten treibt diese nicht aus altem Holz aus, doch sie kann nach der Blüte leicht zurückgeschnitten werden.

GLEDITSIA TRIACANTHOS

Laubabwerfender Baum · Höhe und Breite: 9 m · Zierwert: Laub · Zone: 4 bis 9

Der bis 25 m hohe Dreidornige Lederhülsenbaum besitzt elegantes Laub aus kleinen, gefiederten hellgrünen Blättern und spitzen Dornen. 'Sunburst' und 'Rubylace' sind zwei niedrigere Sorten, die ich wegen ihrer Blattfarbe gewählt habe. Erstere hat goldgrünes Laub, das im Frühling und im Herbst am stärksten leuchtet; mit ihren hübschen Blättern und ihrer feinen Färbung ist sie reizvoller als die etwas aufdringlich wirkende goldlaubige Goldakazie *Robinia pseudoacacia* 'Frisia'. Die Sorte 'Rubylace' bringt pflaumenrote junge Triebe hervor, die sich später bronzegrün verfärben und ebenfalls anmutig sind. Das zierliche Laub und die charakteristische Färbung dieser Bäume eignen sich besonders für sorgfältig abgestimmte Pflanzungen, wie etwa 'Sunburst' über der Flattergras-Art *Milium effusum* und Wolfsmilch oder 'Rubylace' mit *Euphorbia dulcis* 'Chameleon'.

Trotz ihrer lockeren, zart anmutenden Wuchsform sind diese Bäume unempfindlich gegen Luftverschmutzung, Hitze und Kälte und gedeihen in jedem fruchtbaren, gut durchlässigen Boden. Da sie erst spät austreiben, sind sie für Regionen mit Spätfrösten sehr geeignet. Ein Schnitt ist normalerweise nicht notwendig, falls doch, sollte er im Spätsommer erfolgen, da die Bäume im Frühling stark bluten.

HALIMIUM und × HALIMIOCISTUS

Immergrüne Sträucher · Höhe: 30 bis 60 cm · Breite: 60 bis 75 cm · Zierwert: im Sommer · Zone: 8 bis 10

Im Gegensatz zur verwandten Zistrose *(Cistus)* öffnen sich die Blüten von *Halimium* in Gelb. Die Pflanze trägt graufilzige Blätter und gedeiht besonders gut an trockenen Plätzen. Die Art *H. lasianthum*, ein Strauch mit ausladender Form, zeigt hellgelbe Blüten mit einem umbrabraunen Basalfleck an jedem Kronblatt. Das Laub von *H. ocymoides* ist heller und zierlicher. Dieser Strauch hat eine niedrige, kompakte Form, und seine Zweige wachsen, anders als bei den größeren Arten, mehr aufrecht als waagerecht. Die hellgelben Blüten sind etwas kleiner, weisen einen fast schwarzen Basalfleck auf jedem Kronblatt auf und öffnen sich aus gelblich-rotbraunen Knospen. Wie die Zistrose eignet sich die Gattungshybride x *Halimiocistus sahucii* als Bodendecker für trockene und sonnige Hänge, wo sie über einen langen Zeitraum reinweiße Blüten über kompaktem, niedrigem dunkelgrünem Laub hervorbringt. Genauso wie ihre Verwandten wirft sie die Blüten täglich ab – um am nächsten Morgen mit dem ersten Sonnenstrahl neu zu erblühen. Vermehrung erfolgt durch Stecklinge im Sommer.

HAMAMELIS

Laubabwerfende Sträucher · Höhe: 2,4 m · Breite: 3,6 m · Zierwert: im Winter · Zone: 6 bis 8 (oder wie angegeben)

Wie viele im Winter blühende Pflanzen erregt die Zaubernuß mehr durch ein bescheidenes als durch ein spektakuläres Aussehen Aufmerksamkeit. Ihre gelben, gelbbraunroten oder orangefarbenen spinnenartigen Blüten sitzen an kahlen Zweigen. Ein ausgewachsenes Exemplar der Chinesischen Zaubernuß *(H. mollis* 'Coombe Wood'*)* läßt jedoch an kalten Wintertagen die Herzen höher schlagen: Sie besitzt herrliche, große gelbe Blüten mit einem würzig-süßlichen Duft, die vor dunkelgrünen immergrünen Pflanzen besonders gut wirken. Die Japanische Zaubernuß *(H. japonica)* hat eine wunderschöne Sorte hervorgebracht: 'Zuccariniana' blüht zu Frühjahrsbeginn zitronengelb. Dagegen weisen die Blüten der *H.* x *intermedia*-Hybriden rötliche Töne auf. Rot kommt nicht nur bei den Blüten, sondern auch bei der Laubfärbung im Herbst vor; generell sind Blüten und Blätter der Zaubernuß aber häufiger in Gelb anzutreffen.

Obwohl 'Feuerzauber' ('Magic Fire') unter den rotblühenden und zugleich duftenden Sorten hervorsticht, verfügt 'Diane' mit ihren blutroten Blüten über ein hübscheres Aussehen und einen feineren Duft. 'Jelena' blüht in einem auffälligen Kupferorange, während 'Arnold Promise' große reingelbe Blüten mit vielen kurzen Kronblättern zeigt und 'Pallida' sich mit ihren duftenden hellgelben Blüten als wahre Schönheit präsentiert. Die Frühlingszaubernuß (*H. vernalis* 'Sandra'; Zone: 5 bis 8) unterscheidet sich von den vorgestellten Sorten: Ihr Reiz liegt nicht in ihren unscheinbaren gelben Blüten, die sich im Spätwinter öffnen, sondern in ihren Blättern. Sie entfalten sich im Frühling scharlachrot bis pflaumenviolett, färben sich im Sommer oberseits grün, und im Herbst zeigen sie leuchtende orangefarbene und scharlachrote Schattierungen.

Von der Zaubernuß wird häufig angenommen, daß sie ein Kalkflieher sei, doch meiner Erfahrung nach toleriert sie leicht kalkhaltige Erde, solange diese tief genug, feucht und humos ist. In Regionen mit trockenem Klima gedeiht die Pflanze am besten an einem windgeschützten Platz im Halbschatten. In Gebieten mit meist hoher Luftfeuchtigkeit und bedecktem Himmel blüht sie üppig, wenn sie einen sonnigen Standort hat. Die Zaubernuß wächst langsam und sollte ohne Schnitt ihre breite oder trichterförmige Form entwickeln können. Bis der Strauch eine mittlere Größe erreicht hat, sollte man auch keine Zweige für die Vase abschneiden. Ist ein Schnitt notwendig, wird er zu Frühjahrsbeginn durchgeführt.

Der beste Platz für Hamamelis x intermedia *'Pallida' befindet sich wie hier vor einem Hintergrund aus dunkelgrünen Blättern. So kommen ihre zarten Blüten in der Wintersonne am besten zur Geltung.*

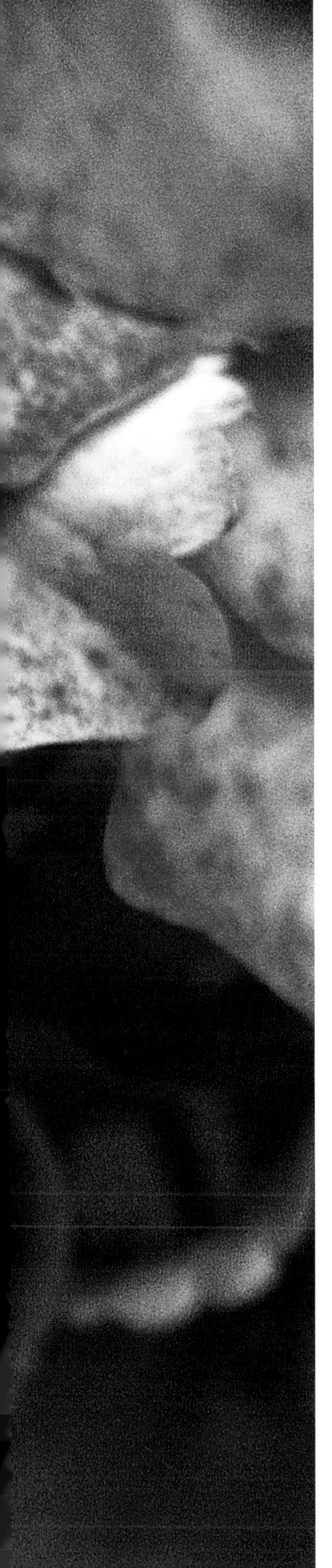

Hydrangea
Blaue Wogen

DETAILS, VON OBEN:
Wird die Waldhortensie 'Annabelle' kräftig zurückgeschnitten, bringt sie große Doldenrispen aus kleinen Blüten hervor.

Die runde Wuchsform und die ball- und schirmförmigen Blütenstände der Hortensien werden durch die akkurat geschnittenen Pflanzen im Hintergrund noch verstärkt.

Sowohl die Blüten als auch die Blätter von H. macrophylla *ssp.* serrata *'Preziosa' besitzen eine ungewöhnliche Farbe: Wenn Sonnenlicht auf sie fällt, leuchten sie granat- und rubinrot.*

Die Blütenform der Rispenhortensie 'Floribunda' liegt zwischen den konischen Rispen von 'Grandiflora' und den duftigen Blütenständen von 'Kyushu'. Diese Sorte stellt einen hübschen winterharten Strauch dar.

GROSSES FOTO:
Während ihrer langen herrlichen Blüte nehmen ballförmige Hortensienblüten allmählich die Farbnuancen von Grünspan und Stahl an. Manchmal sind sie auch mit Rosa überhaucht.

Hydrangea

Laubabwerfende Sträucher · Höhe: 1 bis 2,4 m · Breite: 1 bis 1,8 m · Zierwert: von Sommer bis Herbst · Zone: 7 bis 10 (oder wie angegeben)

Die anmutigen, schattenliebenden Kletterhortensien werden auf Seite 80 behandelt. Gartenhortensien *(H. macrophylla)* mit ihren dunkelrosa, weißen oder violetten, in saurer Erde blauen ball- oder schirmförmigen Rispen und Doldenrispen bilden üppige Farbwogen. Zu den schönsten Sorten zählen die blaßrosa (oder himmelblaue) 'Générale Vicomtesse de Vibraye' (siehe Seite 16), die weiße 'Madame Emile Mouillère', die dunkelrote oder intensiv blaue niedrige 'Altona', die dunkelrosafarbene 'Europa' und 'Ayesha' mit nach innen gebogenen Schaublüten in Violett, Blaßrosa oder Hellblau. Die zwergwüchsige 'Preziosa' ist eine Sorte der Unterart *serrata* und öffnet über kupferrotem Laub blaßrosa Blüten, die tiefpurpurrot werden.

Diese Hortensien benötigen nährstoffreiche, feuchte, tiefgrundige Erde. Die in saurem Boden normalerweise blaublühenden Sorten können in neutraler Erde ebenfalls blau blühen, wenn sie mit einem den pH-Wert senkenden Dünger unterstützt werden. Abgeblühte Blütenstände, die man bis zum Frühling an der Pflanze läßt, schützen gegen Winterfrost. Sobald sich neue Knospen zeigen, werden die Blütenköpfe bis zu kräftigen Knospen zurückgeschnitten. Gleichzeitig kann altes und starkverzweigtes Holz herausgeschnitten werden. Ungeschnittene Sträucher tragen zwar viele, aber nur kleine Blüten. Sie können im Frühling kräftig, bis in Bodenhöhe zurückgeschnitten werden, damit sie sich verjüngen. Dadurch muß man jedoch auf eine Blütezeit verzichten. Stecklinge bewurzeln schnell und können fast das ganze Jahr über genommen werden.

Winterharte, weißblühende Hortensien, die an diesjährigem Holz blühen, bevorzugen eine andere Pflege. Die Waldhortensie (*H. arborescens* 'Annabelle'; Zone 4 bis 9) trägt große, breite Doldenrispen aus vielen kleinen Blüten, die sich aus grünen Knospen elfenbeinfarben öffnen. Die Sorten der Rispenhortensie (*H. paniculata;* Zone 4 bis 8) präsentieren konische Rispen, die besonders duftig wirken, wenn sie sowohl fruchtbare als auch sterile Blüten aufweisen, wie etwa 'Floribunda', 'Kyushu' und die spätblühende 'Tardiva'. Die Sorte 'Grandiflora' trägt schwere Rispen aus sterilen Blüten; wird sie im Frühling kräftig zurückgeschnitten, blüht sie besonders üppig. Diese Hortensien gedeihen in fruchtbarer Erde. Stecklinge bewurzeln im Hochsommer schnell.

Die Gartenhortensie 'Altona' wird hier von den glockenförmigen intensiv indigoblauen Blüten der Glanzblättrigen Waldrebe (Clematis integrifolia) *begleitet. Im Winter stirbt die Waldrebe jedoch ab und läßt die Hortensie alleine zurück.*

Bei dieser an einer Mauer erzogenen Itea ilicifolia *kommen die schlanken kätzchenartigen Blütentrauben gut zur Geltung, da sie frei von den Zweigen hängen können.*

ITEA ILICIFOLIA

Immergrüner Strauch · Höhe und Breite: 3 m · Zierwert: im Spätsommer · Zone: 8 bis 10

Die aus China stammende Art der Rosmarinweide hat glänzende dunkelgrüne Blätter mit gezähnten Rändern. Die Pflanze sieht das ganze Jahr über hübsch aus, besonders aber im Frühling, wenn die neuen bronzefarbenen Triebe erscheinen. Im Spätsommer stellen sie einen schönen Hintergrund für die langen, kätzchenartigen Trauben aus duftenden grünlichweißen Blüten dar. Aufgrund seiner lockeren, buschigen Wuchsform kann der Strauch gut vor einer Mauer im Halbschatten oder in der Sonne gepflanzt werden. Er harmoniert mit *Azara microphylla,* die im Winter nach Vanille duftende Blüten öffnet, *Pileostegia viburnoides,* die im Spätsommer cremefarbene Doldenrispen hervorbringt, und mit der grüngelbblühenden Hasenohr-Art *Bupleurum fruticosum*.

In warmen Regionen kann *Itea ilicifolia* frei stehend oder so an einer Mauer gezogen werden, daß sich ihre Zweige, von denen nur die Haupttriebe befestigt werden sollten, ungehindert nach vorn neigen können. In kälteren Gebieten braucht die Pflanze den Schutz der Mauer, und sie muß stärker geschnitten und gut eingebunden werden. Die schönsten Blüten erscheinen an kräftigen vorjährigen Trieben. Alte, dünne Zweige können im Frühling herausgeschnitten, junge Triebe sollten jährlich eingebunden werden. Im Spätsommer genommene Stecklinge bewurzeln schnell.

Dieser Glanzliguster verwandelte sich im Spätsommer von einem hübschen Laubbaum in eine Wolke aus elfenbeinfarbenen Blüten.

LIGUSTRUM LUCIDUM

Immergrüner Baum · Höhe und Breite: 9 m · Zierwert: im Spätsommer · Zone: 8 bis 10

Ein ausgewachsenes Exemplar dieses aus China stammenden Glanzligusters bietet einen imposanten Anblick: Der wohlgeformte Baum hat eine kuppelförmige Krone, deren Zweige dicht mit zugespitzten, glänzenddunkelgrünen Blättern besetzt sind. Im Spätsommer ist das Laub durchbrochen von zahllosen kräftigen Rispen aus kleinen elfenbeinfarbenen bis weißen Blüten, die sich aus cremegrünen Knospen öffnen.

Wer für einen baumgroßen Glanzliguster zu wenig Platz hat, kann ihn im Frühling vorsichtig zurückschneiden. Doch diese Art eignet sich nicht dazu, wie ein Hecken-Liguster behandelt zu werden, und man sollte seiner eleganten Form Rechnung tragen. Die panaschierten Formen haben einen langsameren Wuchs. Der Glanzliguster gedeiht in jedem fruchtbaren, gut durchlässigen Boden an einem sonnigen oder schattigen Platz. Stecklinge bewurzeln im Sommer und Herbst schnell.

Sträucher und Nadelbäume steuern in dieser gemischten Pflanzung Farbe bei: Der stahlblaue Kegel der Sawara-Scheinzypresse Chamaecyparis pisifera *'Boulevard' kontrastiert mit dem hellgelben Laub der jungen Orangenblume* Choisya ternata *'Sundance'. Die ausladenden Zweige des Perückenstrauches* (Cotinus coggygria) *mit seinen burgunderroten Blättern werden vom Graugrün der Ölweiden-Hybride* Elaeagnus x ebbingei *gemildert, so daß sie nicht mit der lebhaften Farbe der Orangenblume konkurrieren. Zwischen dem Perückenstrauch und der violettlaubigen Heckenberberitze* Berberis thunbergii *'Atropurpurea Nana' stellen die grünen schwertförmigen Blätter der Montbretie eine willkommene Abwechslung in der Pflanzung aus hauptsächlich runden und schirmförmigen Wuchsformen dar.*

Magnolia
Wächserne Kelche

DETAILS, VON OBEN:
Die sternförmigen Blüten, denen die Sternmagnolie ihren Namen verdankt, öffnen sich ab Frühjahrsbeginn aus graubehaarten Knospen.

Für frühlingsblühende Magnolien sind seidigbehaarte Knospen charakteristisch. An den Spitzen kräftiger Zweige deuten sie an dieser Tulpenmagnolie bereits im Winter die kommende Frühlingspracht an.

Wächsern anmutende Kronblätter der sommerblühenden Magnolia sieboldii *neigen sich um das Staubgefäßbüschel in ihrer Mitte.*

Die herrlichen rubinroten Blütenkelche der Tulpenmagnolie 'Rustica Rubra' erscheinen zunächst an kahlen Zweigen – im Frühling gesellen sich zu ihnen hellgrüne Blätter.

GROSSES FOTO:
Magnolia x loebneri *'Leonard Messel' bringt kleine, aber viele rosaüberhauchte Blüten an grazilen Zweigen hervor.*

MAGNOLIA

Laubabwerfende Bäume · Höhe und Breite: 3 bis 9 m · Zierwert: in Frühling und Sommer · Zone: 5 bis 9 (oder wie angegeben)

Die bekannte Tulpenmagnolie *(Magnolia* x *soulangiana)* ist so widerstandsfähig wie eine Zierkirsche. Im Frühling öffnen sich noch vor den Blättern die großen behaarten Knospen zu weißen, dunkelrosa oder weinroten kugel- oder kelchförmigen Blüten. 'Brozzonii', eine spätblühende Sorte mit weißen Blüten, die an der Basis der Kronblätter rosa überhaucht sind, und die noch später blühende violette 'Lennei', deren Blüten großen Tulpen ähneln, sind herrliche Züchtungen.

Magnolien gedeihen nicht nur in kalkfreiem Boden. Der kleinblättrige Baum *M.* x *loebneri* etwa wächst in kalkhaltiger Erde, vorausgesetzt sie trocknet nicht aus. Von dieser Hybride stammen mehrere Sorten ab, wie 'Leonard Messel' mit cremeweißen, rosaüberhauchten Blüten aus vielen Kronblättern und 'Merrill' mit sternförmigen, halbgefüllten weißen Blüten. *M. salicifolia* (Zone 6 bis 9) ist ein graziler, stark verzweigter Baum, der kalkfreien Boden benötigt. Er besitzt zahllose duftende weiße Blüten. Die Sternmagnolie *(M. stellata)* bildet einen langsamwachsenden, runden Strauch mit weißen Blüten; es gibt auch rosaüberhauchte Formen und großblütige wie 'Water Lily'.

Die sommergrüne *M. sinensis* sowie *M. wilsonii* tolerieren kalkhaltigen Boden, während die buschige *M. sieboldii* mit ihren breiten, unterseits bereiften Blättern ein Kalkflieher ist. Doch alle drei Arten haben eine lange Blüte, die vom Anfang bis zum Ende des Sommers reicht; *M. sieboldii* blüht am längsten. Die hängenden becherförmigen Blüten duften und besitzen wächsern anmutende weiße Kronblätter mit einem Kreis aus purpurroten Staubgefäßen und einem zitronengelben oder grünen Griffel. Ihnen folgen auffällige Früchte, deren rubinrotes Fleisch scharlachrote Samen beinhaltet. Alle Magnolien gedeihen am besten in humoser, feuchter, aber durchlässiger Erde. Da ihre fleischigen Wurzeln empfindlich sind, sollte man Magnolien pflanzen, wenn sie noch jung sind, und dann ungestört wachsen lassen. Falls ein Schnitt nötig ist, um die Form zu erhalten oder Windschäden zu beheben (die Äste neigen dazu, abzubrechen), nimmt man ihn nach dem Hochsommer vor. Einige Magnolien lassen sich durch Stecklinge vermehren; Absenker sind jedoch erfolgversprechender. Bei Arten kann die Vermehrung auch durch Aussaat erfolgen.

Die große, etwas hängende Wuchsform von Magnolia liliiflora *'Nigra' erinnert eher an einen Strauch als an einen Baum und ähnelt der von* M. x soulangiana *'Lennei'. Sie gehört zu den spätblühendsten Sorten.*

Mit ihren hohen gelben Blütenständen und den ordentlich aufgereihten Blättern, die an Stechpalmen erinnern, ist Mahonia x media *'Arthur Menzies' charakteristisch für diese Gruppe winterblühender Sträucher.*

Die winzigen duftenden Blüten der Brautmyrte bilden einen Höhepunkt im Sommer, während ihr glänzendes Laub das ganze Jahr über hübsch anzusehen ist.

MAHONIA

Immergrüne Sträucher · Höhe: 25 cm bis 3 m · Breite: 45 cm bis 3 m · Zierwert: im Winter · Zone: 7 bis 10 (oder wie angegeben)

Zwei herrliche Sträucher haben die Kreuzung *Mahonia* x *media* hervorgebracht, die zu den wertvollsten, winterblühenden immergrünen Pflanzen gehört: Die Japanische Mahonie *(M. japonica)* ist ein großer runder Strauch mit kräftigem Laub aus vielen dornigen Fiederblättchen. Seine hängenden hellgelben Blütentrauben erinnern sowohl in Form als auch im Duft an Maiglöckchen. Die hochaufgeschossene *M. lomariifolia* (Zone 8 bis 10) trägt an kahlen Zweigen eine Krause aus Blättern mit vielen schmalen Fiederblättchen sowie aufrechte, schwachduftende, dichte gelbe Blütenstände. Von ihr haben die Hybriden die Blüten geerbt, während die Japanische Mahonie die Winterhärte beigesteuert hat. 'Charity' und 'Arthur Menzies' sind vermutlich die bekanntesten Sorten; 'Winter Sun' kann sich ebenfalls eines Maiglöckchenduftes rühmen und gehört zu den schönsten unter ihnen. An einem sonnigen Platz nehmen die Blätter im Winter einen bronze- oder sogar rötlich-aprikosenfarbenen Ton an. In einer schlichten Pflanzung wirkt das kräftige Laub am besten: Die runden Blätter von Bergenien und die schwertförmigen der Schwertlilien-Art *Iris foetidissima* harmonieren gut mit ihm.

Ob in der Sonne oder im Schatten, Mahonien benötigen fruchtbaren Boden. Sie können zu Frühlingsbeginn durch Augenstecklinge vermehrt werden. Falls notwendig, kann man sie nach der Blüte stark zurückschneiden; bald danach werden sie junge Blätter hervorbringen.

Selbst die schlichteste Gestaltung genügt, um der Art *M. nervosa* (Zone 6 bis 9) zu schmeicheln. Dieser niedrige, ausladende Strauch neigt zu unkontrolliertem Wuchs. Der langsamwachsende Bodendecker bildet wenige Ausläufer und hat starkstrukturierte, wohlgeformte Fiederblättchen, die im Sommer dunkelgrün sind und im Winter eine Tendenz zu Rotbraun aufweisen. Im Frühling erscheinen gelbe Blüten. Diese Art wird durch Stecklinge oder Teilung vermehrt. Falls ein Schnitt erforderlich ist, sollte er nach der Blüte erfolgen.

MYRTUS COMMUNIS

Immergrüner Strauch · Höhe und Breite: 3 m · Zierwert: im Sommer · Zone: 8 bis 10

Die Brautmyrte ist im Mittelmeerraum heimisch und hat aromatisches dunkelgrünes Laub, das in der Sonne glänzt. Ihre ebenfalls duftenden, zahlreichen Blüten bestehen aus kaum mehr als einem Büschel cremefarbener Staubgefäße, die aus runden Knospen erscheinen. 'Flore Pleno' ist eine gefülltblühende Form, während 'Variegata' cremefarbene Blattränder besitzt. Myrten eignen sich in warmen Regionen gut als Heckenpflanzen, wie etwa die kleinblättrige Sorte 'Jenny Reitenbach' von *M. communis* ssp. *tarentina*.

Myrten benötigen einen sonnigen Platz und durchlässigen Boden. Sie können durch Stecklinge im Sommer vermehrt werden. Die Sträucher lassen sich formieren, und bei Frostschäden können sie auch stark zurückgeschnitten werden; ist das Basalholz gesund, treibt es neu aus. Dies gilt auch für einen Strauch, der an einer sonnigen, geschützten Mauerecke zu groß geworden ist. Der Rückschnitt sollte im Frühling erfolgen.

NANDINA DOMESTICA

Immergrüner Strauch · Höhe und Breite: 75 cm bis 2,4 m · Zierwert: im Sommer · Zone: 7 bis 9

In Japan wird der Himmelsbambus in der Nähe von Haustüren gepflanzt, wo man ihm Geheimnisse anvertraut – dies soll ihm auch seinen Namen gegeben haben.

Er ist zwar kein Bambus, sondern gehört zur Familie der Sauerdorngewächse, doch sein wedelähnliches Laub an unverzweigten Trieben erinnert entfernt an einige elegante Bambus-Arten. In Frühling und Herbst verfärbt es sich kupferrot, und besonders die Sorte 'Firepower' wird aus diesem Grund gerne gezogen. Für kleine Gärten eignet sich die kniehohe Sorte 'Pygmaea'. In warmen, sonnigen Regionen bringen die Sträucher viele cremefarbene Blütenrispen hervor, denen rote Früchte folgen.

Der Himmelsbambus gedeiht in jeder fruchtbaren, gut durchlässigen Erde. Stecklinge bewurzeln zögerlich; am besten werden sie im Sommer genommen. Wenn sich an der Basis kräftige neue Triebe bilden, können alte im Frühling in Bodenhöhe entfernt werden.

OLEARIA MACRODONTA

Immergrüner Strauch · Höhe und Breite: 1,8 m · Zierwert: in Frühling und Sommer · Zone: 8 bis 9

Mit ihrem zinngrauen Laub und ihren Zweigen voll weißer Korbblüten gehört die Duftkraut-Art *O. macrodonta* zu den schönsten Sträuchern für Gärten in mildem Klima. Sie gedeiht jedoch auch an exponierten Küstenstandorten, wo sie eine kompakte runde Form entwickelt, die bis zum Boden mit Laub bedeckt ist. Steht sie windgeschützt, ist der Wuchs lockerer, und es werden Stämme mit abblätternder, beigefarbener Rinde sichtbar. Der Strauch gehört zu den wenigen Pflanzen, die auch im Schatten ihre graue Farbe behalten.

Der Schnitt richtet sich danach, ob man mehr Wert auf eine kompakte, dichtbelaubte Form legt oder eher die sich ablösende Rinde betrachten möchte. Im ersten Fall werden zu lange und unordentliche Zweige zurückgeschnitten, im zweiten entfernt man die dichtbelaubten unteren Zweige. Dies erfolgt im Spätfrühling nach der Blüte. Stecklinge bewurzeln schnell, wenn sie im Sommer oder im Frühherbst genommen wurden.

PAEONIA DELAVAYI

Laubabwerfender Strauch · Höhe und Breite: 2,4 m · Zierwert: von Spätfrühling bis Sommer · Zone: 6 bis 9 (Hybriden 5 bis 8)

Die Delavayi-Päonie entwickelt sich meistens zu einem großen, kräftigen Strauch mit gefiederten Blättern und vielen schalenförmigen Blüten aus wächsern wirkenden Kronblättern. Die Farbskala der Blüten ist groß und reicht vom reizvollen Blutrot der Art, deren gräulichblaues Laub einen schönen Hintergrund bietet, bis zum Gelb der grünblättrigen Varietät *P. delavayi* var. *ludlowii (P. lutea* var. *ludlowii).*

Die Delavayi-Päonie gedeiht in jedem gut durchlässigen Boden. Sie bevorzugt einen sonnigen Standort und Schutz vor Spätfrösten, die den jungen Blättern zusetzen. Die Pflanze kann durch Aussaat oder durch vorsichtiges Abtrennen von bewurzelten Ausläufern vermehrt werden. Obwohl diese Päonie beinahe keinen Schnitt benötigt, sollten nach dem Laubfall altes Holz in Bodenhöhe und alte Blütenstiele entfernt werden, damit sie ansehnlich bleibt.

Die Sämlinge von rotblühenden Elternpflanzen, wie diese Hybride der Delavayi-Päonie, variieren in der Farbe von Kupfer über Terrakotta bis zu blauroten Tönen.

PHILADELPHUS

Laubabwerfende Sträucher · Höhe und Breite: 1,2 bis 2,4 m · Zierwert: im Sommer · Zone: 5 bis 8

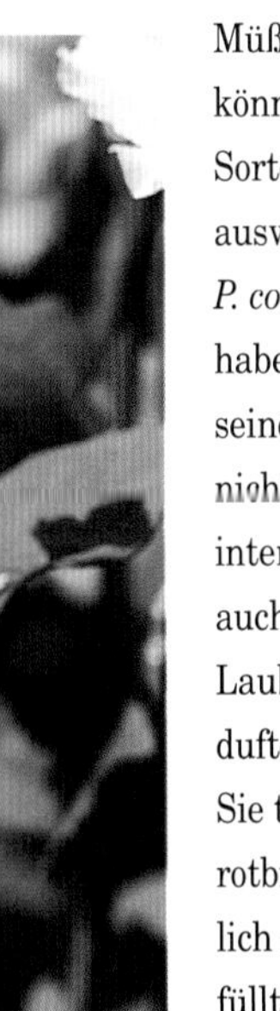

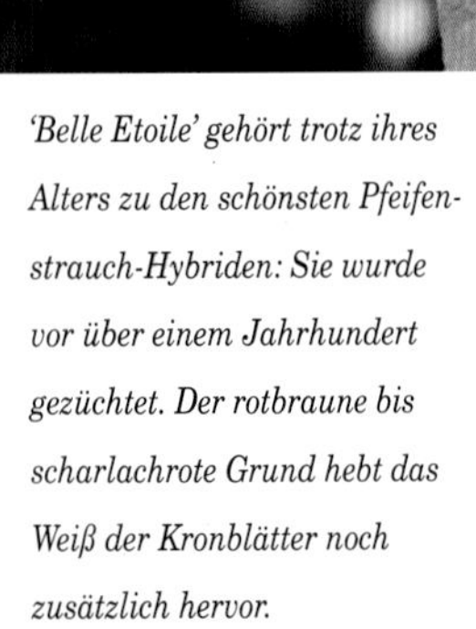

'Belle Etoile' gehört trotz ihres Alters zu den schönsten Pfeifenstrauch-Hybriden: Sie wurde vor über einem Jahrhundert gezüchtet. Der rotbraune bis scharlachrote Grund hebt das Weiß der Kronblätter noch zusätzlich hervor.

Müßte ich mich beschränken und könnte ich unter den vielen Arten und Sorten von Pfeifensträuchern nur einen auswählen, so wäre es vermutlich *P. coronarius* 'Aureus'. Seine Blätter haben eine schöne gelbgrüne Farbe und seine cremeweißen Blüten sind zwar nicht sonderlich hübsch, duften aber intensiv nach Orangenblüten. Doch auch andere Sorten, die meist grünes Laub und oft prächtige Blüten besitzen, duften, wie beispielsweise 'Belle Etoile'. Sie trägt vierblättrige Blüten mit einem rotbraunen Fleck am Grund, die deutlich nach Ananas duften. Einige der gefülltblühenden Züchtungen, wie etwa die hohe, buschige 'Virginal', verströmen ebenso einen angenehmen Duft. Es gibt also keinen Grund einen duftlosen Pfeifenstrauch zu ziehen, da es genügend duftende Sorten gibt, die ähnlich schönes Laub und herrliche Blüten besitzen.

Die Sträucher gedeihen in jeder gut durchlässigen Erde an einem sonnigen Platz. *P. coronarius* 'Aureus' kann jedoch an heißen Standorten in zu trockener Erde verbrennen; wächst er hingegen in einem zu schattigen Teil des Gartens, so können seine Blätter grün werden. Die Vermehrung ist einfach und erfolgt im Sommer durch Stecklinge. Blühende Triebe sollten nach der Blüte zurückgeschnitten werden, um neuen Platz zu machen. Wenn in Bodenhöhe neue Triebe erscheinen, kann man alte vollständig herausschneiden. Auf diese Art und Weise läßt sich der Strauch allmählich verjüngen.

Die durchsichtigen scharlachroten jungen Blätter der immergrünen Glanzmispel 'Red Robin' kommen am besten zur Geltung, wenn sie von hinten von der Frühlingssonne beschienen werden.

PHOTINIA × FRASERI

Immergrüner Strauch · Höhe und Breite: 4,5 m · Zierwert: im Frühling · Zone: 8 bis 9

Die mit dem Weißdorn verwandte immergrüne Glanzmispel-Hybride besticht im Frühling durch ihr leuchtendes scharlach- oder zinnoberrotes Laub. Dieses hebt sich von den alten, glänzenddunkelgrünen Blättern herrlich ab und macht der Lavendelheide Konkurrenz. Die mit dem nüchternen Namen 'Birmingham' bezeichnete Sorte hat kupferrotes Frühlingslaub und wird von 'Red Robin' mit ihren scharlachroten jungen Blättern in den Schatten gestellt; das Laub von 'Redstart' leuchtet ähnlich.

Die immergrüne Glanzmispel gedeiht in jeder gut durchlässigen, sowohl sauren als auch alkalischen Erde. Sie ist nur bedingt winterhart und muß vor Spätfrösten geschützt werden, obgleich ihre Blätter nicht so schnell Schaden nehmen wie die der Lavendelheide. Der Strauch benötigt, falls überhaupt, nur selten einen Schnitt, der im Spätfrühling, wenn die Blätter grün werden, erfolgen soll. Durch Stecklinge kann die Pflanze im Sommer und Herbst vermehrt werden; je später sie genommen werden, desto länger brauchen sie zum Bewurzeln.

PICEA BREWERIANA

Immergrüner Nadelbaum · Höhe: 9 m · Breite: 6 m · Zierwert: das ganze Jahr · Zone: 6 bis 8

Die Siskiyou-Fichte ist wildwachsend nur in wenigen Gebieten der namensgebenden Siskiyou Mountains im Norden Kaliforniens anzutreffen. Doch im Gegensatz zu anderen Pflanzen, die auf eine kleine Region beschränkt sind, hat sich diese Fichten-Art ihren Verhältnissen gut angepaßt. Mit ihren ausladenden Ästen und hängenden Zweigen voll dunkelglänzender blaugrüner Nadeln (siehe Seite 15) gehört sie zu den schönsten Nadelbäumen für kühles Klima. Sie braucht einen nährstoffreichen Boden und sollte nicht mit anderen Pflanzen konkurrieren müssen, damit sie ihre natürliche Wuchsform entwickelt. Bereits bei Jungpflanzen sollte ein Leittrieb erzogen werden. Die Siskiyou-Fichte kann durch Aussaat vermehrt werden, wächst jedoch anfangs sehr langsam.

PINUS

Immergrüne Nadelbäume · Höhe: 9 m · Breite: 6 m · Zierwert: das ganze Jahr · Zone: 5 bis 9 (oder wie angegeben)

Unter den vielen für Gärten geeigneten Kiefern habe ich zwei ausgewählt – eine für mildes Klima und eine für kühle Regionen. *P. patula* (Zone 8 bis 9) stammt aus Mexiko und hat eine anmutige Form mit langen, hängenden leuchtendgrünen Nadeln; ihr Wuchs ist zwar nicht so beeindruckend wie der der Montezuma-Kiefer *(P. montezumae),* dafür aber eleganter. Die Mädchenkiefer oder Japanische Weißkiefer *(P. parviflora)* entwickelt mit zunehmendem Alter eine typische ausladende Form, die durch vorsichtigen Schnitt gefördert werden kann. Die dunklen blaugrünen Nadeln sind in Büscheln angeordnet.

Die meisten Kiefern können leicht durch Aussaat vermehrt werden. Wenn die Sämlinge erscheinen, sollte man einen Leittrieb erziehen. Sie gedeihen in tiefgrundigem, fruchtbarem, gut durchlässigem Boden an einem offenen Platz.

PITTOSPORUM TOBIRA

Immergrüner Strauch · Höhe und Breite: 2,4 m · Zierwert: im Spätfrühling · Zone: 8 bis 10

Diese Klebsamen-Art mit ihren glänzenden, in Wirteln stehenden grünen Blättern bietet in warmen Regionen das ganze Jahr über einen hübschen Anblick. Die wun-

Pinus patula *verleiht mit ihren hängenden, langen dünnen Nadeln dem Garten einen besonderen Reiz.*

derschönen creme- und elfenbeinfarbenen Blüten verströmen einen intensiven Orangenblütenduft. Ihnen folgen blaugrüne Beerenfrüchte mit orangefarbenen Samen. Der Strauch wächst langsam, aber entwickelt eine ziemlich buschige Form. 'Nanum' ist eine natürlich entstandene Zwergform, die mit der Zeit taillenhoch wird; die Sorte 'Variegatum' hat cremerandige Blätter.

P. tobira gedeiht erstaunlich gut unter trockenen Bedingungen und verträgt sogar Vernachlässigung. Doch die Pflanze verdient eine bessere Pflege. Sie kann durch Sommerstecklinge oder Aussaat vermehrt werden und benötigt keinen Schnitt; frostgeschädigtes Holz sollte jedoch während der Wachstumsphase gegen Mitte des Frühjahrs entfernt werden.

PRUNUS

Laubabwerfende Bäume · Höhe und Breite: 6 bis 15 m · Zierwert: in Frühling, Herbst und Winter · Zone: 5 bis 7 (oder wie angegeben)

Es gibt so viele Zierkirschen, daß es nicht schwerfällt, unter ihnen eine auszuwählen, die mehr bietet als eine berauschende Blüte im Frühling, der schließlich monatelang nur der etwas eintönige Anblick von grünen Blättern folgt. Dabei werden diejenigen, die bonbonrosa Blüten bewundern und Kombinationen mit noch grelleren Frühlingsfarben nicht scheuen – von den kupferroten jungen Blättern ganz zu schweigen –, weniger mit meiner

Die wächsern anmutenden, intensiv duftenden Blüten der Klebsamen-Art Pittosporum tobira *werden von glänzenden Blätterwirteln eingerahmt.*

Auswahl einverstanden sein. Doch das anspruchsvolle Auge wird dezentere rosa Blütentöne zu schätzen wissen. Unter den Japanischen Blütenkirschen gibt es aber auch zwei weißblühende Züchtungen von atemberaubender Schönheit: 'Shirotae' ('Mount Fuji') und 'Taihaku'. Erstere hat weit ausladende, waagerechte oder sich anmutig neigende Äste und kommt nur an einem offenen Platz voll

»Lieblichster Baum, die Kirsche ist, / mit Ästen voller Blüten.« Sollte jemals ein Baum diesen Vers des Dichters A. E. Housman verdienen, dann kann es sich nur um die Japanische Blütenkirsche 'Taihaku' handeln.

zur Geltung. Sie ist übersät mit langen hängenden Büscheln aus großen, halbgefüllten reinweißen Blüten, die zudem noch duften. 'Taihaku' hat sehr große, einfache reinweiße Blüten und bronzefarbene junge Blätter.

Die Yoshino-Kirsche (*P.* x *yedoensis;* Zone 6 bis 8) ist ein hübscher Baum mit überhängenden Ästen voll blaßrosa bis weißer Blüten, die nach Mandeln duften und sich früh öffnen (siehe Seite 183). Die Scharlachkirsche *(P. sargentii)* kann nicht mit dem augenfälligen Charme dieser ausgelesenen Japanischen Blütenkirschen konkurrieren. Doch mit ihren einfachen, rosafarbenen Blüten zwischen leuchtendem gelbbraunrotem Frühlingslaub und ihrer prächtigen Herbstfärbung besitzt sie die Eleganz eines wildwachsenden Kirschbaumes. Selbst im Winter ist sie mit ihrer sattbraunen Rinde sehr dekorativ. In diesem Punkt wird sie von der Tibetanischen Kirsche *(P. serrula)* mit ihren weidenähnlichen, schmalen Blättern und kleinen weißen Blüten übertroffen: Die Rinde dieses Baumes ist rotbraun und glänzt wie poliertes Mahagoniholz. Unter den Japanischen Blütenkirschen (*P. subhirtella;* Zone 4 bis 8) bestechen vor allem ihre winterblühenden Sorten 'Autumnalis' mit weißen und 'Autumnalis Rosea' mit kleinen rosaroten Blüten, die im Frühling zwar nicht besonders auffallen, aber an kahlen Winterzweigen erfreuen.

Im Vergleich zu den in Europa heimischen Wildkirschen gibt es nur wenige Kirschen, die sich zu Süßkirschen entwickelt haben. Ein ausgebildetes Exemplar von *P. avium* 'Plena' (Zone 4 bis 8) ist ein beeindruckender Baum mit einer üppigen, weißen Blüte im Frühling und einer prächtigen Laubfärbung in Orange und Scharlachrot im Herbst.

Alle Zierkirschen benötigen einen fruchtbaren, gut durchlässigen Boden. Außer bei der Tibetanischen Kirsche ist kein Schnitt erforderlich. Bei dieser sollten jedoch im Jugendstadium die unteren Äste entfernt werden, damit sich ein glatter Stamm bildet, der die wundervolle Rinde deutlich sichtbar macht. Falls größere Äste geschnitten werden müssen, wählt man dafür die Zeit zwischen der Blüte und dem Hochsommer, um Krankheiten und Gummifluß zu verhindern. Kirschen werden wie andere Zierbäume meist als Bäume gekauft und nur selten vermehrt, doch ein Versuch mit Stecklingen lohnt sich im Sommer auch für den Freizeitgärtner, besonders bei der Yoshino-Kirsche und bei 'Taihaku'.

QUERCUS

Laubabwerfende Bäume · Höhe: 18 m · Breite: 12 m · Zierwert: im Herbst · Zone: 5 bis 8

Viele Eichen sind Waldbäume, aber die sommergrünen Eichen eignen sich so gut als Schattenspender für Rhododendren, daß die Scharlacheiche *Qu. coccinea* 'Splendens' und die Sumpfeiche *Qu. palustris* für Gärten in Betracht kommen. Mit ihren tiefgelappten Blättern, die im Herbst eine scharlachrote Färbung annehmen, sind sie sich sehr ähnlich, doch die Sumpfeiche hat eine elegantere Wuchsform und tiefer eingeschnittene, kleinere Blätter. Obwohl sie bereits als Jungpflanzen hübsch sind, werden sie erst als voll ausgebildete Bäume, wenn die Struktur der Erde unter ihnen vom Laub feucht und krümelig ist, zu Schattenbäumen *par excellence*.

Damit sie ihre würdevolle Form entwickeln können, benötigen diese Eichen tiefgrundigen, feuchten, kalkfreien Boden. Sie können durch Samen vermehrt werden, der, solange die Eicheln nicht vertrocknet sind, keimfähig ist. Sämlinge wachsen schnell und sollten mit einem Leittrieb erzogen werden.

RHODODENDRON (Rhododendren und Azaleen)

Immergrüne und laubabwerfende Sträucher · Höhe und Breite: 60 cm bis 1,8 m · Zierwert: im Frühling · Zone: 5 bis 8

Sommergrüne und immergrüne Azaleen unterscheiden sich deutlich von Rhododendren, so daß sie früher sogar eine eigene Gattung bildeten. Und obwohl sie wichtige Mitglieder der Gattung *Rhododendron* darstellten, haben sie sowohl in botanischer als auch in gärtnerischer Hinsicht durchaus Eigenes zu bieten. Die Zusammenlegung der beiden Gattungen führte auch zu Umbenennungen der Pflanzen, so daß *Azalea pontica* nun *Rhododendron luteum* heißt. Dieser große Strauch ist nach wie vor aufgrund seiner herrlichen Herbstfärbung und seiner hellgelben Blüten, deren intensiver Duft weithin zu riechen ist, beliebt.

Selbst eine junge Scharlacheiche zieht durch ihre herrliche Herbstfärbung die Blicke auf sich – Jahr für Jahr, während sie an der Seite ihres Besitzers altert.

Es gibt noch viele wilde sommergrüne Azaleen und Dutzende, ja Hunderte von Sorten. Sollte ich eine Handvoll auswählen, so würden sich darunter die meist duftenden, spätblühenden Genter Hybriden befinden, wie etwa 'Daviesii' mit zierlichen, gelbauslaufenden weißen Trichterblüten oder 'Narcissiflorum' mit zartgelben Doppeltrichterblüten.

Immergrüne Azaleen sind in zweifacher Hinsicht wertvolle Pflanzen: Im Frühling bieten sie eine überschwengliche Blütenpracht, und im Herbst tragen sie an exponierten Standorten bronze- bis mahagonifarbenes Laub. Die Blüten erscheinen hauptsächlich in Rottönen, von Dunkelrosa über Purpur- bis Magentarot. Es gibt aber auch weiße Blüten, wie etwa die wunderschöne Sorte 'Palestrina'. Die Art *R. kaempferi* ist halbimmergrün und trägt Blüten in Korallenrot und Apricottönen.

Azaleen benötigen wie Rhododendren humosen, sauren Boden. Arten können aus Samen gezogen oder durch Absenker vermehrt werden, immergrüne Azaleen im Sommer auch durch Stecklinge. Ein Schnitt ist, wenn überhaupt, nur selten erforderlich. Zu groß gewordene oder sparrige Pflanzen können nach der Blüte geschnitten werden.

Die Kunst der Züchter hat Dutzende benannte Azaleen hervorgebracht, doch keine kann mit Rhododendron luteum *mithalten: Seine gelben Blüten verströmen einen intensiven Duft, der weithin in der Frühlingsluft zu spüren ist.*

Rhododendron

Üppige Raffinesse

DETAILS, VON OBEN:

Zu den prachtvollen Blüten von 'Loderi King George' gesellen sich im Frühling herrliche schmale Blätter. Wie schlanke Kerzen spiegeln die dunkelrosa Deckblätter die Farbe der Blütenknospen wider.

Zu den schönsten mittelgroßen Hybriden gehören die der Fabia-Gruppe mit ihren glockenförmigen korallenroten Blüten im Spätfrühling.

Unter den winterharten Rhododendron-Hybriden ist 'Sappho' konkurrenzlos: Ihre großen weißen Blüten sind schwarzviolett gefleckt.

Der Hintergrund aus hellgrünen Blättern läßt die Blüten von 'Loderi Mintern' in einem reinen Weiß erscheinen.

GROSSES FOTO:

Die Exemplare der Cilpinense-Gruppe blühen früh. Damit die blaßrosa Blüten mit ihren braunen Staubbeuteln keinen Schaden nehmen, benötigen sie Schutz vor Spätfrösten.

RHODODENDRON (Hybriden)

Immergrüne Sträucher · Höhe und Breite: 30 cm bis 4,5 m · Zierwert: im Frühling · Zone: 6 bis 8 (oder wie angegeben)

Es gibt weit über hundert Rhododendron-Arten und Tausende von Hybriden. »Rhododendronitis« ist eine ansteckende Krankheit, unter deren Opfer sich häufig begüterte Freizeitgärtner mit großen Gärten befinden. Doch man züchtete auch Rhododendren für kleine Plätze. Zu ihnen gehören die »blauen« Zwergformen mit amethystfarbenen, blaugrauen oder violettblauen Blüten und hübschen Blättern: die Blue-Diamond-, Blue-Tit- und Bluebird-Gruppe sowie 'Sapphire'. Diese stammen vom hohen *R. augustinii* (Zone 6 bis 7), dem zwergwüchsigen *R. russatum,* dem kleinlaubigen *R. impeditum* (Zone 4 bis 7) und anderen Arten ab; erstere bildet einen Strauch, der am besten in Waldgärten gedeiht, die anderen bevorzugen offene Plätze. Sie harmonieren gut mit zwergwüchsigen gelbblühenden Rhododendren wie 'Princess Anne' und 'Chikor' (beide Zone 6 bis 8) oder den schlanken, hohen der Yellow-Hammer-Gruppe (Zone 6 bis 8) mit ihren röhrenförmigen gelben Blüten, die manchmal auch noch im Herbst erscheinen. Wer rosa Töne liebt, sollte auf die Bow-Bells-Gruppe (Zone 6 bis 8) zurückgreifen. Diese Williamsianum-Hybriden besitzen leuchtende, kupferfarbene junge Blätter und karmesinrote Knospen, aus denen sich glockenförmige hellrosa Blüten öffnen. Die Temple-Belle-Gruppe (Zone 7 bis 8), die dem Elternteil *R. orbiculare* (Zone 7 bis 8) sehr ähnelt, zeigt ebenfalls hellrosa Blüten und runde, unterseits weiße Blätter. Die Exemplare der Cilpinense-Gruppe tragen dunkelrosa Knospen, aus denen sich glockenförmige, rosaüberlaufene weiße Blüten öffnen. Die Seta-Gruppe zeichnet sich durch einen eher aufrechten als runden Wuchs aus und hat schmale, glockenförmige weiße Blüten an der Basis und dunkelrosafarbene an der Spitze. Die zwergwüchsige scharlachrote Elizabeth-Gruppe (Zone 7 bis 9) ist weit verbreitet, doch ich bevorzuge 'Carmen' (Zone 7 bis 9) wegen ihrer wächsernen, glockenförmigen blutroten Blüten.

Aufgrund des kompakten Wuchses, der glockenförmigen scharlachroten Blüten und nicht zuletzt seiner Unempfindlichkeit ist dieser Rhododendron der Elizabeth-Gruppe nach wie vor beliebt.

Etwas größere Rhododendron-Hybriden liefert die Fabia-Gruppe (Zone 6 bis 8) mit ihren korallen- bis orangeroten Blüten, die besonders gut mit den Grüntönen von jungen Eichenblättern und Farnen harmonieren. 'Naomi' (Zone 6 bis 8) ist eine Hybride von *R. fortunei* und hat von der Art ein wenig Duft geerbt. Sie trägt weitgeöffnete blaßviolette Trichterblüten mit gelbgrünem Grund. Wer Platz für einen großen Strauch

Die gefransten Blätter und die weißen Blüten mit braunen Staubbeuteln machen Rhododendron leucaspis *zu einem Juwel des Frühlingsanfanges.*

Rhododendron bureavii *gehört zu den schönsten kleinen Arten mit gelblichbraunfilzigen Blättern und Stielen.*

hat, der sollte einen Loderi-Rhododendron (Zone 7 bis 9) pflanzen. Diese Hybride von *R. fortunei* und *R. griffithianum* ist am schönsten als Jungpflanze. Ein ausgewachsenes Exemplar zeigt zwar seine herrlich abblätternde, rosa und graue Rinde, doch die intensiv duftenden, lilienähnlichen Blüten in Weiß und Rosa befinden sich dann in Kopfhöhe.

Die meisten aufgeführten Rhododendren ähneln im Charakter den Arten und vereinen die Anmut von Wildarten mit der Wuchsfreudigkeit von Hybriden. Falls die Wachstumsbedingungen nicht optimal sind und der Standort zu kühl oder zu exponiert ist, sollte man besonders widerstandsfähige Rhododendren wählen. 'Cunningham's White' (Zone 5 bis 7) trägt das robuste Erbe von *R. caucasicum* in sich und ist daher unempfindlich. Ihre mauvefarbenen Knospen öffnen sich zu weißen Trichterblüten. Die gefüllten Blüten von 'Fastuosum Flore Pleno' (Zone 5 bis 7) sind violett-mauvefarben. 'Sappho' mit ihren weißen Blüten und schwarzvioletten Flecken ist außer den magentarotblühenden die spektakulärste unter den winterharten Hybriden. Etwas empfindlicher sind die duftenden, lilienblütigen Arten und Sorten wie etwa *R. johnstoneanum,* 'Lady Alice Fitzwilliam' und 'Fragrantissimum' (alle Zone 7 bis 8). Ihre Blüten besitzen eine wächserne Textur und öffnen sich in Weiß oder Creme, manchmal mit einem Hauch Rosa an den äußeren Rippen. Diese Sträucher benötigen einen feuchten, warmen Platz in einem Waldgarten und, wenn sie in Topfkultur gezogen werden, auch einen frostfreien Ort zum Überwintern.

Die zwergwüchsigen Rhododendren und die nicht winterharten lilienblütigen Arten können durch Stecklinge, die großen Rhododendren durch Absenker vermehrt werden. Wenn überhaupt, ist nur ein leichter Schnitt erforderlich. Verblühte Blüten sollten jedoch nicht nur aus kosmetischen Gründen entfernt werden, sondern auch, um zu verhindern, daß die Samenproduktion zu ungunsten des Wachstums gefördert wird.

RHODODENDRON (Arten)

Immergrüne Sträucher · Höhe und Breite: 30 cm bis 6 m · Zierwert: im Frühling und das ganze Jahr · Zone: 4 bis 8 (oder wie angegeben)

Selbst wenn man Azaleen und Hybriden nicht mitzählt, ist die Gattung *Rhododendron* sehr umfangreich und unterschiedlich. Von über fünfhundert Arten empfehle ich folgende: An erster Stelle seien kleine und mittelgroße Arten genannt, die für fast jeden Garten geeignet sind. Die Gattung beinhaltet einige mit bodendeckendem oder rundem, buschigem Wuchs für kühlen, humosen, kalkfreien Boden an einem halbschattigen oder offenen, jedoch nicht sonnigen Platz. In niederschlagsreichen Regionen ergeben sie gute Bodendecker, aber sie wachsen langsam. Bis es soweit ist, sind sie jedoch hübsch anzusehen. *R. impeditum* (Zone 4 bis 7) ist an vielen blaublühenden Hybriden beteiligt, doch keine weist das reizvolle graublaue Laub der Art auf, das die blauvioletten Blüten so gut hervorhebt. *R. calostrotum* (Zone 6 bis 8) trägt graugrünes Laub und schalenförmige, leuchtende magenta- oder purpurrote Blüten, die für den kleinen Strauch fast zu groß sind; 'Gigha' zeigt dagegen weinrote Blüten. Die Botaniker haben dieser Art die pflaumenrotblühende Art *R. keleticum* (nun *R. calostrotum* ssp. *keleticum*) sowie *R. radicans* (nun *R. calostrotum* ssp. *keleticum* Radicans-Gruppe) mit ähnlichen Blüten, aber grünglänzendem Laub zugeordnet. *R. campylogynum* Myrtilloides-Gruppe (Zone 7 bis 8) besitzt kleine, glänzende grüne Blätter, die die wächsern wirkenden, glockenförmigen pflaumenvioletten Blüten gut zur Geltung bringen. Etwas größer wird die Art *R. leucaspis* (Zone 7 bis 8), die jedoch einen geschützten Platz braucht. Dunkelbraune Staubbeutel verleihen ihren cremeweißen Blüten einen besonderen Reiz. Alle beschriebenen kleinen Rhododendren können durch Stecklinge oder Absenker vermehrt werden.

Etwas größer und besonders erwähnenswert ist die Art *R. williamsianum* (Zone 5 bis 7), die sowohl hübsche Blüten als auch schöne Blätter besitzt. Der Strauch hat eine gedrungene, breite Form mit kleinen runden Blättern, die im Jugendstadium kupferrot bis schokoladenbraun sind, sowie glockenförmige perlmuttrosa Blüten. Die Art benötigt einen geschützten Platz, doch zu tiefer Schatten beschert nur eine geringe Blüte. Auch *R. oreotrephes* (Zone 6 bis 7) mit seinem graublauen Laub und hellvioletten bis mauvefarbenen Blütentrichtern ist etwas höher im Wuchs; sie ähnelt den lilienblütigen Arten.

Einige Rhododendren werden wegen ihres Laubes gezogen. Der kompakte, langsamwachsende *R. bureavii* (Zone 6 bis 7) hat unscheinbare rosa Blüten, aber großartige hellbraunbehaarte Blätter, die sich später dunkelgrün färben, ohne die fuchsrote Unterseite zu verlieren.

Eine der ersten Arten, die aus ihrer Heimat Himalaja in westeuropäische Gärten Einzug gehalten hat, ist *R. arboreum* (Zone 7 bis 8). Wie der Name vermuten läßt, besitzt sie einen baumartigen Wuchs. Die Blüten sind in dichten Dolden angeordnet und öffnen sich früh in Weiß, Dunkelrosa oder Blutrot. Die Blätter sind unterseits oft weiß. Die elegante weißblühende Sorte 'Sir Charles Lemon' zeigt an der filzigen Blattunterseite ein sattes Braun sowie mahagonifarbene Stämme.

Rhododendren können durch ihre staubfeinen Samen vermehrt werden; bei Fremdbestäubung sind sie jedoch nicht mit der Mutterpflanze identisch. Die Sträucher benötigen keinen oder nur geringen Schnitt, aber einen humosen, sauren und wasserhaltenden Boden. Sie bilden einen Ballen aus Faserwurzeln, so daß selbst große Sträucher problemlos versetzt werden können. Die Wurzeln sollten jedoch mit einer Laubschicht und nicht mit Erde bedeckt werden. Rhododendren müssen vor austrocknenden Winden geschützt werden. Je größer die Blätter sind, desto mehr Schatten und Schutz benötigen sie; kleinblättrige Exemplare gedeihen auch an offenen Plätzen, solange sie nicht austrocknen.

ROBINIA

Laubabwerfende Bäume und Sträucher · Höhe und Breite: 3 bis 4,5 m · Zierwert: im Frühsommer · Zone: 4 bis 8 (oder wie angegeben)

Die Scheinakazie *(R. pseudoacacia)* ist ein 15 bis 20 m hoher, Ausläufer bildender Baum mit herrlichen Blättern und duftenden cremefarbenen Blüten. Aufgrund seiner Größe ist er für durchschnittliche Gärten meist ungeeignet. Doch es gibt einige Sorten, wie etwa die Kugelakazie 'Umbraculifera' (siehe Seite 17), die eine runde Form aus ebenfalls eleganten Blättern besitzen; die Goldakazie 'Frisia' bietet mit ihren gelbgrünen Blättern, die sich im Herbst goldfarben verfärben, vom Frühling bis zum Herbst einen leuchtenden Anblick.

Die Zweige der Robinien sind leider brüchig und daher stark windgefährdet. Aus diesem Grund zieht man die langen Zweige der Borstigen Robinie (*R. hispida;* Zone 6 bis 8) am besten an einer geschütztliegenden Mauer oder an einem stabilen Spalier. Im Frühsommer ähneln ihre kurzen Blütentrauben einer dunkelrosablühenden Glyzine *(Wisteria)*. Die Pflanze benötigt einen sonnigen Platz. Wie die Scheinakazie gedeiht sie in jedem gut durchlässigen Boden, wo sie viele Ausläufer bildet. Im Erwerbsgartenbau erfolgt die Vermehrung durch Aufpfropfen auf Wurzelstöcken der Scheinakazie.

Die Borstige Robinie wird hier wie Goldregen gezogen: Von den Bogen des Durchganges hängen im Frühsommer Trauben mit dunkelrosafarbenen Blüten.

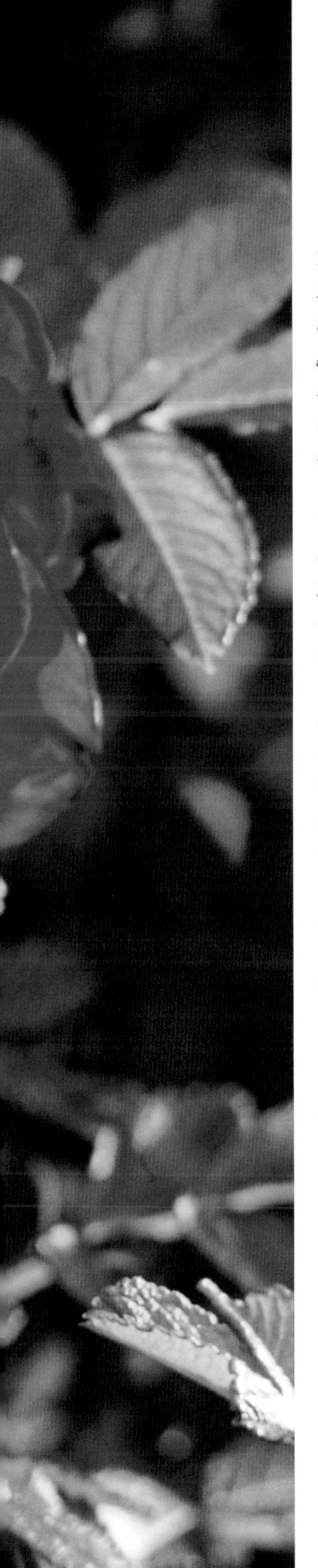

Rosa
Duftendes Dach

DETAILS, VON OBEN:
Die Gallica-Rose 'Tuscany Superb' ist eine Variante der sogenannten Samtrose 'Tuscany'. Ihre Kronblätter sind so samtweich, wie es ihr Name verspricht.

'Frau Dagmar Hastrup', eine Rugosa-Rose, bildet einen kompakten Strauch mit rosa Blüten, denen große tomatenrote Hagebutten folgen.

Die Gallica-Rose 'Belle de Crécy' stammt aus dem 19. Jahrhundert, während 'Fritz Nobis' mit ihren dunkelrosa Blüten eine moderne Strauchrose ist.

Die meisten Moschushybriden verströmen einen fruchtigen Duft, doch bei 'Cornelia' überwiegt Moschus.

GROSSES FOTO:
Der außergewöhnliche Geschmack ist den Versuch wert, einige der intensiv duftenden Kronblätter von Rosa rugosa *'Roseraie de l'Hay' in einer Tasse mit Earl-Grey-Tee ziehen zu lassen.*

ROSA

Laubabwerfende Sträucher · Höhe und Breite: 90 cm bis 2,4 m · Zierwert: im Sommer · Zone: 4 bis 9 (oder wie angegeben)

Zwischen der kleinblättrigen, einfachen, weißblühenden Bibernellrose *(R. pimpinellifolia)* aus Nordeuropa und Asien und der robusten Kartoffel- oder Rugosa-Rose (*R. rugosa;* Zone 3 bis 9) aus Japan liegt ein Spektrum an Arten. Und die wilde Chinesische Rose *(R. chinensis)* unterscheidet sich nicht nur optisch von einer modernen Großblumigen Buschrose, sondern zwischen ihnen liegen auch Mutationen und Züchtungen von Jahrhunderten. Hier eine kleine Auswahl von Arten, »alten« Rosen und modernen Strauchrosen.

Die Bibernellrose (Zone 4 bis 8) bildet Ausläufer und dünne Triebe mit vielen aufrechten Stacheln. Sie kann sowohl knie- als auch kopfhoch werden. Früher war sie sehr beliebt, und einige ihrer schönsten Sorten werden auch heute noch wegen der schalenförmigen weißen oder dunkelrosa Blüten gezogen. Sie öffnen sich sehr früh und verströmen einen süßen Duft. Ihnen folgen fast schwarze Hagebutten, die durch die herbstliche Blattfärbung in Orange, Purpurrot und einem gedämpften Pflaumenrot gut zur Geltung kommen; *R.* x *harisonii* 'Harison's Yellow' (Zone 4 bis 8) ist eine gelbblühende Bibernellrose. Unter den herrlichen Wildarten mit gelben Blüten ist *R. primula* (Zone 5 bis 8) hervorzuheben, die auch aromatisches junges Laub besitzt. Aus Nordamerika kommen zwei kleinere Arten, die sich für flachgrundigen Boden und lockere Pflanzungen eignen: *R. nitida* und *R. virginiana* (beide Zone 3 bis 7) mit einfachen dunkelrosa Blüten im Hochsommer und glänzenden Blättern, die sich im Herbst scharlachrot und orange verfärben. Leuchtendrote Hagebutten schmücken den Strauch lange Zeit, und im Winter werden gelblichrotbraune Triebe sichtbar.

R. willmottiae (Zone 6 bis 8) stammt aus China und trägt an hohen rötlichen Trieben grauüberlaufene Fiederblättchen. Den kleinen, aber zahlreichen rosavioletten Blüten folgen zinnoberrote Hagebutten. *R. soulieana* (Zone 7 bis 8) präsentiert graugrünes Laub an grauen Trieben. Große, duftende weiße Blüten öffnen sich aus zartgelben Knospen. Verglichen mit den anmutig überhängenden, buschigen Trieben von *R. willmottiae* ist der Strauch von ungezügeltem Wuchs. *R. glauca* (Zone 4 bis 9) hat von allen Rosen die intensivsten

Der Teeduft der Bourbon-Rose 'Souvenir de la Malmaison' ist genauso zart wie die Farbe ihrer Blüten.

grauen Blätter. Ihr ehemaliger Name *R. rubrifolia* deutete den pflaumenrotvioletten Ton an, den die Blätter in der Sonne annehmen. Die Blüten sind hellrosa; es folgen ihnen braune bis scharlachrote Hagebutten.

Rugosa-Rosen (alle Zone 3 bis 9) erscheinen robuster und besitzen kräftige stachelige Triebe und glänzende, gewellte sattgrüne Blätter, die sich im Herbst goldgelb färben. Spitze Knospen öffnen sich zu seidigen Blüten, denen große, leuchtendrote Hagebutten folgen. Obwohl Magentarot bis Dunkelrosa die typischen Blütenfarben dieser Rosen sind, gibt es auch weiße ('Alba'), blaßrosa ('Frau Dagmar Hastrup'), hellmagentarote ('Scabrosa'), gefüllte, wie die weiße 'Blanc Double de Coubert', sowie die magentaviolettrote 'Roseraie de l'Hay'. Sie alle duften verführerisch und blühen sowohl früh als auch spät im Jahr.

Die Moschushybriden öffnen ihre duftenden Blüten ebenfalls im Sommer und im Herbst. 'Buff Beauty' (Zone 6 bis 9) zeigt bronzefarbene junge Blätter und korallenrote Knospen, die sich zu aprikosenfarbenen Blüten öffnen; 'Moonlight' (Zone 5 bis 9) präsentiert blasse Blüten in Creme und mahagonibraunes junges Laub; die rosaaprikosenfarbenen Blüten von 'Cornelia' (Zone 5 bis 9) duften nach Moschus; 'Ballerina' hat kleine dunkelrosa Blüten, und 'Penelope' (Zone 5 bis 9) besitzt lachsfarbene Knospen, die sich zu Blüten in Hellrosa öffnen, das jedoch rasch zu Elfenbeinfarben verblaßt; ihnen folgen korallenrote Hagebutten.

Wem die sanften Töne von 'Buff Beauty' gefallen, wird auch von *R.* x *odorata* 'Mutabilis' (Zone 6 bis 9) begeistert sein. Diese Rose hat mahagonifarbenes junges Laub und schlanke hellorangefarbene Knospen, die sich zu einfachen Blüten öffnen. Zunächst sind diese honiggelb mit einem orangefarbenen Hauch. Nach der Bestäubung verfärben sie sich gelbbraun bis dunkelrosa und einen Tag später, bevor die Blütenblätter abfallen, purpurrot.

Diese Rosen wurden zwar bereits Anfang des 20. Jahrhunderts oder noch früher gezüchtet, doch unter »alten« Rosen versteht man andere, nämlich Moos-, Provence-, Damaszener-, Gallica-, Alba- und Bourbon-Rosen. Letztere stellen ein Verbindungsglied zwischen den »alten« und den modernen Rosen dar und sind remontierende Ahnen der Immerblühenden Hybriden, aus denen wiederum die Großblumigen Buschrosen entstanden. Eine der ältesten Rosen ist die Apothekerrose oder Rote Rose von Lancaster (*R. gallica* var. *officinalis;* Zone 4 bis 9), ein langsamwachsender Strauch mit halbgefüllten, duftenden rosapurpurroten Blüten und gelben Staubgefäßen. Alba-Rosen, zu denen die Weiße Rose von York gehört, blühen nicht alle weiß: 'Céleste' (Zone 3 bis 9) zeigt ein reines Perlmuttrosa; ihre halbgefüllten Blüten öffnen sich aus gedrehten Knospen und heben sich gut vom gräulichen Laub ab. Die reinweißblühende 'Madame Hardy' (Zone 4 bis 9) ist mein Favorit unter den Damaszener-Rosen: Ihre perfekt geformten flachen Blüten zeigen ein kleines grünes Auge.

Die vollständig geöffnete Blüte der Gallica-Rose 'Charles de Mills' (Zone 4 bis 9; siehe Seite 15) präsentiert gleichmäßig, flach und dicht angeordnete Kronblätter. Die Farbe reicht von Dunkelkarminrot bis Burgunder. 'Tuscany Superb' (Zone 4 bis 9), eine weitere Gallica-Rose, besitzt samtige Blüten in Purpurrotbraun, das in Kombination mit primel- oder zitronengelben Blüten herrlich wirkt. Die Moosrose 'Nuits de Young' (Zone 4 bis 9) ist von ähnlicher Farbe, die jedoch durch dunkles, glänzendes Laub und Moos verstärkt wird. 'William Lobb' (Zone 4 bis 9), ebenfalls eine Moosrose, weist eine außergewöhnliche Blütenfarbe auf: Der große Strauch trägt purpurrotviolette Blüten, die zu Grauviolett, Violettmauve und Lavendelfarben verblassen. Sie harmonieren hervorragend mit den pomponförmigen, doppeltgefüllten grauvioletten Blüten und dem grauen und silbrigen Laub von *Clematis viticella* 'Purpurea Plena Elegans'. Auch der Gartensalbei (Purpurascens-Gruppe) mit seinem zurückhaltenden grauvioletten Laub ist ein guter Pflanzpartner. Die Immerblühende Hybride 'Reine des Violettes' (Zone 4 bis 9) präsentiert ähnlich zarte Farben, wirkt jedoch eher wie eine Bourbon-Rose.

Die stachellose 'Zéphirine Drouhin' (Zone 5 bis 9) gehört zu den Bourbon-Rosen. Sie duftet intensiv, blüht scheinbar endlos und verfügt über eine robuste Natur. Ihre Blüten sind jedoch ein wenig zu bonbonrosa – am besten sehen sie deshalb in der Dämmerung aus; ich bevorzuge 'Kathleen Harrop' (Zone 5 bis 9), ein Sport von ihr, die dagegen ein reines Dunkelrosa zeigt. 'Souvenir de la Malmaison' (Zone 5 bis 9) ist zwar nicht stachellos, aber in ihrer Blütenfarbe unübertroffen: zartes Pfirsichrosa bis Elfenbein.

Eine Handvoll Strauchrosen sollte nicht unerwähnt bleiben: 'Frühlingsgold', ein großer Strauch mit überhängenden Zweigen, eröffnet im Spätfrühling die Saison. Einfache hellgelbe Blüten mit bernsteinfarbenen Staubgefäßen verströmen einen intensiven fruchtigwürzigen Duft. Im Hochsommer ist 'Geranium' (Zone 4 bis 9) an der Reihe: Dieser Abkömmling der hochwüchsigen *R. moyesii* (Zone 4 bis 9) besitzt eine kleinere Wuchsform, kräftig texturierte Blätter und hellzinnober- bis scharlachrote Blüten, denen ovale zinnoberrote Hagebutten folgen.

David Austins Englische Rosen haben mich lange Zeit fasziniert, obwohl ich sie nie gezogen habe. Diese meist duftenden remontierenden Sorten bringen Blüten in vielen Farben und im Stil der »alten« Rosen hervor.

Rosen werden meist veredelt zum Verkauf angeboten, doch Stecklinge bewurzeln im Sommer einfach und bilden später meist keine Ausläufer. Der Schnitt hängt vom Wuchs der Rose ab. Strauchrosen muß man nicht unbedingt schneiden, sie können dann allerdings sehr groß werden. Von den remontierenden Rosen und denjenigen mit prächtigen Hagebutten kann man im Spätwinter ganze Zweige entfernen, wie etwa die ältesten Triebe mit dünnem Holz. Neue, kräftige Triebe werden dann an der Basis erscheinen, besonders, wenn der Strauch gut gedüngt wird. Eine ähnliche Pflege behagt den einmalblühenden Rosen, die keine Hagebutten produzieren, wenn man die Blüte nach dem Abblühen schneidet. Rugosa-Rosen können im Spätwinter gestutzt werden, damit sie kompakt wachsen und im Sommer üppig blühen. Wer *R. glauca* anregen möchte, herrliches Laub hervorzubringen, der sollte sie jeden Spätwinter stark zurückschneiden – dabei werden allerdings Blüte und Hagebutten geopfert. Ohne Schnitt wird die Rose höher; darüber hinaus versät sie sich selbst. Andere Arten können ebenfalls durch Aussaat vermehrt werden, auch wenn die Sämlinge vielleicht nicht identisch sind. Strauchrosen sind generell nicht so anfällig für Krankheiten wie die hochgezüchteten modernen Rosen. Ein leichter Befall von Sternrußtau und Mehltau wird von den Pflanzen meist selbst bewältigt. Eine nährstoffreiche Erde mit viel organischem Material unterstützt sie dabei.

GEGENÜBER, VON OBEN:
Rugosa-Rosen wie die gefüllte 'Blanc Double de Coubert' mit ihren papierartigen Blütenblättern blühen in einem reinen Weiß ohne einen Hauch Creme, der so vielen weißen Rosen eigen ist.

Rosa xanthina *'Canary Bird' gehört zu den leuchtendsten unter den frühblühenden gelben Arten.*

Die flachen, dichten Blüten der elfenbeinfarbenen Damaszener-Rose 'Madame Hardy' bekommen durch ein kleines grünes Auge einen zusätzlichen Reiz.

'Charles Austin', eine der Englischen Rosen von David Austin, blüht wie »alte« Rosen in zarten Farben und besitzt einen leichten Duft. Die kompakten Büsche eignen sich hervorragend für die kleinen Gärten von heute.

RECHTS:
Rosen können ganz unterschiedliche Düfte verströmen. Die Kletterrose 'Constance Spry' duftet intensiv nach Moschus.

Rosmarinus officinalis

Immergrüner Strauch · Höhe: 30 cm bis 1,2 m · Breite: 1,5 m · Zierwert: im Spätfrühling · Zone: 6 bis 10

Den im Mittelmeerraum heimischen, sonnenliebenden Rosmarin gibt es in verschiedenen Wuchsformen, von denen der niederliegenden Prostratus-Gruppe mit hellblauen Blüten bis zu den aufrechtwachsenden Exemplaren, die hier nicht behandelt werden. Dazwischen liegen Formen mit ungezügeltem, breitem Wuchs. Manche von ihnen haben besonders hübsche mauveblaue Blüten und würzig duftende Blätter (in Olivenöl gebratene Kartoffeln mit einigen Rosmarinblättern sind ein Genuß!). 'Severn Sea' und 'Tuscan Blue' gehören zu den besten Sorten. Sie benötigen eine gut durchlässige Erde und können einfach durch Stecklinge im Sommer vermehrt werden. Falls ein starker Rückschnitt erforderlich ist, sollte er im Frühling erfolgen; im Frühsommer nach der Blüte kann der Strauch leicht gestutzt werden.

Rosmarin harmoniert herrlich mit den warmen Tönen verwitterter Ziegelsteine und paßt gut zu anderen aromatischen sonnenliebenden Pflanzen wie beispielsweise Salbei und Lavendel. Ideal ist ein Platz, an dem man im Vorbeigehen die duftenden Zweige streifen kann.

Salix

Laubabwerfende Sträucher · Höhe und Breite: 75 cm bis 2,4 m · Zierwert: Laub · Zone: 3 bis 8 (oder wie angegeben)

Eine ausgewachsene Trauerweide ist zwar sehr schön, doch für einen kleinen Garten meistens zu groß. Es gibt aber auch strauchartige Weiden, wie etwa die hohe Art *S. exigua* (Zone 3 bis 7) mit ihren nadelförmigen silbrigen Blättern an aufrechten, schlanken Trieben; vermutlich ist sie die einzige Weide, die Ausläufer bildet. *S. elaeagnos* (Zone 4 bis 8) bildet eine anmutige runde Krone aus grazilen dunkelbraunen Ästen mit dichten, langen, graugrünen, unterseits weißbehaarten Blättern, die an Rosmarin erinnern. Wenn der Wind in den Zweigen spielt, entsteht ein herrliches Bild aus Grau und Silber.

Es wird oft angenommen, daß Weiden feuchte oder sogar nasse Erde benötigen. Doch diese gedeihen in jedem guten Gartenboden, und *S. exigua* toleriert sogar trockene Erde. Nach meiner Erfahrung saugt *S. elaeagnos* Staunässe auf; anstatt Drängräben zu ziehen, habe ich sie an eine Stelle gepflanzt, an der nach heftigen Regenfällen knöcheltief das Wasser stand. Weiden können einfach durch Stecklinge vermehrt werden; *S. exigua* auch durch Abtrennung der Absenker. Damit die Wuchsform erhalten bleibt, kann man sie im Winter stark zurückschneiden.

Sambucus

Laubabwerfende Sträucher · Höhe und Breite: 1,8 m bis 2,4 m · Zierwert: Laub · Zone: 4 bis 8 (oder wie angegeben)

Die lockeren, nach Muskateller duftenden cremefarbenen Trugdolden des Holunders bieten im Spätfrühling an Hecken einen wunderschönen Anblick. Wein und Halsschmerzen lindernder Sirup aus den schwarzen Beeren des Schwarzen Holunders (*S. nigra;* Zone 5 bis 7) lösen das Versprechen ein, das der Blütenduft gab. Die korallenroten Beeren des Traubenholunders (*S. racemosa;* Zone 4 bis 8) finden sich besonders in den subalpinen Regionen Europas. Als Sträucher mit schönen Blättern sind *S. nigra* f. *laciniata* und *S. racemosa* 'Sutherland Gold' sowie die Blattschmuck-Formen von *S. nigra* zu empfehlen. Der erste besitzt geschlitzte grüne Fiederblättchen, die an Spitze erinnern. Der zweite trägt noch tiefer geschlitzte Blätter, die zunächst kupfer- und korallenrot sind, um später ein Gelbgrün mit bronzefarbenem Hauch anzunehmen.

Holunder gedeiht in jeder fruchtbaren Erde. Wenn er zu groß wird, kann man ihn stark zurückschneiden; er muß jedoch gut gedüngt werden. Um 'Sutherland Gold' zu einem schönen Laubstrauch zu erziehen, sollte er jährlich im Winter bis zu einem niedrigen Astgerüst zurückgeschnitten werden. An sonnigen, trockenen Plätzen verbrennt das Laub, an zu schattigen nimmt es jedoch ein fahles Grün an. Im Sommer genommene Stecklinge bewurzeln einfach.

SARCOCOCCA HOOKERIANA VAR. DIGYNA

Immergrüner Strauch · Höhe und Breite: 60 cm · Zierwert: im Winter · Zone: 7 bis 9

Diese Varietät der Fleischbeere ist ein unscheinbarer kleiner, dichter Strauch mit schmalen dunkelgrünen Blättern an aufrechten pflaumenrotvioletten Trieben. Seine kleinen cremerosa Blüten erfüllen die kalte Winterluft mit Honigduft. Unter einem sommergrünen Strauch, wie der rosablühenden Schneeball-Hybride *Viburnum* x *bodnantense*, bildet er einen ausgebreiteten Laubteppich. Der Strauch bevorzugt schattige Plätze mit fruchtbarer, gut durchlässiger Erde. Im Frühling sollte totes Holz entfernt werden. Durch Teilung der Ausläufer läßt sich die Pflanze vermehren.

SKIMMIA

Immergrüne Sträucher · Höhe und Breite: 90 cm · Zierwert: von Winter bis Frühling · Zone: 7 bis 9

Wer Skimmien wegen ihrer roten Früchte im Winter zieht, benötigt sowohl weibliche als auch zumindest eine männliche Pflanze zur Bestäubung. Ich bevorzuge jedoch eine männliche Skimmie: *S. japonica* 'Rubella'. Diese Sorte präsentiert den ganzen Winter über scharlachrote Knospen und eignet sich in der Stadt gut für Blumenkästen. Im Frühling öffnen sich maiglöckchenähnliche, duftende weiße Blüten. Skimmien harmonieren mit anderen schattenliebenden Pflanzen wie Farne, Nieswurz und *Geranium macrorrhizum* 'Album' und verlängern dadurch die Zeit der hellblühenden Pflanzen. In neutraler bis saurer, feuchter, nährstoffreicher Erde an einem vor Sonne und Wind geschützten Platz tragen Skimmien glänzende dunkelgrüne Blätter. Im Sommer oder im Herbst genommene Stecklinge bewurzeln gut. Ein Schnitt ist nicht notwendig, falls jedoch zu groß gewordene Exemplare zurückgeschnitten werden müssen, sollte dies nach der Blüte im Spätfrühling geschehen.

SOPHORA TETRAPTERA

Immergrüner Baum · Höhe: 4,5 m · Breite: 3 m · Zierwert: im Spätfrühling · Zone: 9 bis 10

Diese kleine aus Neuseeland stammende Schnurbaum-Art hat einen offenen, ausladenden Wuchs und trägt bis zu 41 Fiederblättchen an jedem Blatt. Sie bilden einen dekorativen Hintergrund für die hängenden gelben Schmetterlingsblüten, denen Samenhülsen folgen; aus den Samen lassen sich einfach Pflanzen ziehen. Ein Schnitt ist nicht erforderlich, sondern sollte sogar vermieden werden. Der Baum gedeiht in jedem fruchtbaren, gut durchlässigen Boden an einem sonnigen Platz.

Es gibt keine anmutigere Weide als Salix exigua, *insbesondere, wenn der Wind durch die silbrigen nadelförmigen Blätter streift.*

Die duftenden Blütenstände von Skimmia japonica *'Rubella', die im Frühling erscheinen, werden hier von den scharlachroten jungen Blättern und cremefarbenen Rispen der Lavendelheide begleitet.*

Sorbus cashmiriana *ist für kleine Gärten wie geschaffen. Der kleine sommergrüne Baum bietet zu jeder Jahreszeit einen schönen Anblick. Hier zeigt er sich übersät von reinweißen Früchten, die sich von den herbstlichen scharlachroten Blättern abheben.*

Sorbus

Laubabwerfende Bäume · Höhe: 6 m · Breite: 4,5 m · Zierwert: das ganze Jahr · Zone: 6 bis 7 (oder wie angegeben)

Die schönsten Ebereschen stammen aus Asien, wie etwa die Japan-Eberesche *(S. commixta)* mit ihrem glänzenden Laub. Dieses ist im Frühling kupferrot und nimmt im Herbst zwischen großen Bündeln mit kleinen zinnoberroten Beeren feurige Töne an. Es gibt auch Ebereschen mit weißen oder rosa Früchten. *S. vilmorinii* macht sich besonders in kleinen Gärten gut. Sie besitzt sehr fein gefiedertes Laub, das sich im Herbst rot und pflaumenrotviolett verfärbt, sowie scharlachrosarote Beeren, die im Winter über Rosa zu Weiß verblassen. Die großen, etwas runderen Fiederblättchen von *S. hupehensis* sind graugrün und werden im Herbst krapp- und pflaumenrot; ihre kleinen Früchte sind weiß oder rosa. Die hübscheste unter den Ebereschen ist *S. cashmiriana* (Zone 5 bis 7), denn sie hat in allen Jahreszeiten etwas zu bieten: Im Frühling zeigen sich die jungen Blätter in Rosascharlachrot; haben sie sich vollständig entfaltet, öffnen sich zartrosafarbene Blüten. Im Herbst färben sich die Blätter erneut und nehmen violett-, scharlach- und braunrote Töne an, vor denen murmelgroße, opake weiße Früchte glänzen, die noch lange nach dem Laubfall an den Zweigen hängen und hübsch anzusehen sind.

Ebereschen gedeihen in jeder fruchtbaren, gut durchlässigen Erde, ausgenommen flachgrundige, kalkhaltige Böden. Erfreulicherweise lassen sich Ebereschen mit weißen und rosa Früchten durch Aussaat identisch vermehren; natürlich kann man auch Ebereschen mit roten Früchten aussäen, doch das Ergebnis ist ungewiß. Sämlinge sollten mit einem Leittrieb erzogen werden. Der hierfür notwendige Schnitt sowie das Entfernen von kreuzenden Ästen wird vom Herbst bis zum Frühjahrsbeginn vorgenommen.

Stewartia

Laubabwerfende Bäume · Höhe und Breite: 4,5 m · Zierwert: im Sommer · Zone: 5 bis 7

Die Scheinkamelie zählt zu den wenigen sommerblühenden Bäumen, die einen idealen Hintergrund für Rhododendren abgeben. Die kleinen Bäume bringen über einen langen Zeitraum weiße oder cremefarbene Blüten hervor. Die Blüte ist noch nicht ganz vorbei, wenn im Herbst die Blätter ein feuriges Orange, Scharlach- und Purpurrot annehmen. An älteren Bäumen bietet auch die Rinde, die sich in hellbraunen, beige- oder cremefarbenen Streifen ablöst, einen hübschen Anblick. Die Japanische Scheinkamelie *(S. pseudocamellia)* ist von offenem Wuchs und trägt becherförmige weiße Blüten mit einem Kranz aus gelben Staubgefäßen. Die Blüten der eher aufrechtwachsenden Exemplare der *S. pseudocamellia* Koreana-Gruppe sind weiter geöffnet und schalenförmig; die Blätter dieser Pflanzen besitzen die leuchtendste Herbstfärbung der Art.

Scheinkamelien gedeihen am besten unter waldähnlichen Wachstumsbedingungen. Sie bevorzugen humusreiche Erde, die nie austrocknet, und schätzen es, einmal jährlich mit Laubmulch umgeben zu werden. Ein Schnitt ist normalerweise nicht erforderlich. Um die herrliche marmorierte Rinde hervorzuheben, kann man jedoch vorsichtig am Stamm und an den unteren Ästen Zweige entfernen.

Styrax japonica

Laubabwerfender Baum · Höhe und Breite: 4,5 m · Zierwert: im Sommer · Zone: 6 bis 8

Diese Art des Storaxbaumes ist ein weiterer hübscher Pflanzpartner für Rhododendren. Von seinen anmutig ausladenden Zweigen hängen im Sommer zahllose kleinen, glockenförmige weiße Blüten. Ihnen folgen flaumige jadegrüne Früchte, die an kleine Murmeln erinnern. Die lockere Wuchsform und das feine hellgrüne Laub bilden einen guten Kontrast zu den festen Blättern von Rhododendren und spenden willkommenen Schatten. Der Baum ist mit einer so reichhaltigen Blüte gesegnet, daß einmal pro Jahr eine Schicht nährstoffreicher Laubmulch nötig ist. Außer dem Entfernen von totem Holz ist kein Schnitt erforderlich. Der Baum kann durch Absenker vermehrt werden.

SYRINGA MICROPHYLLA 'SUPERBA'

Laubabwerfender Strauch · Höhe: 1,8 m · Breite: 1,5 m · Zierwert: von Spätfrühling bis Herbst · Zone: 5 bis 8

Diese Sorte des Herbstflieders hat eine buschige, runde Form, kleine zugespitzte Blätter und ist im Spätfrühling übersät mit köstlich duftenden, kurzen violettrosa Blütenrispen. Nach der Hauptblüte öffnen sich bis in den Herbst Blüten. Der Strauch paßt sehr gut zu *Rosa glauca,* purpurfarbenem Gartensalbei (*Salvia officinalis* Purpurascens-Gruppe) und dem silbrigen Laub von Beifuß *(Artemisia)* und Ölweide *(Elaeagnus).*

Ein offener Platz mit fruchtbarem, gut durchlässigem Boden bietet ideale Wachstumsbedingungen. Da der Strauch einen kompakten Wuchs hat, ist, wenn überhaupt, nur ein leichter Schnitt nötig. Vermehrung erfolgt im Sommer durch Stecklinge.

TAMARIX RAMOSISSIMA

Laubabwerfender Strauch · Höhe: 4,5 m · Breite: 3 m · Zierwert: im Sommer · Zone: 3 bis 8

Tamarisken besitzen grazile Zweige mit kleinen schuppenartigen Blättern in hellem Graugrün oder Meergrün. Während der Blüte rückt das üppige Laub in den Hintergrund und ein Schleier aus fedrigen dunkelrosa Blütenständen überzieht die Sträucher. Ohne Schnitt entwickelt sich die Heidetamariske *(T. ramosissima* syn. *T. pentandra)* zu einem großen Strauch oder sogar kleinen Baum. Sie kann jedoch jedes Jahr im Frühjahr stark zurückgeschnitten werden, wenn sie im Sommer an diesjährigen Trieben blüht. So bleibt sie kompakt, ohne daß man auf die Blüte verzichten muß. Wer Blüten in einem intensiveren Rosa bevorzugt, sollte die Sorte 'Pink Cascade' wählen.

Tamarisken vertragen Wind und sind daher ideale Sträucher für exponierte Standorte in Küstenregionen. Sie gedeihen am besten an einem sonnigen Platz. Die Vermehrung erfolgt durch Steckhölzer, die leicht bewurzeln.

Nur wenige Bäume blühen so üppig wie Styrax japonica. *Seine fast waagerecht wachsenden Äste bringen die kleinen glockenförmigen Blüten hervorragend zur Geltung.*

Der nach Nelken duftende Koreanische Schneeball gehört zu einer Pflanzung aus Schneeball-Arten, die im Frühling aus rosa Knospen hübsche weiße Blüten öffnen.

VIBURNUM

Laubabwerfende und immergrüne Sträucher · Höhe und Breite: 1,5 bis 2,4 m · Zierwert: das ganze Jahr · Zone: 5 bis 9 (oder wie angegeben)

Pflanzt man eine Auswahl von Schneeball-Sträuchern, so kann man sich das ganze Jahr über an Blüten und hübschem immergrünem Laub erfreuen und darüber hinaus auch an einer leuchtenden Herbstfärbung und bunten Früchten. Duftender Schneeball (*V. farreri;* Zone 7 bis 8) und seine Hybride, der Winterschneeball (*V.* x *bodnantense;* Zone 6 bis 8), blühen im Winter. Sie werden hauptsächlich wegen ihres weithin spürbaren, intensiven Mandelduftes gezogen, den kleine, doldenartige, weiße, hellrote oder rosa Blüten verströmen; die Sorten der Hybride blühen in Hellrot und Rosa. Es sind zu empfehlen: 'Charles Lamont', 'Dawn' und 'Deben' (alle Zone 6 bis 8). Sie blühen vom Spätherbst bis zum Winterende und wachsen zu großen, mehrstämmigen Sträuchern heran. Falls sie zu groß werden, kann man alte Triebe vollständig entfernen, um den Sträuchern eine kompakte Silhouette zu verleihen. Will man nur kleine Schnitte vornehmen, ist die Zeit nach der Blüte zu Beginn des Frühjahrs am besten dafür geeignet, starker Schnitt sollte im Spätfrühling erfolgen.

Empfehlenswert ist auch der sogenannte Laurustinus oder Mittelmeerschneeball *(V. tinus)*. Der immergrüne Strauch besitzt matte dunkelgrüne Blätter. Sie sind durchsetzt mit weißen Blüten, die sich an Küstenstandorten während des milden Winters aus rosa Knospen öffnen; in Regionen mit ausgeprägten Jahreszeiten blüht der Strauch erst im Frühling. Mein Favorit ist die Sorte 'Gwenllian' (Zone 8 bis 10), die eine kompakte Form hat sowie hübsche Blüten, denen kleine schwarzblaue Früchte folgen.

Der Osterschneeball (*V.* x *burkwoodii;* Zone 4 bis 9) überbrückt die Zeit zwischen winter- und frühlingsblühenden Arten. Sein wintergrünes Laub ist glänzendgrün, und aus seinen dunkelrosa Knospen öffnen sich weiße Blüten, die in Trugdolden stehen. Seine Blüte wird jedoch vom frühlingsblühenden Koreanischen Schneeball (*V. carlesii;* Zone 4 bis 9) übertroffen, dessen rosa Knospen und weiße Blüten einen süßen, schweren Nelkenduft verbreiten; die Blüten von 'Aurora' sind sogar rosa, wenn sie sich öffnen.

Vom Spätfrühling bis zum Frühsommer blühen der Japanische Schneeball *(V. plicatum)* und seine Sorten. Ihre Zweige neigen sich unter dem Gewicht der elfenbeinweißen Doldenrispen, die über eine lange Zeit Blüten hervorbringen. Diese Pflanzen sind sehr beliebt, doch auch der später blühende Gemeine Schneeball (*V. opulus;* Zone 3 bis 8) ist eine Augenweide, ob mit jadegrünen Knospen oder geöffneten weißen Blüten (siehe Seite 17). Der Japanische Schneeball und seine doldenrispigen Formen wachsen zu großen Sträuchern heran, besonders in waldähnlicher oder frei gestalteter Umgebung. Sie entwickeln einen sparrigen und etagenförmigen Wuchs. Ihre gerippten leuchtendgrünen Blätter sind während der Blüte von weißen Wogen verdeckt. 'Mariesii' zeigt den etagenförmigen Wuchs am deutlichsten (siehe Seite 17). 'Rowallane' und 'Lanarth' haben eine aufrechtere Form; 'Rowallane' trägt im Herbst viele kleine, reizvolle Büschel mit zinnoberroten Früchten. Die ursprünglich weißen Blüten von 'Pink Beauty' verfärben sich später rot. Alle Sorten zeigen im Herbst eine scharlach- bis pflaumenrote Laubfärbung, vor allem, wenn sie an einem offenen, lichten Platz wachsen. Den Doldenrispen des Gemeinen Schneeballs folgen durchsichtige, kräftig rote Früchte, die an Rote Johannisbeeren erinnern, während die Sorte 'Xanthocarpum' bernsteingelbe Früchte präsentiert.

V. sargentii (Zone 4 bis 7) sieht den bisher beschriebenen Schneeball-Arten sehr ähnlich; die Sorte 'Onondaga' (Zone 4 bis 7) ist mit ihren jungen Blättern in mahagonibraunen bis pflaumenroten Schattierungen und einer prächtigen, intensiven Herbstfärbung jedoch unübertroffen.

In dieser viel zu kleinen Auswahl sind drei erstklassige Arten unerwähnt geblieben: *V. cinnamomifolium* (Zone 7 bis 10) erinnert etwas an die gedrungene Art *V. davidii* (Zone 7 bis 10), doch sie ist von größerem Wuchs. Ihre kräftigeren, feiner texturierten, glänzenden Blätter weisen ebenfalls die charakteristischen drei tiefen Längsadern auf. Weder die gebrochenweißen Blüten noch die kleinen blauschwarzen Früchte sind herausragend. Selbst wenn *V. japonicum* (Zone 8 bis 9) nie blühen würde, wäre es der Strauch wert, gepflanzt zu werden. Seine großen, ledrigen, stark glänzenden, kräftig grünen Blätter lassen ihn großartig erscheinen, und im Hochsommer erfreuen die duftenden, runden weißen Blütendolden der ausgebildeten Pflanzen. Zuletzt sei die herrliche Art *V. henryi* (Zone 7 bis 9) genannt. Dieser fast aufrechtwachsende Strauch mit seiner offenen, lockeren Form besitzt schmale, zugespitzte, sehr dunkelgrüne glänzende Blätter, vor denen sich im Hochsommer gewölbte weiße Blüten abheben. Ihnen folgen Büschel mit sowohl roten und (älteren) schwarzen Früchten. Wenn ich nur einen Schneeball pflanzen könnte, so würde es diese Art sein – obwohl sie nicht duftet.

Sorten von *V. carlesii* (Zone 4 bis 9) sind nicht ganz einfach durch Stecklinge zu vermehren, doch halbausgereifte, im Spätsommer genommene Stecklinge von winterblühenden Arten, vom Gemeinen und Japanischen Schneeball und von den ausgewählten immergrünen dürften keine Schwierigkeiten verursachen. Stecklinge von Laurustinus bewurzeln fast immer. Außer bei den erwähnten winterblühenden Schneeball-Arten, ist, wenn überhaupt, nur ein leichter Schnitt erforderlich. Falls er jedoch notwendig ist, sollte er bei *V. tinus* im Frühsommer nach der Blüte, bei *V. plicatum* im Sommer, wenn die Blüten verblühen, und bei den Formen von *V. carlesii* im Hochsommer erfolgen.

An noch kalten Wintertagen ist von weitem der Mandelduft von Viburnum farreri *zu verspüren. Er kündigt bereits rosa Blütenknospen an, obwohl sie noch nicht sichtbar sind.*

Vertikale Pflanzen

Rankende und windende Kletterpflanzen

Ein Garten, der sich bereits entwickelt hat und dessen Pflanzen herangewachsen sind, bietet die herrlichsten Anblicke: Eine Rambler-Rose ergießt sich von den obersten Zweigen eines alten Obstbaumes. Die azur-, ultramarin- und lapislazuliblauen Trichter einer Prunkwinde bekleiden die dunklen Kiefern der Mittelmeerküsten und treten in Konkurrenz zur Farbe des Meeres. An einer weißrindigen Sandbirke wächst eine Rostrote Rebe, deren große scharlach- und orangerote Blätter von der Herbstsonne beschienen werden. Ein großer, graublättriger Sanddorn bietet in seinen dornigen Zweigen den leuchtendorange-, zinnober- bis scharlachroten oder bernsteinfarbenen Ranken der Echten Weinrebe 'Purpurea' eine Heimat, die das Bernsteingelb der winterlichen Sanddornbeeren vorwegnimmt. Das Begrünen einer Pergola mit Reben oder blatt- und blütenreichen Glyzinen erfordert Zeit. Doch während man auf die Reife der wertvollen verholzenden Kletterpflanzen wartet, bieten sich Einjährige und Stauden an, Mauern, Pfeiler und Spaliere zu bedecken.

Glyzinen gehören mit ihren eleganten, süßduftenden hängenden Trauben zu den geeignetsten blühenden Kletterpflanzen für Pergolen. Diese Japanische Glyzine Wisteria floribunda *'Alba' hebt sich gut von den starken, dunklen waagerechten Pergolabalken und der Mauer in warmen Tönen ab.*

Waldreben und Rosen ergeben eine klassische Kombination. Die Fruchtstände dieser frühen Großblütigen Alpenwaldrebe (Clematis macropetala) *wirken wie die ergrauten Bärte alter Männer. Während sie »wachsen«, haben sich die bonbonrosa Blüten der Rose 'Débutante' geöffnet und ergänzen die pastellfarbene Zusammenstellung.*

Die Blüten der Großblütigen Alpenwaldrebe erinnern an Röcke, die durch Petticoats aufgebauscht werden. Später folgen den Blüten seidige, perückenartige Fruchtstände.

Kletterpflanzen sind die Opportunisten der Pflanzenwelt. Indem sie unter Sträuchern und im Schutz von Bäumen wachsen, nutzen sie die kräftigeren Zweige ihrer Nachbarn, um an ihnen dem Licht entgegenzustreben.

Kletter- und Fassadenpflanzen werden in Pflanzenkatalogen oft zusammengefaßt. Doch es gibt Gärten, die weder Mauern noch Pergolen aufweisen, an denen Kletterpflanzen ihre vertikale Dimension zur Geltung bringen können. In der freien Natur benutzen Kletterpflanzen die sie umgebenden Sträucher und Bäume, um an ihnen in helle, luftige Bereiche zu wachsen. Für diesen Zweck haben sie windende Triebe, schlingende Blattstiele oder Ranken (manchmal mit Haftscheiben an den Spitzen), Luftwurzeln oder sogar hakige Stacheln entwickelt, mit deren Hilfe sie sich nach oben ziehen.

Diese Gemeinschaft aus Kletter- und Stützpflanzen kann für ästhetische Zwecke im Garten genutzt werden. Kombinationen aus Sträuchern und Kletterpflanzen bilden herrliche Farb-, Form- und Texturzusammenstellungen. Darüber hinaus verlängert sich die Blütezeit, und im Herbst warten sie mit Laubfärbungen und Früchten auf. Die Italienische Waldrebe *(Clematis viticella)* sowie schwachwüchsige Waldreben-Hybriden sind die besten Pflanzpartner für Sträucher. Man kann sie jeden Winter zurückschneiden, um so die Stützpflanze von alten Trieben zu befreien. Ein einziges Exemplar der gefülltblühenden mattrosa *C. viticella* 'Purpurea Plena Elegans' kann zum Beispiel zwei Stützpflanzen miteinander verbinden, etwa die graublättrige *Buddleja* 'Lochinch' und die violettblühende, alte Moosrosen-Sorte 'William Lobb'. Dem beliebten Tatarischen Hartriegel *Cornus alba* 'Elegantissima' wird ein neues Aussehen verliehen, wenn eine Waldrebe mit herrlich gefärbten Blüten an ihm wächst. Seine weißpanaschierten Blätter bringen violette, blauviolette oder samtigpurpurrote Blüten wundervoll zur Geltung.

Die großen, stark kletternden büschelblütigen Rosen sind aus der wildwachsenden Moschusrose und ihren Abkömmlingen hervorgegangen. Sie wirken am schönsten, wenn sie sich durch die Äste und Zweige von Bäumen, etwa einem alten Apfelbaum oder einem dunklen Nadelbaum, schlängeln, wo sie ihre duftenden elfenbeinweißen Blüten kaskadenförmig ergießen. Auch windende Geißblatttriebe bieten an einem Baum einen vertrauten Anblick; in der freien Natur findet man Geißblatt häufig an Waldrändern.

Hecken können ebenfalls von Kletterpflanzen profitieren. Eine Eibenhecke ist nach einigen Jahren stabil genug, um sich mit den kleinen scharlachroten Blüten der Kapuzinerkresse und dem zarten Laub von *Tropaeolum speciosum* schmücken zu können. Waldgeißblatt schmiegt sich an eine dornige Weißdornhecke genauso bereitwillig wie an einen Baum und erfüllt zur Dämmerung die Luft mit süßem sinnlichem Duft.

Die Dreispitz-Jungfernrebe ist genauso wuchsfreudig wie Wilder Wein. Und beide verfügen über eine leuchtende Laubfärbung im Herbst.

Selbst wenn ein alter Apfelbaum keine Früchte mehr trägt, so stellt er doch eine ideale »Kletterhilfe« für eine Kletterrose wie 'Félicité Perpetué' dar.

Doch auch Wände und Mauern bieten vielen Kletterpflanzen willkommenen Schutz und Stütze. Eine wuchsfreudige Kletterpflanze wie der Wilde Wein oder die Dreispitz-Jungfernrebe mit ihren gröberen Blättern können leicht ohne Hilfe eine große Mauer begrünen. Vor dem herbstlichen Laubfall bieten sie durch ihre feurige Blattfärbung einen herrlichen Anblick. Selbst an Mauern und an frei stehenden Klettergerüsten, wie etwa Pergolen, Blumenbogen oder Pfeilern, sehen Kletterpflanzen am schönsten aus, wenn sie Pflanzpartner haben – wie in der Natur. Die Kombination von verschiedenen Kletterpflanzen untereinander oder mit Mauersträuchern bietet noch mehr Möglichkeiten für auffällige oder zarte Zusammenstellungen von Blüten und Blättern. So wird das leuchtende Scharlachrot des Wilden Weins hervorgehoben, wenn er zusammen mit einem Efeu, wie etwa *Hedera colchica* 'Dentata Variegata', wächst. Seine großen, ledrigen grünen Blätter sind cremefarben und buttergelb gerandet und das ganze Jahr über hübsch anzusehen. Oder man stelle sich nur eine Pegola vor, die mit der Echten Weinrebe *Vitis vinifera* 'Purpurea' bedeckt ist. Ihre jungen Blätter wirken zunächst wie weißgepudert, bevor sie ein gedämpftes Violettrot annehmen. Dann füge man in Gedanken eine rosablühende Rambler-Rose hinzu oder eine amethystblaue Waldrebe oder – etwas ungewöhnlicher –

Vertikale Pflanzen

eine Passionsblume mit ähnlicher Farbgebung, wie etwa *Passiflora* x *caeruleoracemosa*. Die blauvioletten, violetten, lavendel- und mauvefarbenen Töne der Waldreben schmeicheln den opulenten, gefüllten Blüten der Kletterrosen, doch man kann auch zarte Zusammenstellungen mit weiß- oder mauverosablühenden Sorten wählen.

Es wäre falsch anzunehmen, Kletterpflanzen bräuchten weder Schnitt noch Pflege. Selbst ein Efeu sieht schöner aus, wenn man im Frühling altes, verwelktes Laub entfernt. Und falls er an einer Wand wächst, sollte er zurückgeschnitten werden, damit er eine dichte Decke bildet. Großblumige Rosen und Waldreben sind bald voller alter und toter Triebe, wenn sie nicht jährlich geschnitten werden. Geißblatt hat die Tendenz, die Bäume, an denen es hochwächst, zu erdrücken. Deshalb muß man es beobachten und wenn nötig eingreifen.

Seit Kletterpflanzen in der freien Natur in Gemeinschaft mit anderen Pflanzen wachsen, konkurrieren sie mit ihnen um Nährstoffe. Gleichzeitig profitieren sie jedoch von der kühlen, humosen Erde, die die Stützpflanzen umgibt, sowie von deren schattenwerfendem Blätterdach. Für Kletterpflanzen gilt im allgemeinen: Wurzeln im Kühlen und Kopf in der Sonne. Bevor man pflanzt, sollte der Boden sorgfältig vorbereitet sein, indem organisches Material und ein langsamwirkender Dünger eingearbeitet werden. Dadurch ist eine nährstoffreiche Versorgung sichergestellt. Auch dem Strauch oder dem Baum, an dem die Kletterpflanze wächst, kommen diese Nährstoffe sofort zugute. Es lohnt sich, der Kletterpflanze gute Ausgangsbedingungen zu bieten, besonders, wenn die Stützpflanze wurzelreich und »gierig« ist. Man kann die Kletterpflanze außerhalb des Wurzelbereichs der Stützpflanze pflanzen und die Triebe mit Hilfe einer Schnur oder eines Stockes an sie heranführen. Eine andere Möglichkeit ist, in Stammnähe unter den Ankerwurzeln eine Stelle zu finden, die frei ist von Nährwurzeln. Diese wird mit möglichst viel organischem

Hier vereinen zwei blühende Pflanzen ihre Düfte: die gefüllte Pfeifenstrauch-Sorte Philadelphus *'Manteau d'Hermine' und das an ihm wachsende Waldgeißblatt.*

Die aus Irland stammende Efeu-Art Hedera hibernica *bildet zusammen mit* Clematis *'Madame le Coultre' den Hintergrund für diese herbstliche Szene aus gelbbraunem absterbendem Laub der Großen Blaublattfunkie und großen gelappten Blättern des Federmohns. Geschnittene Buchsbaum-Kugeln werden jedoch auch weiterhin die Putti einrahmen.*

Clematis flammula *blüht erst im Spätsommer und Herbst, so daß sie die meiste Zeit etwas unscheinbar an einem Baum oder einer Mauer wächst. Doch hier ist sie mit einer Wolke aus sternförmigen, nach Weißdorn duftenden Blüten abgebildet, die von den bürstenförmigen Ähren des Wiesenknopfes umgeben sind.*

Die immerblühende 'New Dawn' ist eine der schönsten Kletterrosen. Sie hat glänzende Blätter und köstlich duftende Blüten in einem zarten Perlmuttrosa. Sie eignet sich sowohl für Mauern als auch für Klettergerüste und neigt sich ebenso anmutig über Hecken und Zäune.

Material versehen, damit die Pflanze gut anwächst. Eine jährliche Mulchschicht aus nährstoffreichem, organischem Material und regelmäßiges Wässern während der Wachstumsphase gewährleisten, daß die Kletterpflanze nicht nur wächst, sondern auch gedeiht und blüht.

An Mauern gezogene Kletterpflanzen erfordern ebenfalls Pflege. Die Erde in der Nähe von Mauern kann extrem trocken sein, und vorstehende Dächer halten auch noch Regen ab. Darüber hinaus besteht der Boden vielleicht eher aus Schutt als aus Lehm und weist zusätzlich Beton oder Kalkmörtel auf. Kletterpflanzen an Mauern benötigen ein großes Pflanzloch, das mit angereicherter Erde gefüllt wird. Zusätzliches Wässern und Düngen kann notwendig sein, nicht nur beim Pflanzen, sondern Jahr für Jahr während der gesamten Wachstumsphase. Besonders bei frostempfindlichen Pflanzen ist das Risiko groß, daß die Wurzeln austrocknen. Aus diesem Grund sollten sie so nah wie möglich im Schutz der Mauer wachsen. Andererseits kommen die extrem trockenen Bedingungen frostempfindlichen Pflanzen oft entgegen.

Ob auffällige oder elegante, ungezähmte oder hochgezüchtete, ob der Blüten, der Blätter oder der Früchte wegen – welche Kletterpflanzen Sie auch immer ziehen, sie alle können auf kleinstem Raum einen romantischen, überschwenglichen Blickfang hinzufügen. Dies gelingt jedoch nur, wenn Kletterpflanzen die sorgfältige Pflege erhalten, die sie benötigen und verdienen – sie werden sie entsprechend danken.

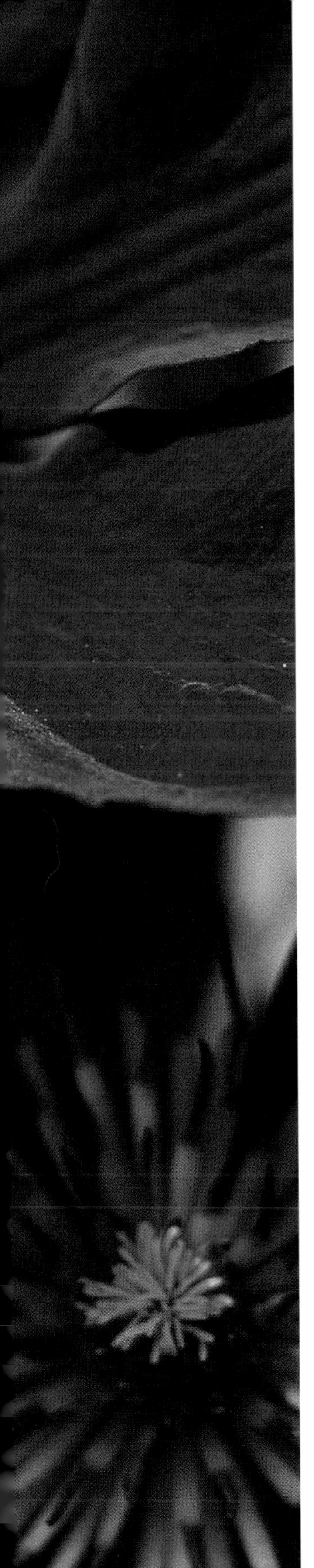

Clematis
Bunte Vielfalt

DETAILS, VON OBEN:
Die zarte Blütenfarbe von 'Perle d'Azur' wird oft mit »Wedgwood-Blau« umschrieben.

Das matte Mauverosa von 'Hagley Hybrid' wird von den violettmauvefarbenen Knospen der Rambler-Rose 'Veilchenblau' wiederholt.

Magentarot kann eine schwierige Farbe sein – außer man setzt sie groß in Szene wie 'Ville de Lyon'.

Wildwachsende Anemonenwaldreben sind sowohl mit weißen als auch rosa Blüten zu finden. Die rosablühenden sind als Varietät rubens *bekannt; in der Sonne entwickeln sie die schönste Farbe.*

GROSSES FOTO:
Textur und Farbe erzeugen die samtige Pracht von 'Gipsy Queen'.

CLEMATIS

Laubabwerfende, blattrankende Kletterpflanzen · Höhe / Breite: 1,8 bis 6 m · Zierwert: in Frühling, Sommer und Herbst · Zone: 4 bis 9 (oder wie angegeben)

Alpenwaldreben *(C. alpina)* und Großblütige Alpenwaldreben *(C. macropetala)* eröffnen die Blüte der Waldreben. Ihre glockenförmigen, blauen, weißen oder mattrosa Blüten unterscheiden sich stark von denen der großblumigen Hybriden. Die wildwachsende Alpenwaldrebe klettert in waldigen Umgebungen und wirkt daher im Garten am besten in lockeren Pflanzungen. Scharlachrote Zierquitte oder orangenfarbene Darwins-Berberitze passen gut zu blaublühenden Sorten wie 'Pamela Jackman' mit breiten dunkelblauen Kronblättern oder wie die hellere 'Columbine'. Auch die weißblühende 'White Columbine' oder *C. alpina* ssp. *sibirica* 'White Moth' sind hierfür geeignet. Als Kontrast bietet sich die gelbgrünlaubige Orangenblume *Choisya ternata* 'Sundance' an (siehe Seite 32). Folgende Waldreben blühen mattrosa: 'Rosie O'Grady' in Dunkelrosa, etwas heller *C. alpina* 'Willy', *C. alpina* 'Ruby' in Rosaviolett, *C. alpina* 'Rosy Pagoda' und *C. macropetala* 'Markham's Pink' (Zone 5 bis 9). Die Großblütige Alpenwaldrebe (Zone 5 bis 9; siehe Seite 70) blüht auch blau ('Maidwell Hall') oder weiß ('Snowbird', 'White Swan'). Ihre Blüten sind dichter als die der Alpenwaldrebe und sehen wie gefüllt aus. Den Blüten beider Arten folgen seidige, perückenförmige grauweiße Fruchtstände. Die frühlingsblühenden Waldreben benötigen keinen Schnitt, außer sie sind zu groß geworden. Dann sollten die blühenden Triebe sofort nach der Blüte zurückgeschnitten werden.

Die Blüten von 'Duchess of Albany' erinnern an eine Tulpe, die gedankenverloren in die Höhe gewachsen ist. Doch eine Tulpe hat noch nie seidige Fruchtstände hervorgebracht.

Die flachen Blüten der Anemonenwaldrebe (*C. montana;* Zone 6 bis 9) entsprechen der charakteristischen Blütenform der Waldreben. Meist sind diese weiß, und besonders die schneeweiße Form *grandiflora* ist hervorzuheben. Wie die hellrosa Sorte 'Elizabeth', die im Schatten zu Weiß verblaßt, duftet auch die elfenbeinweiße 'Alexander' nach Vanille. 'Pink Perfection' blüht in einem kräftigeren Rosa. Das dunkelste Rosa weisen jedoch die Blüten der Varietät *rubens* auf; sie trägt bronzefarbenes Laub, duftet jedoch kaum. Die meisten Anemonenwaldreben sind wuchsfreudig. Wie bei den Alpenwaldreben ist bei diesen Pflanzen kein Schnitt erforderlich. Falls sie jedoch zu groß werden, müssen sie regelmäßig zurückgeschnitten werden.

Von Hochsommer bis Herbst zeigen die gelbblühenden Waldreben ihre laternenförmigen primelgelben Blüten: die Mongolische Waldrebe (*C. tangutica;* Zone 3 bis 8) und *C. tibetana* ssp. *vernayi* (Zone 5 bis 9), die auch als Orientalische Waldrebe (*C. orientalis*) bekannt ist. Wie bei den meisten Waldreben folgen den Blüten graue »Perücken«. Die Mongolische Waldrebe ist eine anspruchslose Art mit einer langen Blütezeit. 'Bill Mackenzie' trägt große, wohlgeformte tiefgelbe Blütenlaternen und seidige Fruchtstände. Sie ist besonders zu empfehlen, außer man bevorzugt zartere Gelbtöne. Dann ist *C. serratifolia* (Zone 6 bis 9) mit ihren violetten Staubgefäßen und einem zitronenähnlichen Duft die richtige Wahl. Die laternenförmig blühenden Waldreben müssen nicht geschnitten werden, doch dann bilden sie schnell ein beträchtliches Gewirr. Man kann sie auch jeden Spätwinter stark zurückschneiden, so daß sie handlich bleiben; dann blühen sie später. Die nach Schlüsselblumen duftende *C. rehderiana* (Zone 6 bis 9) ist ebenfalls eine starkwüchsige, spätblühende Art. Ihr Laub ist gefiedert, und sie bringt eine Fülle von blaßgelben Blütenrispen hervor. *C. flammula* (siehe Seite 72) duftet nach Weißdorn und erfreut im Herbst mit sternförmigen weißen Blüten.

Die sommerblühenden Waldreben, Hybriden der Texas-Waldrebe (*C. texensis;* Zone 5 bis 9), erbten die roten Blüten der Art und sind halbkrautig. 'Duchess of Albany' trägt lange aufrechte Blüten in einem fast reinen Rosa und ähnelt lilienblütigen Tulpen. Die hängenden, offenen Blütenglocken von 'Etoile Rose' sind kirschrot und rosa gerandet und erscheinen im Sommer drei Monate lang. Die Sorte 'Gravetye Beauty' besitzt rubin- bis purpurrote Blüten. Sie alle können im Spätwinter stark zurückgeschnitten werden.

Darüber hinaus gibt es noch die sommerblühenden Waldreben mit den großen, weitgeöffneten Blüten. Sie sind in einer umfangreichen Farbskala erhältlich – von Reinweiß über Violettrosa zu samtigem Purpurrot, von silbrigem Mauve bis zu tiefem Violett und Grünblau. Manche, wie die berühmte 'Nelly Moser', tragen blaßrosa Blüten mit einem breiten karminroten Streifen auf jedem Kronblatt. Einige wenige blühen in zartem Gelb.

Waldreben, die an vorjährigem Holz blühen, öffnen als erste ihre Blüten. Sie sollten nur leicht geschnitten werden, indem man im Winter totes Holz entfernt und gesundes bis auf die nächste Blattknospe zurückschneidet. Waldreben, die an neuen Trieben blühen, können im Spätwinter stark zurückgeschnitten werden (bis auf 90 cm über dem Boden). Alle Waldreben gedeihen am besten in nährstoffreicher Erde mit einer dicken Mulchschicht, die ihre Wurzeln kühl hält.

Die schönste weißblühende Sorte ist 'Marie Boisselot'. Sie trägt sowohl an altem Holz als auch an neuen Trieben große, runde Blüten. 'Comtesse de Bouchaud' besitzt hübsche mauverosa Blüten an diesjährigen Zweigen und harmoniert perfekt mit dem graugrünen und pflaumenrotvioletten Laub von *Rosa glauca* oder dem Rosa der Herbstanemonen sowie violettlaubigem Salbei. Die ebenfalls mattmauverosa Blüten von 'Hagley Hybrid' gehören zu den schönsten in dieser Farbskala: Sie öffnen sich drei Monate lang und weisen rotbraune Staubbeutel auf. Bei den Rottönen sind 'Ville de Lyon' in hellem Karmesinpurpurrot und 'Ernest Markham' in Magenta hervorzuheben; beide blühen an altem und neuem Holz. Doch die Sorte 'Niobe' bleibt unübertroffen: Sie präsentiert die dunkelsten und samtigsten purpurrotbraunen Blüten. 'Jackmanii Superba' ist eine unverwüstliche Waldrebe mit violettpurpurroten Blüten. Wie 'Niobe' sollte sie im Spätwinter stark zurückgeschnitten werden, damit sie im Spätsommer blüht. Ab dem Spätfrühling erscheinen die konkurrenzlosen blauvioletten Blüten von 'The President'. Sie sind leicht gewölbt, wodurch ihre silbrige Unterseite sichtbar wird. Vom Spätsommer bis in den Herbst zeigen die Blüten von 'Gipsy Queen' ein etwas rotstichiges Violett.

'Lasurstern' ist ein Blickfang unter den blaublühenden Sorten. Bei leichtem Schnitt blüht sie am schönsten – in einem satten Dunkelblau. Mein unangefochtener Favorit unter den großblumigen Waldreben ist jedoch der Star unter den blaublühenden: 'Perle d'Azur' mit ihren himmelblauen Blüten, die sich den ganzen Sommer über öffnen.

Es gibt auch gefülltblühende Waldreben. Sie tragen zuerst gefüllte Blüten an vorjährigen Zweigen und danach einfache an diesjährigen Trieben. 'Beauty of Worcester' blüht blau, 'Daniel Deronda' dunkelviolett und 'Belle of Woking' silbrigmauve. 'Proteus' zeigt wunderschöne, dichte mauverosa Blüten, und 'Duchess of Edinburgh' besitzt viele weiße Kronblätter mit alabastergrünen Schattierungen.

Großblumige Waldreben haben – abgesehen vom erforderlichen Einbinden der neuen Triebe – den Nachteil, daß sie eventuell anfangen zu welken. Manchmal betrifft dies nur ein oder zwei Triebe, aber manchmal geht auch die ganze Pflanze beinahe über Nacht ein. Dann muß man das kranke Holz sofort herausschneiden und die Pflanze mit einem Fungizid behandeln. Neue Triebe müssen sorgfältig beobachtet werden, damit man noch rechtzeitig reagieren kann.

Um eine liebgewonnene Waldrebe nicht auf diese Weise zu verlieren, sollte man auf die Hybriden der Italienischen Waldrebe (*C. viticella;* Zone 3 bis 8) zurückgreifen. Ihre Blüten sind nicht so groß, doch sie weisen eine ähnliche Farbskala auf. Die Pflanzen sind widerstandsfähig, leicht zu ziehen und werden jeden Winter stark geschnitten. 'Alba Luxurians' blüht weiß mit grünen Spitzen, 'Huldine' perlmuttweiß mit einer zartmauvefarbenen Unterseite, 'Abundance' hellweinrot, und 'Kermesina' blüht in einem dunklen Wein- bis Purpurrot. 'Etoile Violette' spricht für sich selbst, und die zweifarbigblühenden Sorten wie 'Little Nell', 'Minuet' und 'Venosa Violacea' tragen weiße Blüten mit einem mauvefarbenen bis violetten Rand. 'Purpurea Plena Elegans' ist eine gefülltblühende Form. Sie zeigt hübsche dichte Blütenrosetten in grauüberhauchtem Blaßviolett.

Waldreben wurden früher fast nur durch Pfropfen vermehrt. Doch Stecklinge bewurzeln nicht allzu schwer. Man sollte ab dem Hochsommer am besten Internodienstecklinge mit nur einem Knoten nehmen. Die Blätter werden um eines der Fiederblättchenpaare reduziert; falls das andere Paar sehr groß ist, wird an ihm das endständige Fiederblatt entfernt. Die Blätter dürfen nicht überlappen, wenn die Stecklinge in sandige Erde gesetzt werden – eine Vorsichtsmaßnahme, um einem Grauschimmelbefall vorzubeugen; das Wässern mit einer Fungizidlösung ist eine weitere. Bis zum Frühling sollten die Stecklinge ungestört wachsen dürfen. Danach werden sie einzeln getopft und gestützt. Die Sorten der Anemonenwaldreben und Alpenwaldreben sind auf diese Weise am einfachsten zu vermehren. Arten können auch durch Aussaat vermehrt werden.

GEGENÜBER, VON OBEN:
Die dunklen Staubgefäße von 'Henryi' verstärken das Weiß der zugespitzten Blütenblätter.

Die kräftigen, zugespitzten Kronblätter von Clematis tibetana *umhüllen einen Kranz aus Staubgefäßen.*

'Snow Queen' ist eine weitere hübsch weißblühende Waldrebe. Gerippte Blütenblätter, die dunkle Staubgefäße umgeben, erhöhen ihren Charme.

Die weißen Blütenblätter von 'Alba Luxurians' erscheinen manchmal fast grün.

RECHTS:
'Bill Mackenzie', eine Sorte der Mongolischen Waldrebe, präsentiert zitronengelbe Blütenlaternen an anmutig geneigten Zweigen.

*Während des ganzen Sommers bringt die Schönranke zahllose röhrenförmige Blüten hervor, die überschwenglich viel Samen produzieren. Wie bei Senf und Gartenkresse keimt dieser leicht. Man kann die Schönranke durch eine andere Kletterpflanze ranken lassen oder an einem Strauch drapieren. Formen mit bernsteingelben Blüten wirken vor dunkelgrünem Laub besonders schön. Kupfer- bis purpurrote Blüten bilden mit goldlaubigen Sträuchern wie dem Tatarischen Hartriegel (*Cornus alba *'Aurea') ein prägnantes Farbschema.*

Cobaea scandens

Einjährige oder nicht winterharte, mehrjährige rankende Kletterpflanze · Höhe / Breite: 2,4 m · Zierwert: von Sommer bis Herbst · Zone: 9 bis 10

Cobaea scandens *f.* alba *sollte so gepflanzt werden, daß man von allen Seiten die herrlichen weißen Blüten bewundern kann. Sie sind in jedem Stadium eine Augenweide: Schalenförmige grüne Kelchblätter umgeben kräftige Knospen, die sich zu ausgestellten Glocken mit herausragenden Staubbeuteln öffnen.*

Aus Samen gezogene Glockenreben blühen bereits im ersten Jahr. Ihre glockenförmigen Blüten öffnen sich aus grünlichweißen Knospen. Die Blüten nehmen schnell die charakteristische dunkelviolette Farbe an, die die Pflanze sehr reizvoll wirken läßt. Die Form *alba* zeigt dezente alabasterweiße Blüten, die am besten vor dem dunklen Hintergrund einer Steinlinde oder Eibe zur Geltung kommen. Die Glockenrebe gedeiht in jedem fruchtbaren, gut durchlässigen Boden an einem sonnigen oder halbschattigen Platz. Sie klettert mit Hilfe von Ranken am Ende der gefiederten Blätter. Um einen dichten Wuchs anzuregen, werden die Sproßspitzen regelmäßig entfernt.

Eccremocarpus scaber

Einjährige oder nicht winterharte, rankende Kletterpflanze · Höhe / Breite: 4 m · Zierwert: von Sommer bis Herbst · Zone: 7 bis 10

Die Schönranke klettert mit Hilfe von Blattranken. Aus Samen gezogen, blüht sie bereits im ersten Jahr; manchmal sät sie sich auch selbst aus und sorgt dadurch im nächsten Jahr für einen hübschen Anblick. Bei Frostschäden treibt sie von den Wurzeln neu aus, vorausgesetzt, diese wurden durch andere Pflanzen oder eine dicke Mulchschicht geschützt. Obwohl sie wuchsfreudig ist, wird sie nicht zum Schwergewicht und kann deshalb mit anderen Kletterpflanzen kombiniert werden, um die Blüte zu verlängern oder für einen Farbkontrast zu sorgen. Die Blüten sind klein, gebogen, röhrenförmig und meist orangefarben mit ausgestülptem dottergelbem Rand. Manche Sämlinge weisen auch kupferrote oder bernsteingelbe Blüten auf. Die Schönranke gedeiht in jedem fruchtbaren, gut durchlässigen Boden in der Sonne oder im Halbschatten.

Hedera

Immergrüne, selbstklimmende Kletterpflanzen · Höhe / Breite: 1,8 bis 9 m · Zierwert: das ganze Jahr · Zone: 5 bis 9 (oder wie angegeben)

In freier Natur wächst Efeu an Bäumen, oft bis zu den höchsten Ästen. Darüber hinaus bedeckt er schnell verfallene Gebäude und gibt ihnen ein romantisches Aussehen. Für den Garten wird Efeu mit ungewöhnlich geformten Blättern bevorzugt. Oft sind diese weiß-, creme- oder gelbpanaschiert. Glücklicherweise haben diese Formen keinen so ungezügelten Wuchs wie die Wildarten. Unter den höheren Arten für den Garten befinden sich zwei hübsche panaschierte Formen des

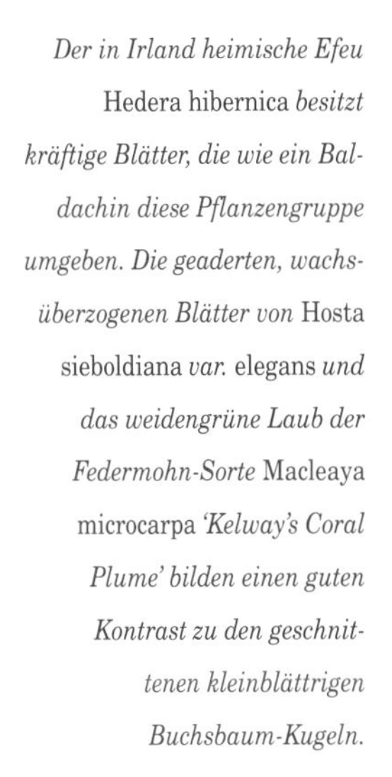

Der in Irland heimische Efeu Hedera hibernica *besitzt kräftige Blätter, die wie ein Baldachin diese Pflanzengruppe umgeben. Die geaderten, wachsüberzogenen Blätter von* Hosta sieboldiana *var.* elegans *und das weidengrüne Laub der Federmohn-Sorte* Macleaya microcarpa *'Kelway's Coral Plume' bilden einen guten Kontrast zu den geschnittenen kleinblättrigen Buchsbaum-Kugeln.*

Kolchischen Efeus (*H. colchica;* Zone 5 bis 9). Sie besitzen kräftige, herzförmige ledrige Blätter. Bei 'Dentata Variegata' haben sie einen hellgelben Rand, der teilweise das Dunkelgrün in der Mitte überzieht. Die Blätter von 'Sulphur Heart' zeigen einen hellgelben Fleck auf ihrer Mitte. Der in Europa und Asien heimische Gemeine Efeu *(H. helix)* hat zahllose Sorten hervorgebracht. Sie unterscheiden sich in Wuchs, Blattfarbe und -form. 'Glacier' ist eine unauffällig panaschierte, wuchsfreudige Sorte. An rötlichen Zweigen trägt sie silbergrau-cremefarbene Blätter. 'Goldheart' mit einem gelben Fleck in der Mitte der hübschen dreieckigen Blätter leuchtet stärker. Die aus Irland stammende *H. hibernica* ist ein großer, kräftiger Strauch mit festen dunkelgrünglänzenden Blättern, die größer sind als die von 'Glacier' und 'Goldheart'.

Efeu gedeiht in gut durchlässiger Erde an jedem Platz. Mit anfänglicher Unterstützung entwickeln sich rasch Haftwurzeln, die es ihnen erlauben, Mauern, Zäune und Baumstämme zu begrünen. Efeu kann durch Stecklinge vermehrt werden. An Mauern wachsender Efeu wird im Frühling zurückgeschnitten, damit er dicht und ansehnlich bleibt. Gleichzeitig kann totes Laub entfernt werden. Intakte Mauern werden durch Efeu nicht beschädigt, im Gegenteil, er hält sie trocken.

Die Spitzenpracht der Kletterhortensie erscheint noch weißer, wenn sie mit den intensiv blutroten Blüten der Kapuzinerkressen-Art Tropaeolum speciosum *durchsetzt ist. Diese besitzt empfindliche Triebe, die jeden Winter bis zu den fleischigen Wurzeln absterben.*

In Südamerika sind viele wunderschöne Pflanzen heimisch, doch nur wenige können es mit Lapageria rosea *aufnehmen. Ihre schmalen, ausgestellten glockenförmigen Blüten sitzen an kurzen Zweigen und wirken wie aus Wachs geformt – der Inbegriff von Eleganz.*

HYDRANGEA ANOMALA SSP. PETIOLARIS

Laubabwerfende, selbstklimmende Kletterpflanze · Höhe / Breite: 9 m · Zierwert: im Sommer · Zone: 5 bis 8

Die Kletterhortensie kann sowohl eine Mauer oder einen Baumstamm begrünen als auch als Bodendecker eingesetzt werden. Sie gedeiht an sonnigen und halbschattigen Plätzen, doch für eine üppige Blüte benötigt sie viel Licht. Dann ist das hellgrüne Laub fast vollständig mit weißen Doldenrispen bedeckt. Die Pflanze gedeiht in jedem fruchtbaren, durchlässigen Boden und muß nicht geschnitten werden, außer sie wird zu groß. Erscheinen die Blüten an vorjährigem Holz, wird der Schnitt nach der Blüte durchgeführt. Kletterhortensien an Baumstämmen bedecken diese zwar mit Blättern, tragen aber nur an den Trieben Blüten, die Licht erhalten. Möglicherweise wächst die Pflanze zunächst nur langsam. Sind die Haftwurzeln ausgetrocknet, kann sie sich nicht mehr gut festhalten. Dann sollte man einen oder zwei Triebe abschneiden, um neuen kräftigen Wuchs zu fördern, der durch einen Stab gestützt wird. Absenker bewurzeln schnell, Stecklinge im Sommer sind eine weitere Vermehrungsmethode.

LAPAGERIA ROSEA

Immergrüne, windende Kletterpflanze · Höhe / Breite: 4,5 m · Zierwert: im Sommer · Zone: 9 bis 10

Diese Pflanze ist nach Joséphine de la Pagerie, der Gattin Napoleons, benannt. Unter den Kletterpflanzen ist sie die Königin. Ihre wachsartigen, schmalen ausgestellten Blütenglocken erscheinen in Rosatönen, hellem Purpurrot und dem Cremeweiß von *L. rosea albiflora*. Sie hängen an grazilen Trieben mit herzförmigen, ledrigen immergrünen Blättern. Eine solch herrliche Pflanze verdient beste Bedingungen: eine tiefgrundige, feuchte, kalkfreie Erde an einem frostgeschützten, schattigen Platz. Doch ich habe die Pflanze auch schon an einem sonnigen Ort mit kaltem Ostwind gut gedeihen sehen. Sie kann durch frischen Samen vermehrt werden.

LATHYRUS

Einjährige oder mehrjährige, rankende Kletterpflanzen · Höhe / Breite: 1,8 bis 3,5 m · Zierwert: im Sommer · Zone: 5 bis 8

Samenkataloge preisen Platterbsen in einer außergewöhnlich großen Skala von Blütenfarben an. Darunter befinden sich auch Blüten mit gewellten Rändern oder mit einem schwachen Duft. Wer jedoch den intensiven Duft der alten Sorten sucht, dem empfehle ich 'Painted Lady'. Diese Sorte der Wohlriechenden Wicke *(L. odoratus)* trägt rosarote und weiße Blüten. Sie wird in speziellen Samenhandlungen angeboten. Manchmal findet man auch Sämlinge, doch für die Zukunft sollte man Samen aufbewahren, um die Pflanzen selbst ziehen zu können. Die einjährige Saatplatterbse *(L. sativus)* duftet nicht, wird aber gerne wegen ihrer enzian- bis azurblauen Schmetterlingsblüten gepflanzt. Die meisten mehrjährigen Platterbsen-Arten sind ebenfalls duftlos. Doch die üppige, lange Blüte und die robuste Natur der ausdauernden Staudenwicke *(L. latifolius)* sichern ihr einen Platz im Garten. Dort neigen sich ihre sommergrünen Triebe über eine Bank, oder sie füllen einen Platz in der Rabatte, den frühblühende Stauden bereits geräumt haben. Helles Magentarot ist die charakteristische Blütenfarbe, aber es gibt auch ein helles Rosa sowie das hübsche Reinweiß von 'White Pearl'. Durch Aussaat vermehrte Pflanzen sind meist farbecht. Um sicher zu gehen, kann man auch Basalstecklinge nehmen. Platterbsen gedeihen in jedem fruchtbaren Gartenboden an einem sonnigen Platz.

Lonicera

Laubabwerfende, windende Kletterpflanzen · Höhe / Breite: 6 m · Zierwert: im Sommer · Zone: 5 bis 9

Das Waldgeißblatt *(L. periclymenum)* zählt zu den allgegenwärtigen Pflanzen der Wälder Europas. Obwohl es nicht zu den schönsten Arten der Gattung gehört, besitzt es eine der besten Duftnoten: Süß und verführerisch erfüllt sie die Luft, insbesondere in der Morgen- und Abenddämmerung. 'Serotina' ist eine alte, holländische Sorte und vermutlich die farbenprächtigste. Die cremegelben Blüten sind mit einem violetten Krapprot überhaucht, das in der Sonne noch hervorgehoben wird. Sie verblassen zu Rosa und Creme und blühen bis in den Herbst. 'Graham Thomas' ist eine herrliche jüngere Sorte mit großen, intensiv duftenden cremefarbenen Blüten. Geißblatt gedeiht am besten, wenn seine Wurzeln einen schattigen Platz mit fruchtbarer Erde bekommen, während sich die Blüten in lichtem Schatten oder in der Sonne öffnen. Die windenden Triebe können eine Stützpflanze ersticken, aber sie verleihen einer kahlen Hecke Substanz. Vermehrung erfolgt im Sommer oder Herbst durch Stecklinge. Ein nötiger Schnitt wird nach der Blüte vorgenommen, indem die blütentragenden Triebe um ein Drittel zurückgeschnitten werden.

Das Waldgeißblatt ist mit einem weithin spürbaren köstlichen Duft gesegnet. Seine Blüten variieren in der Farbgebung von Cremeweiß, das beim Verblühen Gelb wird, bis zu Rosarot, das durch Sonnenlicht noch intensiviert wird.

Die ausdauernde Staudenwicke ist eine leicht zu ziehende, langblühende mehrjährige Kletterpflanze. Sie trägt entweder magentarote bis blaßrosa oder exquisite weiße Blüten und klettert an Sträuchern oder Kletterhilfen problemlos sowohl horizontal als auch vertikal.

Die fünflappigen Blätter von Parthenocissus henryana *sind samtgrün mit weißen und rosaroten Nuancen entlang der Blattadern. Im Herbst nehmen sie eine purpur- und orangerote Färbung an. Hat man nur Platz für ein Weinrebengewächs, so ist diese Art dem gewöhnlichen Wilden Wein vorzuziehen.*

MAURANDYA, LOPHOSPERMUM und ASARINA

Krautige Kletterpflanzen · Höhe / Breite: 90 cm bis 1,8 m · Zierwert: im Sommer · Zone: 9 bis 10

Die kletternde Maurandie wird manchmal der Gattung *Asarina* zugeordnet, während einige *Lophospermum*-Arten unter *Maurandya* zu finden sind. Dies ist der Grund, warum sie hier zusammen behandelt werden. Die Blüten erinnern vielleicht eher an die des Fingerhuts als an Löwenmäulchen, besonders bei *A. barclaiana.* Ihre violetten, rosa oder weißen Blüten erscheinen viele Wochen lang zwischen flaumigen, herzförmigen Blättern. Die Gloxinienwinde *(L. erubescens)* trägt über einen langen Zeitraum große rosarote Blüten und klebrige graugrüne Blätter. Die Pflanzen lassen sich leicht durch Aussaat oder Stecklinge vermehren und blühen im ersten Jahr. Sie sind ideale Füllpflanzen in Rabatten, wo sie im Winter bis zum Boden absterben. Werden die Wurzeln vor Frost geschützt, treiben sie im Frühjahr wieder aus. Die Pflanzen schätzen einen geschützten, sonnigen Platz mit fruchtbarer, gut durchlässiger Erde. Sie wachsen durch Sträucher oder auch an Kletterhilfen.

PARTHENOCISSUS

Laubabwerfende, selbstklimmende Kletterpflanzen · Höhe / Breite: 7,5 m · Zierwert: in Sommer und Herbst · Zone: 4 bis 9 (oder wie angegeben)

Der Wilde Wein *(P. quinquefolia)* und die kräftigere Dreispitz-Jungfernrebe (*P. tricuspidata;* Zone 5 bis 8) bekommen durch *P. henryana* (Zone 7 bis 8) Konkurrenz. Im Herbst trägt diese Jungfernrebe herrliches purpurrotes Laub, das noch hübscher ist als das Sommergrün. Die drei- bis fünflappigen Blätter weisen ein dunkles Samtgrün auf, das bronzerotbraun überhaucht ist und durch eine weiße und rosarote Färbung entlang der Adern unterstrichen wird. An schattigen Plätzen entstehen die schönsten Blattfarben. Andere Arten gedeihen sowohl in der Sonne als auch im Schatten gut. Wie ihre Verwandten klettert *P. henryana* mit Hilfe von Haftscheiben, die am Ende der Blattranken sitzen. Die Kletterpflanze wird am besten im Spätwinter geschnitten. Sie gedeiht in jedem fruchtbaren, gut durchlässigen Boden und kann im Spätsommer durch Stecklinge vermehrt werden.

PASSIFLORA

Immergrüne, rankende Kletterpflanzen · Höhe / Breite: 9 m · Zierwert: im Sommer · Zone: 7 bis 10 (oder wie angegeben)

Als spanische Priester in Südamerika zum erstenmal die Blüten dieser herrlichen Kletterpflanze sahen, glaubten sie in ihnen ein Symbol für die Leiden Christi zu erkennen: die Kelchblätter repräsentieren die Apostel, der Strahlenkranz die Dornenkrone, die fünf Staubgefäße die fünf Wunden und die drei Narben die drei Nägel. So bekam die Passionsblume sowohl ihren botanischen Gattungsnamen als auch die deutsche Bezeichnung. Eine der winterhärtesten Arten ist die wuchsfreudige Blaue Passionsblume *(P. caerulea)*. Sie besitzt gelappte dunkelgrüne Blätter und weiße Kelchblätter unter einem Strahlenkranz in Blau, Weiß und Violett. Ihre Hybride *P.* x *caeruleoracemosa* (Zone 9 bis 10) ist nicht so wuchsfreudig, trägt aber eine ähnlich unverwechselbare Blüte mit violetten Kelchblättern und rosafarbenem Strahlenkranz. Die Echte Weinrebe *Vitis vinifera* 'Purpurea' ist der ideale Pflanzpartner; zusammen mit Rosenkelch entsteht eine interessante Farbkombination. Passionsblumen benötigen einen geschützten Platz in der Sonne, um üppig zu blühen (und in Regionen mit langen Sommern orangefarbene, eiförmige Früchte zu tragen). Sie gedeihen in jedem fruchtbaren, gut durchlässigen Boden; solange dieser nicht gefriert, treibt die Pflanze von der Basis neu aus, auch wenn die oberirdischen Teile erfroren sind. Falls die Pflanze zu groß wird, kann sie im Frühling stark zurückgeschnitten werden, da sie leicht 4,5 m in einer Wachstumsphase erreicht. Vermehrung erfolgt im Sommer durch Stecklinge.

Die außergewöhnliche Blütenform, die der Passionsblume zu ihrem Namen verholfen hat, ist an dieser vollerblühten Blauen Passionsblume deutlich zu sehen. Sie gehört zu einer Gruppe von Arten, die ähnlich geformte Blüten im Farbspektrum von Elfenbeinweiß bis Violett und Mattrosa tragen.

RHODOCHITON ATROSANGUINEUS

Mehr- oder einjährige, windende Kletterpflanze · Höhe / Breite: 3 m · Zierwert: im Sommer · Zone: 9 bis 11

Die Blüten des grazilen Rosenkelches erinnern an kleine mattmagentarote Schirme, aus denen schmale Röhrenblüten mit ausgestelltem Rand hängen. Diese sind so dunkelviolettbraun, daß sie fast schwarz wirken. Den Blüten folgen papierene, ballonförmige Samenhülsen mit vielen geflügelten Samen. Durch Aussaat entstehende Pflanzen blühen bereits im ersten Jahr (die Art ist eigentlich eine Staude). Die herzförmigen Blätter sind rotbraun, besonders wenn sie von der Sonne beschienen werden. Die Blattstiele winden sich um jede geeignete Kletterhilfe.

Die von Tau oder Regentropfen benetzten, papierartigen rotbraunen Blüten des Rosenkelches rufen unvermeidlich Assoziationen an Regenschirme hervor. Doch kein Schirm verfügt über so kräftige Griffe, wie sie diese langen, fast samtschwarzen Röhrenblüten symbolisieren.

Rosa

Laubabwerfende Kletterpflanzen · Höhe / Breite: 2,4 bis 9 m · Zierwert: in Frühling, Sommer und Herbst · Zone: 5 bis 9 (oder wie angegeben)

Die büschelblühenden Kletterrosen bilden eine Gruppe aus wuchsfreudigen Arten und ihren hybriden Abkömmlingen. Sie besitzen viele kleine Blüten, die in großen Dolden angeordnet sind und denen oft kleine, orangefarbene oder rote Hagebutten folgen. Obgleich diese Rosen oft als Kletter- oder Schlingpflanzen angesehen werden, besitzen sie weder rankende oder windende Triebe noch Haftwurzeln, um senkrecht wachsen zu können; ihre langen Zweige haken sich bestenfalls mit mehr oder weniger gekrümmten Stacheln an jeder geeigneten Kletterhilfe ein. Und doch kann selbst ein ausgewachsenes Exemplar sicher an einem Baum emporwachsen, um sich dann in eine Kaskade von weißen, elfenbein- oder pastellfarbenen Blüten zu ergießen, die einen weithin spürbaren süßen Duft verströmen.

Zwischen der unnahbaren Perfektion einer modernen Hybridrose und der schlichten Anmut der Kletterrose 'Adélaïde d'Orléans' mit ihren nickenden Blüten liegen Welten. Das grüne »Auge« in der Mitte der zerbrechlich anmutenden Blüten erhöht deren Charme, und die zierlichen Knospen fügen einen Hauch von Farbe hinzu.

Unter den Arten habe ich nicht die berühmte *R. filipes* 'Kiftsgate' (Zone 7 bis 10), sondern *R. longicuspis* (Zone 9 bis 10) gewählt. Diese öffnet im Hoch- oder Spätsommer bis zu 150 cremefarbene Blüten in großen Büscheln. Darüber hinaus besitzt sie schönes glänzendes Laub und braunrote junge Triebe. Meine Wahl fällt ebenso auf *R. gentiliana,* die auch als 'Polyantha Grandiflora' bekannt ist. Der Name bezeichnet sowohl die vielblütigen Büschel als auch die außergewöhnliche Größe jeder einzelnen Blüte. Diese sind elfenbeinfarben mit einem dottergelben Staubgefäßbüschel in der Mitte und haben einen intensiven fruchtigen Duft. Ihnen folgen im Herbst orangerote Hagebutten. Es gibt einige Sorten mit ähnlich zartgefärbten oder weißen Blüten. 'Rambling Rector', eine großartige, wuchsfreudige üppigblühende Rose, trägt halbgefüllte elfenbeinweiße Blüten. 'Bobbie James' ist nicht ganz so wuchsfreudig, besitzt aber glänzende Blätter und weiße Blüten. Die hohe Sorte 'Paul's Himalayan Musk' zeigt dagegen kleine rosettenförmige violettrosa Blüten, die in hängenden Büscheln an dünnen Trieben angeordnet sind. Die jüngere Sorte 'Treasure Trove' präsentiert cremeaprikosenfarbene Blüten und kupferbraunrote junge Triebe.

Die Banksrose (*R. banksiae;* Zone 6 bis 9) besitzt ebenfalls Büschel aus vielen kleinen Blüten, doch – und hier hört die Ähnlichkeit auf – ihre Zweige sind stachellos und hellgrün belaubt. Sie blüht ebenfalls im Spätfrühling, zu Beginn der Rosenblüte. Die Blüten können sowohl einfach als auch gefüllt, weiß oder zartgelb sein. Obgleich die einfachblühenden Bankrosen den besseren Duft besitzen, verströmt die gefüllte weißblühende *R. banksiae banksiae* einen süßen Veilchenduft. Die gefüllte gelbe *R. banksiae* 'Lutea' duftet zwar fast nicht, ist jedoch zweifellos die hübscheste. Ihr Charme wird in

Kombination mit violetten Glyzinen oder frühlingsblühenden ultramarinblauen Säckelblumen noch verstärkt. Banksrosen eignen sich besonders gut für Mauern; in warmen Regionen, wo sie vor Frostschäden sicher sind, können sie auch an Bäumen oder an einem lockeren, großen Strauch wachsen. Hat eine Banksrose den ihr zugedachten Platz an einer Mauer einmal eingenommen, braucht sie jährlich einen leichten Schnitt, damit man sie in Grenzen halten kann. Nach der Blüte können einige der alten Seitentriebe herausgeschnitten werden; gerüstbildende Hauptzweige bleiben davon unberührt, außer sie sind sehr alt und schwach und es gibt junge Basaltriebe, die diese ersetzen können. Anschließend werden junge Triebe so eingebunden, daß sie den frei gewordenen Platz einnehmen. Als vorsorgender Winterschutz sollten im Herbst von der Mauer abstehende junge Zweige eingebunden werden.

Wem die violetten und mauvefarbenen Töne von Glyzinen gefallen, der kann sich im Hochsommer auch an vier »blauen« Kletterrosen erfreuen. Eigentlich ist ihr Blau nicht intensiver als das der Großblumigen Buschrosen, das die Züchter anstreben und manchmal versprechen – aber auch nicht schwächer. Als erste Sorte öffnet im Hochsommer 'Veilchenblau' ihre weißgestreiften Blütenbüschel in Magenta und Violett, die zu Mauveviolett verblassen; sie ist die einzige duftende Sorte in diesem Quartett. Als nächstes ist 'Violette' an der Reihe. Ihre geöffneten Blüten sind leicht purpurrot und verblassen im Verblühen zu Rotbraun und Mauveviolett. 'Rose Marie Viaud' folgt rasch danach mit zunächst purpurrotvioletten Blüten, die mauveviolett verblassen. Die letzten beiden Sorten haben fast stachellose Zweige und bemerkenswert zartgrünes Laub. Zum Schluß zeigt 'Bleu Magenta' die größten Blüten unter den vieren. Sie öffnen sich dunkelviolett und verblassen zu Graumauve und Hellviolett. Alle vier Sorten harmonieren herrlich mit dem filzigbehaarten grauen Laub der Echten Weinrebe *Vitis vinifera* 'Incana'. Der Schnitt wird wie bei den übrigen Kletterrosen vorgenommen: Alte blütentragende Triebe werden jedes Jahr nach der Blüte herausgeschnitten, und an ihre Stelle bindet man die neuen Basaltriebe ein. Der Standort sollte luftig sein, damit das Risiko eines verunzierenden Befalls mit Mehltau möglichst klein ist.

Es gibt so viele remontierende Kletterrosen, daß ich nur eine herausgreifen möchte: die alte berühmte 'Gloire de Dijon'. Im Gegensatz zu anderen Noisette-Rosen gedeiht sie an sonnigen oder leicht schattigen Mauern, wo sie über einen langen Zeitraum hinweg blüht. Ihre dichtgefüllten, intensiv duftenden Blüten öffnen sich in einer so einzigartigen Nuance zwischen Gelbbraun, warmem Gelb und einem Pfirsichton, daß D. H. Lawrence diese Rose mit der reifen Schönheit seiner Geliebten verglich. Gegenüber der Reife von 'Gloire de Dijon' erscheint 'New Dawn' jungfräulich (siehe Seite 73). Die perlmuttrosa Blüten dieser bezaubernden langblühenden Sorte öffnen sich aus gedrehten Knospen.

Fast jede Rose läßt sich im Sommer oder im Frühherbst aus Stecklingen ziehen. Pflanzen aus Stecklingen haben den Vorteil, daß sie keine Ausläufer bilden – und falls doch, sind sie fast immer identisch mit der Mutterpflanze. Damit Rosen uns mit einer üppigen Blüte erfreuen, benötigen sie gute Wachstumsbedingungen, insbesondere aufbereitete Erde.

Die Robustheit von 'Gloire de Dijon' ist nach wie vor unschlagbar. Die duftenden dichtgefüllten Blüten erscheinen in zarten Tönen wie Bernsteingelb, Pfirsich- und Cremefarben und wirken in ihrer Üppigkeit verführerisch.

Senecio scandens

Laubabwerfende Schlingpflanze · Höhe / Breite: 4,5 m · Zierwert: im Herbst · Zone: 9 bis 10

Die vielen kleinen zitronengelben Korbblüten und das helle Grün der herzförmigen Blätter dieser verholzenden Kreuzkraut-Art lassen im Herbst einen Hauch von Frühlingsfrische aufkommen. Die Pflanze stellt einen hübschen Kontrast zu scharlachroten und orangefarbenen Hagebutten und Beeren dar. Sie paßt aber auch zu dunkelgrünglänzendem Laub wie etwa von Stechpalmen. Die dünnen oberirdischen Triebe können vom Frost zerstört werden, doch solange die Wurzeln geschützt sind, treibt die Pflanze an der Basis neu aus. Im Frühling kann man einen starken Schnitt vornehmen, bei dem man ihre Größe reduziert und altes Holz entfernt. Die Vermehrung erfolgt durch Stecklinge. Ein sonniger Platz mit fruchtbarem, gut durchlässigem Boden ist ideal.

Solanum crispum 'Glasnevin'

Halbimmergrüne Schlingpflanze · Höhe / Breite: 4,5 m · Zierwert: von Sommer bis Herbst · Zone: 7 bis 10 (oder wie angegeben)

Die raschwüchsige, verholzende und halbschlingende Verwandte der Kartoffel trägt von Sommer bis Herbst violette Blütenbüschel. Die einzelnen, schalenförmigen Blüten werden durch eine Spitze aus leuchtendgelben Staubgefäßen aufgehellt. Wo der Frost keine Schäden verursacht, bildet die Pflanze viele Triebe aus, die Mauern und Zäune begrünen oder sich auch durch einen Strauch schlingen. Das könnte ein *Abutilon vitifolium* sein, dessen letzte Blüten von den ersten des Nachtschattengewächses abgelöst werden. Diese Sorte ist etwas winterhärter als *S. jasminoides* 'Album' (Zone 8 bis 10), eine Kletterpflanze, die von Sommer bis Herbst sternförmige weiße Blüten trägt. Bei allen Pflanzen sollten im Frühling beschädigte oder schwache Triebe entfernt werden. An Mauern erzogene Exemplare bindet man im Herbst ein; »verirrte« Triebe kann man ebenfalls beim Frühjahrsschnitt berücksichtigen. Ein sonniger Platz mit fruchtbarer, gut durchlässiger Erde ist ideal. Die Vermehrung erfolgt im Spätsommer durch Stecklinge.

Solanum crispum *'Glasnevin' wächst hier zusammen mit Goldenem Hopfen* Humulus lupulus *'Aureus', einer anderen wuchsfreudigen Kletterpflanze. Das Goldgrün der Hopfenblätter ergänzt das Gelb der Staubgefäße in der Mitte der violetten Blüten.*

Sollya heterophylla

Immergrüne, windende Kletterpflanze · Höhe / Breite: 1,8 m · Zierwert: von Sommer bis Herbst · Zone: 9 bis 10

Der in Australien heimische Glockenblumenwein eignet sich gut für kleine Gärten. Seine schlanken windenden Triebe tragen kleine Blätter und über einen langen Zeitraum glockenförmige azurblaue Blüten. Er gedeiht in fruchtbarer, gut durchlässiger Erde an einem sonnigen oder halbschattigen Platz und kann leicht durch Aussaat oder Sommerstecklinge vermehrt werden.

Trachelospermum

Immergrüne, windende oder selbstklimmende Kletterpflanzen · Höhe / Breite: 6 m · Zierwert: im Sommer · Zone: 7 bis 10 (oder wie angegeben)

Der Sternjasmin zählt zu den wertvollsten ganzjährigen Fassadenpflanzen. Seine halbwindenden, halbselbstklimmenden Triebe tragen glänzendes immergrünes Laub. *T. asiaticum* ist ein effizienter Selbstklimmer und besitzt besonders kleinblättriges und dichtes Laub. Diese Art zeigt süßduftende cremeweiße Blüten, die im Verblühen gelbbraun werden. Das dunkelgrüne Laub von *T. jasminoides* verfärbt sich im Winter kupferfarben, mahagonibraun und purpurrot, insbesondere bei der unter der Bezeichnung 'Wilsonii' W 776 geführten Sorte.

Die zunächst weißen, später cremefarbenen duftenden Blüten von *T. jasminoides* sind größer und zeigen daher gut ihre propellerförmige Anordnung. Die panaschierte Sorte 'Variegatum' (Zone 8 bis 10) ist in warmen Regionen das ganze Jahr über hübsch. Im Sommer sind die dunkelgrünen Blätter cremefarben gefleckt und gerandet. Im Winter verfärben sie sich purpurrot und rosa, besonders wenn die Pflanze an einem hellen Platz wächst. Sternjasmin gedeiht in fruchtbarer, gut durchlässiger Erde an einer geschützten, sonnigen oder halbschattigen Mauer. Vermehrung erfolgt durch Absenker oder Stecklinge im Sommer. Der Schnitt beschränkt sich auf das Herausschneiden von toten oder schwachen Trieben im Frühling; wenn überstehender Wuchs kräftig und gesund ist, wird er, falls Platz vorhanden ist, nicht entfernt, sondern zurückgebunden.

TROPAEOLUM

Krautige Kletterpflanzen · Höhe / Breite: 1,2 bis 3 m · Zierwert: von Spätwinter bis Herbst · Zone: 7 bis 9

Nicht alle Formen der kletternden Knollenkapuzinerkresse *(T. tuberosum)* blühen zuverlässig ab dem Sommer. Am besten man wählt solche, die als »frühblühend« bezeichnet werden, oder *T. tuberosum* var. *lineamaculatum* 'Ken Aslet'. Die knolligen Wurzeln sind in ihrer Heimat Südamerika ein Hauptnahrungsmittel, doch in Europa setzten sie sich nicht durch (wie beispielsweise die ebenfalls aus Südamerika stammende Kartoffel). Die Blätter sind breit fünfgelappt, während die röhrenförmigen, schmalen Blüten einen ausgestellten Rand und lange Sporne besitzen. Die Blüten erscheinen in zartem Orange- bis Scharlachrot mit dottergelben Lappen. Wenn die Pflanze waagerecht wachsen kann, wie etwa über rechtwinkelige Klettergerüste, »schweben« die Blüten wie eine Wolke über den Blättern. Die Knollen vermehren sich zahlreich. Falls sie sich zur Erdoberfläche vorgeschoben haben, können sie herausgenommen und in leicht feuchter, torfhaltiger Erde oder in einem anderen sterilen Substrat frostfrei überwintert werden. Knollen, die in der Erde bleiben, sollte man mit einer Mulchschicht vor Frost schützen. Diese Art benötigt eine fruchtbare, gut durchlässige Erde an einem sonnigen Platz. *T. speciosum* gedeiht dagegen an einem kühlen Ort mit vorzugsweise kalkfreiem Boden. Ihr hübsches, hellgrünes Laub ist vor dunkelgrünem Hintergrund, wie etwa einer Eibenhecke, sehr dekorativ. Doch ihr größter Reiz liegt in den intensiv scharlachroten Blüten, die sich in Spätsommer und Herbst öffnen (siehe Seite 80). Ihnen können leuchtendblaue Früchte folgen, aus denen sich junge Pflanzen ziehen lassen. Eine andere Vermehrungsmethode sind Schnittlinge der fleischigen Wurzeln. Die Schnittlinge müssen einen Vegetationspunkt aufweisen und waagerecht in Töpfe mit Anzuchterde gelegt werden.

GEGENÜBER: *Die propellerförmigen weißen Blüten von* Trachelospermum asiaticum *verströmen einen köstlichen Duft. Sein glänzendes Laub ergibt das ganze Jahr über einen hübschen Fassadenschmuck.*

RECHTS: *Diese Knollenkapuzinerkresse wächst horizontal über eine Kletterhilfe. So kann sie ihre zahllosen röhrenförmigen und gespornten Blüten an grazilen roten Stielen am besten zur Geltung bringen. Die Blütenpracht scheint förmlich über den anmutigen gelappten Blättern zu schweben.*

Die schlichte Farbe des alten Pfeilers und der aufgesetzten Kugel erhält Glanz durch das leuchtende scharlach-, wein- und orangerote Herbstlaub der Rostroten Rebe.

TWEEDIA CAERULEA

Mehrjährige, windende Kletterpflanze · Höhe / Breite: 1,2 m · Zierwert: im Sommer · Zone: 10

Einige Pflanzen können eine eigene Farbzusammenstellung aufweisen. Zu ihnen gehört das Spitzkrönchen, das auch unter der botanischen Bezeichnung *Oxypetalum caeruleum* zu finden ist. Diese zierliche Pflanze trägt samtweiche, graubehaarte herzförmige Blätter und fleischige himmelblaue Blüten, die beim Verblühen ein opales Rosa annehmen. Vermehrung erfolgt durch weiche Sommerstecklinge oder durch Aussaat, die im ersten Jahr blühende Pflanzen hervorbringt.

VITIS

Laubabwerfende, rankende Kletterpflanzen · Höhe / Breite: 6 bis 9 m · Zierwert: im Herbst · Zone: 5 bis 9

Die Echte Weinrebe gehört zu den Kletterpflanzen mit einer schönen Herbstfärbung. Doch auch im Sommer sind ihre Blätter hübsch anzusehen. *V. vinifera* 'Purpurea' ist hauptsächlich eine Blattpflanze, deren weißbehaarte Triebe ein mattes Purpurweinrot annehmen. Dies paßt ausgezeichnet zu grauem Laub oder zu violett-, mauve- oder rosafarbenen Blüten. Ihre Weintrauben weisen anders als bei gewöhnlichen schwarzen Trauben bereits im unreifen Zustand eine schwarze Farbe auf. Die Rostrote Rebe *(V. coignetiae)* besitzt das dunkelste grüne Laub von allen Reben. Gesunde Pflanzen tragen fast tellergroße runde Blätter, die sich im Herbst glänzendkupfer- und purpurrot sowie scharlachrot färben. Diese Rebe sieht vor einer grauen Steinmauer herrlich aus. Wenn sie durch eine Sandbirke ranken kann und die Sonne sie von hinten beleuchtet, entsteht ein atemberaubender Anblick.

Alle Reben gedeihen in fruchtbarem, gut durchlässigem Boden an einem sonnigen Platz. Vermehrung erfolgt durch Augenstecklinge im Winter oder durch Absenker. Falls die Pflanzen zu groß werden, können sie jeden Winter bis zum Grundgerüst zurückgeschnitten werden (während der Wachstumsphase würden sie zu stark bluten). Junges Holz wird bis zu einer oder zwei Blattknospen zurückgeschnitten. Im Sommer sollte man einige der blattreichen Triebe auf einen Knoten über fünf bis sechs Blättern zurückschneiden. Wer in einem Weinanbaugebiet wohnt, kennt den Rhythmus von starkem Rückschnitt im Winter und dichter Belaubung im Sommer. Reben, die an Bäumen wachsen, brauchen keine Pflege.

WISTERIA

Laubabwerfende, windende Kletterpflanzen · Höhe / Breite: 9 m · Zierwert: im Spätfrühling · Zone: 5 bis 9 (oder wie angegeben)

Voll erblühte Glyzinen sind auffällige Pflanzen. Läßt man die Chinesische Glyzine *(W. sinensis)* ungestört wachsen, kann sie einen 30 m hohen Baum bedecken. Doch sie beschränkt sich auch auf eine Mauer. Ihre Trauben mit mauvevioletten, blauvioletten oder weißen Schmetterlingsblüten verströmen einen charakteristischen Bohnengeruch, der bei der weißblühenden Sorte 'Alba' und der blauviolettblühenden 'Caroline' besonders deutlich ist. Die rechtswindende Japanische Glyzine (*W. floribunda;* Zone 4 bis 9) duftet schwächer und trägt längere Trauben; die violettblaue 'Multijuga' ('Macrobotrys') kann armlange Trauben hervorbringen. An einer Pergola oder Steinbalustrade kommen die Blütentrauben am besten zur Geltung, da sie dort frei hängen können (siehe Seite 69).

Viel Sonne ist das Rezept für viele Blüten. Ist der Boden zu nährstoffreich und der Platz zu schattig, entsteht ein dichtes Blattwerk. Ein vorsichtiger Schnitt kann die Blüte ebenfalls fördern. In den ersten Jahren muß man die jungen Triebe an die Kletterhilfe binden. Gleichzeitig sollten sie ausgedünnt werden, damit ein kräftiger Wuchs gefördert wird. Die Seitentriebe werden zweimal jährlich geschnitten: im Sommer bis auf 15 cm und im Winter bis auf zwei oder drei Blattknospen. Glyzinen können im Spätsommer durch Stecklinge vermehrt werden. Man sollte der Versuchung widerstehen, Glyzinen durch Aussaat zu vermehren: Die jungen Pflanzen blühen eventuell erst nach Jahren – und dann nicht besonders schön.

Diese Glyzine bietet einen beruhigenden Anblick. Ihre langen Trauben mit nach Bohnen duftenden Blüten ergießen sich wie eine Kaskade über die klassische Steinbalustrade und die verwitterten Stufen – eine Symphonie aus blassen Frühlingsfarben.

Flächige Effekte

Langlebige Sträucher und Stauden

Die Sonne des Frühherbstes taucht Rabattenpflanzen in ein mildes Licht, wie es der Hochsommer nie bieten kann. Die Federn des Chinaschilfes fangen tiefstehende Sonnenstrahlen ein, während Kerzenknöterich in Purpurrot erglüht. Die altrosa Blütenstände des Wasserdostes bilden den Hintergrund.

Wir träumen von sommerlichen Rabatten mit Farbwolken und -schwüngen: Schleier aus Wiesenraute, Wogen von milddufendem Phlox und Blütenschwaden von Garben. Wenn die Tage kürzer werden, machen sie von Schmetterlingen umflattertem Prachtsedum und sternförmigen Astern Platz. Diese werden wiederum überragt von wappenprägenden Schwertlilien, den spitzen Blütenkolben der Fackellilien, den stachligen Blütenkrausen der Edeldisteln sowie blauen Schmucklilienkugeln. Wolfsmilch fügt ihnen mit ihren kräftigen Tönen etwas Schwung hinzu. Im Frühling schieben sich Funkien wie Schneckengehäuse aus der Erde, um ihre breiten Blätter zu entfalten. Montbretien stehen mit kräftigen Blattschwertern Wache, während sich blaue oder leuchtendgestreifte Gräser im Windhauch wiegen. Was könnte an warmen Sommerabenden angenehmer sein, als im Garten zu sitzen, wo sich das Auge am Spiel der Farben und Formen erfreuen kann und das Ohr vom Summen der Bienen und dem Rascheln der Gräser abgelenkt wird. Für einen Moment hält die Welt inne, während die Zeichen jahrelanger Kultivierung sich in einer vollerblühten, klassischen Staudenrabatte widerspiegeln und uns mit köstlicher Nostalgie erfüllen.

Kleinblütige Taglilien wie die Sorte Hemerocallis *'Corky' besitzen eine Anmut, die den modernen Hybriden mit ihren großen Blüten nicht mehr zu eigen ist. Die zitronengelben Trichterblüten erscheinen zwischen den rubinroten und metallisch violetten Blättern der einjährigen Gartenmelde* Atriplex hortensis *var.* rubra.

Es macht Freude, wundervolle Pflanzen zu arrangieren – und sie dann zu betrachten. Ihre unterschiedliche Farbe, Form und Textur können sowohl harmonische als auch wechselvolle Kombinationen bilden und eine vollendete Rabatte entstehen lassen.

Nur wenige Freizeitgärtner sind mit den traditionellen Rabatten zufrieden, denn meist bieten diese außerhalb ihrer Blütezeit nur wenig. Rabatten sollen heute so lange wie möglich reizvoll aussehen, auch wenn sie deshalb nie einen so spektakulären Höhepunkt präsentieren, wie ihn der Rabattenstil der berühmten englischen Gartengestalterin Gertrude Jekyll vorsieht. Um dies zu erreichen, muß man sich nicht nur der klassischen Gestaltungselemente einer Staudenrabatte bedienen, sondern auch Sträucher, Zwiebelpflanzen, Einjährige und Sommerblumen mit einbeziehen. Dieses Kapitel beschränkt sich auf Stauden und Sträucher. Viele der im ersten Kapitel vorgestellten Sträucher können auch in einer gemischten Rabatte einen Platz finden. Doch für diesen Abschnitt habe ich hauptsächlich Sträucher gewählt, die nicht als Solitärpflanzen eingesetzt werden, sondern besser als Gruppe in einer Pflanzung wirken.

Ich finde es sinnvoll, mit Pflanzen ein mehr oder weniger dauerhaftes Grundgerüst zu bilden und darüber hinaus Flächen zu gestalten, auf denen Farbe oder Textur vorherrschen. Rabatten profitieren, wie die Gärten, die sie zieren, von einer soliden Struktur. Farbschwünge und vergängliche Blüteneffekte lockern diese auf oder werden von ihr eingerahmt. Die weichen Linien von buschigem Heiligenkraut und Lavendel, Raute und Beifuß bilden einen Kontrast zu den spitzen Rosetten der Palmlilien, den hochragenden Fächern des Neuseeländer Flachses sowie den Fontänen anmutiger Gräser. Auch das Laub eines Honigstrauches hebt sich gut von runden Formen ab. Silhouetten und Texturen, wie sie diese Pflanzen bieten, werden oft zugunsten der Farbe vernachlässigt, doch sie sind für eine gelungene Rabattengestaltung ebenso wichtig.

Viele der klassischen Rabattenpflanzen haben unscheinbare Blätter, wie etwa Astern oder Phlox. Doch diejenigen, die ich für große farbenprächtige Flächen ausgewählt habe, besitzen auch dekoratives Laub. Einige wurden überwiegend aufgrund ihrer Blüten ausgesucht, so daß die Blätter eine hübsche Zutat darstellen. Andere sind jedoch hauptsächlich Blattschmuckpflanzen. Sie weisen herrlich unterschiedliche Formen, Farben und Texturen auf, wie etwa die schwertförmigen Blätter der Taglilien, Schwertlilien und Montbretien, die überhängenden Blätter von Gräsern, das filigrane silbrige Laub von Garben oder die gerandeten, weichfilzigen Blätter des Frauenmantels, in denen sich Tautropfen sammeln. Auch die breiten gefalteten Blätter des Germers, die tief eingeschnit-

Die Atmosphäre einer Rabatte wird sowohl von der Form als auch von der Farbe ihrer Pflanzen gestaltet. Überhängende Blätter und wolkenförmige goldfarbene Blütenstände bilden hier einen Kontrast zu dunkelrosa Malven, den purpurroten kolbenartigen Blütenähren des Kerzenknöterichs sowie den konischen rotbraunen Blütenständen der Lauch-Art Allium sphaerocephalon.

Aus der gewöhnlichen Garbe der Wiesen und Weiden ging die Summer-Pastels-Gruppe hervor. Die dunkelrosa, violetten, purpurroten, aprikosen- und cremefarbenen flachen Blüten erheben sich über gefiederten Blättern und lassen ein buntes Patchwork entstehen.

tenen glänzenden Blätter des Eisenhuts und das Laub der Storchschnabel-Art *Geranium renardii,* das an bedruckten Samt denken läßt, sind äußerst reizvoll. Die Textur von Blättern besitzt sowohl eine optische als auch eine taktile Qualität. Behaarte oder seidige, glänzende oder runzelige, klebrige oder wie Trauben mit einem leichten Schimmer überzogene Blätter – sie alle schmeicheln unserem Tastsinn. Das Auge labt sich dagegen an Gräsern, die sich wie heranreifendes Getreide im Wind wiegen. Der Kontrast zwischen verschiedenen Grüntönen, matten und schimmernden Oberflächen sowie Blattgrößen hat ebenfalls optische Anziehungskraft.

Wie Farben so tragen auch unterschiedliche Formen zum Reiz der Rabattenpflanzen bei. Die vertikalen Linien des in Gruppen gepflanzten Fingerhuts oder Weidenröschens stehen im Kontrast zu den runden Formen von Phlox und den horizontalen Konturen von Fetthenne und Garbe oder den Kugeln von Schmucklilien. Manche Pflanzen verlieren selbst *en masse* gepflanzt nicht ihre typische Silhouette, wie Edeldisteln und Taglilien. Viele Rabattenpflanzen besitzen einen subtilen Charme, noch bevor sich ihre Blüten geöffnet und die Blätter vollständig entfaltet haben. Im Frühling schieben sich junge Triebe durch die Erde und bedecken die Rabatte mit frischen Grüntönen. Zwischen ihnen ragen die hellen gelbgrünen Speere der Taglilien und die purpurrotbraunen Triebe der Pfingstrosen auf. Diese können sowohl allein ihre Wirkung entfalten (siehe Seite 122), als auch eine passende Umgebung für Frühlingszwiebelpflanzen bilden, die im nächsten Kapitel behandelt werden. Eine Kombination aus Blattschmuckpflanzen ist nie monochrom, sondern erstaunlich vielseitig: So erscheinen sie in Weidengrün und Jadegrün, Lindgrün und Gelbgrün, dunklem Meergrün, Olivengrün, Smaragdgrün und Malachitgrün. Dabei wurden Pflanzen mit Blättern in Blutrot und zartem Violettgrau oder die Metalltöne wie Silber, Gold, Platin, Kupfer, Bronze und Stahlblau noch nicht berücksichtigt.

Die gerippten Funkienblätter bilden elegante Gefäße für abgefallene bonbonrosa Azaleenblüten. Von Frühling bis Herbst stellen die breiten Blätter in der Rabatte eine beruhigende Komponente im Kommen und Gehen der Blütenfarben dar.

Die Herzblume Dicentra *'Stuart Boothman' ist eine ideale Pflanze für den vorderen Rabattenrand. Obwohl die Gattung für ihre Schönheit bekannt ist, besitzt diese Sorte eine ungewöhnliche Anmut. Ihre kräftig rosafarbenen Blüten werden von stahlblaugrau getönten, feingefiederten Blättern unterstrichen.*

Gegen Ende der Wachstumsphase kommen die herbstblühenden Pflanzen mit ihrer nostalgischen Ausstrahlung zur Geltung. Einige von ihnen besitzen eine frühlingshafte Frische, wie etwa die Herbstanemonen. Bei anderen dominiert die Reife des Herbstes: Spätblühende Fackellilien präsentieren glutvolle Farben, Eisenhut zeigt ein tiefes Violettblau und die kleinen violetten Sterne von *Aster lateriflorus* 'Horizontalis' heben sich vom kupfer- bis bronzefarbenen Laub ab, während sich die Blüten der Fetthenne *Sedum* 'Herbstfreude' von mattrosa zu rotbraun verfärben. Sie werden bei ihrem prachtvollen Niedergang vom ebenfalls anmutig absterbenden Laub einiger Rabattenpflanzen begleitet: von Funkien, die den Goldton von Getreide annehmen, sowie pergamentfarbenen Gräsern. Das milde Herbstlicht verleiht auch silbrig- und graublättrigen Pflanzen eine sanfte Leuchtkraft. Benetzt vom Nachttau oder Morgennebel strahlen sie schwächer als im Sommer, wenn sie ihre platinfarbene Brillanz beweisen. Dadurch ergänzen sie perfekt die feurigen Töne der Fackellilien oder die lodernde Herbstfärbung mancher Sträucher.

Im Winter ruhen die Rabatten. Doch selbst während der kalten Monate gibt es einige attraktive Blickfänge – vorausgesetzt es herrscht ein mildes Klima und die Pflanzen wurden nicht zum Schutz vor Frost eingepackt oder von Schnee bedeckt. Einige Gräser und die Fetthenne behalten ihre Form, bis Winterstürme sie zu Boden drücken, und immergrüne Stauden wie Bergenien und Schwertlilien trotzen der Kälte und rauhem Wetter.

Die in diesem Kapitel vorgestellten Pflanzen wurden aufgrund ihrer verschiedenen Merkmale ausgewählt und nicht allein wegen ihrer Blüten. Rabatten, die mit ihnen gestaltet werden, bieten daher vielleicht nie den prachtvollen Anblick eines jahreszeitlichen Höhepunkts – aber sie sehen auch nicht für den Rest des Jahres langweilig und unansehnlich aus. Wer die gesamte Farbpalette bevorzugt, der wird sie in den harmonisch abgestuften oder in Gruppen angeordneten Pflanzungen im Stil von Gertrude Jekyll finden.

*Niedrige Hecken aus Heiligenkraut mit Lavendel (*Lavandula x intermedia*) an den Ecken umgeben Pflanzen, die sowohl schöne Blüten als auch hübsches Laub tragen: Eine Strauchpäonie, die bald ihre opulenten Blüten öffnen wird, bildet den Vordergrund, während* Rhaphiolepis x delacourii *zu* Scilla peruviana *überleitet.*

Mit einer beschränkten Farbskala zu arbeiten ist unter ästhetischen und praktischen Gesichtspunkten oft befriedigender, besonders in kleinen Gärten. Doch auch dann gibt es die Wahl zwischen Harmonie und Kontrast. Selbst in der Natur sind große Flächen zu finden, die von einer einzigen blühenden Pflanze beherrscht werden, wie etwa Fingerhut oder Weidenröschen. Böschungen sind übersät mit Wiesenmargeriten, Wegränder mit blauen Lupinen oder Kornfelder mit scharlachrotem Mohn. Rabatten bieten zwar nicht so weitläufige Flächen, doch das Konzept läßt sich auch auf sie übertragen. Gertrude Jekyll hat gezeigt, daß eine Rabatte mit einer Farbe oder einer kleinen Farbskala wirkungsvoll gestaltet werden kann; etwa mit der Opaleszenz von Blau, Violett, Mauve und Dunkelrosa oder mit Gelbtönen von hellstem Zitronengelb bis Bernsteingelb. Und sie lehrte uns auch, daß nur der Hauch einer Komplementärfarbe das i-Tüpfelchen einer einfarbigen Pflanzung sein kann, wie etwa Hellgelb mit Blau oder reines Scharlachrot, das Mauve und Violett etwas Schwung verleiht. Rabatten wirken am schönsten, wenn sie mit den Augen eines Malers gestaltet werden. Farben sollten so eingesetzt werden, daß sie sich gegenseitig in ihrer Wirkung steigern. Rabatten sind jedoch etwas Lebendiges, das sich immer wieder verändert. Im Rhythmus der Jahreszeiten und im Laufe der Zeit leuchten sie in den Farben des Sommers oder verfallen in einen Winterschlaf. Ihre Pflanzen wachsen heran und erreichen ihren Höhepunkt, um in einen gealterten Zustand überzugehen – ein Zeichen für den Pflanzenfreund, neue Kombinationen aus Blüten und Blättern zu entwerfen, um einen beständigen Genuß sicherzustellen.

Achillea

Sommergrüne Stauden · Höhe und Breite: 60 cm · Zierwert: im Sommer · Zone: 3 bis 8

Die Schafgarbe 'Cerise Queen' ist eine herrliche alte Sorte. Das leuchtende, reine Dunkelrosa ihrer Blüten ist unübertroffen. Vor dem Hintergrund des für Garben charakteristischen fiedrigen Laubes kommen sie gut zur Geltung.

Die Garbe besitzt über gefiederten Blättern flache Dolden mit vielen Korbblüten, die meist keine Zungenblüten aufweisen. Die Blüten der Schafgarbe *(A. millefolium)* erscheinen in gebrochenem Weiß und in Rosaschattierungen. Benannte Sorten sind unter anderem 'Cerise Queen' und 'Lilac Beauty'. Die hübsche Hybride 'Taygetea' besitzt graugrünes Laub und primelgelbe Blüten, während 'Moonshine' zinngraue Blätter und kräftige gelbe Blüten präsentiert. Die Blüten der Goldgarbe *(A. filipendulina)* nehmen im Verblühen ein Senfgelb an. Mit der samtigen, blutroten Gallica-Rose 'Tuscany Superb' und den schlanken kanariengelben Blütenkerzen der Fackellilie *Kniphofia* 'Goldelse' ergeben sie eine herrliche Kombination. Einige Hybriden erweitern die Farbskala: 'Appleblossom' ('Apfelblüte') blüht weißrosa und 'Salmon Beauty' ('Lachsschönheit') in Pfirsichtönen. Die Pflanzen gedeihen in durchlässigem, nicht zu trockenem Boden an einem sonnigen Platz. Sie können durch Teilung vermehrt werden; bei den graublättrigen und gelbblühenden Garben wird sie im Frühling vorgenommen.

Die eigenartig helmförmigen Blüten von Aconitum carmichaelii *sind typisch für die Gattung, weshalb sie auch den deutschen Namen »Eisenhut« bekommen hat. Er soll jedoch nicht darüber hinwegtäuschen, daß die Pflanzen giftig sind.*

Aconitum

Sommergrüne Stauden · Höhe: 60 cm bis 1,8 m · Breite: 30 bis 60 cm · Zierwert: in Sommer und Frühherbst · Zone: 3 bis 8 (oder wie angegeben)

Die meisten Arten und Sorten des Eisenhuts blühen im Spätsommer oder Frühherbst. Dann erscheinen kräftig indigoblaue oder schiefergraublaue helmförmige Blüten an hohen Stielen über hübschem tief eingeschnittenem Laub. Zu den schönsten Sorten zählen: die violettblaue 'Bressingham Spire', die nachtblaue 'Spark's Variety' (beide Zone 5 bis 8), die blauweiße *A.* x *cammarum* 'Bicolor' und die hellblaue *A. carmichaelii* var. *wilsonii* 'Barker's Variety', die mehr als mannshoch werden kann. Sie alle gedeihen in feuchter Erde an einem sonnigen oder schattigen Platz. Eisenhut paßt gut zu Pflanzen, die ähnliche Bedingungen bevorzugen, wie etwa Silberkerzen, die Beifuß-Art *Artemisia lactiflora* mit ihren cremegelben Blütenrispen und der Kerzenknöterich *Polygonum amplexicaule* mit seinen purpurroten Blütenkerzen. 'Ivorine' (siehe Seite 117) ist eine langsamwachsende Sorte und unterscheidet sich von anderen durch ihre üppigen elfenbeincremefarbenen Blüten, die bereits im Sommer erscheinen. Sie stammt vermutlich von der hellgelbblühenden Art *A. vulparia* (Zone 4 bis 8) ab, wächst jedoch aufrechter. Im Gegensatz zu den blaublühenden Arten mit knolligem Wurzelstock, besitzen diese Faserwurzeln. Eisenhut kann durch Teilung vermehrt werden, Arten auch durch Aussaat; 'Barker's Variety' stellt eine Ausnahme von der Regel dar, die besagt, daß Sorten nicht durch Aussaat identisch vermehrt werden können.

AGAPANTHUS

Immer- oder sommergrüne Stauden · Höhe: 60 cm bis 1,2 m · Breite: 45 bis 60 cm · Zierwert: im Spätsommer · Zone: 6 bis 10 (oder wie angegeben)

Die erste aus Afrika stammende Schmucklilie, die in Europa eingeführt wurde, war *A. africanus*. Die relativ niedrige Art besitzt breite immergrüne Blätter und kugelförmige Dolden aus dunkelblauen oder weißen Blüten. *A. praecox* ssp. *orientalis* (Zone 9 bis 11) ist etwas höher und wird gerne in Kübeln gezogen, besonders in Regionen mit zu kalten Wintern, als daß Schmucklilien im Gartenboden überwintern könnten. Etwas winterhärter als diese beiden Arten ist *A. campanulatus* mit ihren flachen Dolden aus dunkelblauen oder weißen Blüten. Charakteristisch sind ihre schmalen, grauen sommergrünen Blätter. Die größte Winterhärte können die Headbourne-Hybriden vorweisen; es gibt außerdem eine große Auslese von sowohl hohen als auch niedrigen Sorten. Sie sind in Blautönen und in Reinweiß erhältlich, aber auch mit weißen Blüten, die sich aus violettüberhauchten Knospen öffnen.

Schmucklilien benötigen fruchtbare Erde, die gut durchlässig, aber nicht zu trocken ist, und einen sonnigen Standort. Sie können durch Teilung vermehrt werden, Arten auch durch Aussaat. Die dekorativen Samenstände können solange an der Pflanze belassen werden, bis sie der Winter endgültig besiegt.

ALCHEMILLA MOLLIS

Sommergrüne Staude · Höhe und Breite: 45 cm · Zierwert: im Sommer · Zone: 3 bis 7

Diese Frauenmantel-Art verdient sowohl aufgrund ihrer Blüten als auch ihres Laubes einen Platz im Garten. Die runden, gefalteten grünen Blätter sind weichbehaart. Tau- oder Regentropfen wirken wie Perlen auf ihnen. Die Blätter bilden eine dichte, Unkraut unterdrückende Decke. Im Sommer wird sie von lockeren Rispen aus vielen kleinen lindgrünen Blüten überragt. Durch üppige Selbstaussaat entstehen schnell junge Pflanzen, die sich gut als Füller in Rabatten oder als Bodendecker unter Sträuchern eignen. Frauenmantel besitzt die Gabe, sich selbst Pflanzpartner auszusuchen. Ich erinnere mich an eine Gruppe aus Frauenmantel, Elfenbeindistel und der Binsenlilien-Art *Sisyrinchium striatum* mit ihren schwertförmigen Blättern. Sie hatten sich in einem Pflasterspalt selbst ausgesät und bildeten eine harmonische Gruppe aus unterschiedlichen Grün- und Grautönen sowie Wuchsformen. Doch Frauenmantel kann auch plötzlich inmitten einer Pflanzung erscheinen, in die er nicht

Die Knospen der weißblühenden Schmucklilien – hier 'Cherry Hall' – sind oft zartviolett überhaucht. Pflanzpartner müssen deshalb mit Bedacht ausgewählt werden. Blüten oder Blätter in violetten Tönen oder graues und violettes Laub unterstreichen am besten die feine Farbgebung der Schmucklilie.

Flächige Effekte

Das reizvolle Laub des Frauenmantels und seine üppigen Schleier aus lindgrünen Blüten sind wie geschaffen für großflächige Farbeffekte. In dieser Pflanzung unterstreicht er die gelben Blütenstände sowohl des Großblütigen Fingerhuts (Digitalis grandiflora) *als auch des niedrigeren Gelben Fingerhuts* (D. lutea) *sowie die weißblühende Waldhortensie* Hydrangea arborescens *'Grandiflora'. Im Hintergrund ist die Waldstorchschnabel-Sorte* Geranium sylvaticum *'Mayflower' zu sehen.*

paßt, so daß er noch als junge Pflanze entfernt werden muß. Nach der Blüte sieht Frauenmantel etwas unordentlich aus und sollte daher vollständig zurückgeschnitten werden; anschließend wird die Pflanze gut gewässert. Die jungen Blätter behalten ihr frisches Grün bis zum ersten Herbstfrost. Frauenmantel gedeiht in fruchtbarer, durchlässiger Erde an einem sonnigen oder schattigen Platz. Neben der Selbstaussaat läßt sich die Pflanze auch durch Teilung des Wurzelballens vermehren.

ANEMONE (Herbstanemonen)

Sommergrüne Stauden · Höhe: 60 cm bis 1,5 m · Breite: 45 bis 60 cm · Zierwert: in Spätsommer und Frühherbst · Zone: 5 bis 8

Die Saison der Herbstanemonen beginnt mit *A. hupehensis,* einer niedrigen Art mit rosa Blüten. Ihre Sorten blühen auch in Dunkelrosa, wie etwa 'Hadspen Abundance'. Die nahverwandte *A. hupehensis* var. *japonica* hat auch halbgefüllte dunkelrosa Sorten wie 'Bressingham Glow' und 'Prinz Heinrich' sowie die violettrosa 'September Charm' hervorgebracht. Die hohe *A. tomentosa* (auch *A. vitifolia* genannt) zeigt ihre blaßrosa Blüten ebenfalls im Spätsommer. Die herbstblühenden rosa Anemonen heißen korrekt A.-Japonica-Hybriden. Die mit den weißen Blüten sehen jedoch schöner aus, insbesondere die hübsche langblühende 'Honorine Jobert'. Die schlichte Reinheit ihrer Blüten wird von goldfarbenen Staubgefäßen unterstrichen und übertrifft dadurch die halbgefüllte weiße Sorte 'Whirlwind'. Wer dichte Blüten liebt, dem sei auch 'Margarete' ('Lady Gilmour') empfohlen. Sie blüht in einem kräftigen Rosa. Alle rosablühenden Anemonen harmonieren mit der Scharlachfuchsie *Fuchsia magellanica* 'Versicolor', die schmale purpurrote und violette Blüten trägt und deren Blätter im Schatten taubengrau und in der Sonne purpurrosa erscheinen. Auch das blaubereifte pflaumenfarbene Laub von *Rosa glauca* paßt gut zu Anemonen. Weiße Herbstanemonen sehen am schönsten vor einem einfachen Hintergrund aus dunklen Blättern aus, wie etwa eine Eibenhecke.

Ob an einem sonnigen oder schattigen Platz, Herbstanemonen gedeihen gut in nährstoffreichem Boden, der klebrigen Lehm enthält; in leichter Erde neigen sie zur Ausläuferbildung. Vermehrung erfolgt durch Teilung. Nach dieser Störung wachsen sie jedoch nur langsam an. Ein Vorteil davon ist, daß man sie danach jahrelang sich selbst überlassen kann.

ANTHEMIS PUNCTATA SSP. CUPANIANA

Immergrüne Staude · Höhe: 30 cm · Breite: 75 cm · Zierwert: im Spätfrühling · Zone: 5 bis 8

Die Kombination von feingeteiltem silbergrauem Laub und kräftigen reinweißen Korbblüten mit gelbem Auge macht diese Unterart der Hundskamille im Spätfrühling unwiderstehlich. Nach der Blüte werden die Blütenstiele ganz herausgeschnitten, damit sich die Blätter dicht in der sommerlichen Rabatte ausbreiten. Zwischen Pastelltönen stellen sie einen Gewinn dar. Die Pflanze benötigt einen sonnigen Platz mit durchlässiger Erde. Böden, die im Winter schwer und naß sind, verträgt sie nicht. Vermehrung erfolgt im Sommer durch weiche Kopfstecklinge.

ARTEMISIA

Immergrüne Halbsträucher und Stauden · Höhe: 90 cm · Breite: 1,2 m · Zierwert: Laub · Zone: 5 bis 8

Die Beifuß-Sorte 'Powis Castle' wächst buschig und präsentiert filigranes silbergraues Laub. Im Gegensatz zu vielen graublättrigen Pflanzen wird ihr Anblick nur selten von Blüten beeinträchtigt. Obwohl dieser Halbstrauch einigermaßen winterhart ist, verträgt er keine nassen und kalten Winter. Er benötigt gut durchlässigen Boden und toleriert sogar trockene, wurzelreiche Erde; ein heller Standort ist jedoch unabdingbar. Die Vermehrung erfolgt im Sommer durch Stecklinge. Ein Rückschnitt im Frühling sorgt für kompakten Wuchs.

Die Art *A. ludoviciana* bietet einen anderen Anblick: Ihr Laub ist zwar auch silbergrau, doch die Staude hat einen flächigen Wuchs. Die lanzettförmigen Blätter sind unterschiedlich geteilt. Wie andere silberblättrige Pflanzen schwächen sie kräftige Farben ab und unterstreichen Pastelltöne. Vermehrung erfolgt durch Teilung.

Die leuchtenden weißen Korbblüten von Anthemis punctata *ssp.* cupaniana *heben sich gut vom Gelbgrün der frühlingsblühenden Wolfsmilch ab. Das feingeteilte graue Laub korrespondiert mit den Blättern des Farns.*

Die zerbrechlich wirkenden weißen Kronblätter der Herbstanemone 'Honorine Jobert' verbinden die Reife des Herbstes mit der Klarheit und Frische des Frühlings.

Flächige Effekte

Eine vollendete, großzügige und zugleich schlichte Pflanzung: Die klaren Linien der geschnittenen Eiben stehen im Kontrast zu den aufrechten Zweigen und zahllosen kleinen rosafarbenen Blüten von Aster lateriflorus *'Horizontalis'. Tiefstehende Herbstsonne taucht die Anlage in mildes Licht.*

Die überhängenden schwertförmigen Blätter von Astelia chathamica *'Silver Spear' nehmen durch ihre feine weiße Behaarung einen Platinton an. Hier sind sie kombiniert mit dem bronzebraunen Laub des Neuseeländer Flachses.*

Astelia chathamica

Immergrüne Staude · Höhe: 90 cm · Breite: 1,5 m · Zierwert: Laub · Zone: 8 bis 10

Obwohl der seidige, silbrige Glanz der schwertförmigen, überhängenden Blätter vermuten läßt, daß sich diese Art an trockene Böden und viel Sonne angepaßt hat, bevorzugt das aus Neuseeland stammende Liliengewächs tatsächlich nährstoffreiche Erde, die nicht austrocknet, und einen Platz im Halbschatten. Den unscheinbaren bräunlichen oder grünlichen Blütenähren folgen orangefarbene Beeren, aus denen sich Pflanzen ziehen lassen. Wenn möglich, sollte man die Sorte 'Silver Spear' wählen. Ihre bemerkenswert zarten, grausilbrigen, unterseits weißen Blätter sind in kräftigen Rosetten angeordnet. Sie kann nur durch Teilung vermehrt werden.

Aster

Sommergrüne Stauden · Höhe: 45 bis 90 cm · Breite: 30 bis 60 cm · Zierwert: von Sommer bis Herbst · Zone: 4 bis 8 (oder wie angegeben)

Die mehltauanfälligen Sorten der Glattblattaster *(A. novi-belgii)* sind nicht nach meinem Geschmack. Ich bevorzuge die reizvollen, sternförmigen zartviolettblauen Korbblüten der Wildarten, die im Herbst zwischen den feurigen Tönen der absterbenden Blätter erscheinen. Doch die Gattung hat noch mehr zu bieten. Ich habe nur zwei Exemplare ausgewählt: Von Sommer bis Herbst schmücken die großen lavendelblauen Korbblüten der reichverzweigten *A.* x *frikartii* 'Mönch' die Rabatte (Zone 5 bis 8). Die herbstblühende *A. lateriflorus* 'Horizontalis' besitzt eine aufrechte Wuchsform – die Sortenbezeichnung bezieht sich auf die dichte, waagerechte Verzweigung. Die kleinen Blätter an den grazilen Zweigen verfärben sich im Herbst kupfer- und bronzefarben und bilden einen guten Kontrast zu den zahllosen kleinen blaßviolettrosa Blüten mit krapprotem Auge.

Diese Astern gedeihen in gut durchlässiger, fruchtbarer Erde. Sie schätzen einen sonnigen oder halbschattigen Platz im Garten. Die Vermehrung erfolgt durch Teilung.

Astrantia

Sommergrüne Stauden · Höhe: 60 cm · Breite: 30 cm · Zierwert: im Sommer · Zone: 4 bis 7

Viele Freizeitgärtner sind von den alabasterweißen Blüten der Großen Sterndolde *(A. major)*, die durch ihre jadegrünen Hüllblätter einem Nadelkissen ähneln, begeistert (siehe Seite 132). Ich konnte ihr jedoch nichts abgewinnen. Dagegen hat mich die kleinere granatrotblühende *A. carniolica* var. *rubra* in ihren Bann gezogen. Sie benötigt Begleitpflanzen von vergleichbarem Charme, wie etwa die Herzblume *Dicentra* 'Stuart Boothman' oder blaublättrige Funkien. Auch die tiefrubinrote *A. major* 'Hadspen Blood' ist eine wirkungsvolle Gartenpflanze.

Sterndolden gedeihen in gut durchlässigem, fruchtbarem Boden sowohl in der Sonne als auch im Schatten. Sie können durch Teilung – die Arten auch durch Aussaat – vermehrt werden.

BERGENIA

Immergrüne Stauden · Höhe: 30 cm · Breite: 75 cm · Zierwert: im Frühling / Laub · Zone: 4 bis 8 (oder wie angegeben)

Bergenien wie die großblättrige *B. cordifolia,* deren alte Sorte 'Purpurea' bonbonrosa Blüten an rhabarberroten Stielen trägt, eignen sich gut dafür, Unkraut zu unterdrücken. *B. purpurascens* (Zone 5 bis 8) ist etwas kleiner und besitzt relativ schmale, löffelförmige, ledrige Blätter, die im Winter dunkle Rottöne annehmen; 'Sunningdale' präsentiert die gleiche winterliche Laubfärbung. Obwohl Bergenien gut im Schatten gedeihen, müssen sie einen sonnigen Platz haben, um im Winter eine schöne Färbung zu zeigen. Sie passen gut zu Pflanzen mit schwertförmigen Blättern und unterstreichen Gewächse mit lockeren Blütenrispen. Besonders schön sehen Bergenien auf einer niedrigen Stützmauer aus Stein oder in Kombination mit Steinpflaster aus. Ich bevorzuge im Winter eine Zusammenstellung mit *Iris foetidissima* 'Variegata', deren Blätter elfenbeinfarben gestreift sind, und der Strauchveronika-Sorte *Hebe* 'James Stirling' mit ihren aufrechten, schmalen altgoldfarbenen Zweigen. Bergenien gedeihen in gut durchlässigen, fruchtbaren Böden und werden durch Teilung des kräftigen Wurzelstocks vermehrt.

CAMPANULA

Immer- und sommergrüne Stauden · Höhe: 60 bis 90 cm · Breite: 30 cm · Zierwert: im Sommer · Zone: 4 bis 8

Die schönste Glockenblume ist die zierliche *C. alpina.* Doch da wir keine Alpenwiesen gestalten, sondern Rabatten, biete ich die Pfirsichblättrige Glockenblume *(C. persicifolia)* als Ersatz an. Sie benötigt jedoch etwas mehr Aufmerksamkeit, da sich ihre Wurzeln zu langsam ausbreiten, um die Pflanze mit den nötigen Nährstoffen zu versorgen. Deshalb muß man sie regelmäßig aus dem Boden nehmen, die immergrünen Rosetten aus schmalen Blättern teilen und die Pflanze dann wieder in frische Erde setzen. Sie präsentiert die typischen Blütenfarben der Glockenblumen – blasses bis dunkles Lavendelblau oder Weiß. Die leicht nickenden, weitgeöffneten schalenförmigen Blüten sitzen an steifen Stielen. Die schöne hohe 'Telham Beauty' blüht blau und harmoniert gut mit rosa oder blaßgelben Rosen. Ich ziehe jedoch die einzelblütige reinweiße *C. persicifolia alba* vor, die in einer grün-weißen Pflanzung herrlich wirkt. Diese kann etwa aus der Frauenmantel-Art *Alchemilla mollis* mit ihrem lindgrünen Blütenschleier, weißpanaschierten Funkien,

Die ledrigen runden Blätter der Bergenien und die eleganten filigranen Farne bilden einen dauerhaften Blattkontrast, der durch kurzlebige Höhepunkte unterstrichen wird – zum Beispiel durch die magentaroten Blütenähren der Knabenkraut-Art Dactylorhiza foliosa (Orchis maderensis).

Ob in Weiß, Hellblau der Dunkelviolettblau – die Pfirsichblättrige Glockenblume ist einer der ersten hübschen Anblicke des Frühsommers. Hier wächst sie zusammen mit dem weißblühenden Fingerhut Digitalis purpurea f. albiflora.

weißem Fingerhut, weißen Akeleien und Süßdolde bestehen. Eine Anzahl von Sorten und Formen wird in beiden Blütenfarben angeboten, sowohl mit einzelnen als auch doppelkronigen, becher- oder schalenförmigen, halbgefüllten oder gefüllten Blüten. Die weiße 'Boule de Neige' ist eine gefülltblühende Sorte; darüber hinaus gibt es noch einige, die Sammler unter sich austauschen.

Die aufgeführten Glockenblumen gedeihen in fruchtbarer, gut durchlässiger Erde sowohl an einem sonnigen als auch halbschattigen Ort.

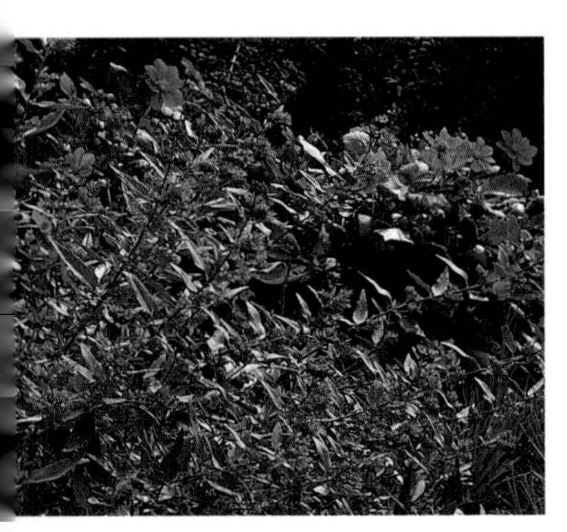

'Kew Blue' ist eine farbenprächtige Auslese der Bartblumen-Hybride Caryopteris x clandonensis. *Das Violettblau ihrer Blüten wirkt vor den hübschen grauen Blättern noch intensiver.*

CARYOPTERIS × CLANDONENSIS

Laubabwerfender Strauch · Höhe und Breite: 75 cm · Zierwert: im Spätsommer · Zone: 5 bis 9

Einige Sträucher eignen sich besonders gut für Rabattenpflanzungen, weil sie keine solide Struktur haben, sondern einen eher lockeren Wuchs und weiche Triebe besitzen. Diese können im Frühling stark zurückgeschnitten werden, so daß sie vom Hoch- bis zum Spätsommer hügelige Farbflächen entstehen lassen. Zu ihnen gehört die Bartblumen-Hybride. Wenn kein Frost mehr zu erwarten ist, wird sie bis auf einen Stumpf zurückgeschnitten. Danach bringt sie rasch wieder graue, nach Terpentin riechende Blätter hervor. Im Spätsommer werden diese fast völlig von krausen lavendelblauen Blüten verborgen, denen grünspanfarbene Samenstände folgen. Sorten mit dunkelblauen Blüten, wie 'Heavenly Blue' und 'Kew Blue', sind meist weniger strauchartig als die Hybride. 'Worcester Gold' besitzt ebenfalls dunkelblaue Blüten über hellem lindgrünen Laub und wurde sehr schnell bekannt. Alle Pflanzen lassen sich leicht durch Stecklinge vermehren und gedeihen in gut durchlässiger Erde an einem sonnigen Platz.

CONVOLVULUS

Sommergrüne Staude und Strauch · Höhe und Breite: 30 bis 90 cm · Zierwert: im Sommer · Zone: 8 bis 9

Die Ackerwinden-Art *C. sabatius* zeigt schimmernde hellblauviolette Blüten an windenden Trieben mit kleinen, ovalen grünen Blättern. Es gibt auch eine Form in kräftigeren Farben, doch bis jetzt haben sie keine unterschiedlichen Bezeichnungen. Die zartgefärbten Ackerwinden harmonieren mit dem silberblättrigen, weißrosablühenden Storchschnabel *Geranium traversii* 'Elegans'. In Regionen mit kalten Wintern kann man Ackerwinden das Überwintern erleichtern, indem man sie an einen Platz pflanzt, wo ihre Wurzeln unter schützenden Felsen ruhen. Die im nördlichen Mittelmeerraum heimische Silberwinde *(C. cneorum)* ist ein Strauch mit intensiv silberfarbenen Blättern: Die zugespitzten Blätter wirken wie mit Platin überzogen. Die Blüten weisen dagegen eine blasse Farbe auf. Aus perlmuttrosa gedrehten Knospen öffnen sich ausgestellte elfenbeinfarbene Trichterblüten mit einem buttergelben Grund. Beide Arten bevorzugen gut durchlässige Erde an einem sonnigen Platz und können durch Triebstecklinge im Sommer vermehrt werden.

Coreopsis verticillata

Sommergrüne Staude · Höhe: 60 cm · Breite: 45 cm · Zierwert: von Sommer bis Herbst · Zone: 3 bis 9

Unter den leuchtenden Schnittblumen, die die dunklen Flure meines Elternhauses im Sommer schmückten, befand sich immer auch eine Vase voll Mädchenauge, meistens die Art *C. auriculata.* Ihre gelben Korbblüten weisen in der Mitte einen rotbraunen Fleck auf. Sie wird jährlich aus Samen gezogen, während *C. verticillata* eine richtige Staude ist – und zwar eine, die mehr bietet als die meisten gelben Korbblütler. Ihre kleinen, nadelförmigen grünen Fiedern sitzen an steifen Trieben, die nicht gestützt werden müssen, und bilden einen guten Hintergrund für die vielen Korbblüten in lebhaftem, leuchtendem Gelb. Obwohl 'Grandiflora' mit ihren großen Blüten in warmem Gelb sehr hübsch ist, wird sie von der wunderschönen 'Moonbeam' übertroffen. Diese Sorte präsentiert ihre leuchtenden Korbblüten von hellem Primelgelb bis Zitronengelb, das im Verblühen in Creme übergeht. Ein sonniger Platz mit fruchtbarer, durchlässiger Erde ist notwendig. Die Vermehrung erfolgt durch Teilung.

Crocosmia

Knollenbildende Stauden · Höhe: 60 cm bis 1,2 m · Breite: 25 bis 30 cm · Zierwert: in Spätsommer und Frühherbst · Zone: 5 bis 9

Die Puristen unter den Gärtnern beklagen sich, daß es heutzutage zu viele Züchtungen gäbe. Doch vor hundert Jahren existierten von manchen Gattungen noch viel mehr. Eine von ihnen war die Montbretie. Der berühmte französische Gärtner Lemoine hatte Dutzende Sorten gezüchtet und benannt, und auch die englischen Züchter standen ihm darin nicht nach. Klein- oder großblütige, leuchtendgefärbt oder pastellfarben – alle Sorten, die überdauerten, sind begehrenswert. Sie erinnern an die alte Gartenmontbretie *C.* x *crocosmiiflora* mit ihren kleinen zinnoberorangeroten Blüten und ihren schwertförmigen hellgrünen Blättern. Montbretien gedeihen fast überall und halten Unkräuter in Schach – aber sie neigen dazu, selbst eines zu werden. Trotzdem stelle ich einige Sorten vor. Zunächst die kleinblütigen, die fast so robust und wuchsfreudig sind wie die alte Gartenmontbretie: die vermutlich unter falschen Namen bekannte reingelbe 'Golden Fleece' ('Citronella') sowie die ähnlichen Sorten 'Canary Bird' und 'Norwich Canary'. Am unwiderstehlichsten ist jedoch 'Solfatare' mit schwertförmigen schokoladenbraunen bis bronzefarbenen Blättern und Blüten, die an Mandarinensaft denken lassen. 'Emily McKenzie' besitzt unter den großblütigen Mont-

Von Mai bis Oktober öffnen sich aus enggedrehten Knospen die ausgestellten Blütenschalen der Ackerwinden-Art Convolvulus sabatius. *Sowohl die blaß- als auch die dunkelviolette Form haben schimmernde Blütenblätter.*

Blüten in reinem Zinnoberrot sind selten, zumindest bei winterharten Stauden. Die Montbretie Crocosmia *'Lucifer' vereint eine klare Blütenfarbe und eine herrliche Blütenform mit schönen, schwertförmigen sattgrünen Blättern. Dadurch wird sie zu einem außergewöhnlichen Blickfang in der sommerlichen Pflanzung.*

bretien die am längsten haltenden Blüten; sie sind blutorangefarben und zinnoberrot und hängen ein wenig.

Die zinnoberroten Blüten der Hohen Montbretie *(C. masoniorum)* sind unterschiedlich an überhängenden Stielen angeordnet und richten sich eher nach oben als nach unten. Das üppige Laub ist jedoch nicht so breit wie die gefalteten Blätter von *C. paniculata.* Beide Arten haben eine herrliche Hybride hervorgebracht: 'Lucifer' besitzt schönes kräftiges Laub und leuchtende zinnoberrote Blüten an hohen Stielen. Die Hybride sieht zusammen mit der Fuchsie 'Genii', dem Johanniskraut *Hypericum* 'Hidcote' und großen Fackellilien, wie die gelbe und scharlachrote *Kniphofia* 'Royal Standard', wundervoll aus; zitronengelbe Taglilien und weißer Phlox schwächen dagegen ihre feurige Farbe etwas ab. Montbretien gedeihen in jedem gut durchlässigen Boden sowohl in der Sonne als auch im Halbschatten. Die meisten verbreiten sich schnell, so daß die dichten Horste aus der Erde genommen und geteilt werden können.

DIANTHUS

Immergrüne Stauden · Höhe und Breite: 25 cm · Zierwert: im Sommer · Zone: 4 bis 8

Nelken werden bereits seit Jahrhunderten in Gärten gezogen und sind wie Rosen sogar Gegenstand der Literatur – Johann Wolfgang von Goethe widmete sich in seinen »Metamorphosen der Pflanzen« auch der Nelke. Es grenzt daher fast an Ketzerei, Nelken nicht uneingeschränkt zu mögen. Trotz ihrer vielen guten Eigenschaften habe ich nie das Bedürfnis verspürt, sie wie andere Pflanzen zu sammeln. Doch die gefüllte weißblühende Sorte 'Mrs. Sinkins' hat es mir angetan. Sie besitzt das schmale graublaubereifte Laub, das eines der guten Merkmale von Gartennelken ist. Dadurch eignet sie sich für den vorderen Rabattenrand, vielleicht zusammen mit den violettbereiften Blättern der Fetthenne *Sedum* 'Vera Jameson'. Diese Pflanzen benötigen durchlässige Erde und viel Sonne. Zudem sollten regelmäßig im Sommer Stecklinge genommen werden, da sie sonst schnell unansehnlich werden; diese setzt man in sandige Erde.

DIASCIA

Sommergrüne Stauden oder Halbsträucher · Höhe: 30 bis 45 cm · Breite: 45 bis 60 cm · Zierwert: von Sommer bis Herbst · Zone: 7 bis 9 (oder wie angegeben)

Als ich zu gärtnern begann, gab es nur *D. barberae* und ihre Hybride 'Ruby Field'. Diese Diascien sind so klein, daß sie sich nur für den Rand einer niedrigen Rabatte eignen. Doch plötzlich war überall die Art *D. rigescens* (Zone 8 bis 9) erhältlich. Dies ist nicht verwunderlich, denn Stecklinge bewurzeln innerhalb von Tagen und wachsen schnell zu einer Matte aus aufrechten Stengeln mit langen dichten Trauben aus rosaroten Blüten heran. Sie ähneln denen des Elfenspiegels und erscheinen wochenlang – vorausgesetzt man entfernt regelmäßig verwelkte Blüten. Seit einiger Zeit sind auch andere Arten erhältlich. Sie verfügen über einen anmutigeren Wuchs und weniger, aber größere Blüten. *D. fetcaniensis* (Zone 8 bis 9) weist eine ähnlich kräftige Blütenfarbe wie *D. rigescens* auf. *D. vigilis* ist die hübscheste Diascie: Sie trägt kleine Blätter und perlmuttrosaschimmernde Blüten, die durch einen violettroten Tupfen in ihrer Mitte besonders reizvoll wirken. Vor kurzem wurden Sorten mit pfirsich-, aprikosen- und rosaroten Blüten vorgestellt. Die frostempfindlichen Pflanzen gedeihen am besten an einem sonnigen Platz mit fruchtbarer, gut durchlässiger, aber nicht trockener Erde.

DICENTRA SPECTABILIS

Sommergrüne Staude · Höhe: 30 bis 60 cm · Breite: 45 bis 60 cm · Zierwert: im Spätfrühling · Zone: 5 bis 8 (oder wie angegeben)

Das Tränende Herz ist eine der anmutigsten Frühlingspflanzen. Aus lyraförmigen Knospen öffnen sich rosarote Blüten, die an der Spitze weiß gefärbt sind. Sie baumeln an grazilen, überhängenden Stielen über hübschen eingeschnittenen Blättern. Die weißblühende Form heißt etwas prosaisch 'Alba'. Tränendes Herz gedeiht in jedem fruchtbaren Boden an einem sonnigen oder halbschattigen Platz. Vermehrung erfolgt durch Teilung oder Aussaat. *D. macrantha* (Zone 5 bis 8) weist charakteristische tief eingeschnittene Blätter auf und große honiggelbe Blüten, die im Frühling erscheinen. Diese Art verträgt keinen Wind und verbrennt in der Sonne; an kühlen, schattigen Plätzen wächst sie jedoch problemlos.

Die kleineren Arten *D. eximia, D. formosa* und ihre Gartenformen lassen sich der Kapiteleinteilung eines Gartenbuches schlecht zuordnen, denn sie gedeihen sowohl in einer kühlen, schattigen Rabatte als auch als Bodendecker unter dem Blätterdach eines Strauches oder Baumes – und bieten überall einen reizvollen Anblick. *D. formosa* zeigt pflaumenrosarote Blüten (siehe Seite 197), während *D. formosa* var. *alba* hübsche weiße Blüten über hellgrünem Laub präsentiert. 'Stuart Boothman' ist ein Juwel mit kräftig rosafarbenen Blüten und stahlblauen Blättern (siehe Seite 94). Es gibt auch noch einige Züchtungen unterschiedlicher Herkunft: 'Bountiful' in Rosamauve, 'Bacchanal' in kräftigem Pflaumenrot, 'Adrian Bloom' in Granatscharlachrot, 'Luxuriant' in Rubinrot, die graublättrige 'Langtrees' in rötlich überlaufenem Weiß und 'Snowflakes' in Reinweiß. In lockerer humoser Erde breiten sie sich rasch aus, 'Bountiful' sät sich auch üppig selbst aus. Vermehrung erfolgt durch Teilung; aus fast jedem kleinen Stück des fleischigen Wurzelstocks entsteht eine neue Pflanze.

Die herzförmigen weißen Blüten von Dicentra spectabilis *'Alba' erscheinen im Frühling an überhängenden Stielen. Die Blütenform drückt sich im deutschen Namen, Tränendes Herz, aus. Auch die kräftig rosa Blüten der Gattung* Dicentra *(Herzblume) machen der Bezeichnung alle Ehre. In Frankreich wird diese Pflanze »Coeur de Marie« genannt.*

DIGITALIS GRANDIFLORA

Immergrüne Staude · Höhe: 60 cm · Breite: 30 cm · Zierwert: im Sommer · Zone: 3 bis 8

Obwohl der Großblütige Fingerhut (siehe Seite 98) eine Staude ist, sät sie sich so üppig aus wie der zweijährige violettblühende Fingerhut. Dadurch kann man am Rabattenrand schnell eine Pflanzung entstehen lassen und sich an den nickenden zartgelbbraunen Blütenglocken erfreuen. Sie sind innen hellbraun gesprenkelt und leicht behaart und erscheinen über schmalen Blättern. Diese Pflanze fühlt sich in der Sonne und im Schatten wohl und ist ideal für einen Platz unter größeren Rabattensträuchern. Sie gedeiht in fruchtbarer, durchlässiger Erde und kann durch Teilung vermehrt werden, falls man aus Versehen die Sämlinge weggehackt hat. Sämlinge müssen ausgedünnt werden.

ELYMUS (LEYMUS)

Sommergrüne Gräser · Höhe: 45 cm bis 1,2 m · Breite: 30 cm · Zierwert: Laub · Zone: 4 bis 9

Vorab eine Warnung: Die Strandhafer-Arten *E. glaucus* und *Leymus arenarius* (früher *E. arenarius*) tragen zwar wunderschönes, überhängendes graublaues Laub und im Sommer hohe weizenähnliche Ähren derselben Farbe. Doch einmal im Garten gepflanzt, muß man ihre Eigenschaft, ihn vollständig in Besitz zu nehmen, immer bekämpfen. Glücklicherweise trifft dies nicht auf die Art *E. hispidus* zu (es sei denn, unter ihrem Namen wird doch nur *E. glaucus* oder *Agropyron glaucus* angeboten); sie verfügt ebenfalls über blaugraue Blätter. Strandhafer gedeiht an einem sonnigen Platz mit durchlässiger Erde und kann durch Teilung oder Aussaat vermehrt werden.

Die borstigen blauen Hüllblätter der Alpendistel sind umgeben von dunkelrosalaubigem Salbei (Salvia sclarea *var.* turkestanica; *links*), *blaßvioletten Riesendoldenglockenblumen sowie den perlmuttrosafarbenen Blütenähren des Staudenleinkrautes* Linaria purpurea *'Canon Went'. Dazu gesellen sich blauer Borretsch, leuchtendmagentarote Vexiernelken und die Storchschnabel-Art* Geranium psilostemon *(rechts). Das grauviolette Laub am linken Rand gehört zu* Rosa glauca.

EPILOBIUM

Sommergrüne Stauden · Höhe: 75 cm · Breite: 60 cm · Zierwert: im Sommer · Zone: 2 bis 7

Die weißblühende Form des Weidenröschens, *E. angustifolium* f. *album,* ist anmutig und wuchert weniger stark als die rosablühende. Doch die Art *E. dodonaei* ist mein Favorit in der Gattung. Sie gehört zu den kostbaren Pflanzen, die allein eine Farbkombination darstellen. Wegen ihrer schmalen grauen Blätter wird sie auch manchmal *E. rosmarinifolium* genannt. Die langen aufrechten Trauben tragen violettdunkelrosa Blüten, die in krapproten Blütenkelchen sitzen. Ein sonniger Platz mit gut durchlässiger Erde ist ideal. Vermehrung erfolgt durch Teilung oder Aussaat.

ERYNGIUM

Sommergrüne Stauden · Höhe: 75 cm · Breite: 60 cm · Zierwert: im Sommer · Zone: 5 bis 8

Die aus Südamerika stammenden immergrünen Edeldistel-Arten sind auffällig und eignen sich daher weniger für flächige Effekte in einer Rabatte. Deshalb beschränke ich mich hier auf die in Europa heimischen Arten. Sie alle besitzen distelähnliche Blütenköpfe in den Nuancen Stahl-, Lapislazuli- und Meerblau, die sowohl an der Pflanze als auch in der Vase lange halten. Eine der schönsten Arten ist die Alpendistel *(E. alpinum),* die im Gegensatz zu anderen Arten keine stacheligen, sondern nur borstige, weitgeöffnete Hüllblätter trägt. Diese sind kräftig Blau und umschließen kolbenförmige blaue Blüten. Bei *E.* x *tripartitum* sind die einzelnen Blüten kleiner und werden von sternförmigen blauen Hüllblättern umgeben; sie sitzen zu mehreren an endständig verzweigten Stielen. Die Pflanzen gedeihen an einem sonnigen Platz mit gut durchlässigem Boden und vertragen sogar sandige oder kieshaltige Erde. Vermehrung erfolgt durch Teilung oder Wurzelschnittlinge. Die Alpendistel kann auch aus Samen gezogen werden.

EUPHORBIA

Sommergrüne Stauden · Höhe: 45 bis 90 cm · Breite: 45 bis 60 cm · Zierwert: in Frühling und Sommer · Zone: 4 bis 9 (oder wie angegeben)

Fast alle winterharten Wolfsmilch-Arten fügen einer Rabatte kräftige lind- oder gelbgrüne Farbtöne hinzu. Doch diese beschränkte Farbskala läßt keine Monotonie aufkommen. Die Goldwolfsmilch *(E. polychroma)* blüht im Frühling als eine der ersten der Gattung. Sie hat einen breiten, niedrigen und buschigen Wuchs und trägt wochenlang flache leuchtendgelbe Blüten. Diese Pflanze gedeiht in der Sonne und im Halbschatten, während *E. seguieriana* ssp. *niciciana* (Zone 5 bis 8) einen sonnigen Platz braucht. Ihre nadelförmigen blaugrünen Blätter und gelblichgrünen Blütenstände sitzen an dünnen Trieben und geben dieser Wolfsmilch ein luftiges Aussehen. *E. schillingii* (Zone 5 bis 8) ist höher als die bisher vorgestellten Wolfsmilch-Arten und blüht im Spätsommer. Sie zeigt über Wochen hinweg eine Fülle von lindgrünen Hochblättern über dunkelgrünen Blättern mit weißer Mittelrippe. Sie fühlt sich sowohl an einem schattigen als auch sonnigen Ort wohl. Alle aufgeführten Wolfsmilch-Arten gedeihen in fruchtbarem, durchlässigem Boden und können durch Aussaat vermehrt werden.

FESTUCA AMETHYSTINA

Sommergrünes Gras · Höhe: 15 cm · Breite: 25 cm · Zierwert: Laub · Zone: 4 bis 8

Diese Schwingel-Art besitzt haarfeine Blätter in einem Blaugrün, das einen Hauch Violett aufweist. Sie ist eine schöne Begleitpflanze für violettlaubige Gewächse und breitet sich gut zwischen den breitgelappten metallisch violetten Blättern des Purpurglöckchens *Heuchera* 'Palace Purple' aus. Der Kriechende Günsel *Ajuga reptans* 'Atropurpurea' unterstreicht dagegen die Schönheit des Schwingels. Im Frühling sollten verwelkte Blätter entfernt werden, und auch das Teilen und Wiedereinsetzen der Pflanze sollte in regelmäßigen Abständen im Frühling erfolgen. Sie hat einen buschigen Wuchs und bildet keine Ausläufer. Ein sonniger Platz mit gut durchlässiger Erde bringt die besten Ergebnisse.

FUCHSIA

Sträucher · Höhe und Breite: 90 cm · Zierwert: von Sommer bis Herbst · Zone: 7 bis 9

Obgleich die Fuchsie in Regionen mit milden Wintern eine ausdauernde holzige Struktur entwickelt, nimmt sie mit etwas Aufwand auch die Eigenschaften von Stauden an. Hat man die vorjährigen holzigen Zweige stark zurückgeschnitten, treibt sie im Spätfrühling von der Basis neu aus. Die jungen Triebe tragen lange Zeit hübsche Blüten. In der Rabatte wirken Formen mit kleinen, schlanken Blüten besser als mit gefüllten, die durch ihr Gewicht die Triebe nach unten ziehen. Ich bevorzuge einfache Fuchsien wie 'Chillerton Beauty' mit ihren violetten und perlmuttrosa Blüten. 'Genii' blüht in charakteristischem Rot und Violett und hat kräftig gelbgrüne Blätter, die an roten Stielen sitzen. Sie bilden einen guten Kontrast zu gelben oder orangefarbenen Fackellilien. Bei einigen Fuchsien spielt auch das Laub eine Rolle: Bei der Scharlachfuchsie *F. magellanica* 'Versicolor' sind die taubengrauen Blätter rosa überhaucht. Die Varietäten *gracilis* 'Variegata' mit rot-violetten Blüten und *molinae* 'Sharpitor' mit blaßrosa Blüten besitzen hellere Blätter mit cremefarbenem Rand. Fuchsien benötigen nährstoffreichen Boden und fühlen sich im Schatten wohl. Sind die Winter zu kalt, als daß die Pflanzen im Freien überwintern könnten, müssen sie aus dem Boden genommen werden. Man kürzt die Triebe um die Hälfte und setzt die Pflanze in einen tiefen Graben. Oder man läßt sie an ihrem Platz und schützt sie mit einer dicken Mulchschicht vor strengem Frost. Stecklinge bewurzeln das ganze Jahr über rasch.

Die Wolfsmilch Euphorbia schillingii *erinnert daran, daß Grün eine Farbe ist: Das lebhafte Zitronengrün der Hochblätter umgibt die kleinen orangefarbenen Blüten und leitet zum Samtgrün der Blätter über.*

Geranium

Natürliche Anmut

DETAILS, VON OBEN:
Geranium cinereum *'Lawrence Flatman' blüht wochenlang und ist ideal für den vorderen Rand einer kleinen Rabatte.*

Säckelblumen begleiten im Spätfrühling die Sorte Geranium macrorrhizum *'Album', die das ganze Jahr über einen duftenden »Teppich« bildet.*

Im Herbst verfärben sich die Blätter von Geranium macrorrhizum *orangebraun und purpurrot.*

Die ausgefallene Blütenfarbe des Braunen Storchschnabels ist hier mit den blaßrosa Ähren des Wiesenknöterichs Polygonum bistorta *'Superba' kombiniert.*

GROSSES FOTO:
Frühlingssonne beleuchtet die dunklen Blüten und das hübsche Laub des Braunen Storchschnabels.

Geranium

Sommergrüne Stauden · Höhe: 15 cm bis 1,2 m · Breite: 25 cm bis 1,2 m · Zierwert: von Frühsommer bis Frühherbst · Zone: 4 bis 8 (oder wie angegeben)

Storchschnabel bildet eine Gattung von überwiegend winterharten anspruchslosen, aber anmutigen Rabattenstauden. Die meisten Züchtungen weisen die Natürlichkeit der Wildarten auf. Im Frühsommer schmückt Großblütiger Storchschnabel *(G. himalayense)* den Rabattenrand mit seinen violettblauen, dunkelrotgeaderten Blüten, die die feingeschlitzten Blätter überragen und für die Pflanze zu groß erscheinen. Diese Art verbreitet sich zwar durch kurze Ausläufer, wird aber nicht zur Plage. Am schönsten wirkt sie in der Auslese 'Gravetye', deren Blütenmitte ins Rötliche tendiert. 'Plenum' ('Birch Double') ist eine hübsche Sorte, die rosamauvefarben blüht; während 'Graveteye' gelbe Töne schmeicheln, sollten sie von 'Plenum' ferngehalten werden. 'Johnson's Blue' ist eine höhere Hybride von *G. himalayense* und dem Wiesenstorchschnabel *(G. pratense)*. Im Sommer zeigt sie große lavendelblaue Blüten über tief eingeschnittenen Blättern. Sie bildet einen idealen Pflanzpartner für hellgelbblühende Strauchrosen. Der Kaukasus-Storchschnabel (*G. renardii;* Zone 5 bis 8) ist eine weitere mittelhohe Art; wie 'Johnson's Blue' bildet sie Horste und verbreitet sich nicht mit Hilfe von Ausläufern. Sie verdient besondere Zuwendung, denn ihre runden, gelappten graugrünen Blätter präsentieren die Struktur von bedrucktem Samt. Die leicht violettgeaderten perlweißen Blüten passen perfekt dazu. Diese Art wirkt gut in gedämpften Farbkombinationen, wie etwa mit *Rosa glauca* und Gartensalbei der Purpurascens-Gruppe.

Geranium sylvaticum *'Mayflower' blüht früher als* G. pratense. *Eine Rabatte mit himmelblauen Blütentrauben von* Veronica gentianoides *und spitzenartigen weißen Schneeballblüten wird im Spätfrühling durch die Sorte aufgehellt.*

Viele Storchschnabel-Arten eignen sich als Bodendecker für den vorderen Rabattenrand, wo sie sich rückwärts unter höhere Pflanzen schmiegen. Der Pyrenäen-Storchschnabel *(G. endressii)* breitet sich bereitwillig aus und umfaßt von lachsfarben bis weißrosa viele Formen. Sie versäen sich selbst und bilden einen dekorativen »Teppich« aus handförmiggelappten Blättern. Der Balkan-Storchschnabel (*G. macrorrhizum;* Zone 3 bis 8) ist halbimmergrün und besitzt stark duftendes, leicht feuchtes Laub. Die Blüten öffnen sich bereits im Mai in einem gedämpften Purpurviolett. Es gibt Farbvarianten wie die magentarote 'Bevan's Variety', die rosarote 'Ingwersen's Variety' und 'Album' mit weißen Blüten in dunkelrosa Kelchblättern (alle Zone 3 bis 8).

Flächige Effekte

Das Laub verfärbt sich im Herbst orange- und purpurrot. Balkan-Storchschnabel gedeiht in fast jeder Erde in der Sonne oder im Schatten und bildet einen dichten, Unkraut unterdrückenden »Teppich«. Seine Formen harmonieren gut mit anderen im Spätfrühling blühenden Pflanzen mit hellen Blüten, wie etwa *Dicentra formosa,* die das gleiche Farbspektrum aufweist (siehe Seite 197), Glockenscilla *(Hyacinthoides hispanica)* in Hellblau, Weiß oder Mauverosa, Maiglöckchen, Vergißmeinnicht und das Kaukasusvergißmeinnicht *Brunnera macrophylla*, das mit seinen großen festen Blättern ebenfalls gut gegen Unkraut einzusetzen ist.

G. macrorrhizum und *G. dalmaticum* haben eine Hybride hervorgebracht, *G.* x *cantabrigiense*, die niedriger ist und kleinere Blätter trägt; es gibt eine mauverosa- oder weißblühende Form ('Biokovo'). Für kleine Gärten und an einer Mauer in Kombination mit kleinen Farnen eignet sich jedoch besonders *G. dalmaticum* mit seinen glänzenden runden Blättern und violettrosa Blüten. Blutstorchschnabel *(G. sanguineum)* bildet große »Teppiche« aus tief eingeschnittenen dunkelgrünen Blättern und purpurmagentaroten, weißen oder rosafarbenen Blüten. Die blaßrosa Blüten der niederliegenden Varietät *striatum* sind purpurrot geadert; 'Shepherd's Warning' blüht in einem dunklen Rosarot.

Mit fortschreitendem Sommer verleihen feurige Rottöne Pflanzungen in zarten Farben etwas Schwung: *G. cinereum* für den vorderen Rabattenrand und *G. psilostemon* (siehe Seite 132) für die Mitte. Die erste Art bildet hübsche Polster aus kleinen graugrünen Blättern und Blüten in Weiß oder dem Magentarot der Varietät *subcaulescens*. Blutrote Adern führen zu einem fast schwarzen Auge und schwarzen Staubgefäßen; die Auslesen 'Giuseppe' und 'Splendens' sind ebenso farbenprächtig. *G. cinereum* 'Lawrence Flatman' zeigt gedämpftere Töne. Die mauvefarbenen Blüten sind violettrot geadert und weisen an der Spitze der Kronblätter ein dunkles Dreieck auf. 'Ballerina' hat keinen dunklen Fleck, sieht aber gerade deshalb sehr reizvoll aus. *G. psilostemon* ist eine imposante kräftige Storchschnabel-Art. Sie besitzt große, tief eingeschnittene Blätter und große leuchtendmagentarote Blüten mit schwarzen Adern, die in einem schwarzen Auge zusammenlaufen. Die Art kann mit großen Moosrosen, wie etwa der graumauvefarbenen 'William Lobb', und silbriglaubigen Pflanzen kombiniert werden. Sie kann aber auch einen Kontrast zu Blüten in Orange, Zinnoberrot oder Ocker herstellen.

Der Wiesenstorchschnabel ist in Europa heimisch und an Straßenrändern und auf Wiesen zu finden. Doch er ist auch eine gute Gartenpflanze. Die violettblaue Wildart sieht man oft zusammen mit den cremefarbenen Blütenständen von Mädesüß und den aufrechten magentarosaroten Trauben von Weidenröschen. Es ist ein Irrtum zu glauben, daß kräftige Farbkombinationen in der Natur nicht vorkämen; in diesem Fall beweist die große alte Dame tadellosen Geschmack. Man kann dieses Schema auf eine Rabatte übertragen, wobei das wuchernde Weidenröschen durch die feinere Art *Epilobium dodonaei* ersetzt werden sollte. Der Waldstorchschnabel *(G. sylvaticum)* gleicht dem Wiesenstorchschnabel, obwohl er etwas kräftiger ist; die violettblühende Sorte 'Mayflower' ist besonders zu empfehlen. Zu den Züchtungen des Wiesenstorchschnabels gehören die schimmernde 'Mrs. Kendall Clarke' und die blauweißgestreifte 'Striatum'. Leider neigen sie dazu, auseinanderzufallen, weshalb man versucht ist, sie zu stützen. Doch die gefüllten, weißen, blauen oder violetten Formen mit ihren Blütenrosetten oder -pompons sind schwerer als die einfachen Blüten und benötigen daher eine Stütze.

Besonders die Art *G. lambertii* zeigt einen hängenden Wuchs. Sie trägt große, becherförmige, nickende weiße Blüten, die wunderschön purpurrosarot geadert sind. An der Basis der Kronblätter, zwischen denen grüne Kelchblätter zu sehen sind, befindet sich ein purpurroter Fleck. An einer Böschung oder auf einer Stützmauer wirkt diese Art besonders gut. Sie blüht jedoch erst von Mitte des Sommers an, dann aber bis in den Herbst. Auch *G. wallichianum* 'Buxton's Variety' zeigt spät und lange seine violettblauen Blüten mit weißer Mitte, die an hängenden Trieben erscheinen. Diese Pflanze ist kleiner als die Art *G. lambertii* und schlängelt sich durch ihre Nachbarn, wo ihre an Hainblumen erinnernden Blüten plötzlich über fremdem Laub aufragen. Sie sehen besonders über grauen Blättern hübsch aus. Zusammen mit einer Wolke aus der Kreuzkraut-Art *Senecio vira-vira* entsteht dadurch ein idealer Hintergrund für die Waldrebe *Clematis* 'Perle d'Azur', deren Blüten perfekt zu den Nuancen von 'Buxton's Variety' passen.

Seine nickenden, dunklen rotbraunen Blüten gaben *G. phaeum* (Zone 5 bis 7) seinen deutschen Namen: Brauner Storchschnabel. Im waldartigen Parkbereich des Königlichen Schlosses in Den Haag, Niederlande, wächst er auf großen Flächen zusammen mit den größeren hellgelben Blüten des Hahnenfußes. Besonders dunkle Formen wurden ausgelesen und ergaben die Sorte 'Mourning Widow'; es gibt auch eine alabasterweiße Form, 'Album', eine mauvefarbene, 'Lily Lovell', sowie die schieferblaue Varietät *lividum*. Sie alle gedeihen selbst an sehr schattigen Plätzen in jedem guten Boden. Die Art kann durch Aussaat, Sorten können durch Teilung vermehrt werden.

Fast alle Storchschnabel-Arten und -Sorten blühen wochen-sogar monatelang, die violettrote Hybride *G.* x *magnificum* ausgenommen, deren Blüte auf den Hochsommer beschränkt ist. Dafür müssen jedoch die Pflanzen regelmäßig geteilt und in mit gutem Dünger oder Kompost angereicherter Erde neu gepflanzt werden. Storchschnabel kann durch Teilung vermehrt werden; Wiesenstorchschnabel und seine Sorte 'Striatum' säen sich auch üppig selbst aus, und die Art *G. sanguineum* läßt sich durch Stecklinge vermehren.

GEGENÜBER, VON OBEN:
Die zarten Farben von Geranium renardii *verlangen nach ähnlich hellen Tönen, wie sie etwa die Rose 'Cantabrigiensis' bietet.*

Die gefüllte violettblühende Sorte Geranium pratense *'Plenum Violaceum' ist eine beliebte alte Rabattenpflanze.*

Wiesenstorchschnabel wächst sowohl in einer Rabatte als auch im Gras, wo er in freier Natur zu finden ist.

Das mauvefarbene Geranium phaeum *'Lily Lovell' ist eine Auslese des Braunen Storchschnabels.*

RECHTS:
Die behaarten Knospen des Großblütigen Storchschnabels kündigen große Blüten mit schmetterlingsförmiger Aderung an.

Blaustrahlhafer ist mit seinen hauchdünnen blaugrauen Blättern vor allem eine Blattschmuckpflanze. Doch seine hellen hafergelben Blüten lassen im Frühsommer auch einen hübschen Blickfang entstehen.

Die gelappten blaugrünen Blätter des Federmohns (Macleaya) *bilden den perfekten Hintergrund für die Blüten von* Hemerocallis *'Pink Damask'. Sie ist eine der schönsten Taglilien-Sorten in warmen Rosatönen.*

Hakonechloa macra

Sommergrünes Gras · Höhe: 30 cm · Breite: 45 cm · Zierwert: Laub · Zone: 4 bis 9

Vom Japangras kommen in Gärten zwei panaschierte Sorten zum Einsatz: 'Alboaurea' mit grünen und gelben Blättern, die bronzefarben überhaucht sind, und die leuchtendere gelbgestreifte 'Aureola'. Beide bilden dichte Horste aus überhängenden Blättern, die selbst bei Windstille den Eindruck von einem windbewegten Gerstenfeld erwecken.

Die Pflanzen bevorzugen humosen Boden und einen Standort mit Halbschatten; zu schattige Plätze schwächen die leuchtende Färbung der Blätter jedoch ab. Die Vermehrung der beiden Gras-Sorten erfolgt durch Teilung.

Helictotrichon sempervirens

Sommergrünes Gras · Höhe: 1,2 m · Breite: 30 cm · Zierwert: Laub · Zone: 4 bis 9

Wer ein intensiv blaubereiftes Gras möchte, das sich auf den ihm zugewiesenen Platz beschränkt, der sollte Blaustrahlhafer wählen. Er bildet hübsche, dichte Horste aus sehr schmalen blauen Blättern, die im Sommer von dünnen Blütenrispen überragt werden. Diese weisen das gleiche helle Blaugrau auf, das herrlich zu grauviolettem Laub paßt. Die Arizona-Zypresse führt zwar die blaugraue Farbskala fort, stellt aber einen Blattkontrast her. Blaustrahlhafer benötigt einen sonnigen Platz mit gut durchlässiger Erde und kann durch Teilung oder Aussaat vermehrt werden.

Hemerocallis

Sommergrüne Stauden · Höhe: 90 cm bis 1,2 m · Breite: 60 bis 90 cm · Zierwert: in Spätfrühling und Sommer · Zone: 3 bis 9

Ich wuchs mit der alten gelbbraunen Taglilien-Art *H. fulva* auf, die an einer schattigen Mauer in klebrigem Lehm bereitwillig blühte und gedieh. Von dem Augenblick an, da sie im Frühling ihre hellgrünen Blätter durch die Erde schob bis zum Verblühen der letzten Blüten im Hochsommer, war sie immer hübsch anzusehen. So entgegenkommend sie ist – die Gattung kann mit mehr aufwarten: Im Spätfrühling öffnen sich aus braunen Knospen die kleinen tiefgelben Blüten von *H. dumortieri* und *H. middendorffii*. 'Golden Chimes' in Bernsteingelb mit rotbrauner Unterseite und 'Corky' in Zitronengelb (siehe Seite 92) haben von den Arten sicherlich die Farbe und die verzweigten Stiele mit hübschen köstlich duftenden Blüten geerbt. Den frühblühenden Arten folgt bald *H. lilioasphodelus* mit ihren großen Blüten in einem reinen zarten Gelb. Sie verströmt einen wundervollen Duft. Taglilien sind Kultblumen mit Hunderten von alten und neuen Züchtungen, von denen ich nur eine weitere erwähnen möchte. Ich bin mir dabei bewußt, daß die modernen Exemplare mit den weitgeöffneten und gekräuselten Blüten, bei denen die Reinheit der Form zugunsten einer Novität geopfert wurde, unberücksichtigt bleiben. Diese eine Taglilie heißt 'Pink Damask' und besitzt elegante Blüten in einem atemberaubenden Pfirsichton mit einem Hauch von Terrakotta. Die meisten Taglilien sind anpassungsfähig und leicht zu ziehen. Sie gedeihen in jedem fruchtbaren Boden in der Sonne oder im Halbschatten und können durch Teilung der verdickten Wurzeln oder der Ausläufer vermehrt werden.

Eine Rabatte muß nicht viele Blüten aufweisen, um reizvoll zu wirken, wie diese Fläche mit Blattschmuckpflanzen beweist. Im Spätfrühling umfaßt sie im Vordergrund silberlaubige Stachys byzantina *'Big Ears',* Bergenia crassifolia *und geschnittenen Buchsbaum. Es schließen sich Schwertlilienblätter, die hellen aufrechten Blütentrauben von* Veronica gentianoides *'Pallida' und Veilchen an. Entfernt sieht man die rosa Ähren von* Polygonum bistorta *'Superba'.*

Hosta
Würdevolles Laub

DETAILS, VON OBEN:
Die kleine Hosta undulata *var.* undulata *ist seit langem aufgrund ihrer welligen weißgesprenkelten Blätter beliebt.*

'Halcyon' mit gerippten kräftigen Blättern zählt zu den schönsten blaulaubigen Funkien, die in den letzten 25 Jahren eingeführt wurden.

Hosta crispula *ist ein weiterer Klassiker. Ihre weißgerandeten Blätter sind ideal für Pflanzungen in gedämpften Farben an schattigen Plätzen.*

'Gold Standard' präsentiert breite gelblichgrüne Blätter inmitten einer Fülle an Formen.

GROSSES FOTO:
Von allen kürzlich eingeführten gelblaubigen Funkien hat sich 'Piedmont Gold' als eine der schönsten großblättrigen Sorten erwiesen.

HOSTA

Sommergrüne Stauden · Höhe: 30 cm bis 1,5 m · Breite: 30 bis 90 cm · Zierwert: im Sommer oder Herbst · Zone: 3 bis 9 (oder wie angegeben)

Im Gegensatz zu heute, da Hunderte von Funkien angeboten werden, hatte man früher nur eine geringe Auswahl. Sie umfaßte: die Blaublattfunkie *(H. sieboldiana* var. *elegans);* die Graublattfunkie *(H. fortunei)* mit grünen Blättern und hellvioletten Blüten an höheren Stielen; die gelbgefleckte *H. fortunei* var. *albopicta* und die gelbe *H. fortunei* var. *albopicta* f. *aurea*, die schnell zu zwei jadegrünen Nuancen verblaßt; die Glockenfunkie *(H. ventricosa)* mit violetten Blütenglocken im Spätsommer und kräftig grünen Blättern sowie einige weißpanaschierte Funkien, wie die Wellblattfunkie *H. undulata* var. *albomarginata* ('Thomas Hogg') mit weißen Rändern, die kräftige Riesenweißrandfunkie *(H. crispula)* oder die kleine *H. undulata* var. *undulata* mit welligen Blättern, die eine weiße Mitte zeigen. Diese Auswahl erweiterte sich, indem man die Pflanzen durch Züchtung mit zusätzlichen Merkmalen ausstattete. Wer etwa eine mittelgroße blaubereifte Funkie möchte, dem bieten sich 'Halcyon' sowie die Tardiana-Hybriden an. Die hohe 'Krossa Regal' trägt aufrechte blaue Blätter, die unterseits weiß sind. Es gibt heute viele Züchtungen in hellen lindgrünen Tönen. Ihre Blätter behalten das ganze Jahr über ihre Farbe; eine der schönsten ist 'Sum and Substance'. Die Blaue Löffelfunkie *(H. tokudama)* sieht mit ihren runden, runzeligen blaugrauen Blättern wie eine kleine Blaublattfunkie aus; von ihr gibt es zwei gelbüberhauchte Formen. Sie war auch an goldlaubigen Züchtungen wie 'Golden Prayers' beteiligt. Wer schmale Blätter liebt, sollte die Lanzenfunkie *(H. lancifolia)* wählen. Ihre Blätter sind dunkelgrün; im Frühherbst erscheinen violette Blüten. Die kräftige Sorte 'Tall Boy' trägt tiefviolette Blütenglocken über herzförmigen Blättern.

Nur wenige Stauden verleihen einem Garten so viel Substanz wie ein ausgebildeter, gut gepflegter Horst der Blaublattfunkie.

Funkien schmücken schattige Plätze, besonders wenn diese nahrhafte, feuchte Erde aufweisen. Doch sie gedeihen auch in der Sonne, wo einige der gelblaubigen Formen die schönste Farbe entwickeln. Nur die weißrandigen Funkien verbrennen in der Sonne oder bei austrocknendem Wind. Angewachsene Exemplare vertragen Trockenheit gut. Vermehrung erfolgt durch Teilung, indem man aus dem Horst ein Stück herausschneidet. Dies geschieht im Frühling, wenn sich die ersten jungen Triebe zeigen. Die Lücke wird mit angereicherter Erde gefüllt.

IMPERATA CYLINDRICA 'RUBRA'

Sommergrünes Gras · Höhe: 60 cm · Breite: 30 cm · Zierwert: Laub · Zone: 5 bis 7

Die Blätter dieser Sorte des Blutgrases erscheinen zwar in gewöhnlichem Grün, verfärben sich jedoch im Spätfrühling blutrot. Ein sonniger Platz mit gut durchlässiger Erde bietet ideale Bedingungen. Vermehrung erfolgt durch Teilung.

Die ätherisch anmutende Färbung der taubenetzten Iris *'Florentina' wird durch breite, schwertförmige, kräftig grüne Blätter hervorgehoben.*

IRIS

Sommer- und immergrüne Stauden · Höhe und Breite: 25 bis 45 cm · Zierwert: im Sommer · Zone: 5 bis 9 (oder wie angegeben)

Wie bei Funkien ist es auch bei Schwertlilien schwierig, unter dem großen Angebot auszuwählen. Während es bei den Funkien meist aus Züchtungen besteht, fordert die Gattung *Iris* durch ihre vielen Wildarten den anspruchsvollen Freizeitgärtner heraus. Zugegebenermaßen besitzt jede Schwertlilie schwertförmige Blätter, die nur in der Breite variieren und sowohl aufrecht als auch überhängend wachsen. Die Blüten weisen ebenfalls die klassische Form auf. Trotzdem gibt es einige Variationen. Müßte ich mich entscheiden, so würde ich mich für die Pacific-Coast-Hybriden entscheiden. Sie sind Abkömmlinge von der gelbbraunen *I. innominata,* der violetten oder weißen *I. douglasiana* (beide Zone 6 bis 9), der kupferorangerosa *I. fulva* (Zone 7 bis 9) und anderen Arten, die an der Westküste von Nordamerika heimisch und für sich reizvoll sind. Diese Hybriden umfassen niedrige Schwertlilien mit hübschen Blättern. Die Pflanzen können aus Samen gezogen werden, wobei jeder Sämling bezaubernd ist. Ihre Blütenfarbe reicht von Alabasterweiß über verschiedene Weiß- und helle Gelbtöne zu Bernsteingelb, Amethyst, Aquamarin, Lavendel, Violett, Hellbraun und Goldbraun mit Krapprot. Alle Blütenblätter weisen eine exquisite Zeichnung in dunklerer oder kontrastierender Farbe auf und erinnern in ihrer grazilen Anordnung an Schmetterlingsflügel. Diese Schwertlilien benötigen einen sonnigen oder halbschattigen Platz mit vorzugsweise kalkfreier, humoser, splitthaltiger Erde. Niedrige Pflanzen werden in ausgewählten Ecken, hohe unter Sträucher gesetzt. Vermutlich sehnt man sich nach ein, zwei Hektar zusätzlichen Gartens, um alle Sämlinge unterzubringen. Einzelne, denen man mit Haut und Haaren verfallen ist, lassen sich auch teilen.

Der einzige Nachteil dieser kalifornischen Hybriden ist, daß sie nicht duften. Doch dafür sorgt die Pflaumeniris (*I. graminea;* Zone 5 bis 8), deren Name von den kleinen rotvioletten Blüten herrührt, die nach gedünsteten Pflaumen duften. Schmale Blätter verbergen die Blüten, die sich im Sommer öffnen und aus der Pflanze einen regelrechten Schatz für eine abgelegene Ecke machen. Eigentlich gehört sie nicht in dieses Kapitel.

Die alte violettblühende Bartiris *(I. germanica)* ist heute nur noch selten zu sehen. Sie wurde von Züchtungen abgelöst, die in Eliator- (hoch), Medium- (mittelhoch) und Nana-Hybriden (niedrig) eingeteilt werden. In ihrer klassischen Form sind sie dezent und dekorativ und eignen sich gut für Rabatten. Ich mag ihren an Tinte erinnernden Duft. Eine andere klassische Schönheit ist 'Florentina', deren getrocknete Wurzeln für Potpourris verwendet werden. Sie besitzt weißgraue Blüten, graue Blätter, einen angenehmen Duft und ist in toskanischen Obsthainen und an muslimischen Gräbern zu finden, wo sie im Spätfrühling oder Frühsommer blüht. Die beliebtesten Formen von *I. pallida* (Zone 6 bis 9) präsentieren herrliche Blätter, die länger dekorativ aussehen, als dies bei den meisten Bartiris üblich ist. *I. pallida* ssp. *pallida (I. pallida* var. *dalmatica)* besitzt schöne, breite blaugraue Blätter und duftende hellavendelblaue Blüten in klassischer Form; die Blüten von *I. pallida* 'Argentea Variegata' sind nicht so hübsch, aber die Blätter haben elfenbeinweiße Streifen; 'Variegata' ist primel- bis buttergelb gestreift und trägt schöne Blüten.

Alle diese Schwertlilien, inklusive der ein- oder mehrfarbigen Bartiris-Züchtungen mit gekräuselten Blütenrändern, gedeihen am besten an einem sonnigen Platz mit fruchtbarer, gut durchlässiger Erde. Sie können durch Teilung der Rhizome vermehrt werden. Bei der Neupflanzung dürfen diese jedoch nicht mit Erde bedeckt werden, denn sie sollen im Sommer von der Sonne beschienen werden.

Mit fortschreitendem Sommer rückt *I. orientalis (I. ochroleuca;* Zone 5 bis 7) in den Vordergrund. Diese stolze Schwertlilie trägt steife, aufrechte Blätter und hohe Stiele mit großen auffälligen Blüten in Weiß. An den Hängeblättern sind kanariengelbe Flecken zu sehen. Die Pflanze wächst in gut durchlässigem, fruchtbarem Boden an einem sonnigen oder halbschattigen Platz und kann durch Aussaat oder Teilung vermehrt werden.

KNIPHOFIA

Sommer- oder immergrüne Stauden · Höhe: 60 bis 90 cm · Breite: 45 cm · Zierwert: im Frühherbst · Zone: 6 bis 9

Für einen leidenschaftlichen Sammler ist es nicht schwierig, sich das ganze Jahr an blühenden Fackellilien zu erfreuen – zumindest in wärmeren Regionen. Sie können sowohl kniehoch sein, als auch Kopfhöhe erreichen. Das Farbspektrum reicht von Elfenbeinweiß, Weißgelb und verschiedenen Gelbtönen, wie zartes Primelgelb, Zitronengelb, Gold und dunklem Goldbraun, über helles Apricot, Rosa, Orange, Rotorange, Karamel und Beige zu Rotschattierungen wie Terrakotta, Korallen-, Zinnober-, Scharlach- und Kirschrot; selbst Hellgrün ist vertreten. Die Knospen weisen oft eine kontrastierende Farbe auf und zeigen die bei Fackellilien vertraute Kombination von Rot und Gelb. Doch sie können auch feinere Zusammenstellungen, wie Beige und Karamel oder Zitronengelb und Pfirsich, präsentieren. Nachdem ich nun den Appetit geweckt habe, möchte ich eine Sorte besonders hervorheben: 'Little Maid' mit ihren kleinen schmalen Blütenkolben aus cremefarbenen Knospen, die sich zu gelblichweißen Blüten öffnen. Im Gegensatz zu anderen Züchtungen hat sie sich bis jetzt als dauerhaft bewährt.

Obwohl wildwachsende Fackellilien Uferpflanzen sind, vertragen sie im Winter keine kalte Nässe, insbesondere wenn sie in schwerem Boden wachsen. Sie benötigen gut durchlässige Erde und einen sonnigen Platz. Fackellilien können durch Teilung vermehrt werden; eine Aussaat gleicht einem Glücksspiel, auch wenn gute Züchtungen einige interessante Sämlinge hervorbringen können. Auf diese Weise entstand die Sorte 'Bressingham Comet', die vor einigen Jahren eingeführt wurde. Sie stammt von *K. triangularis (K. galpinii),* einer herbstblühenden Art mit schlanken Blütenkolben in lebhaftem Scharlachrot und schmalen, grasartigen Blättern; 'Bressingham Comet' zeigt orangerote Blüten.

Diese Pflanzung bietet selbst im Spätsommer einen frühlingshaften Anblick: Blauer Borretsch, cremefarbener Eisenhut Aconitum *'Ivorine' und die weiße Anemone-Japonica-Hybride 'Honorine Jobert' rahmen eine Pyramide aus der Liguster-Sorte 'Aureum' und die weißen Blütenstände von* Kniphofia *'Little Maid' ein. Nur die verblühenden Rispen des Frauenmantels* Alchemilla mollis *deuten an, daß der Sommer in den Herbst übergeht.*

Das Herzstück dieser Pflanzung besteht aus einer Baumlupine. Wie Rittersporn, gelbbraune Schwertlilien und blauer Storchschnabel erzeugt sie einen vertikalen Effekt, der den Blick nach oben führt.

LAVANDULA

Immergrüne Halbsträucher · Höhe und Breite: 45 bis 75 cm · Zierwert: im Sommer · Zone: 5 bis 8 (oder wie angegeben)

Lavendel besitzt duftende Blüten und aromatische Blätter und ist in der Mittelmeerregion heimisch, wo lange Zeit ausgelesene, intensiv duftende Züchtungen für die Parfumindustrie angebaut wurden. Die winterhärtesten Arten sind nicht notwendigerweise die dekorativsten im Garten. Doch ich habe ein Faible für Lavendel im alten Stil, wie ihn die niederländische und die englische Gruppe von *L.* x *intermedia* bietet (Zone 5 bis 7). Sie haben hübsches graues Laub und helle Ähren. Ähnlich schön finde ich die schmalblättrige Auslese 'Hidcote' des Echten Lavendels *(L. angustifolia)* mit ihren dunklen Blüten. Das herrlichste Laub trägt jedoch der in Spanien heimische *L. dentata* var. *candicans,* dessen Name auf seine platinfarbenen, feingezähnten (dentata) Blätter hinweisen, und *L. lanata* mit weißbehaarten Blättern und intensivem Duft (beide Zone 8 bis 9). Beide benötigen einen wärmeren Standort als Lavendel der niederländischen und der englischen Gruppe. Er sollte sonnig sein und gut durchlässige Erde aufweisen. Vermehrung erfolgt durch Stecklinge. Lavendel wird im Frühling oder wenn die Ähren verblühen stark zurückgeschnitten.

LAVATERA MARITIMA

Weichholziger Strauch · Höhe: 1,5 m · Breite: 90 cm · Zierwert: im Herbst · Zone: 8 bis 10

L. maritima (L. bicolor) ist ein buschiges Malvengewächs mit fast durchsichtigen, mauvegeaderten Blüten, die zur Mitte zu krapp- bis purpurrot verlaufen. Sie werden von leicht graubehaarten und gelappten Blättern hervorgehoben. *L. maritima* wirkt mit einer Unterpflanzung aus blaßrosa *Osteospermum* wundervoll. Ein sonniger, windgeschützter Platz mit durchlässiger Erde ist ideal. Man schneidet die Pflanze im Frühling stark zurück, so daß frostgeschädigtes Holz entfernt und der kompakte Wuchs bewahrt wird. Vermehrung erfolgt durch Stecklinge.

LUPINUS ARBOREUS

Halbimmergrüner Baum · Höhe und Breite: 1,5 m · Zierwert: im Sommer · Zone: 7 bis 9

Die in Kalifornien heimische Baumlupine ist ein sparriger, aber anmutiger Baum. Er kann aus Samen gezogen werden und wächst rasch heran. Seine gefingerten Blätter zeigen ein frisches Grün und die zitronen- bis primelgelben Blüten besitzen einen köstlichen Duft, der an

Bohnen erinnert. Die Baumlupine eignet sich herrlich dafür, einer neu angelegten Rabatte sofort Substanz zu verleihen oder rasch eine Lücke zu schließen – doch der Anblick hält nur kurze Zeit. Die Pflanze gedeiht in Küstenlagen, wo sie Wind und Gischt furchtlos standhält. Neben der gelben Form gibt es auch noch violett- und weißblühende. Benannte und farbbestimmte Züchtungen werden besser durch Stecklinge als durch Aussaat vermehrt. Baumlupinen mögen sonnige Plätze mit gut durchlässiger Erde. Bei einem kräftigen Rückschnitt im Frühling kann ihr sparriger Wuchs korrigiert werden.

MACLEAYA

Sommergrüne Stauden · Höhe: 2,1 m · Breite: 60 bis 90 cm · Zierwert: im Sommer · Zone: 4 bis 9

Die hohen federähnlichen Rispen aus vielen kleinen elfenbein- oder hautfarbenen Blüten gaben dem Federmohn seinen Namen. Doch in diesem Kapitel ist er wegen seines Laubes vertreten. Seine kräftigen, runden Blätter sind tief gebuchtet und haben eine graugrüne Ober- und eine weiße Unterseite. Sie sitzen an kräftigen weißschimmernden Stengeln. Die elfenbeinfarbenblühende *M. cordata* wuchert nicht so stark wie die hellkorallenrote M. *microcarpa,* deren Ausläufer schnell den zugedachten Platz verlassen. Beide Arten können durch Teilung oder Wurzelschnittlinge vermehrt werden und gedeihen in durchlässiger Erde an einem sonnigen Platz.

MELIANTHUS MAJOR

Halbstrauch · Höhe: 2,4 m · Breite: 1,8 m · Zierwert: von Frühling bis Sommer / Laub · Zone: 8 bis 10

Der Honigstrauch gehört zu den edelsten Blattschmuckpflanzen. Jedes große Blatt besteht aus gezähnten Fiederblättchen, die sich im Frühling in zartem Gelbgrün entfalten und dann langsam ein charakteristisches Blaugrau annehmen. Obwohl die Pflanze verholzte Triebe besitzt, verhält sie sich in Regionen, die für sie etwas zu kalt zum Überleben sind, wie eine Staude – vorausgesetzt ihre Wurzeln werden durch eine dicke Mulchschicht vor dem Erfrieren geschützt. Überwinterte Triebe können im Frühling, wenn keine Spätfröste mehr zu erwarten sind, zurückgeschnitten werden, damit sich herrliche Blätter entwickeln. Unbeschädigte und nicht geschnittene Triebe bringen manchmal Ähren mit rotbraunen Blüten hervor, die einen erdnußbutterähnlichen Duft verströmen. Ein geschützter, sonniger Platz ist notwendig, gut durchlässige, fruchtbare Erde sorgt für schönes Laub.

UNTEN: *Dieser Honigstrauch wächst zusammen mit einem violettlaubigen Wunderbaum und rotblühendem Blumenrohr.*

OBEN: *Vor dem düsteren Hintergrund aus Lambertsnuß* Corylus maxima *'Purpurea' wirken die großen graugrünen Blätter von* Macleaya cordata *heller als sonst. Der gelbe Goldkolben* Ligularia stenocephala, *der zitronengelbe Felberich* Lysimachia ciliata *und die buttergelbe Taglilie gesellen sich zum Gelben Fingerhut* Digitalis lutea *und zu weißem* Tanacetum corymbosum. *Den Vordergrund bilden weiße Hornveilchen der Alba-Gruppe.*

Die Herbstsonne beleuchtet die seidigen Rispen von Miscanthus sinensis *und die breiten Blätter der orangeblühenden Blumenrohr-Sorte* Canna *'Assaut'. Den Vordergrund bildet* Aster lateriflorus *'Horizontalis'. Links blühen Weidenblättrige Sonnenblumen.*

MISCANTHUS SINENSIS

Gras · Höhe: 1,5 bis 1,8 m · Breite: 60 cm · Zierwert: von Spätsommer bis Herbst · Zone: 5 bis 10

Diese Art des Chinaschilfes bildet Horste aus anmutig überhängenden Blättern mit silbrigen Mittelstreifen. In Regionen mit warmen bis heißen Sommern werden die Blätter von seidigen, raschelnden Blütenrispen überragt, die langsam einen elfenbeinfarbenen Flaum bilden. Von *M. sinensis* gibt es mehrere Sorten: die weißgestreifte 'Variegatus'; 'Zebrinus' mit gelben Querstreifen, die nach dem Hochsommer am schönsten aussieht und zuverlässig auch im Herbst noch üppig blüht; die elegante schmalblättrige 'Gracillimus'; 'Morning Light', eine weitere kleine Sorte mit schmalen, weißgerandeten Blättern und üppigen Blüten; *M. sinensis* var. *purpurascens* mit violettüberhauchten Halmen und gelbbraunen, orange- und bernsteinfarbenen Blättern im Herbst (die anderen Sorten verblassen zu einem bescheidenen pergamentfarbenen Ton). 'Silberfeder' gehört zu den Sorten mit den schönsten Blüten: Ihre überhängenden Rispen in schimmerndem hellbraunem Rosa erscheinen selbst in kühlen Regionen und öffnen sich früher als die von 'Zebrinus'.

Im Gegensatz zu vielen Gräsern wuchert *M. sinensis* nicht, sondern seine Wurzeln breiten sich nur langsam aus. Es gedeiht in jeder fruchtbaren, sowohl feuchten als auch trockenen Erde an einem sonnigen oder schattigen Platz und kann durch Teilung vermehrt werden.

NEPETA GOVANIANA

Sommergrüne Staude · Höhe: 90 cm · Breite: 60 cm · Zierwert: im Sommer · Zone: 4 bis 8

RECHTS: *Mit ihren zierlichen primelgelben Blütenständen unterscheidet sich* Nepeta govaniana *stark von den sonnenliebenden blaublühenden Katzenminzen. Hier wächst sie zusammen mit den Korbblüten von* Argyranthemum *'Vancouver',* Achillea millefolium *'Cerise Queen', dunkelrosa Rosen und vereinzelten Blüten von* Lavatera *'Rosea' vor einem Hintergrund aus der violetten* Atriplex hortensis *var.* rubra.

Der lavendelblaue und graue Blütenschleier der Katzenminze *Nepeta* x *faassenii* ist weithin bekannt. Er wirkt hübsch an sonnigen Plätzen oder als Ergänzung zu Rosen. Zudem ist er ein Anziehungspunkt für Katzen, die sich in Katzenminze wälzen. Doch *N. govaniana* ist anders: Diese Art liebt kühle, schattige Plätze und Erde, die nicht austrocknet. Ihre Blätter sind hellgrün, und die lockeren Blütenstände, die den ganzen Sommer über erscheinen, zeigen ein Zitronen- bis Primelgelb. Vermehrung erfolgt durch Teilung, Stecklinge oder Aussaat.

OENOTHERA

Sommergrüne Stauden · Höhe: 25 bis 45 cm · Breite: 30 bis 60 cm · Zierwert: im Sommer · Zone: 4 bis 8

Nachtkerzen blühen nur einen Tag, manchmal auch nur eine Nacht lang. Die Art *O. missouriensis* besitzt hängende Triebe mit langen, schmalen dunkelgrünen Blättern, die eine weiße Mittelrippe aufweisen. Ihre schalenförmigen Blüten öffnen sich am Tage in einem reinen, hellen Gelb und werden von roten Kelchblättern umgeben. Die Blütezeit erstreckt sich über den Sommer bis in den Herbst. Diese Art läßt sich am besten durch Aussaat vermehren. *O. fremontii* ist ähnlich, doch die Blüten zeigen ein kräftigeres Gelb. Diese flachwachsenden Nachtkerzen wirken am besten am vorderen Rabattenrand, wo sie sich über eine Steineinfassung neigen. *O. fruticosa* und *O. tetragona* sind dagegen von aufrechtem Wuchs. Ihre leuchtendgelben Blüten öffnen sich aus roten Knospen. Das dunkle Laub zeigt bei *O. tetragona* var. *fraseri* eine rotbraune Frühlingsfärbung. 'Fyrverkeri' ('Fireworks') ist eine hübsche Selektion. Diese aufrechtwachsenden Nachtkerzen werden durch Teilung vermehrt. Alle Arten benötigen Sonne und durchlässige Erde.

OLEARIA

Sträucher · Höhe und Breite: 90 cm · Zierwert: im Frühsommer · Zone: 9 bis 10

Die in Neuseeland und Australien heimischen Pflanzen umfassen eine kleine Gruppe von Sträuchern. Sie besitzen graues Laub, eine Wuchsform, die an eine Kumuluswolke erinnert, und eine Fülle von leuchtenden Korbblüten. Diese erscheinen in Schneeweiß, Lavendelblau oder Violettmauve und ähneln kleinblütigen Rauhblattastern, auch wenn sie zu einer anderen Zeit erscheinen. Von den strukturgebenden Laubsträuchern, die auf Seite 49 beschrieben sind, unterscheiden sich diese Sträucher erheblich. Ihre Bezeichnung verwirrt etwas, denn *O.* x *scilloniensis* wurde offiziell wieder *O. stellulata* De Candolle genannt. Doch jede Pflanze, die das Schild *O.* x *scilloniensis* trägt, ist es wert, erworben zu werden. Weiß ist die typische Blütenfarbe; 'Master Michael' hat jedoch lavendelblaue Korbblüten. Diese Duftpflanzen sind nicht so windverträglich wie andere Sträucher der Familie. Sie benötigen einen warmen Platz mit durchlässiger Erde und können durch Stecklinge vermehrt werden.

OBEN: *Die schmalen Blätter von* Oenothera missouriensis *umfassen wie lange, schlanke Finger die großen gelben Blüten.*

LINKS: *Die Blüten von* Olearia stellulata *De Candolle* (O. x scilloniensis) *verhüllen vollständig das Laub und verwandeln dadurch einen unscheinbaren graulaubigen Strauch in eine Wolke aus sternförmigen weißen Korbblüten.*

Paeonia

Sommergrüne Stauden · Höhe: 45 bis 90 cm · Breite: 45 bis 60 cm · Zierwert: im Spätfrühling · Zone: 4 bis 8 (oder wie angegeben)

Die gefüllte scharlachrote Bauernpfingstrose *P. officinalis* 'Rubra Plena' ist eine großartige, langlebige alte Pflanze, die einfach zu kultivieren ist. Die zierlichere *P. veitchii* var. *woodwardii* (Zone 7 bis 8) hat neben leuchtendgrünem Laub nickende schalenförmige Blüten in einem klaren Dunkelrosa mit cremefarbenen Staubbeuteln und rosa Staubfäden. *P. peregrina* (Zone 6 bis 8) zeigt Komplementärfarben: leuchtende grünglänzende Blätter und Blüten in einem intensiven Scharlach- oder hellen Zinnoberrot, bei 'Otto Froebel' ('Sunshine') mit einem seidigen Schimmer. Im Gegensatz zu den horstbildenen Arten verbreiten sich die Knollenwurzeln von *P. peregrina* nach dem Pflanzen sehr schnell. Alle Pfingstrosen schätzen eine fruchtbare, humusreiche, gut durchlässige Erde an einem sonnigen oder leicht schattigen Platz und können durch Teilung einfach vermehrt werden. Wenn die Pflanze nicht mehr üppig Blüten hervorbringt, kann dies ein Zeichen dafür sein, daß sie herausgenommen, geteilt und in frische, aufbereitete Erde neu gepflanzt werden muß. Es kann aber auch sein, daß sie zu tief eingesetzt wurde. Sind die Wurzelhälse auch nur leicht mit Erde bedeckt, nimmt das die Pflanze übel. Falls zur nächsten Blütezeit immer noch nicht genug Blüten erscheinen, obwohl man die Erde vorsichtig beseitigt hat, dann muß man die Pflanze herausnehmen und in der richtigen Tiefe neu einsetzen.

Ein Arrangement in Komplementärfarben: Die scharlachroten Blüten der Bauernpfingstrose 'Rubra Plena' ragen über dunkelgrünem Laub auf, das von regenbenetzten Taglilienblättern eingerahmt ist.

Papaver

Sommergrüne Stauden · Höhe: 45 bis 60 cm · Breite: 30 bis 45 cm · Zierwert: im Sommer · Zone: 3 bis 7 (oder wie angegeben)

Da Türkenmohn *(P. orientale)* eine kräftige und dekorative Pflanze darstellt, die früh blüht, im Hochsommer abstirbt und eine große Lücke hinterläßt, zähle ich sie zu den »vergänglichen« Rabattenpflanzen und behandle sie im nächsten Kapitel. Es gibt jedoch eine Gruppe von Mohn, die anspruchsloser und ausdauernder ist und deren apricot- bis rotorangefarbene Blüten die charakteristische Textur von zerknitterter Seide aufweisen. *P. atlanticum* (Zone 6 bis 8), besonders in seiner lockeren gefüllten Form, wirkt eher gewöhnlich. Doch es gibt eine ausgezeichnete einfache Form mit nickenden, rein orangefarbenen Blüten, die sich an hohen Stielen über grünem Basallaub lange Zeit öffnen. Diese Art sät sich üppig selbst aus. *P. pilosum* (Zone 6 bis 8) ist ähnlich, besitzt jedoch mehr Blätter. *P. rupifragum* (Zone 7 bis 8) zeigt orangerote bis aprikosenfarbene Blüten über blaubereiften, behaarten Blättern. *P. spicatum* (*P. heldreichii;* Zone 6 bis 8) ist von diesen vier Arten die winterhärteste und auch die schönste. An kurzen, kräftigen Stielen sitzen große, weitgeöffnete, zartaprikosenfarbene Blüten. Sie öffnen sich von oben nach unten aus weißen, flaumigen Knospen über dichtbehaarten blaugrauen Basalblättern. Alle diese Pflanzen bevorzugen einen sonnigen Platz mit gut durchlässiger Erde. Nach meiner Erfahrung lassen sie sich einfacher durch Aussaat als durch Teilung vermehren.

PARAHEBE PERFOLIATA

Immergrüner Strauch · Höhe: 60 cm · Breite: 75 cm · Zierwert: im Sommer · Zone: 8 bis 10

Bis auf die Blüten ähnelt *P. perfoliata (Veronica perfoliata)* einem Eukalyptusbüschel. Die stengelumfassenden, an der Basis breiten, zugespitzten Blätter sind blaubereift; wenn sie erscheinen, weisen sie einen pflaumenvioletten Ton auf. Doch mit zunehmender Wachstumsperiode wird die Täuschung schließlich enttarnt. Dann zeigen sich an lockeren überhängenden Stengeln Ehrenpreisblüten in zartem Blauviolett mit cremefarbenen Staubgefäßen.

Die Pflanze breitet sich unterirdisch langsam aus und wirkt am besten, wenn jährlich die alten Triebe herausgeschnitten werden; so haben die neuen Platz genug, um sich ungestört zu entwickeln. Ein sonniger Platz mit gut durchlässiger Erde ist ideal. Vermehrung erfolgt im Sommer durch Stecklinge oder durch Aussaat.

PENNISETUM

Sommergrüne Gräser · Höhe: 45 bis 90 cm · Breite: 45 cm · Zierwert: im Sommer oder Herbst · Zone: 5 bis 10 (oder wie angegeben)

Die meisten in diesem Buch beschriebenen Gräser wurden wegen ihres Laubes gewählt und weniger aufgrund ihrer Blüten. Doch das Federborstengras kompensiert seine eher unscheinbaren Blätter durch anziehende Blütenähren, die an Flaschenbürsten erinnern. Bei der hohen Art *P. alopecuroides* erscheinen sie im Herbst und in einem ungewöhnlichen Schiefer- bis Indigoblau mit weißen Spitzen. 'Woodside' ist eine üppigblühende Auslese. Einige lieben im Winter den Effekt von pergamentfarbenen Blättern, doch auf mich wirken sie dann wie leblos. Eine andere herbstblühende Art ist *P. villosum* (Zone 7 bis 9) mit ihren weichen flaschenbürstenartigen Ähren, die sich von überhängenden Trieben neigen. *P. orientale* (Zone 7 bis 9) trägt im Sommer behaarte graurosa Ähren, die an Raupen denken lassen. Die langen Haare, die der Pflanze zu ihrem wuscheligen Aussehen verhelfen, sind zunächst mauveviolett und verblassen dann zu einem gräulichen Gelbbraun. Sie alle besitzen die taktilen Eigenschaften, die viele von uns dazu verleiten, mit der Hand über die Blüten und Blätter zu streifen – und diese auch auszureißen. Doch dafür sind sie zu schade. Federborstengras gedeiht in gut durchlässiger Erde an einem sonnigen Platz und kann durch Teilung oder Aussaat vermehrt werden.

Die wuscheligen cremerosa »Flaschenbürsten« von Pennisetum alopecuroides *lassen einen breiten Bogen um die Rosetten aus Schildfarn und das Riesenfedergras* (Stipa gigantea) *entstehen. Etwas entfernter rahmt die Schwingel-Art* Festuca cinerea *einen Horst aus* Miscanthus sinensis *'Variegatus' ein.*

Die wächsern anmutenden, blaugrauen Blätter von Parahebe perfoliata *tragen zu dieser entzückenden Zusammenstellung in Dunkelrosa und Violett genausoviel bei wie die Stengel mit den blauvioletten Ehrenpreisblüten. Veilchen, Pfirsichblättrige Glockenblume und die alte Chinarose* Rosa x odorata *'Pallida' vollenden die Kombination.*

Die elegant geformten Blütentrompeten des Bartfadens haben viele Züchter dazu veranlaßt, Sämlinge zu selektieren, um eine bestimmte Farbe oder eine deutliche Schlundzeichnung zu erzielen. Die rotblühende Sorte heißt 'Fire Dragon', während die rosa Blüten sowohl zu 'Apple Blossom' als auch zu der sehr ähnlichen 'Hidcote Pink' gehören.

PENSTEMON

Immergrüne Stauden · Höhe: 30 bis 90 cm · Breite: 30 bis 60 cm · Zierwert: von Sommer bis Herbst · Zone: 6 bis 9 (oder wie angegeben)

Die herrlichen Farben und die lange Blütezeit sind ausreichender Dank für die kleine Mehrarbeit, die Bartfaden erfordert, wenn er wirklich schön sein soll. Im Herbst nimmt man Stecklinge, die im Kalten Kasten überwintern und im Frühling ausgepflanzt werden. Dieser einfache Ablauf wird schnell zur Routine und garantiert, daß Winterverluste bei weniger winterharten Arten wieder aufgefüllt werden können. Außerdem blühen junge Pflanzen sehr viel länger als alte. Eine Regel besagt: Je größer die Blüte und die Blätter, desto empfindlicher die Pflanze.

Doch trotz dieser Regel gehört *P. campanulatus* mit seinen schmalen Blättern und kleinen Blüten nicht zu den winterharten Bartfaden-Arten. Die vermutlich von ihr abstammende rosablühende Sorte 'Evelyn' ist dagegen etwas robuster. Die dunkelrosa Blüten von 'Hidcote Pink' haben einen rotgeaderten Schlund und tendieren leicht ins Korallenrote. Der Name 'Apple Blossom' (dt. Apfelblüte) spricht für sich selbst, und die perlmuttrosa 'Mother of Pearl' weist einen purpurrotgeaderten Schlund auf. Bartfadenblüten zeigen gerne schimmerndes, zartes Violettmauve wie etwa bei 'Alice Hindley' oder 'Stapleford Gem' in Creme und Blauviolett; letztere wird oft fälschlicherweise 'Sour Grapes' genannt, doch die wahre 'Sour Grapes' besitzt purpurblaue Blütenglocken mit einem violetten Schimmer. Neben den zarten Nuancen gibt es eine Palette mit kräftigen Blütenfarben. *P. hartwegii* (Zone 8 bis 9) besitzt röhrenförmige Blüten in Scharlachrot, das er an leuchtendrote Sorten weitergegeben hat, wie etwa an 'Schoenholzeri' ('Firebird'). 'Port Wine' zeigt eine dem Namen entsprechende Farbe und 'Andenken an Friedrich Hahn' (Zone 7 bis 9) ein sattes Pflaumenrot.

P. heterophyllus bildet einen Halbstrauch und ist die kleinste von den beschriebenen Pflanzen. Ihre schmalen röhrenförmigen Glocken variieren von violettblau bis zum reinen Türkis von 'Blue Springs' und werden von schmalen, dunklen bereiften Blättern, die oft violett überhaucht sind, hervorgehoben. Die höhere 'Catherine de la Mare' ist etwas frostunempfindlicher als 'Blue Springs' und bringt viele violettblaue Ähren hervor.

Bartfaden gedeiht am besten an sonnigen Plätzen mit fruchtbarer, gut durchlässiger Erde und Schutz vor kalten Winden.

PEROVSKIA

Laubabwerfende Sträucher · Höhe: 1,2 m · Breite: 45 bis 60 cm · Zierwert: im Spätsommer · Zone: 5 bis 9

Die grauen, unterseits weißen, gefiederten oder gesägten Blätter der Perovskie riechen nach Terpentin. Sie bilden die Plattform für weiße Triebe mit hohen, schlanken Blütenständen aus kleinen Blüten. Diese lassen über viele Wochen einen lavendelblauen Schleier entstehen. Im Winter löst das Grauweiß der Triebe den hellen leuchtenden Farbton der Blüten ab; im Frühling werden die Triebe wie bei Fuchsien stark zurückgeschnitten. 'Blue Spire' ist eine hübsche Sorte der Silberperovskie *(P. atriplicifolia)*. Ein sonniger, offener Platz mit gut durchlässiger Erde ist ideal. Vermehrung erfolgt durch Stecklinge.

PERSICARIA (POLYGONUM)

Sommergrüne Stauden · Höhe und Breite: 60 cm bis 1,2 m · Zierwert: im Frühsommer oder von Sommer bis Herbst · Zone: 3 bis 8 (oder wie angegeben)

Knöterich wird sowohl unter *Persicaria* als auch unter der neuen Bezeichnung *Polygonum* geführt. Zwischen den Stauden mit großflächigen runden oder wolkenartigen Silhouetten stellen die Ähren und Rispen des Knöterichs einen wertvollen Kontrast in der Rabatte dar. Als erste Art blüht im Frühsommer der Wiesenknöterich (*P. bistorta*). Aufgrund ihrer kolbenförmigen blaßrosaweißen Blütenähren, die sich über Unkraut unterdrückenden, ovalen, ampferähnlichen Blättern erheben, ist 'Superba' seine schönste Sorte. *P. millettii* (Zone 5 bis 9) gleicht *P. bistorta,* obwohl diese Art später blüht und etwas zierlicher ist. Im Sommer zeigt sie während einer langen Blütezeit purpurrote Ähren. Die Blüten des Kerzenknöterichs (*P. amplexicaule;* Zone 5 bis 9) sind sehr klein und eher in zugespitzten Trauben als in Ähren angeordnet (siehe Seite 91). Sie erscheinen von Hochsommer bis Herbst. 'Atrosanguinea' blüht in einem dunklen Rubinpurpurrot, 'Firetail' zeigt ein leuchtenderes Rot, und die Varietät *pendula* ('Arun Gem') präsentiert überhängende, lebhaft dunkelrosa Rispen. Eine ebenso lange Blütezeit besitzt der Himalaja-Knöterich (*P. campanulatum*), der jedoch von anderem Charakter ist. Seine weichtexturierten, gerippten und unterseits beigefarbenen Blätter bilden schnell eine dichte Decke, über der hohe Stengel mit verzweigten Blütenständen aus vielen rosaroten oder rosaweißen Blütenglocken aufragen.

Die aufgeführten Arten und Sorten gedeihen in gewöhnlicher bis feuchter Erde und bevorzugen einen sonnigen oder halbschattigen Platz. Sie können während der Ruhephase vermehrt werden, indem man die Horste teilt.

Die ampferartigen Blätter des Wiesenknöterichs sollen angeblich in Mangelzeiten eine schmackhafte Ergänzung des Speiseplans darstellen. Doch die Sorte 'Superba' wird wegen ihrer weißrosa Blütenähren gezogen, die im Spätfrühling erscheinen.

PHLOX

Sommergrüne Stauden · Höhe: 90 cm bis 1,2 m · Breite: 45 bis 60 cm · Zierwert: im Sommer oder Spätsommer · Zone: 4 bis 8

Eine blühende Rabatte im Hochsommer wäre unvollständig, wenn sie nicht den warmen, milden Duft, die kräftigen oder zarten Farben und die wogenden Formen von Phlox beinhalten würde. Der Wiesenphlox (*P. maculata*) mit seinen hohen zylindrischen Rispen blüht etwas früher als der bekanntere Staudenphlox (*P. paniculata*), dessen kuppelförmige Blütenstände kräftigere Farben

Bonbonrosablühender Staudenphlox wird begleitet von den violetten Blättern von Atriplex hortensis *var.* rubra, Verbascum chaixii *'Album', der Chinarose* Rosa x odorata *'Pallida' und* Physostegia virginiana *ssp.* speciosa *'Bouquet Rose'.*

aufweisen. Wiesenphlox trägt meist mauveviolette oder weiße Blüten, wie etwa 'Alpha' in Violettrosa und 'Omega' in Weiß mit einem violetten Auge. Doch am schönsten ist ein reinweißer Phlox: *P. paniculata* 'Fujiyama' ('Mount Fujiama') ist unübertroffen; die hohe Sorte blüht spät und bis in den Herbst. Darüber hinaus gibt es ein großes Spektrum an Blütenfarben, von Weiß mit einem rosa Auge über Rosatöne bis Purpur- und Weinrot, Mauve und Violett. Zwei Sorten des Staudenphloxes sollten jedoch besonders erwähnt werden: 'Harlequin' mit violetten Blüten und 'Norah Leigh' in blassem Violettmauve. Beide besitzen cremegrüne Blätter.

Phlox benötigt einen sonnigen oder halbschattigen Platz und gute Erde, die nicht austrocknet; es gibt im Hochsommer kaum einen traurigeren Anblick als welkenden Phlox. Älchen stellen ebenfalls eine Gefahr dar. Befallene Triebe sind angeschwollen und tragen deformierte Blätter. Man kann die Pflanzen nur verbrennen, den Platz mit anderen füllen und schädlingsfreien Phlox kaufen. Um sicher zu gehen, daß sich der Befall nicht ausweitet, sollte man nur Phlox, der in gesunder Erde wächst, durch Wurzelschnittlinge vermehren.

Phormium

Immergrüne Stauden · Höhe: 1,2 bis 3 m · Breite: 60 cm bis 1,2 m · Zierwert: im Sommer · Zone: 8 bis 10

Die letzten Strahlen der untergehenden Sonne beleuchten die spektakulären Farben dieses violettlaubigen gestreiften Neuseeländer Flachses der 'Maori'-Serie.

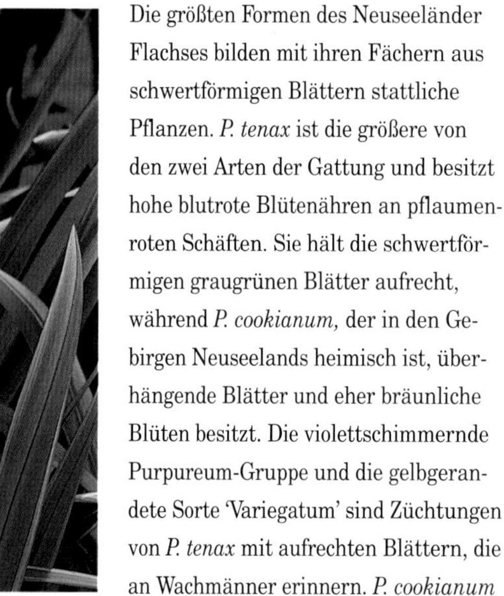

Die größten Formen des Neuseeländer Flachses bilden mit ihren Fächern aus schwertförmigen Blättern stattliche Pflanzen. *P. tenax* ist die größere von den zwei Arten der Gattung und besitzt hohe blutrote Blütenähren an pflaumenroten Schäften. Sie hält die schwertförmigen graugrünen Blätter aufrecht, während *P. cookianum,* der in den Gebirgen Neuseelands heimisch ist, überhängende Blätter und eher bräunliche Blüten besitzt. Die violettschimmernde Purpureum-Gruppe und die gelbgerandete Sorte 'Variegatum' sind Züchtungen von *P. tenax* mit aufrechten Blättern, die an Wachmänner erinnern. *P. cookianum* ssp. *hookeri* präsentiert 'Tricolor' mit schwachen roten und gelben Streifen auf grünen Blättern sowie 'Cream Delight' mit kräftig cremefarbengestreiftem und -gerandetem Laub. Es gibt jedoch auch Züchtungen, deren Erbe vermutlich von beiden Arten stammt. Sie haben mehr oder weniger überhängende Blätter von dunklem bis intensivem Blutrot und blauschimmerndem Violett bis hin zur leuchtenden 'Yellow Wave'. Zudem gibt es einige regenbogenfarbene Sorten mit Schattierungen in Orange, Apricot, Rosa, Dunkelbraun, Gelbbraun und Scharlachrot wie etwa die 'Maori'-Serie und die gedrungene Sorte 'Sundowner'. Damit die Blätter gut zur Geltung kommen, sollten benachbarte Pflanzungen niedrig gehalten werden. Die große Skala an Laubfarben kann sowohl für harmonische als auch kontrastreiche Zusammenstellungen eingesetzt werden, wie zum Beispiel das filigrane silbrige Laub von *Anthemis punctata* ssp. *cupaniana* mit 'Sundowner' oder *Helichrysum petiolare* 'Limelight' mit 'Yellow Wave'.

Neuseeländer Flachs gedeiht in fruchtbarer, gut durchlässiger Erde in der Sonne und im Halbschatten. Er kann durch Aussaat vermehrt werden, wobei man eventuell Überraschungen erlebt – die Purpureum-Gruppe bringt vermutlich Pflanzen in den verschiedensten Tönen hervor. Um identische Pflanzen zu erhalten, sollten Züchtungen durch Teilung vermehrt werden. Allgemein gilt: Je leuchtender die Laubfärbung, desto frostempfindlicher die Sorte. In Regionen, deren Winterhärtegrad niedriger ist, als oben angegeben, schützt eine dicke Mulchschicht die Wurzelhälse. Im Frühling sollten unansehnliche Blätter entfernt werden.

Phygelius

Halbsträucher · Höhe: 90 cm bis 1,2 m · Breite: 60 bis 75 cm · Zierwert: von Sommer bis Herbst · Zone: 7 bis 9 (oder wie angegeben)

Die Kap-Fuchsie *(P. capensis)* trägt im Sommer wochenlang schmale, ausgestellte Blütenröhren in einseitswendigen Rispen. Die Blüten sind leuchtendrot und haben einen gelben Schlund. Das gedämpfte Korallenrot von *P. aequalis* (Zone 6 bis 9) wirkt etwas heller; der Schlund ist blaßzitronengelb, während die Lippen dunkel sind. Die Art besitzt eine unwiderstehlich zitronen- bis primelgelbe Sorte, die etwas plump 'Yellow Trumpet' heißt.

Eine der ersten Hybriden zwischen den Arten, die unter *P.* x *rectus* bekannt sind, ist 'African Queen' in lebhaftem Rot. Vor kurzem folgten ihr: 'Devil's Tears' in Dunkelrosa bis Scharlachrot mit orangeroten Blütenlippen, 'Winchester Fanfare' in Mattdunkelrosa, 'Salmon Leap' in zartem Lachsrosa, 'Pink Elf', eine zwergwüchsige Sorte mit schmalen blaßrosa Blütentrichtern und dunkleren Streifen sowie purpurroten Lippen und die anmutige Sorte 'Moonraker' in einem cremigen Primelgelb.

Phygelius-Arten und -Sorten sind Halbsträucher und lassen sich gut als Stauden ziehen. Sie können einfach durch Stecklinge oder Teilung vermehrt werden und gedeihen in fruchtbarer, gut durchlässiger Erde an einem sonnigen Platz.

Als Phygelius aequalis *'Yellow Trumpet' eingeführt wurde, hat sich das schnell unter anspruchsvollen Freizeitgärtnern herumgesprochen. Dies verwundert nicht, denn die anmutig hängenden primelgelben Blütenröhren erfreuen über einen langen Zeitraum.*

Pleioblastus viridistriatus

Bambus · Höhe und Breite: 90 cm · Zierwert: Laub · Zone: 5 bis 10

Unter den kleinen panaschierten Bambus-Arten ist diese mit Abstand die schönste. Sie hat lange, weichtexturierte Blätter mit vielen kanariengelben Streifen an schlanken Rohren. In der Sonne entwickelt die Pflanze eine herrliche Färbung, doch sie gedeiht auch im Halbschatten. Sie bevorzugt feuchte Erde, und im Frühling sollten alte Rohre bis zum Boden zurückgeschnitten werden, damit sich die neuen ungehindert entfalten können. Dieser Bambus kann durch Teilung der sich nur langsam ausbreitenden Wurzeln vermehrt werden.

Prostanthera rotundifolia

Laubabwerfender Strauch · Höhe und Breite: 90 cm · Zierwert: im Frühsommer · Zone: 9 bis 10

Dieser aus Australien stammende Strauch besitzt aromatisches Laub und Wolken aus Lippenblüten. Charakteristischerweise sind diese zartlavendelblau, doch manchmal erscheinen sie auch in Mauverosa und gelegentlich in Weiß. Ich kombiniere sie gerne mit *Olearia* x *scilloniensis* 'Master Michael', da beide Sträucher fast gleichfarbige Blüten tragen, aber völlig unterschiedliche Blütenformen präsentieren. Darüber hinaus bevorzugen beide Pflanzen gut durchlässige Erde und einen geschützten und sonnigen Platz im Garten. Die Vermehrung des Strauches erfolgt durch Stecklinge, die schnell bewurzeln.

Prostanthera rotundifolia *kann mit aromatischen Blättern und vielen Lippenblüten in Violettblau oder -rosa aufwarten.*

In dieser sommerlichen Rabatte sind Salvia verticillata *und* S. sclarea *var.* turkestanica *umgeben von Rittersporn, Sterndolde, den hellen wolkenförmigen Rispen der Riesendoldenglockenblume und den cremefarbenen federartigen Rispen der Beifuß-Art* Artemisia lactiflora.

Ranunculus

Sommergrüne Stauden · Höhe: 25 bis 90 cm · Breite: 25 bis 30 cm · Zierwert: im Spätfrühling oder Frühsommer · Zone: 4 bis 8

Als in Nordeuropa mit Hahnenfuß übersäte Wiesen noch ein ganz gewöhnlicher Anblick waren, stellte die Idee, Hahnenfuß im Garten anzupflanzen, eine Verrücktheit dar – ihn auszurotten erschien dagegen verständlich. Und das, obwohl die hübschen Pflanzen leuchtende gelbe Kronblätter besitzen. Selbst heute noch werden fast nur die gefüllten Formen bevorzugt, wie etwa die Butterblume *R. acris* 'Flore Pleno' und der kriechende *R. repens* 'Pleniflorus' (beide Zone 3 bis 7). Es ist mir keine gefüllte Form des Grasblättrigen Hahnenfußes *(R. gramineus)* bekannt, doch die einfachblühende ist überall hübsch anzusehen. Ihre relativ großen Blüten erheben sich über grasartigem, blaubereiftem Laub. Diese Art ist niedriger als die anderen und bevorzugt einen sonnigen Platz, während Hahnenfuß sowohl in der Sonne als auch im Schatten gedeiht. Die fruchtbare Erde sollte jedoch nicht austrocknen. Hahnenfuß wird durch Teilung vermehrt.

Rudbeckia fulgida

Sommergrüne Staude · Höhe: 60 cm · Breite: 30 cm · Zierwert: von Sommer bis Herbst · Zone: 3 bis 9

Obwohl ich gelbe Korbblüten nicht so sehr schätze, mache ich bei Sonnenhut und speziell bei *R. fulgida* var. *deamii* eine Ausnahme. Ihre fingerhutförmige, samtige schwarze Mitte gibt den vielen leuchtendkanariengelben Randblüten ein charakteristisches Aussehen. Dieser Sonnenhut blüht nicht nur lange Zeit, sondern gibt sich auch mit Bedingungen zufrieden, die viele andere Pflanzen ablehnen: klebrige, schwere Erde sowohl in der Sonne als auch im Schatten. Man kann zwischen der Varietät *speciosa* oder der sehr schönen *sullivantii* 'Goldsturm' wählen. Die Pflanzen bilden langsam dichtbelaubte Horste und können durch Teilung vermehrt werden.

Ruta graveolens

Immergrüner Halbstrauch · Höhe und Breite: 60 cm · Zierwert: Laub · Zone: 4 bis 9

Die hübscheste Form der Weinraute stellt die Sorte 'Jackman's Blue' dar, bei der das charakteristische meergrüne Laub der Rauten einen leuchtenden stahlblauen Ton angenommen hat. Ein kräftiger Rückschnitt im Frühling erhält die kompakte runde Wuchsform und reduziert oder entfernt die gelblichen Blüten, die nur vom

Laub ablenken. Dafür sollte man Handschuhe überziehen, denn die aromatischen Blätter können allergische Reaktionen auslösen. Ein sonniger Platz mit durchlässiger Erde sind die bevorzugten Wachstumsbedingungen. Sie erinnern an die mediterranen Ursprünge und garantieren kompakten Wuchs und leuchtendes Laub.

Salvia

Sommergrüne Stauden und immergrüner Strauch · Höhe: 60 cm bis 1,5 m · Breite: 60 bis 90 cm · Zierwert: im Sommer oder Herbst · Zone: 5 bis 9 (oder wie angegeben)

Für winterharte blühende Rabatten ist der Sommersalbei *(S. nemorosa)* die geeignetste Art. Seine verzweigten Blütenstände tragen langhaltende violettblaue Blüten, die von dunkelroten Hochblättern umgeben sind. Diese lassen die Pflanzen noch wochenlang hübsch aussehen, nachdem die Blüten bereits abgefallen sind. Doch trotz dieser Eigenschaften und seiner anspruchslosen Natur, die mit jeder einigermaßen guten Erde zufrieden ist, finde ich diese Art nicht besonders attraktiv. Dagegen ist der Silberblattsalbei *(S. argentea)* eine ausgesprochen liebenswerte Pflanze, obwohl sie etwas launenhaft sein kann, wenn sie im Winter in zu nassem Boden wächst. Ihre breiten weißbehaarten Blätter sind in Rosetten angeordnet und erinnern an ein dichtes Spinnennetz. Im zweiten Jahr überragen weiße Blüten in zinngrauen Kelchen diese bemerkenswerte Wuchsform und verleihen der Pflanze eine subtile Farbzusammenstellung. Sie benötigt einen sonnigen Platz und extrem durchlässige Erde, um gut zu gedeihen, und kann durch Aussaat vermehrt werden. Dagegen breiten sich die Wurzeln von *S. uliginosa* (Zone 6 bis 9) gerne in feuchter Erde aus und können leicht geteilt werden. Ihre länglichen Blätter sind kräftig grün. Im Herbst trägt sie viele dünne biegsame Stengel mit endständigen blauen Blütenähren.

Eine der schönsten Salbei-Arten, die wegen ihres hübschen Laubes in Rabatten gezogen werden, ist der purpurlaubige Gartensalbei (*S. officinalis* Purpurascens-Gruppe; Zone 5 bis 8). Er weist ein zartes Purpurgrau auf, das sowohl zu Rosa, Mauve und Scharlachrot als auch zu Hellgelb paßt. Nur selten vergeudet diese Pflanze ihre Energie für die Blüte, während die graublättrigen Salbei-Arten manchmal violettpurpurne Blüten hervorbringen. Obwohl der purpurblättrige Gartensalbei immergrün ist, kann er in Regionen mit kalten, nassen Wintern unansehnlich werden. Ein geschützter, sonniger Platz mit durchlässiger Erde behagt ihm. Im Frühling kann er kräftig zurückgeschnitten werden, damit er kompakt bleibt; darf er sich ungehindert ausbreiten, bildet er großflächige Hügel. Stecklinge bewurzeln im Sommer schnell.

Wenn die grauen Blätter des Gartensalbeis einen purpurvioletten Farbton aufweisen, handelt es sich um Exemplare der Purpurascens-Gruppe.

Santolina

Immergrüne Sträucher · Höhe und Breite: 60 cm · Zierwert: im Sommer · Zone: 5 bis 9

Wie der buschige Salbei ist das aromatische Heiligenkraut ein Sonnenanbeter, der in der Mittelmeerregion heimisch ist. Die meisten Arten weisen graues oder silbriges Laub auf, wie etwa die bekannte *S. chamaecyparissus*. Doch der fröhliche Anblick der silbrig- und kleinblättrigen Pflanze wird durch messingfarbene Korbblüten beeinträchtigt. Deshalb bevorzuge ich das Gefiederte Heiligenkraut *(S. pinnata* ssp. *neapoli-*

In dieser perfekt gepflegten formalen Pflanzung wurde darauf geachtet, daß die niedrigen breiten Büsche des Heiligenkrauts blütenlos bleiben. Aus diesem Grund werden sie im Frühling unbarmherzig gestutzt.

tana). Seine Blätter sind stärker gefiedert und weisen ein kräftigeres Grau auf, und die Blüten erscheinen in einem hellen Gelb. *S. rosmarinifolia* ssp. *rosmarinifolia* 'Primrose Gem' bildet eine Ausnahme: Ihre Blätter sind leuchtendgrün und unterstreichen die schwefelgelben bis cremefarbenen Korbblüten. Heiligenkraut benötigt gut durchlässige Erde und gedeiht besser, wenn es im Frühling einen kräftigen Schnitt erhält. So bleibt der Strauch kompakt und vom Winter stumpfgewordener Wuchs wird durch junge, frische Triebe abgelöst. Die dichte halbkugelige Silhouette paßt sowohl zu formalen Anlagen als auch in lockere Pflanzungen, wo sie eine prägnante Form hinzufügt. Heiligenkraut läßt sich durch Stecklinge im Sommer einfach vermehren.

Wenn der Sommer in den Herbst übergeht, kommt die Zeit der Fetthennen. Die flachen dunkelrosa Blütenstände von Sedum *'Herbstfreude' harmonieren mit den rosafarbenen Blättern der Scharlachfuchsie* Fuchsia magellanica *'Versicolor'.*

SEDUM

Sukkulente Stauden · Höhe: 10 bis 60 cm · Breite: 25 bis 60 cm · Zierwert: in Sommer und Herbst · Zone: 3 bis 9 (oder wie angegeben)

Fetthennen sind mit wenigen Ausnahmen sonnenliebende Pflanzen, die in gut durchlässiger, fruchtbarer, aber auch nährstoffarmer Erde gedeihen. Wegen ihrer langen Blütezeit vom Spätsommer bis in den Herbst sind sie besonders beliebt. Für den vorderen Rabattenrand steht ein Trio zur Verfügung, das im Spätsommer blüht: 'Ruby Glow' (Zone 5 bis 9) mit purpurgrauen Blättern und rosa bis granatroten Blüten ist die niedrigste. Ihr folgt 'Vera Jameson' (Zone 4 bis 9) mit etwas stärker purpurfarbenen Blättern und Blüten in gedämpftem Rosa. 'Sunset Cloud' ist die höchste und besitzt dunkelweinrote Blüten. *S. cauticola* (Zone 5 bis 9) ist eine weitere niedrige, kriechende Pflanze. Sie hat runde blaugraue Blätter mit einem rötlichen Rand und rosa Blüten.

Mit seinen flachen Blütenköpfen aus sternförmigen, matten blaßrosa Blüten gehört das Prachtsedum *(S. spectabile)* ebenfalls in die erste Reihe – und sei es nur, damit man die Schmetterlinge dabei beobachten kann, wie sie den Nektar naschen. Die fleischigen Blätter präsentieren ein helles Jadegrün. Wer von der Pflanze begeistert ist, sollte auch ihre dunkelrosablühende Sorte 'Brilliant' in Betracht ziehen. Auch 'Herbstfreude' zeigt eine kräftigere Färbung. Diese Sorte ist höher und besitzt dicke, blaugraue Blätter und große, flache dunkelrosa Blütenstände, die später rotbraune Töne annehmen und auch den Winter überstehen. Bei der weniger aufrechtwachsenden Sorte 'Atropurpureum' von *S. telephium* ssp. *maximum* sind Laub und Blüten mit dunkler Farbe überzogen: Die purpurroten Blätter weisen einen bläulichen Schimmer auf, und die Blüten gleichen kleinen purpurroten Sternen. Die aufgeführten Pflanzen können durch Stecklinge oder Teilung vermehrt werden.

SISYRINCHIUM STRIATUM

Immergrüne Staude · Höhe: 60 cm · Breite: 30 cm · Zierwert: im Sommer · Zone: 6 bis 9

Diese Art der Binsenlilie trägt hübsche schwertlilienförmige blaugraue Blätter. Besonders reizvoll sind die schmalen Ähren mit kleinen cremefarbenen und primelgelben Blüten, deren Kelchblätter unterseits eine feine violettblaue Zeichnung aufweisen. Die Pflanze sät sich üppig selbst aus.

STIPA

Gras · Höhe: 45 cm bis 1,8 m · Breite: 90 cm bis 1,2 m · Zierwert: von Sommer bis Herbst · Zone: 7 bis 9

Das Riesenfedergras *(S. gigantea)* mit seinen hohen, lockeren Rispen über einem Horst aus schmalen überhängenden Blättern erinnert an Hafer. Die Blüten tragen an der Spitze lange dünne Grannen und erscheinen zunächst in einem schimmernden Beigerosa; später nehmen sie den Goldton von Weizen an. Bevor Herbstwinde ihre Form zerstören, kann man sich über lange Zeit an den Blüten erfreuen. Besonders schön wirken sie, wenn sie von der niedrigstehenden Sonne beschienen werden und lange Schatten werfen. Die Pflanze kann durch Teilung oder Aussaat vermehrt werden.

TEUCRIUM FRUTICANS

Immergrüner Strauch · Höhe und Breite: 90 cm · Zierwert: im Sommer · Zone 7 bis 9

Diese elegant wirkende Gamander-Art stammt aus den südlichen Regionen des Mittelmeerraumes und eignet sich nur für sonnige, geschützte Ecken. Der Strauch hat eine lockere Wuchsform und kleine silbrigbehaarte Blätter an weißen Trieben. Die kleinen blaßhimmelblauen Lippenblüten öffnen sich von Juli bis August und leuchten bei der Sorte 'Azureum' am stärksten. Die Pflanze gedeiht in gut durchlässiger Erde und kann durch Stecklinge vermehrt werden.

Wenn die Blütenähren verblüht sind, sterben auch die Rosetten, die sie hervorgebracht haben, ab. Doch Sisyrinchium striatum *sorgt stets für Nachschub – ob durch neue Triebe aus der Wurzel oder durch viele Sämlinge.*

THALICTRUM

Sommergrüne Stauden · Höhe: 90 cm bis 1,5 m · Breite: 30 bis 60 cm · Zierwert: im Sommer · Zone: 4 bis 8

Die Amstelraute *(T. aquilegifolium)* blüht im Frühsommer und eröffnet damit die Blüte der Wiesenrauten. Sie besitzt hübsches hellgrünes Laub, das dem der Akeleien ähnelt. Die Blüten sind in verzweigten Rispen angeordnet und bilden einen violetten Wolkenschleier; bei der Varietät *album* erscheint er in Elfenbeinweiß und bei der passend benannten 'Thundercloud' in glutvollem Dunkelrot. Das höhere und spätblühendere *T. flavum* ssp. *glaucum* ist von ähnlichem Charakter, zeigt jedoch eine andere Farbe: Die geteilten Blätter sind stark bereift, und die lockeren Blüten weisen ein kräftiges Gelb auf. *T. delavayi* hat winzige Blätter, aber Rispen aus größeren violettblauen Blüten mit cremefarbenen Staubgefäßen an vielen dünnen Stengeln; 'Album' trägt weiße Blüten. Obwohl sie außergewöhnlich leicht wirken, müssen sie, außer an sehr geschützten Plätzen, gestützt

Die Farben von Zinn und Gold herrschen in dieser Pflanzung vor: Zum Riesenfedergras gesellen sich die aprikosengelbe Lilien-Art Lilium henryi, *die Wermuth-Sorte* Artemisia absinthium *'Lambrook Silver' und die Elfenbeindistel mit metallisch weißen Hüllblättern.*

werden. Das trifft besonders auf die Sorte 'Hewitt's Double' zu, deren Einzelblüten aus kleinen violetten Rosetten bestehen.

Wiesenrauten mit schaumförmigen Blütenständen gedeihen am besten in fruchtbarer, durchlässiger Erde an einem sonnigen oder halbschattigen Platz und können durch Teilung oder Aussaat vermehrt werden.

In dieser frühsommerlichen Rabatte erheben sich die mauve-rosa Blütenschleier von Thalictrum aquilegifolium *über die alabasterweißen gerüschten »Nadelkissen« der Großen Sterndolde* (Astrantia major). *Im Hintergrund ist die magentarotblühende Storchschnabel-Art* Geranium psilostemon *zu sehen. Neben farbenprächtigen Blüten verfügen alle Pflanzen auch über hübsche Blätter.*

T. delavayi benötigt jedoch viele Nährstoffe und einen geschützten und halbschattigen Platz. Die bekannte Regel, man solle die Wurzelhälse frei lassen, kann man bei dieser Art ignorieren, denn sie verträgt es, in ein gut gefülltes Loch gesetzt zu werden. Sie kann durch Teilung oder Aussaat vermehrt werden, die gefüllten Formen auch durch Stecklinge.

Tulbaghia violacea

Sommergrüne Staude · Höhe: 60 cm · Breite: 20 cm · Zierwert: von Sommer bis Herbst · Zone: 7 bis 10

Diese Pflanze ist für sonnige Ecken mit durchlässiger Erde genau richtig. Ihre Blütenstände aus violettblauen Blüten ähneln denen von Schmucklilien. Die graugrünen Blätter sind linealisch und bei der Sorte 'Silver Lace' weißgestreift. Diese sollte nicht großflächig gepflanzt, sondern in einer Ecke verwöhnt werden. Sowohl die Art als auch die Sorte werden durch Teilung vermehrt.

Veratrum

Sommergrüne Stauden · Höhe: 1,8 m · Breite: 60 cm · Zierwert: im Sommer · Zone: 3 bis 8

Germer sieht sowohl als Blattschmuckpflanze als auch während der Blüte hübsch aus. Er eignet sich für einen windgeschützten schattigen Platz mit nahrhafter Erde, wo seine gefalteten Blätter unbeschädigt bleiben. Im Spätsommer wird der kräftig grüne Horst von blattlosen Blütenschäften mit großen Rispen überragt. Die Blüten des Schwarzen Germer *(V. nigrum)* sind dunkel- bis rotbraun. Obwohl es lange dauert, bis die Pflanze eine stattliche Größe erreicht, läßt sie sich aus Samen ziehen. In der Ruhephase kann man sie auch vorsichtig teilen.

Yucca

Immergrüne Sträucher oder Stauden · Höhe: 1,5 bis 2,4 m · Breite: 60 cm bis 1,5 m · Zierwert: im Sommer · Zone: 5 bis 10 (oder wie angegeben)

Palmlilien stammen aus den ariden Gebieten des südwestlichen Nordamerika. Doch erstaunlich viele von ihnen können sich an die klimatischen Bedingungen in

Westeuropa anpassen, vorausgesetzt sie haben einen sonnigen Platz mit gut durchlässiger Erde. *Y. filamentosa* gehört zu den Arten, die keinen Stamm ausbilden. Sie besitzt kleine graugrüne Blattrosetten mit fadenähnlichen weißen Haaren an den Rändern. Die Blütenrispen haben aufrechte Seitentriebe, wodurch dichte spitze Blütenstände aus cremefarbenen Blütenglocken entstehen. 'Bright Edge' ist gelbgerandet, 'Variegata' gelbgestreift. *Y. flaccida* (Zone 7 bis 9) weist eine ähnliche Wuchsform auf, doch die Blätter stehen nicht so aufrecht, sondern hängen an der Spitze etwas über. Die Blütenrispen sind offen und locker und sehen am schönsten bei der Sorte 'Ivory' aus. Auch von dieser Art gibt es panaschierte Formen, wie die gelbgerandete 'Golden Sword'. *Y. gloriosa* (Zone 6 bis 9) entwickelt einige Stämme, die in ausdrucksvollen Rosetten aus steifen, mattgrünen spitzen Blättern enden. Im Sommer öffnen sich cremefarbene Blütenglocken in hohen Rispen. Diese auffällige Palmlilie wirkt auf schlichten Steinplatten besonders gut. *Y. glauca* (Zone 4 bis 8) hat ein anderes Erscheinungsbild. Die vielen schmalen, blaugrauen Blätter sind weißgerandet und bilden eine Halbkugel, die von dünnen Rispen mit elfenbeinfarbenen Blüten überragt wird. *Y. whipplei* (Zone 8 bis 11) ist die schönste Palmlilie mit dieser Wuchsform. Die Blätter sind intensiv blau und schmalschwertförmig. Jede der dichten Rosetten entwickelt einen in die Höhe strebenden Blütenstand mit vielen weißen, violettüberhauchten Blüten – der dann vor Erschöpfung abstirbt. Die Pflanze kann durch Aussaat vermehrt werden.

Palmlilien wollen gut gepflegt werden, was das Entfernen von alten Blättern einschließt. Arten, die keine Stämme entwickeln, breiten sich durch Ausläufer aus und können geteilt werden. Stammbildende Palmlilien kann man durch Seitentriebe, die wie Stecklinge genommen werden, vermehren. Diese sollten einige Tage an einem kühlen, schattigen Platz lagern, wo sie Kallus bilden können, bevor sie in gut durchlässige Komposterde gesetzt werden.

Diese Yucca gloriosa *ist geschickt an einer Wegbiegung zwischen Rabatten plaziert. Ein dunkler Hintergrund aus violettlaubigem Perückenstrauch und der weicheren, weißfilzigen, violettblättrigen Echten Weinrebe* Vitis vinifera *'Purpurea' bildet eine Abwechslung zu den Rispen aus elfenbeinfarbenen Blütenglocken.*

ZAUSCHNERIA CALIFORNICA

Sommergrüne Staude · Höhe: 30 bis 45 cm · Breite: 45 cm · Zierwert: von Spätsommer bis Herbst · Zone: 8 bis 10

Diese Pflanze wurde von Botanikern mehrmals umbenannt. Einige Zeit hat man sie der Gattung *Epilobium (E. canum)* zugeordnet, unter der sie noch häufig zu finden ist. Jetzt trägt sie wieder den vertrauten Namen *Z. californica* ssp. *cana*. Ihre Blütentrichter sind scharlach- bis zinnoberrot und erscheinen über grünem oder silbrigem Laub. Sie stellen einen herrlichen Kontrast zu gelben Fackellilien dar. 'Solidarity Pink' präsentiert eine hübsche helle Nuance, doch es gibt auch die weißblühende Form 'Albiflora'. Sie alle blühen bis zu den ersten Herbstfrösten. Sonne und gut durchlässige Erde sind jedoch zwingend. Vermehrung erfolgt durch Stecklinge.

Zauschneria californica *'Dublin' blüht den ganzen Sommer über. Ihre vielen kleinen trichterförmigen Blüten zeigen ein reines Zinnoberrot und stellen eine seltene und willkommene Abwechslung unter den winterharten Rabattenpflanzen dar.*

Vergängliche Effekte

Einjährige Pflanzen, Zwiebelgewächse und Stauden mit kurzer Saison

Das Grundgerüst der Rabatte wurde mit farbigen Flächen und Bereichen gefüllt. Nun gilt es, die Komposition abzurunden. Schlichte Schneeglöckchen und Blausternchen, so blau wie der tropische Himmel, schieben sich aus dem kalten Boden, wenn der Winter dem Frühjahr weicht. Leuchtende Tulpen und Kaiserkronen lassen schon die Fülle des Sommers erahnen. Hat dieser seinen Höhepunkt erreicht, platzen die Knospen des Mohns auf, erglühen und sterben einen raschen Tod. Sie machen den großen Blättern von Blumenrohr Platz, betörend duftendem Ziertabak und Lilien, Gladiolen, so zart wie Schmetterlinge, gestreiften Inkalilien, stattlichen Riesenhyazinthen und leuchtendgefärbten Nerinen. Zwischen diesen kurzlebigen Wonnen stehen Korbblütler in Pastelltönen, satten Farben und leuchtendem Weiß, die die Rabatte monatelang verschönern. Pflanzen mit weichen, biegsamen Trieben schieben ihr gefiedertes silbriges oder filziges Laub durch dieses Meer von Blüten und wirken zwischen all den konkurrierenden Farben beruhigend und ausgleichend.

Manche Rosatöne leuchten in der Morgen- und Abenddämmerung besonders intensiv, wie etwa die der einjährigen Kosmee Cosmos *'Imperial Pink'. Das lindgrüne Laub der Goldakazie* (Robinia pseudoacacia *'Frisia'*) *im Hintergrund wirkt durch die Strahlen der niedrigstehenden Sonne beinahe durchscheinend.*

Verschiedenfarbige Akeleien, Türkenmohn, weiße Lupinen und die großen Kugeln des Zierlauchs Allium hollandicum *'Purple Sensation' lassen unter einem silberlaubigen Birnbaum* (Pyrus salicifolia *'Pendula') eine herrliche Blumenwiese entstehen.*

Es ist die ihnen eigene Vergänglichkeit, die vielen dieser Pflanzen ihren Reiz verleiht. Sie stellen das Gegenteil der robusten immergrünen Pflanzen dar, die das Gerüst des Gartens bilden. Doch gerade wegen ihrer Flüchtigkeit werden sie um so sehnsüchtiger erwartet.

In diesem Kapitel finden sich ein- und zweijährige Pflanzen, Zwiebel- und Knollengewächse, Stauden und Halbsträucher – Pflanzen, die wegen ihrer Blüten oder Blätter, ihrer Texturen und Formen oder ihrer Farbe ausgewählt wurden. Alle verbindet die Tatsache, daß sie nicht zu den dauerhaften Elementen der Rabatte gezählt werden können, sei es, weil sie eine kurze Blütezeit haben, einen Teil des Jahres unter der Erdoberfläche verbringen oder nicht hundertprozentig winterhart sind. Einige der winterhärteren Pflanzen, wie etwa Fingerhut, Judassilberling, Vergißmeinnicht und selbst Ziertabak können fast zu beständigen Elementen werden. Sie versäen sich selbst und müssen nur ausgedünnt oder umgesetzt werden, wenn sie an den falschen Plätzen wachsen. Andere Pflanzen, die einjährig sind oder so behandelt werden können, blühen noch in dem Jahr, in dem sie im Frühling ausgesät wurden. Sie zieht man am besten jede Saison neu. Zu ihnen gehören die Spinnenpflanze, der Wunderbaum und Bechermalven in ihrer ganzen Vielfalt. Vor allem die ersten beiden haben das Aussehen und die Vitalität von dauerhaften Pflanzen, auch wenn sie jedes Jahr erneuert werden müssen. Andere Einjahresblumen, wie etwa Kosmeen, blühen möglicherweise mehrere Wochen prachtvoll und besitzen eine Leichtigkeit, die Unbeständigkeit verrät. Doch sie ist Teil ihres Charmes. Manche Pflanzen, die regelmäßig durch Stecklinge oder Samen

Die Damentulpe (Tulipa clusiana) *wirkt, verglichen mit modernen Tulpen, zart und zerbrechlich, besitzt aber eine unerreichte Anmut und feine Färbung.*

Das mit dem Zierlauch (Allium) *eng verwandte* Nectaroscordum siculum *sieht vom Aufplatzen der Knospen bis zur Samenbildung faszinierend aus. Seine hängenden Blüten werden beim Welken pergamentartig und wenden sich nach oben.*

Die sich abblätternden Stämme der Schwarzbirke erheben sich über ein Meer aus Vergißmeinnicht der besonders intensiv gefärbten Sorte 'Royal Blue', das wie Fetzen herabgestürzten Himmels von der Frühlingssonne beschienen wird.

ersetzt werden müssen, sind winterhart und botanisch gesehen Stauden, aber neigen zu einer Kurzlebigkeit, wie beispielsweise Sorten von Stiefmütterchen und Veilchen.

Stauden und Halbsträucher, die nicht frosthart sind, wurden in diesem Kapitel nur aufgenommen, wenn sie jedes Jahr aus Stecklingen oder Samen problemlos neu gezogen werden können. (Natürlich ist Frosthärte ein relativer Begriff; ich habe die Grenze etwa bei Zone 8 gezogen.) Bei vielen von diesen Pflanzen kann die optische Wirkung kaum als flüchtig bezeichnet werden, denn entweder haben sie eine lange Blütezeit, oder ihr Laub bleibt vom Spätfrühling bis zu den ersten Frösten schön. Da sie aber nicht als Teil der dauerhaften Rabattenbepflanzung betrachtet werden können, beziehe ich sie in dieses Kapitel ein. In frostfreien Gegenden kann man natürlich Pflanzen wie *Osteospermum*, Ziertabak, Dahlien, Blumenrohr, *Hedychium* sowie die herrlichen Salbei-Arten aus Mittel- und Südamerika als winterharte Stauden oder Halbsträucher behandeln.

Viele Zwiebelblumen setzen großartige abrundende Akzente. Sie können zwischen oder sogar unter Stauden gepflanzt werden, die zu anderen Jahreszeiten blühen. Bei richtiger Auswahl übernehmen diese zudem die Aufgabe, das unschön welkende Laub anderer Zwiebelblumen zu verbergen. Gewöhnlich haben sie einen schlanken Wuchs und nicht die Neigung, ihre Nachbarn in der Rabatte zu bedrängen. Darüber hinaus sind sie einfach zu ziehen, da sie sich rasch entwickeln und blühen, in der Regel schon in der auf die Pflanzung folgende Blühperiode. Wenige Pflanzen beleben eine Rabatte so schön wie Zwiebelblumen – man denke etwa an karminrote Tulpen zwischen dem frischen Grün des Frühjahrs. Fast automatisch bringt man »Zwiebelblumen« mit »Frühjahr« in Verbindung. Ihre Saison beginnt zwar mit den Schneeglöckchen, Krokussen, Blausternchen und winzigen Schwertlilien des Spätwinters und zeitigen Frühjahrs, geht dann aber im Spätfrühling zu den Narzissen, Traubenhyazinthen, den Anemonen aus den Mittelmeerregionen, den Tulpen und Kaiserkronen Zentralasiens über. Riesenhyazinthen, Lilien, Gladiolen und Zierlauch folgen ihnen im Sommer, und Zeitlose, Nerinen und Belladonnalilien schließen im Herbst den Kreis der Jahreszeiten ab.

Einige der Stauden in diesem Kapitel ziehen bald nach der Blüte ein – vor allem Türkenmohn und Inkalilien – und lassen eine häßliche Lücke in der Rabatte entstehen. Wenn neben ihnen keine ausladende Pflanze, wie etwa eine Staudenwicke, wächst, die die leere Fläche füllt, kann man einige Ersatzpflanzen in Töpfen zwischen die Wurzelhälse des Mohns oder auf die Inkalilienwurzeln setzen. Zwei oder drei Exemplare der Strohblumen-Art *Helichrysum petiolare* und eine kriechende Pflanze wie die Verbenen-Sorte 'Silver Anne' (mit grauem *Helichrysum*) wachsen mehr horizontal

Die Schwertlilien-Sorte 'Katharine Hodgkin' zählt zu den Kleinoden des Frühlings. Ihre alabasterfarbenen Blüten sind zartviolett gestrichelt und geadert. Die Hängeblätter zeigen auf zitronen- und safrangelbem Grund dunkle Flecken im Leopardenmuster.

Schneeglöckchen sind so weiß wie der Schnee, durch den sie sich schieben. Sie gehören zu den ersten Frühlingsboten. Ein Sträußchen von ihnen genügt bereits, um sich zu Hause an ihrem zarten honigartigen Duft erfreuen zu können.

Die lapislazuliblauen Blüten der Salbei-Art Salvia cacaliifolia *sind kleiner und stehen anmutiger an den weichen Stengeln als bei der bekannteren* Salvia patens.

als vertikal und füllen ein oder zwei Quadratmeter leicht und rasch aus. Die Zweizahn-Art *Bidens ferulifolia* (mit *H. petiolare* 'Limelight') und nicht zuletzt die Knollenkapuzinerkresse *(Tropaeolum tuberosum)* eignen sich ebenfalls hierfür.

Strohblume und Zweizahn teilen mit anderen Pflanzen – vor allem der Kreuzkraut-Art *Senecio vira-vira* – die schöne Eigenschaft, daß sie ihre weichen Stengel durch benachbarte Pflanzen schieben und mit ihnen verschmelzen, statt zu dominieren. Das silberfarbene und graue Laub von Kreuzkraut und Strohblume stellt eine beruhigende Ergänzung zu leuchtenden Farben dar. Dagegen ragen sich ausbreitende Pflanzen, die wegen ihrer Blüten gezogen werden, anmutig zwischen dem Laub oder den Blüten ihrer Nachbarn hervor. Sie sind von unschätzbarem optischem Wert, da sie Konturen weicher erscheinen und Grenzen verschwimmen lassen, aber auch unansehnliche Lücken kaschieren.

Natürlich kann man sich eine Rabatte auch ohne Zwiebel- oder Einjahresblumen und frostempfindliche Stauden vorstellen. Doch eine solche Rabatte würde etwas dürftig aussehen. Erforderlich ist lediglich ein wenig Disziplin: Im Frühjahr muß man daran denken, Samen zu säen, und im Herbst müssen Stecklinge genommen werden. Darüber hinaus benötigt man einen frostfreien Platz, an dem Stecklinge zu mehreren in einem Topf mit sehr durchlässiger Erde überwintern können, sowie ein Frühbeet zum Abhärten der jungen Pflanzen. Sie werden ausgepflanzt, sobald keine Frostgefahr mehr besteht.

LINKS: *'Bishop of Llandaff' ist eine alte Dahlien-Sorte, die nach wie vor wegen ihrer beinahe ungefüllten scharlachroten Blüten und metallisch purpurschwarzen Blätter geschätzt wird. Das Purpurglöckchen* (Heuchera micrantha *var.* diversifolia *'Palace Purple') ist ähnlich gefärbt. Bei der gefüllten blutroten Dahlie handelt es sich um die Sorte 'Arabian Night'. Die leuchtenden Farben werden durch die silberlaubige Beifuß-Sorte* Artemisia *'Powis Castle' und weiße Königslilien* (Lilium regale) *noch betont.*

LINKS: *Ziegel können ein schwieriger Farbhintergrund für Blumen sein. Doch diese Gruppe zeigt, daß sie rote, orangefarbene und karminrote Blüten auf wunderbare Weise ergänzen. Rote Spornblumen* (Centranthus ruber) *wirken hinter den flammendroten Inkalilien beinahe dunkel.*

Die sommerliche Hitze der trockenen zentralasiatischen Steppen scheint sich in den Blüten von Tulipa praestans *'Füsilier' zu manifestieren, auch wenn sie in den Zwiebeln gespeichert wird. Diese bilden die Blüten des nächsten Jahres aus, die sich nach den Winterregen im Frühjahr durch die steinige Erde schieben.*

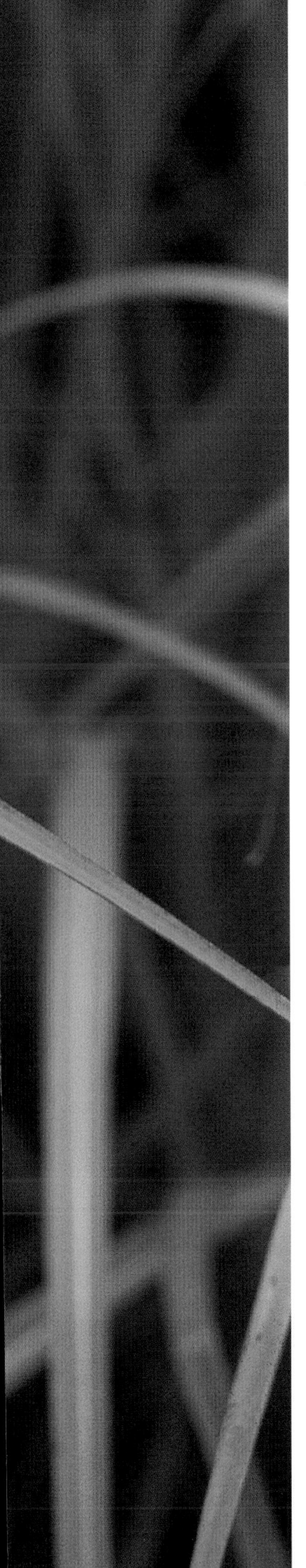

Allium
Funkelnde Sterne

DETAILS, VON OBEN:
Die dichten kugeligen Dolden von Allium sphaerocephalon *sind granatrot und stehen an steifen Stengeln.*

Die burgunderroten Dolden von Allium cernuum *bestehen aus anmutig nickenden Blüten.*

Zahlreiche funkelnde blauviolette Sterne bilden die großen Blütenstände des Sternkugellauches.

Der helle gelbe Allium flavum *gehört mit seinen sternförmigen Blüten und schmalen Blättern zu den schönsten kleinen Arten.*

GROSSES BILD:
Auch nach dem Welken der Blüten schmückt der Zierlauch noch die Rabatte. Allium hollandicum *trägt seine Früchte an rosafarbenen Stengeln.*

ALLIUM

Zwiebelpflanzen · Höhe: 30 cm bis 1,2 m · Breite: 15 bis 45 cm · Zierwert: in Spätfrühling und Sommer · Zone: 3 bis 8 (oder wie angegeben)

Vom Zierlauch gibt es mehrere Arten, die in der Rabatte sehr gut wirken, obwohl sie nur wenig Platz einnehmen und nach Ende ihrer Saison diskret im Boden verschwinden. Einige haben neben hübschen Blüten auch großartige Fruchtstände und sind dadurch länger schön anzusehen. Der Gelbe Lauch (*A. flavum;* Zone 4 bis 8) ist eine der kleineren Arten, die für die Rabatte fast zu unscheinbar ist, wenn sie sich nicht flächig ausgesät hat. Sie trägt eine Vielzahl kleiner, nickender zitronengelber Blüten. Am schönsten ist die Sorte 'Blue Leaf', deren Stengel und schnittlauchartige Blätter blaugrün schimmern. *A. carinatum* ssp. *pulchellum* sieht ähnlich aus, blüht jedoch rotviolett; noch hübscher wirkt die rahmweiße Form *album*. *A. cernuum* mit ihren lockeren weinroten Blütendolden, die im Sommer an anmutig überhängenden Stengeln stehen, wird kaum höher. Zu den mittelhohen Arten gehört *A. sphaerocephalon*, die durch ihre dunkelpurpurrote Farbe besticht. Ihre dichten Blütendolden sind eiförmig und bleiben sehr lange schön.

Zu den höheren, auffälligeren Sorten zählt *A. hollandicum* 'Purple Sensation' (Zone 4 bis 7), die im Spätfrühjahr die Blüte des Zierlauchs eröffnet. Ihre runden tiefpurpurvioletten Blütenköpfe ähneln denen des sommerblühenden Riesenlauchs (*A. giganteum;* Zone 4 bis 8). Der Sternkugellauch (*A. christophii;* Zone 4 bis 8) ist niedriger, aber seine Blütenköpfe können die Größe von Fußbällen erreichen und bestehen aus zahlreichen amethystfarbenen Sternen, die wie das Modell eines runden Moleküls an schlanken Stielen stehen. Der Eindruck verstärkt sich noch, wenn die Blüten welken und sich Samen entwickeln. Diese fallen zu Boden, wo sie üppig keimen. Zurück bleibt ein pergamentfarbenes Gerippe, das bis in den Herbst erhalten bleibt.

Zierlauch ist erstaunlich leicht zu ziehen, sofern er gut durchlässigen, fruchtbaren Boden und einen sonnigen Platz erhält. Falls er sich nicht von allein vermehrt, kann man ihn aussäen oder teilen.

Zierlauch läßt sich gut kombinieren. Hier bildet Allium hollandicum *'Purple Sensation' zusammen mit Schwertlilien und Lavendel eine harmonische Purpurpalette.*

Aus der zartrosa Belladonnalilie wurden einige Sorten mit besonders kräftigen Farben gezüchtet. Eine der schönsten ist 'Johannisburg', die wie die Art nach Aprikosen duftet.

Alstroemeria

Sommergrüne Stauden · Höhe: 1,2 m · Breite: 45 cm · Zierwert: im Sommer · Zone: 7 bis 10

Die herkömmliche aus Chile stammende Inkalilie *A. aurea (A. aurantiaca)* ist mit ihren flammendorangefarbenen, dunkelgestrichelten Blüten eine hübsche Pflanze. Obwohl sie wie eine Sonnenanbeterin aussieht, gedeiht sie auch im Halbschatten gut. Mitunter wächst sie nur langsam an, neigt dann aber zum Wuchern. Aus der seltenen Art *A. ligtu* sind Hybriden entstanden (siehe Seite 14), die wegen ihrer großen Farbpalette geschätzt werden. Sie reicht von Perlmutt- und Pfirsichrosa über Korallenrot bis Orange. Alle haben eine zarte schwarze oder braune Strichelung. Diese Hybriden lassen sich leicht aus frischen Samen ziehen. Entweder sät man sie an Ort und Stelle auf gut durchlässiger Erde breitwürfig aus, oder man legt je zwei oder drei Samen in einen Topf. Sobald die Ruhephase im Hochsommer begonnen hat, setzt man die Jungpflanzen mit der Erde im Topf ins Freiland (auf diese Weise stört man die fleischigen Wurzeln nicht). Durch ihre frühe Ruhephase lassen Inkalilien nach der Blüte eine Lücke in der Rabatte entstehen, die durch einige im Topf vorgezogene Sommerblumen oder frostempfindliche Stauden geschlossen werden kann. Die Wurzeln der Inkalilie nehmen dadurch keinen Schaden.

Amaryllis bella-donna

Zwiebelpflanze · Höhe: 60 cm · Breite: 30 cm · Zierwert: im Herbst · Zone: 8 bis 10

Die Belladonnalilie blüht im Frühherbst und wird durch spätsommerliche Regenfälle zum Wachstum angeregt. In Regionen mit zumeist trockenen Sommern muß man sie sorgfältig wässern. Ferner sind nahrhafter Boden und reichlich Sonne erforderlich, damit sich die Zwiebeln entwickeln können. Doch ein wenig Mühe lohnt sich, denn die Pflanze trägt großartige reinrosa Blütentrichter mit einem elfenbeinfarbenen Schlund. Sie stehen in Gruppen von bis zu acht an kräftigen blattlosen, purpurbraunen Blütenschäften und sind nicht nur schön, sondern duften auch herrlich nach reifen Aprikosen. Im Winter entwickeln sich die riemenförmigen Blätter, weshalb die Pflanze einen frostgeschützten Platz braucht. In kühleren Regionen steht sie gern vor einer sonnigen Mauer. Falls Sorten wie 'Johannisburg', 'Kimberley' oder die rosarote 'Capetown' erhältlich sind, sollte man zugreifen. Vermehrung erfolgt durch Teilung in der Ruhephase, wenn man es nicht mit Kreuzungen versuchen will.

Anemone blanda

Knollenpflanze · Höhe: 10 bis 15 cm · Breite: 7 cm · Zierwert: im Frühling · Zone: 4 bis 8

Die Strahlenanemone gehört zu den Blumen, die im Frühjahr im östlichen Mittelmeerraum an felsigen Plätzen und im lichten Buschland für Farbe sorgen. Ihre weitgeöffneten Blüten über hübsch geteiltem Laub bestehen aus vielen Kronblättern, deren Farbe von Region zu Region variiert. In Griechenland sind sie weiß oder dunkelblau, in der Türkei himmelblau. In unseren Gärten können wir neben der typischen zartblauen Form die tiefblaue 'Ingramii', die zarte großblütige 'White Splendour', die rotvioletten 'Charmer' und 'Pink Star' sowie die kräftig magentarosa 'Radar' mit ihrem weißen Auge ziehen. Diese Pflanzen gedeihen in jedem gut durchlässigen Boden an einem sonnigen oder halbschattigen Platz. Zur Vermehrung kann man sie teilen oder sich natürlich ausbreiten lassen.

Die Strahlenanemone – hier die Sorte 'White Splendour' – ist zarter als die De-Caen-Anemone mit ihren breiten Petalen, aber robuster als das kleine Buschwindröschen schattiger Plätze. Sie gehört zu den anspruchslosesten und lohnendsten kleinen Frühlingsblumen.

Bidens ferulifolia

Staude · Höhe: 15 cm · Breite: 90 cm · Zierwert: im Sommer · Zone: 8 bis 10

Vor nicht allzulanger Zeit war diese Zweizahn-Art noch selten zu sehen. Heute scheinen ihre Qualitäten bekannt zu sein, da sie nun leicht erhältlich ist. An ihren langen hängenden Trieben sitzt feingeteiltes, frischgrünes Laub. Von den ersten warmen Sommertagen an bis zu den ersten Frösten im Herbst öffnen sich zahllose leuchtendgelbe Korbblüten. Der Zweizahn schiebt seine langen Triebe durch alle Nachbarpflanzen: In einem Jahr setzte ich ihn neben das weichtexturierte lindgrüne *Helichrysum petiolare* 'Limelight', in einer anderen Wachstumsperiode zu der reingelben Fackellilie *Kniphofia* 'Sunningdale Yellow'. Die Pflanze läßt sich leicht überwintern, indem man im Herbst genommene Stecklinge in einem Topf an einen frostfreien Platz stellt: Ich habe jedoch auch schon Zweizahn gesehen, der sich selbst ausgesät hat. Er mag einen sonnigen Platz mit durchlässigem Boden.

Die Zweizahn-Art Bidens ferulifolia *ist eine frostempfindliche Pflanze. Deshalb überwintert man von ihr Stecklinge, die im Frühjahr ausgepflanzt werden können. Sie blüht lange, besitzt klare Farben und reizvolles Laub und läßt sich leicht vermehren.*

Dieser überwiegend in Rosa gehaltenen Pflanzung verleihen die spinnenartigen Blüten und Blätter der Spinnenpflanze sowohl Farbe als auch Form. Sie wächst zusammen mit anderen flüchtigen Pflanzen wie der Kosmee Cosmos bipinnatus, *weißem Ziertabak,* Salvia viridis *und, im Hintergrund, rosafarbenen Herbstanemonen und der Riesendoldenglockenblume* Campanula lactiflora *'Variegata'.*

Den Schneeglöckchen dicht auf den Fersen folgt der Schneestolz. Sein strahlendes Blau auf der bloßen Erde belebt die gerade aus dem Winterschlaf erwachte Rabatte.

Canna indica 'Purpurea'

Sommergrüne Staude · Höhe: 1,2 m · Breite: 90 cm · Zierwert: im Spätsommer · Zone: 8 bis 10

Im Gegensatz zu anderen Formen des Blumenrohrs, die nur wegen ihrer leuchtenden scharlachroten, orangefarbenen oder gelben Blüten gezüchtet wurden, schätzt man *C. indica* 'Purpurea' vor allem wegen ihres Laubes. Sehr ähnlich ist die Sorte 'Assaut' (siehe Seite 120). Die tiefkupferbraunen Blätter haben die typische Paddelform, sind aber etwas schmaler als bei vielen Hybriden. Die reinscharlachroten Blüten sind nicht allzu groß.

Die Pflanze braucht nahrhafte Erde und volle Sonne. Die fleischigen Wurzeln schützt man mit einer Mulchschicht, oder man hebt sie im Herbst heraus und überwintert sie in feuchtem Substrat an einem frostfreien Platz. Vermehrung erfolgt durch Teilung. Samen sind, falls sie sich bilden, sehr hart und müssen vor der Aussaat angeritzt werden. Ich gebe sie dazu kurz in die Kaffeemühle, denn das funktioniert gut und macht weniger Mühe, als jeden Samen einzeln zu behandeln.

Chionodoxa

Zwiebelpflanzen · Höhe: 7 bis 15 cm · Breite: 5 cm · Zierwert: zu Frühlingsbeginn · Zone: 4 bis 9

Sowohl *Chionodoxa* als auch die kleineren Blausternchen-Arten (siehe Seite 165), die zu Beginn des Frühjahrs blühen, können großflächig gepflanzt werden. Schon bald säen sie sich zudem selber aus und überziehen die bloße, kalte Erde mit den Farben des Sommerhimmels. Schneestolz *(C. luciliae)* stammt aus der Türkei, wo er an Hängen im schmelzenden Schnee seine reinblauen Blüten mit weißen Mitten zeigt. An den Stengeln der tiefblauen Art *C. sardensis* stehen mehr Blüten. Beide Arten lassen sich leicht an sonnigen, offenen Plätzen mit gut durchlässigem, fruchtbarem Boden ziehen und können sowohl durch Teilung als auch durch Aussaat vermehrt werden.

Cleome hassleriana

Einjährige Pflanze · Höhe: 1,2 m · Breite: 60 cm · Zierwert: im Sommer

Die Spinnenpflanze (auch als *C. spinosa* geführt) ist robuster als die Mehrzahl der einjährigen Blumen. Sie hat leuchtendgrüne, kastanienähnliche Blätter und breite Blütenstände, die lange halten. Ihnen folgen lange, zylindrische grüne Fruchthülsen, die waagerecht abstehen. Die Blüten können rosa oder weiß ('Helen Campbell') sein. Die Aussaat braucht erst im Spätfrühjahr zu erfolgen, aber die Jungpflanzen sollten rasch umgesetzt werden, damit sie sich kräftig entwickeln. Wenn sie zu wenig Nährstoffe bekommen oder beengt wachsen, werden sie häßlich. Mitte des Sommers pflanzt man sie an einen sonnigen Platz mit guter, fruchtbarer Erde und stützt jede Pflanze mit einem Stab, wobei man sich vor ihren hakenartigen Dornen in acht nehmen sollte.

Colchicum

Knollenpflanzen · Höhe und Breite: 15 cm · Zierwert: im Spätsommer oder Frühherbst · Zone: 6 bis 8

Die Zeitlose besitzt Ähnlichkeit mit Krokussen, von denen einige ebenfalls im Herbst blühen. Sie zeigt jedoch ein kräftigeres Rosa, und ihre kelchförmigen Blüten stehen an kahlen Stielen. Die großen, breiten Blätter erscheinen erst später. Im Frühjahr, wenn sie glänzendgrün sind, sehen sie hübsch aus, doch wenn sie welken, werden sie häßlich. Wie bei anderen Knollengewächsen ist es aber wichtig, die Blätter erst abzuschneiden, wenn sie vollständig verwelkt sind, da sonst die Knollen keine Nährstoffe für die folgende Wachstumsperiode speichern können. *C. byzantinum* blüht im Spätsommer als erste Art der Gattung. Ihre rotvioletten Blüten weisen charakteristische lange Narben mit purpurroten Spitzen auf. Etwas später, im Herbst, ist *C. speciosum* an der Reihe. Sie hat ebenfalls die typische rotviolette Färbung, ist aber auch mit einer weißen Form vertreten, der großartigen *C. speciosum* 'Album'.

Die Pflanzen wachsen in jedem gut durchlässigen Boden und selbst in dünnem Gras an sonnigen oder halbschattigen Plätzen. Ich habe schon große Gruppen im Gras unter und zwischen hohen Bäumen in Parks gesehen. Die Vermehrung erfolgt durch Teilung während der Ruhephase oder durch Aussaat.

Die schimmernden rotvioletten Blüten der Zeitlosen-Art Colchicum speciosum *werden hier wirkungsvoll durch das seidigweiche Laub von Wollziest hervorgehoben. Mit etwas Sorgfalt verhindert man, daß die Blätter der Zeitlose im Frühjahr den Wollziest verunzieren.*

Die samtigen braunroten Blüten der Kosmee Cosmos atrosanguineus *vereinen die ganze Wärme des Sommers in sich. Doch ihr Duft nach heißer Schokolade ruft merkwürdigerweise Erinnerungen an Winterabende am Kamin wach.*

Die orangefarbenen Narben von Crocus speciosus *sind ähnlich gefärbt wie das Buchenlaub, das die kleinen violetten Kronblätter der zarten Blüten einrahmt.*

Cosmos

Einjährige Pflanze oder sommergrüne Staude · Höhe: 75 bis 90 cm · Breite: 45 cm · Zierwert: im Sommer · Zone: 6 bis 9

Sowohl Blätter als auch Blüten der Kosmee *C. atrosanguineus* erinnern an eine zarte Dahlie. Sie trägt dunkles Laub und purpurrotbraune Blüten, die nach heißer Schokolade duften. Die knolligen Wurzeln sind nicht so dick wie die der Dahlien. Daher sind sie nicht dafür geeignet, für den Winter aus dem Boden gehoben zu werden. Man pflanzt die Wurzeln tief und schützt sie mit einer dicken Mulchschicht vor Frost. Selbst dann beginnt die Pflanze sehr spät zu wachsen und wird sich kaum vor Mitte des Sommers zeigen. Man sollte ihren Platz markieren, um nicht versehentlich im Spätfrühling die vermeintlich leere Stelle mit anderen Pflanzen zu versehen. Diese Art braucht Sonne und Erde, die die Feuchtigkeit hält.

Die einjährige Art *C. bipinnatus* hat sehr fein geteiltes Laub und anmutige Blüten in Reinrosa, Rosé oder Weiß ('Purity'). Sie läßt sich leicht aus Samen ziehen und ist eine hübsche Schnittblume, die in der Vase lange hält. Da sie rasch Blühgröße erreicht, eignet sie sich gut zum Füllen von Lücken. Man sät sie im Spätfrühjahr, um etwa frühblühende zweijährige Pflanzen zu ersetzen. Sofern sie genug Nährstoffe erhält, wird sie bis zu den ersten Frösten blühen. Diese anspruchslose Sommerblume gedeiht an allen sonnigen oder halbschattigen Plätzen mit guter Erde.

Crocus

Knollenpflanzen · Höhe: 7 cm · Breite: 5 cm · Zierwert: von Spätwinter bis Frühling und Herbst · Zone: 4 bis 9 (oder wie angegeben)

Jeder, der schon besonders schöne Krokusse gezogen hat, weiß, daß Mäuse offenbar eine Nase für die teuersten Knollen haben. Den Elfenkrokus *(C. tommasinianus)* scheinen sie jedoch nicht zu mögen, so daß er sich bereitwillig ausbreitet und bald zwischen den Sträuchern der Rabatte ganze Flächen bildet. Seine schlanken Blütenkelche erscheinen früh im Jahr. Sie sind außen silbergrau überlaufen und öffnen sich in der Sonne weit zu lavendelblauen Kelchen. Es gibt Formen in tiefem Violett, Rotviolett und Weiß, aber keine ist so hübsch wie die helle Art. Eine breitere Farbpalette bietet der kleine *C. chrysanthus* mit seinen dickeren Blüten. Einige Sorten haben einen charakteristischen Duft, der an die Düfte der kleinen teuren Designer-Flakons erinnert. Ich mag besonders den Duft von 'Cream Beauty' oder der weißen Sorte 'Snow Bunting'. 'Blue Pearl' ist ein zartlavendelblauer Krokus, 'Ladykiller' blüht weiß mit violetten Streifen. Wärmere Töne zeigen 'Zwanenburg Bronze' (außen kupfer, innen safrangelb) und 'Gipsy Girl' mit mahagonifarbenen Streifen. Ein weiterer hübscher kleiner Krokus ist *C. ancyrensis* (Zone 3 bis 9) mit leuchtendorangegelben Blüten. Es gibt noch mehr Frühjahrskrokusse, die den Pflanzenfreund und die Mäuse in Versuchung führen, aber ich gehe direkt zu den herbstblühenden über, wie etwa dem blauvioletten *C. speciosus* mit seinen auffälligen orangefarbenen Narben. Er knickt zwar leicht um, doch er sieht zwischen Fallaub oder in dünnem Gras hinreißend aus. Alle Krokusse mögen fruchtbare, gut durchlässige Erde und können durch Teilung oder Aussaat vermehrt werden.

Dahlia

Knollenpflanzen · Höhe: 90 cm · Breite: 60 cm · Zierwert: von Sommer bis Herbst · Zone: 7 bis 9

Unter all den Pompon-, Schmuck- und Kaktusdahlien findet sich nur eine Handvoll, die Moden und Virusinfektionen übersteht. Eine dieser unverzichtbaren Sorten ist die alte 'Bishop of Llandaff'. Ihre schöngeformten herrlich scharlachroten Blüten erheben sich über tiefgeteiltem, metallisch purpurschwarzem Laub (siehe Seite 140). Noch edler wirkt *D. merckii* mit ihren breiten, verzweigten Blütenständen aus vielen kleinen reinlavendelfarbenen einfachen Blüten, von denen manche dunkle Scheiben haben und unterseits kastanienbraun überhaucht sind. Auch das Laub ist oft dunkel überlaufen. Andere Formen haben helle Scheiben und grüne Blätter. Beide Dahlien benötigen nahrhafte, durchlässige Erde und Sonne und können durch Teilung oder Stecklinge vermehrt werden. *D. merckii* läßt sich auch aus Samen ziehen. Am Ende der Saison kann man sie aus dem Boden heben und an einem frostfreien Platz lagern, um sie nach dem letzten Frost auszupflanzen.

Dahlia merckii *besitzt noch die Anmut und Grazie einer Wildpflanze, die viele Sorten verlieren, wenn Pflanzen intensiv gezüchtet werden, um immer größere und leuchtender gefärbte Blüten hervorzubringen. Die dunklen Knospen und Stengel verstärken ihren Charme noch.*

Das Weiß des Fingerhuts Digitalis purpurea *f.* albiflora *wiederholt sich in den weißen Rändern der niedrigwachsenden Funkien. Seine Blütenkerzen ragen zwischen Judassilberling, den malvenfarbenen Blütenschleiern der Amstelraute* (Thalictrum aquilegifolium) *und einer rosablühenden Rose auf.*

Digitalis

Stauden oder zweijährige Pflanzen · Höhe: 90 cm bis 1,5 m · Breite: 30 cm · Zierwert: im Frühsommer · Zone: 4 bis 8 (oder wie angegeben)

Die Probleme, die sich ergeben, wenn man Pflanzen nach ihrer Funktion typisiert und in den Kapitelaufbau eines Buches zwängt, werden gerade beim Fingerhut deutlich. Der an Waldrändern und in Hainen heimische Rote Fingerhut *(D. purpurea)* und seine wunderschönen weißen und cremefarbenen Formen, von denen manche kastanienbraune Tupfen und Flecken tragen, sowie die aprikosenfarbene Sorte 'Sutton's Apricot' könnten in das Waldkapitel eingeordnet werden. Doch als zweijährige Pflanzen eignen sie sich hervorragend, um die Frühsommerrabatte durch Farben und stattliche Formen zu ergänzen. Dadurch gehören sie auch in dieses Kapitel oder – da sie sich selbst aussäen – sogar in das Kapitel über dauerhafte Pflanzen. Der Gelbe Fingerhut *(D. lutea)* hat kleine cremegelbe Blüten von ähnlicher Farbe wie der mehrjährige Großblütige Fingerhut (*D. grandiflora;* siehe Seite 98). Obwohl sie hier eingeordnet wurden, sollte man diese Arten nicht vergessen, wenn man ein Wäldchen oder eine waldartige Fläche verschönern will. Um die weißen oder pfirsichfarbenen Formen zu erhalten, muß man beim Ausdünnen der Sämlinge aufmerksam sein. Das Ausdünnen ist erforderlich, damit in der nächsten Wachstumsperiode schöne Pflanzen entstehen. Alle Jungpflanzen mit einem purpurnen Hauch auf dem Blattstiel werden violett blühen, die mit grünen Blattstielen weiß oder aprikosenfarben.

Obwohl es sich bei *D. parviflora* (Zone 5 bis 8) um eine echte Staude handelt, habe ich auch sie in dieses Kapitel aufgenommen. Sie ist eine schlanke Pflanze, von der nur wenige Exemplare ausreichen, damit man die schmalen Blütenstände mit winzigen, dichtstehenden schokoladenbraunen »Hüten« bewundern kann. Der Rostfarbige Fingerhut *(D. ferruginea)* sieht ähnlich aus, hat aber höhere, lockere Blütenstände mit gelbbraunen Blüten, die innen rostbraun sind. Beide Formen benötigen gut durchlässige Erde und Sonne und können wie der Rote Fingerhut durch Samen vermehrt werden.

FELICIA AMELLOIDES

Immergrüne Staude · Höhe: 15 bis 25 cm · Breite: 15 cm · Zierwert: von Sommer bis Herbst · Zone: 9 bis 10

In Südafrika gibt es eine Fülle unwiderstehlicher Korbblütler – *Osteospermum,* Kapkörbchen oder die kräftigen Gerbera. Auch die kleine Kapaster, die über einen langen Zeitraum hinweg an ordentlichen kleinen Büschen azurblaue Korbblüten trägt, stammt von dort. 'Santa Anita' ist eine besonders schöne Sorte, die etwas größere Blüten hat, ohne gewöhnlich zu wirken. Aus diesem Grund mag ich sie lieber als *F. amoena (F. pappei),* selbst wenn letztere nadelfeines, frischgrünes Laub besitzt und dadurch reizvoller ist. Zudem gibt es eine Form von *F. amelloides* mit cremefarbener Zeichnung, die ich ziemlich häßlich finde (aber jeder sollte sich selbst ein Urteil bilden). Ob man die reine Schönheit von 'Santa Anita' oder die panaschierte Form bevorzugt, beide brauchen einen warmen, sonnigen Platz mit gut durchlässigem Boden. Um sich vor Winterverlusten zu schützen, kann man im Herbst Stecklinge nehmen.

FRITILLARIA

Zwiebelpflanzen · Höhe: 90 cm bis 1,2 m · Breite: 30 bis 45 cm · Zierwert: im Frühling · Zone: 5 bis 9

Nach der Legende waren die Blüten der Kaiserkrone einmal weiß und standen stolz und aufrecht über einem Kranz aus frischgrünem Laub. Doch als Jesus nach Gethsemane kam, weigerte sich die Pflanze, die Köpfe zu senken, wofür sie vom Allmächtigen getadelt wurde. Seitdem ist sie schamrot und läßt den Kopf hängen. Fünf unvergossene Tränen der Reue glitzern unter jeder Blüte. Die Kaiserkrone *(F. imperialis)* hat gewöhnlich rostrote Blüten, aber es gibt auch die dunklere Sorte 'Rubra' und die reingelbblühende 'Maxima Lutea'. Die Zwiebeln riechen streng und können durch Abbrechen der äußeren Schuppen vermehrt werden. Setzt man diese in einen Topf oder ein Frühbeet mit gut durchlässiger Erde, entwickeln sich neue Zwiebeln. Oder man teilt einfach alte Pflanzen, am besten während der sommerlichen Ruhephase.

Noch schöner ist *F. persica* 'Adiyaman' mit ihren spitzen, blaugrünen Blättern, die in Quirlen am Stengel stehen, und den hohen Schäften mit nickenden Blüten. Diese sind kleiner als die der Kaiserkrone, zeigen aber ein feines Purpurbraun, das außen mit einem Wachsschimmer überzogen ist. Auch diese Pflanze kann geteilt oder durch Samen vermehrt werden. Beide Arten benötigen durchlässige, fruchtbare Erde. Die Kaiserkrone gedeiht sowohl in der Sonne als auch in lichtem Schatten, *F. persica* braucht dagegen einen geschützten, sonnigen Platz.

Weitere *Fritillaria*-Arten, die am besten unter kühleren Bedingungen oder in freigestalteten Umgebungen, etwa einer Wiese, gedeihen, finden sich auf Seite 184 f.

Die azurblauen Korbblüten der Kapaster rahmen die goldgestreiften Blätter eines Blumenrohrs ein. Dies ist eine Komposition aus Pflanzen, die außerordentlich lang schön sind. Abgesehen von frostfreien Regionen müssen sie jedoch jedes Jahr erneuert werden.

Ihre stattliche Statur und ihre leuchtenden hängenden Blütenquirle haben Fritillaria imperialis *den Namen »Kaiserkrone« eingetragen. Ungeachtet ihres aristokratischen Aussehens ist dies eine unkomplizierte Pflanze, die, in großen Gruppen gepflanzt, im Frühling einen heiteren Anblick bietet.*

Vergängliche Effekte

Breitblättrige Schneeglöckchen (Galanthus caucasicus) *und Märzenbecher* (Leucojum vernum) *werden in dieser Rabatte zu Frühjahrsbeginn durch das marmorierte Winterlaub des Aronstabs* Arum italicum *ssp.* italicum *'Marmoratum' ergänzt.*

GALANTHUS

Zwiebelpflanzen · Höhe: 15 bis 30 cm · Breite: 7 cm · Zierwert: von Spätwinter bis Frühling · Zone: 3 bis 8 (oder wie angegeben)

Unser heimisches Schneeglöckchen *(G. nivalis)* sieht unter einem lichten Laubdach oder zwischen Sträuchern ganz bezaubernd aus (siehe Seite 139). Seine gefüllte Form 'Flore Pleno' ist *en masse* gepflanzt noch wirkungsvoller, doch lassen die ein wenig unordentlichen Einzelblüten den Charme der wilden Art vermissen. Wem die schlichte Anmut des ungefüllten Schneeglöckchens mit seinen drei gebogenen Außensegmenten und der grünen Innenzeichnung gefällt, dem stehen mehrere schöne Sorten zur Verfügung. Man kann sie in Rabattenecken setzen, wo der Boden fruchtbar und nicht zu trocken ist, vielleicht zwischen dunkle Nieswurz oder junge purpurrotbraune Pfingstrosentriebe. 'S. Arnott' hat große, wunderschön geformte Blüten. Die üppigen Blüten von 'Magnet' stehen an langen Stengeln und wiegen sich im Windhauch. 'Straffan' ist eine weitere schöne spätblühende Form.

Bei *G. elwesii* (Zone 4 bis 8) haben die Blätter ein auffälliges Blaugrün. Die Blüten sind groß und präsentieren eine dunkelgrüne Zeichnung auf den inneren Segmenten. Diese Art bevorzugt eine bessere Drainage als die anderen. *G. caucasicus* (Zone 4 bis 8) ist ähnlich und blüht lange.

Alle Formen lassen sich durch Teilung vermehren, die am besten nach der Blüte, aber vor dem Absterben der Blätter erfolgt. Das heimische Schneeglöckchen füllt so rasch große Flächen. Man steckt einfach ein paar Zwiebeln an alle freien Stellen zwischen Sträuchern oder Stauden in den Boden.

GALTONIA

Zwiebelpflanzen · Höhe: 90 cm bis 1,2 m · Breite: 30 cm · Zierwert: im Spätsommer · Zone: 7 bis 9

Die Riesenhyazinthen sind stattliche Pflanzen von so schlankem Wuchs, daß man sie zwischen früher blühende Stauden setzen kann, um sich am gleichen Platz an einer zweiten Blüte erfreuen zu können. Die

Für schneeweiße Glocken sorgt in der Sommerrabatte Galtonia candicans, *die Riesenhyazinthe. Ihre hohen Blütenstände werden von Gräsern, wie Chinaschilf und Pampasgras, sowie Farnen eingerahmt.*

hohen Trauben aus duftenden hängenden Blütenglocken sind bei *G. candicans* weiß und bei der niedrigeren *G. viridiflora* hellolivgrün. Die Zwiebeln sollten tief in nahrhafte Erde an einen sonnigen Platz gepflanzt werden. Die Vermehrung erfolgt durch Teilung oder Aussaat. Mitunter säen sich die Pflanzen jedoch auch selbst aus.

GLADIOLUS

Knollenpflanzen · Höhe: 45 bis 90 cm · Breite: 30 cm · Zierwert: in Frühsommer und Herbst · Zone: 5 bis 10 (oder wie angegeben)

Die großen, steifen, leuchtendgefärbten Gladiolen-Hybriden lassen mich immer an die Prellböcke auf Bahnhöfen am Ende von Bahnreisen quer durch Europa denken. Doch neben diesen Monstern gibt es auch einige hinreißende kleinblumige Gladiolen. Bei ihnen müssen keine überdimensionalen Blütenstände gestützt werden. Ihre zarten schmetterlingsartigen Blüten ergänzen die Rabatte durch Farbe und Anmut, ohne viel Platz einzunehmen.

G. communis ssp. *byzantinus* aus dem südlichen Europa (Zone 7 bis 10) könnte auch im Kapitel über Wald- und Obstgärten stehen, denn diese Gladiole wächst wild auf Wiesen und an Gehölzstreifen. Im Garten heitern ihre eleganten, lockeren rosavioletten Blütenstände die Rabatte im Frühsommer auf. Man kann sie mit hellblauer *Camassia* sowie blaßrosa oder blauer Akelei, wie etwa der Sorte 'Hensol Harebell', kombinieren. Die Pflanze breitet sich bereitwillig durch Samen und Ausläufer aus, vor allem in leichten Gartenböden, ist aber so schlank, daß sie ihre Nachbarn kaum bedrängt.

Ebenfalls im Frühsommer erscheinen die Blüten der Nanus-Hybriden (Zone 4 bis 9). Sie öffnen sich weiter als bei der oben beschriebenen Form und sind in einer umfangreicheren Farbpalette erhältlich, die vom reinen Weiß von 'The Bride' oder dem karminrotüberlaufenem Reinweiß von 'Nymph' über dunklere Rosatöne bis zu Lachsfarben reicht. Da die schmalen Blätter im Herbst zu wachsen beginnen, benötigen die Pflanzen einen geschützten Platz. Einmal gepflanzt, läßt man diese Gladiolen am besten ungestört wachsen. Die Vermehrung wird durch Teilung vorgenommen.

Gladiolus 'Nymph' ist eine der hübschesten Nanus-Hybriden und besitzt deren Anmut und Zartheit. Rote Muster auf den unteren Segmenten verstärken den Charme dieser Gruppe.

Hedychium coccineum *'Tara' gehört zu den frostbeständigsten und schönsten Vertretern seiner Gattung.*

HEDYCHIUM

Rhizompflanzen · Höhe: 90 cm bis 1,5 m · Breite: 60 bis 90 cm · Zierwert: im Spätsommer · Zone: 7 bis 10

Diese Pflanze ist mit dem Ingwer verwandt. Wenn man die kräftigen Wurzelstöcke teilt, entfaltet sich der charakteristische Ingwergeruch. Im Garten wird *Hedychium* vor allem wegen seiner Blüten geschätzt. Die hohen, duftigen Blütenstände von *H. gardnerianum* erscheinen im Spätsommer über breiten grünen Blättern. Sie sind tief- oder primelgelb, mit langen roten Staubgefäßen geschmückt und duften intensiv. Die weißblühende Art *H. spicatum* ist etwas winterhärter. *H. coccineum* zeigt Blüten in einem leuchtenden Orangerot. In Gegenden, die für die Pflanzen möglicherweise zu kalt sind, kann man die Rhizome aus dem Boden nehmen und in leicht feuchtem Substrat an einem frostfreien Platz überwintern. Wenn *Hedychium* sich wohl fühlt, breitet es sich manchmal so rasch aus, daß es gelegentlich die heimische Vegetation verdrängt. Abgesehen von warmem bis subtropischem Klima bevorzugt es Sonne und nahrhaften, feuchten Boden.

HELICHRYSUM PETIOLARE

Immergrüner Halbstrauch · Höhe: 45 cm · Breite: 90 cm · Zierwert: Laub · Zone: 5 bis 9

Die Strohblumen-Art *H. petiolare* und ihre Sorten sind Pflanzen, die ich immer wieder gern verwende, da sie sehr vielseitig sind. Wenn sie sich frei entwickeln können, bilden sie lockere Polster aus ausladenden Trieben, die sich ungezwungen nach allen Richtungen biegen oder durch Nachbarpflanzen schieben. Man kann jedoch auch den Haupttrieb an eine Stütze binden, so daß die Form einer Pyramide mit waagerechten Trieben entsteht. Die runden bis herzförmigen Blätter sind filzig und bei der Art platingrau, bei 'Limelight' hellgrün und bei 'Variegatum' creme und grau. *Plecostachys serpyllifolia (Helichrysum microphyllum)* ist eine silberfarbene Zwergform mit winzigen Blättern und dem gleichen ausladenden Wuchs. *H. petiolare* 'Limelight' eignet sich gut, um die strengen Linien von gelbpanaschiertem Neuseeländer Flachs aufzulockern oder in einfarbigen Kompositionen mit reingelben Blüten kombiniert zu werden, doch ihre zarte Färbung paßt in fast alle Zusammenstellungen.

Die Pflanze benötigt fruchtbare, gut durchlässige Erde und verbrennt in praller Sonne leicht; Halbschatten sorgt dafür, daß die zarten Töne bestehen bleiben. Falls die Wurzeln trocken gehalten werden, überstehen alle Formen erstaunlich niedrige Wintertemperaturen. In nasser Erde und Kälte gehen sie aber rasch ein.

Stecklinge bewurzeln in durchlässiger Erde rasch, und wenn sie im Herbst genommen werden, kann man sie an einem frostfreien Platz überwintern und im Frühjahr nach den letzten Frösten auspflanzen.

Hermodactylus tuberosus

Knollenpflanze · Höhe: 35 cm · Breite: 10 cm · Zierwert: im Frühling · Zone: 6 bis 9

Nichts bereitet mir im Frühling größeres Vergnügen als die zartfarbenen Blüten des Wolfsschwertel mit ihren hellolivgrünen Domblättern und ihren samtigen schwarzbraunen Hängeblättern. Man schneidet die Blüten als Knospen, um sich beim Öffnen an ihrem seltsam würzigen Duft zu erfreuen. Was spielt es für eine Rolle, daß ihnen nur viele schmale, grasähnliche Blätter folgen? Der Wolfsschwertel bevorzugt einen sonnigen Platz im Garten und vermehrt sich in gut durchlässigem Boden rasch.

Iris

Zwiebelpflanzen · Höhe: 15 cm · Breite: 5 cm · Zierwert: zu Frühlingsbeginn · Zone: 5 bis 9 (oder wie angegeben)

Bereits zu Winterende schieben sich die Blüten der kräftigen kleinen Schwertlilien-Art *I. histrioides* aus dem Boden. Am schönsten ist die Sorte 'Major' mit ihren königsblauen Blüten, deren Hängeblätter eine goldgelbe Mittelrippe haben. Fast zur gleichen Zeit blüht auch die schlanke Kleine Netzblattiris *(I. reticulata)* in einer großen Farbpalette: von Azurblau ('Cantab' oder 'Clairette', bei denen die Hängeblätter violett und weiß sind) über Mittelblau ('Joyce', zweifarbig, 'Harmony' und 'Springtime' in Blau und Violett) bis Violett und Purpurrot ('Pauline' und 'J. S. Dijt' mit orangefarbenen Honigmarken). Manche von ihnen besitzen einen typischen Veilchenduft. Einige Formen sind anfällig für die Tintenfleckenkrankheit, die infizierte Zwiebeln dunkel färbt. Doch diese Schwertlilien sind so preiswert, daß man sie jedes Jahr neu pflanzen kann. Ihr leuchtendzitronengelbes Gegenstück ist *I. danfordiae* (Zone 4 bis 9), die aus einem anderen Grund jedes Jahr frisch gepflanzt werden muß: Sie neigt dazu, sich nach der Blüte in winzige reiskorngroße Zwiebelchen zu teilen. Dies kann durch tiefes Pflanzen möglicherweise verhindert werden. Die primelgelbe *I. winogradowii* wurde mit *I. histrioides* 'Major' gekreuzt, woraus 'Katharine Hodgkin' hervorging. Ihre alabasterweißen Blüten sind bläulich geadert und gelb und blau gefleckt und gestrichelt (siehe Seite 139). Diese Sorte ist ein wahres Kleinod und erfordert auch noch wenig Mühe. Alle genannten Schwertlilien brauchen durchlässige Erde und Sonne oder lichten Schatten.

Zwischen dem dunklen Laub von Viola riviniana *Purpurea-Gruppe künden die leuchtenden ultramarinblauen Blüten der Kleinen Netzblattiris vom Ende des kalten Winters.*

Weiß auf Weiß – Bechermalve zusammen mit den papierartigen Blüten der Gartenstrohblume (Helichrysum bracteatum), *den grünen Dolden der Knorpelmöhre* Ammi majus *und dem weißen Meerlavendel* Limonium sinuatum.

Lavatera trimestris

Einjährige Pflanze · Höhe und Breite: 60 bis 90 cm · Zierwert: im Sommer · Zone: 7 bis 9

Die Bechermalve hat charakteristische trichterförmige Blüten in Weiß, Rosa oder Rosarot und wirkt kräftiger als viele andere Sommerblumen. Bei 'Mont Blanc' stehen die leuchtendweißen Blüten über dunkelgrünem Laub, doch die Wirkung wird durch den etwas plumpen Wuchs beeinträchtigt. Die höhere 'Silver Cup' ist zartrosa. 'Loveliness' zeigt ein schöneres Rosa.

Wie alle Lilien trägt auch die Türkenbundlilie in ihren Staubbeuteln tieforangefarbenen Blütenstaub.

Die Pflanzen eignen sich als langblühende Begleiter für frühe zweijährige Pflanzen. Sie mögen Sonne und gedeihen in den meisten fruchtbaren, gut durchlässigen Böden. Trockenperioden überstehen sie gut. Die Aussaat erfolgt Mitte oder Ende des Frühjahrs. Die Jungpflanzen müssen reichlich gedüngt und bei Bedarf umgesetzt werden. Gut entwickelte Pflanzen nehmen nicht nur mehr Platz ein, so daß man weniger Exemplare benötigt, sondern blühen auch üppiger und länger.

Lilium

Zwiebelpflanzen · Höhe: 90 cm bis 1,5 m · Breite: 30 cm · Zierwert: im Sommer · Zone: 3 bis 8 (oder wie angegeben)

Unabhängig von der Blütenform wirken alle Lilien mit ihren wächsern anmutenden Kronblättern exotisch. Manche verströmen einen schweren, berauschenden Duft, der an tropische Nächte erinnert. Dennoch sind viele so einfach zu ziehen wie die schlichteste Narzisse, solange die Zwiebeln beim Pflanzen frisch und prall sind. Die meisten Lilien brauchen durchlässigen, humosen Boden, der mit etwas Knochenmehl angereichert wurde, und können sonnig oder schattig stehen. Haben sie sich einmal an ihre Umgebung gewöhnt, werden sie am besten nach der Blüte geteilt, damit sie wieder anwachsen, bevor die Erde mit Einzug des Winters naß und kalt wird.

Die Türkenbundlilie *(L. martagon)* ist eine Pflanze, die auf subalpinen Wiesen heimisch ist, wo sie oft bei der Heuernte abgemäht wird. Im Garten verdient sie eine bessere Behandlung: Sie wird an offene Plätze zwischen Sträucher oder in die Staudenrabatte gesetzt. Ihre charakteristischen Blüten, die sich im Frühsommer öffnen, sind mattrosa gefärbt. Daneben gibt es die weißblühende Varietät *album*, die zwischen weißpanaschierten Funkien hübsch aussieht, etwa als Nachfolgerin von weißen Herzblumen. Eine Rarität mit weißbehaarten Knospen und rotvioletten Blüten ist *L. martagon* var. *cattaniae*.

Ebenso einfach zu ziehen und leicht aus Samen zu vermehren ist die Königslilie *(L. regale)* aus China. Ihr Wachstum setzt zu Frühjahrsbeginn ein. Um die zarten Triebe vor Spätfrösten zu schützen, kann man niedrige Büsche um sie herum pflanzen. Im Hochsommer erscheinen hohe Stengel mit trichterförmigen Blüten. Die geöffneten Blüten sind innen glänzendweiß und außen – vor allem an der Mittelrippe – rosa oder purpurn überhaucht und verströmen einen schweren süßen Duft. Vor einem Perückenstrauch (*Cotinus coggygria* 'Royal Purple') kommen sie besonders gut zur Geltung. Die Sorte 'Royal Gold' sieht genauso aus wie die Art, blüht jedoch in einem reinen Gelb. Beide Formen besitzen den für Lilien typischen tieforangeroten Pollen, der Flecken auf der Kleidung hinterläßt.

Die anmutigen zitronengelben Blütentrichter von *L. monadelphum* (Zone 5 bis 8) sind innen oft leicht braun gesprenkelt. Diese Lilie ist langlebig, aber möglicherweise wächst sie nur langsam an. Im Gegensatz zu einigen anderen Lilien gedeiht sie auch in schwerem, kalkhaltigem Boden, wenn er gut drainiert ist.

Alle weißen Blüten leuchten in der Dämmerung, lange nachdem andere Farben verblaßt sind. *L. candidum*, die reinweiße Madonnenlilie (Zone 4 bis 8), macht da keine Ausnahme. Ihre porzellanartigen Blüten besitzen goldfarbene Staubgefäße und einen süßen Duft, der leichter als der der Königslilie ist. Sie steht in dem Ruf, bescheidene Bauerngärten herrschaftlichen Gärten vorzuziehen. Dies rührt vielleicht daher, daß sie als sterile Pflanze seit Jahrhunderten durch Teilung der schuppigen Zwiebeln und nicht durch regelmäßige Neuaussaat vermehrt wird. Aus diesem Grund ist sie anfällig für Viruserkrankungen, die durch Blattläuse von anderen Lilien übertragen werden. In Bauerngärten entgeht sie dieser Gefahr, da sie dort meistens als einzige Lilie wächst. Im Gegensatz zu anderen entwickelt sie im Frühherbst neue Blätter, die den Winter über grün bleiben. Sie muß daher im Spätsommer gepflanzt werden.

Lilien lassen sich rasch durch Samen vermehren oder, im Fall der Arten, durch Schuppen. Man trennt dazu die äußeren Schuppen der Zwiebel ab; beschädigte oder schrumpelige werden weggeworfen. Dann legt man sie an einen feuchten, aber nicht nassen, warmen Platz, etwa in einen Folienbeutel mit feuchtem Vermikulit oder einem ähnlichen sterilen Substrat. Es empfiehlt sich, die Schuppen mit einem Fungizid zu bestäuben. An der Basis der Schuppen bilden sich winzige neue Zwiebeln, die abgenommen und einzeln eingetopft werden können, sobald sie groß genug zum Anfassen sind.

LUNARIA ANNUA

Zweijährige Pflanze · Höhe: 90 cm · Breite: 30 cm · Zierwert: in Frühling und Herbst · Zone: 6 bis 9

Der Judassilberling verdient einen Platz im Garten, weil er während zwei Jahreszeiten schön ist. Im Spätfrühjahr öffnet er violette oder weiße Blüten, und im Herbst reifen und trocknen grüne Samenschoten, die sich dabei in papierartige »Silberlinge« verwandeln. Der Silberling sät sich selbst aus – hat man ihn einmal im Garten, erscheint er jedes Jahr wieder. Es gibt auch panaschierte Formen mit weißen Blüten wie 'Alba Variegata' und die großartige 'Stella' mit weißen Blättern; *L. annua variegata* zeigt die üblicheren violetten Blüten und cremefarben und grün gemusterten Blätter. Reingrüne Jungpflanzen sollten nicht entfernt werden, da sich die Panaschierung erst mit der Zeit entwickelt. Formen mit tiefvioletten Blüten besitzen grüne Blätter. Ich habe gewöhnlich die Sorte 'Munstead Purple' gezogen, doch normalerweise bringen alle tiefgefärbten Judassilberlinge farbidentische Nachkommen hervor. Das setzt jedoch voraus – dies gilt auch für buntlaubige Formen –, daß die Elternpflanzen nicht in der Nachbarschaft anderer Judassilberlinge gewachsen sind. Fruchtbare Erde an einem sonnigen oder schattigen Platz ist ideal.

Während die Samenschoten des Judassilberlings reifen, durchlaufen sie alle Farbschattierungen von Grün über Violett und Rot bis zu pergamentartigem Silber. Hier ist die Pflanze auf einer Wiese zusammen mit Garbe, Wegerich und Königskerze zu sehen.

Das Frühjahr ist reich an kleinen Blumen in tiefen und reinen Blautönen. Zu den zuverlässigsten gehört die Traubenhyazinthe Muscari armeniacum. *Eine besonders schöne Sorte ist 'Blue Spike'.*

Muscari

Zwiebelpflanzen · Höhe: 7 bis 15 cm · Breite: 3 cm · Zierwert: im Frühling · Zone: 4 bis 8 (oder wie angegeben)

Im Garten meiner Kindheit gab es einen »Bach« au blauen Traubenhyazinthen, der sich am Fuß einer geschnittenen Geißblatthecke entlangschlängelte und die häßliche Lücke zwischen Hecke und Kiesweg füllte. Die dichten blauen Blütentrauben haben ein halbes Jahrhundert lang nie ihren Dienst versagt. Ihr Duft ist eine der Wonnen des Frühlings, auch wenn man sich tief bücken muß, um ihn zu genießen oder ein Sträußchen zu pflücken. Die Zwiebeln wachsen so dicht, daß die frischgrünen grasartigen Blätter einen für Unkraut undurchdringbaren »Teppich« bilden, bevor sie im Sommer absterben. Diese Form von *M. armeniacum* präsentiert ein zartviolettes Blau. *M. azureum* (Zone 7 bis 8) und *M. aucheri* (Zone 6 bis 8) zeigen ein reineres Himmelblau, *M. neglectum* ist tiefindigoblau mit weißem Rand und helleren Knospen. Die Straußhyazinthe (*M. botryoides;* Zone 2 bis 8) ist noch niedriger; besonders die weiße Form ist hübsch. Alle Traubenhyazinthen gedeihen in gut durchlässiger, fruchtbarer Erde an einem sonnigen Platz und können durch Teilung vermehrt werden.

Myosotis

Zweijährige Pflanzen oder Stauden · Höhe: 10 bis 35 cm · Breite: 10 bis 30 cm · Zierwert: im Frühling · Zone: 4 bis 8

Vergißmeinnicht sind vielseitig und unverzichtbar. Die kleineren Formen bilden niedrige Büschel mit lapislazuliblauen Blüten und passen in die kleinste Ecke. Doch es gibt auch lockere, verzweigte Pflanzen, die zwischen Sträuchern oder unter Obstbäumen himmelblaue Wolken entstehen lassen. Bei der Sorte 'Royal Blue' (siehe Seite 138) sind die Blüten besonders kräftig gefärbt, und wem sie gefallen, kann auch rosa oder weiße Formen wählen. Oft werden sie, zusammen mit Tulpen, im Frühjahr als Beetpflanzen verwendet. Für solche Zwecke sät man die gewählte Sorte im Spätfrühjahr oder Sommer. Im Herbst pflanzt man dann die Jungpflanzen mit den Blumenzwiebeln an den endgültigen Platz. In naturnäheren Bereichen können sich Vergißmeinnicht selbst aussäen, was sie manchmal allzu reichlich tun. Unerwünschte Sämlinge lassen sich jedoch leicht entfernen.

Narcissus

Zwiebelpflanzen · Höhe: 15 bis 35 cm · Breite: 7 cm · Zierwert: im Frühling · Zone: 4 bis 9 (oder wie angegeben)

In meinen Augen gehören große Osterglocken und großschalige Narzissen auf Blumenschauen, aber nicht in den Garten. Mit wenigen Ausnahmen wirken sie in Gras und Rabatte gleichermaßen deplaziert. Zu den Ausnahmen zählt die rosa Sorte 'Mrs. R. O. Backhouse', denn sie ist relativ klein und besitzt eine aprikosenfarbene Trompete mit elfenbeinweißen Kranzblättern. Dank ihrer Farbe ist sie eine perfekte Ergänzung für die aprikosenfarbenen und blaßkupfernen Töne des jungen Laubes von Elfenblumen *(Epimedium)*. Ich habe auch eine Schwäche für 'Binkie', eine zweifarbige Form mit weißer Schale und zurückgebogenen Petalen in Hellgrün, das zu Zitronengelb verblaßt. Aber selbst diese Formen sind groß, verglichen mit den halbhohen Narzissen, die anmutigere Proportionen haben und daher besser in die Rabatte passen als großblumige Sorten. Schöne Beispiele sind 'Dove Wings', 'Charity May' und 'Jenny' (Zone 6 bis 9) in Weiß und Primelgelb sowie die elfenbein- und cremefarbene Miniatur-Osterglocke 'W. P. Milner', die ich einmal zusammen mit schwarzem Schlangenbart *(Ophiopogon)* gezogen habe. 'Tête-à-Tête' (Zone 6 bis 9) ist eine kleine büschelblütige Narzisse mit kurzen Kronen in Zitronen- und Dottergelb. Zudem gibt es halbhohe Osterglocken in leuchtenderem Gelb wie 'February Gold' oder 'Peeping Tom' (beide Zone 6 bis 9) mit langen, schlanken Kronen. Diese Narzissen gedeihen in fruchtbarer, durchlässiger Rabattenerde. Setzt man sie zum Beispiel zwischen Funkien oder Pfingstrosen, so wird ihr welkendes Laub verborgen.

Noch zarter sind die Engelstränen-Narzisse *(N. triandus* var. *triandus)* und ihre Sorten wie die elfenbeinfarbene 'April Tears' oder die zitronengelbe 'Hawera' mit kleinen nickenden Blüten. Sie stehen zu mehreren an einem Stengel und besitzen schmale dezente Blätter, die nichts mit dem weichen, aufdringlichen Laub großer Osterglocken gemein haben. Die Hybriden fühlen sich in lichtem Schatten wohl, aber die Engelstränen-Narzisse braucht einen warmen, sonnigen Platz. Die höhere Art *N. tazetta* (Zone 8 bis 10) trägt ebenfalls mehrere kleine, kurzkronige Blüten an einem Stengel. Die gelbblühende Sorte 'Grand Soleil d'Or' und die sehr ähnliche weiße *N. tazetta* ssp. *papyraceus* ('Paper White'; Zone 8 bis 10) werden im Winter gern im Haus gezogen, können aber ebenso an warmen, geschützten Plätzen im Freien wachsen. Alle haben einen herrlichen Duft, der an die Winterblüte erinnert.

Diese Narzissen können durch Teilung vermehrt werden. Man sollte sie auch teilen, wenn sie zu dicht werden, da sonst die Blühwilligkeit nachläßt.

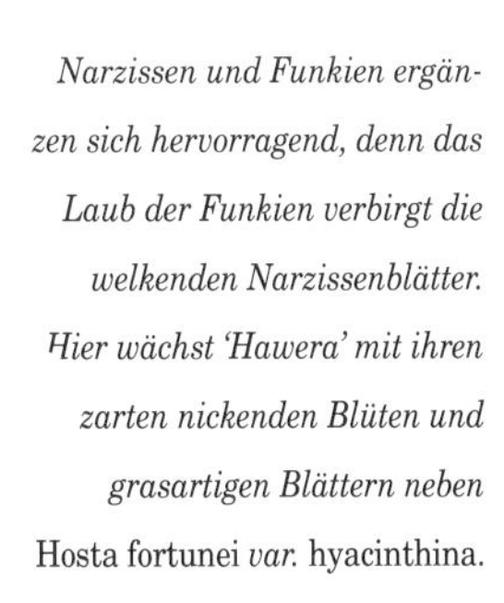

Narzissen und Funkien ergänzen sich hervorragend, denn das Laub der Funkien verbirgt die welkenden Narzissenblätter. Hier wächst 'Hawera' mit ihren zarten nickenden Blüten und grasartigen Blättern neben Hosta fortunei *var.* hyacinthina.

Die zurückgebogenen, glitzernden Kronblätter von Nerine bowdenii *leuchten vor den tiefviolettrosa Kelchen der Zeitlosen-Art* Colchicum speciosum *noch intensiver.*

NECTAROSCORDUM SICULUM

Zwiebelpflanze · Höhe: 90 cm · Breite: 30 cm · Zierwert: im Spätfrühling · Zone: 4 bis 10

Diese herrliche Pflanze wurde früher unter *Allium siculum* geführt. Sie trägt große Dolden aus dunkelroten Blütenglocken, die zuerst nicken, sich dann aber nach oben drehen, während sie sich in pergamentfarbene Fruchtstände verwandeln und wie bayrische Burgen mit großen und kleinen Türmchen aussehen (siehe Seite 137). Die Pflanze vermehrt sich rasch durch Ausläufer, die abgetrennt werden können; die Aussaat ist ebenfalls einfach. Geeignet ist jeder sonnige Platz mit fruchtbarer, gut durchlässiger Erde.

NERINE

Zwiebelpflanzen · Höhe: 60 cm · Breite: 15 bis 25 cm · Zierwert: im Herbst · Zone: 7 bis 9

Nerinen blühen zwar im Herbst, aber in ihren reinen, wunderhübschen Farben lebt noch das Wesen des Sommers fort. Ihre Kronblätter sind mit winzigen perlenartigen Zellen bedeckt, die im Licht funkeln und schimmern. Bei *N. bowdenii* sind die schmalen, blaß- bis bonbonrosa Segmente gewellt.

Zusammen mit den kräftigen Rosa- und Magentarottönen von Rauhblattastern, dem leuchtenden Mauverosa von Zeitlosen und den violetten Früchten und rosa Herbstblättern der Schönfrucht werden diese Nerinen dem Ruf des Herbstes als Jahreszeit flammender roter und goldfarbener Töne gerecht. Sie sind bedingt frosthart, brauchen aber einen geschützten, sonnigen Platz mit durchlässigem Boden, da sie im Sommer viel Wärme benötigen, um üppig zu blühen. Die Zwiebelhälse sollten gerade aus der Erde herausstehen. Die Blätter, die nach den Blüten erscheinen, werden leicht durch Winterfröste geschädigt. Kleine Schädigungen sehen nur häßlich aus, sind sie jedoch zu groß, können die Zwiebeln keine Nährstoffe für die kommende Wachstumsperiode speichern. Vermehrung erfolgt im Sommer während der Ruheperiode durch Teilung.

NICOTIANA

Einjährige Pflanzen oder Stauden · Höhe: 60 cm bis 2 m · Breite: 30 bis 90 cm · Zierwert: von Sommer bis Herbst · Zone: 7 bis 10 (oder wie angegeben)

Ziertabak ist in vielerlei Formen erhältlich. Von den modernen Hybriden, insbesondere den bunten und tagblühenden Sorten, verströmen einige zudem einen wundervollen Duft, der an warmen Sommerabenden die Luft erfüllt. Tiefpurpurrote Formen eignen sich ausgezeichnet für einfarbig rote Kompositionen mit violettem Laub oder kontrastierenden silberfarbenen Blättern. Zu den bunten Sorten gehören auch die berühmte 'Lime Green' und eine zarte, blaßpfirsichfarbene Form.

Wem es vor allem auf Duft ankommt, muß auf Farbe verzichten und sollte eine Pflanze wählen, deren Name ich nie verifizieren konnte, die aber häufig unter *N. alata* 'Grandiflora' geführt wird. Ihre weißen Blüten sind unterseits grünlich und bleiben bis zum Abend geschlossen. Dann aber öffnen sie sich und verströmen ihren Duft. Wer genügend Platz hat, kann nachts auch den großartigen Duft des Bergtabaks (*N. sylvestris;* Zone 8 bis 10) genießen. Diese Pflanze kann leicht mehr als Kopfhöhe erreichen. Ihre großen hellgrünen Blätter bilden eine Decke von fast 1 m Durchmesser, die Unkraut erstickt, wenn sie in nahrhaftem, humosem Boden wächst. Im hohen pyramidenförmigen Blütenstand sitzen zahlreiche lange weiße Blüten, die in der Dämmerung leuchten. Selbst ein einziges Exemplar ist wirkungsvoll und duftet so intensiv, daß seine Pflanzung lohnt. Durch die breite Wuchsform eignet sich die Pflanze für Plätze, an denen zeitig einziehende Frühlingszwiebelblumen und frühblühende Stauden wachsen und eine häßliche Lücke zurücklassen. Ein üppig gedüngtes Exemplar von *N. langsdorffii* (Zone 8 bis 10) erreicht nur Schulterhöhe, ist aber doch so groß, daß man die kleinen gelbgrünen Blüten gut sehen kann. Ihre zurückgebogenen Petalen umgeben azurblaue Staubbeutel. Die Blüten duften nicht, sehen aber sehr anmutig aus, vor allem *en masse* in einer großen grünen Wolke.

Diese Ziertabak-Formen sind in milden Lagen ausdauernd und entwickeln mehr oder weniger fleischige Wurzeln. In kälteren Regionen lassen sie sich leicht jedes Jahr neu aus Samen ziehen, oft säen sie sich auch selbst aus. Sie gedeihen gut in lichtem Schatten.

OSTEOSPERMUM

Immergrüne Stauden · Höhe: 15 bis 60 cm · Breite: 30 bis 60 cm · Zierwert: im Sommer · Zone: 9 bis 10

Osteospermum kann kriechend bis aufrecht wachsen und ist ein Korbblütler für milde Lagen oder Sommerbeete. Die Sorte 'Prostratum' ist eine der frosthärtesten Formen. Sie hat einen niederliegenden Wuchs und große leuchtendweiße, unterseits schieferblauüberhauchte Zungenblüten, die um tintenblaue Mitten stehen. 'Silver Sparkler' hat ähnliche Blüten, aber einen nicht ganz so flachen Wuchs und trägt charakteristische cremeweißgerandete Blätter, die die Sorte sehr hell und frisch wirken lassen. 'Pink Whirls' und die weiße 'Whirligig' sind zwei Sorten, bei denen die Zungenblüten eine Löffelform besitzen, wodurch die tintenblauen Rückseiten sichtbar werden. Beide haben einen aufrechten Wuchs. Alle Formen können in kalten Gegenden leicht erhalten werden, indem man im Herbst Stecklinge nimmt, sie an einem frostfreien Platz überwintert und nach den letzten Frösten an einen sonnigen Platz mit durchlässiger Erde pflanzt.

Der dunkle Hintergrund und die makellos geschnittenen Eiben zur Rechten und Linken bilden den perfekten Rahmen für die großen hellen Blätter und die hohen Blütenstände des Bergtabaks. Er ist von weißen und blauen Formen der Salbei-Art Salvia farinacea *umgeben.*

Auf dem Höhepunkt seiner Pracht trägt Osteospermum *'Whirligig' radförmige reinweiße Blüten mit einer blauen Mitte. Die gebogenen Kronblätter lassen die tintenblaue Rückseite erkennen.*

Papaver

Seidige Pracht

DETAILS, VON OBEN:
Bald nachdem die Knospen aufgegangen sind, fallen die zerknittert wirkenden Kronblätter des Schlafmohns, hier die kirschrote Sorte 'Pepperbox', auch schon wieder ab. Zurück bleiben graugrüne Samenkapseln.

Papaver orientale *'Hadspen', eine Sorte des Türkenmohns, präsentiert an der Basis jedes Blütenblattes einen hellzinnoberroten Fleck sowie einen charakteristischen Ring aus Staubgefäßen.*

Diese gerüschte Schönheit ist eine Variante des Schlafmohns, die sich üppig aussät.

Die Kronblätter des Shirleymohns scheinen aus feinster Seide zu sein. Obwohl sie durchscheinend sind, besitzen sie eine große Leuchtkraft.

GROSSES BILD:
Die auffälligen, seidigen Kronblätter des ungefüllten Schlafmohns fallen bald ab und lassen die runde Samenkapsel mit ihrem gerillten »Hut« schmucklos zurück.

PAPAVER

Einjährige Pflanzen oder Stauden · Höhe: 15 cm bis 1,2 m · Zierwert: von Früh- bis Hochsommer · Zone: 3 bis 7

Mohn bietet an sonnigen Sommertagen mit seinen dicken Knospen, die sich zu zerknittert anmutenden seidigen Blüten öffnen, einen wonnigen Anblick. Er bevorzugt volle Sonne und trockenen Boden, der eher nährstoffarm sein sollte. Obwohl der Türkenmohn *(P. orientale)* eine langlebige Staude ist, stirbt sein grünes Laub schon bald nach dem Hochsommer ab. So ist er ein prächtiger, aber flüchtiger Gast in der Frühsommerrabatte. Seine Blüten sind charakteristischerweise scharlachrot und weisen einen mittigen schwarzbraunen Fleck und struppige indigoblaue bis schwarze Staubgefäße auf, die die Samenkapsel umgeben. Zu den alten zinnoberroten, weißen und rosa Sorten hat sich eine Palette großartiger Farben gesellt: Pastelltöne, Erdbeerrot, Melonengelb, Orange, Lachs und Pflaumenrot. Die meisten Formen haben ungefüllte Blüten mit gekräuselten Kronblättern, so daß die schwarzen Mitten gut sichtbar sind; bei einigen fehlen diese jedoch. Gefüllte Formen besitzen lockere oder gekräuselte, pomponartige Blüten, wie etwa die winzige orangefarbene Sorte 'Fireball'. Alle diese Pflanzen werden durch Teilung oder Wurzelschnittlinge vermehrt.

Der scharlachrote einjährige Klatschmohn *(P. rhoeas)* ziert europäische Kornfelder. In den 80er Jahren des letzten Jahrhunderts entdeckte der englische Geistliche W. Wilks einen Klatschmohn mit weißem Saum. Aus ihm züchtete er den Shirley- oder Seidenmohn, zu dem weiße, rosa- und mauvefarbene sowie schieferblaue Formen gehören, die zum Teil gefüllt sind und oft den weißen Saum der ursprünglichen Pflanze aufweisen.

Shirleymohn ist um vieles zarter als der imposante Schlafmohn und ist in verschiedenen schönen Pastelltönen erhältlich. Er erinnert entfernt an den scharlachroten Klatschmohn der Kornfelder. Hier wächst er zusammen mit duftigem Wiesenkerbel.

Der einjährige Schlafmohn *(P. somniferum)* ist mit einfachen und duftig gefüllten Blüten in Rosa, Violett, Weiß oder Kirschrot vertreten. Sie heben sich gut vom glatten graugrünen Laub ab. Den Blüten folgen blaugraue Samenkapseln, die kaum weniger dekorativ sind. In leichtem Wind verstreuen sie wie Pfefferstreuer ihre Samen, von denen jeder aufzugehen scheint.

P. commutatum wird am besten im Herbst einzeln in Töpfe gesät (nasse Bedingungen im Winter können zu Stengelfäule führen). Scharlachrote Blüten, die an der Basis der Kronblätter einen glänzenden schwarzen Fleck aufweisen, stehen über Büscheln aus feingeteiltem Laub.

Der Wunderbaum (Ricinus communis) *wird vor allem wegen seiner großen Blätter geschätzt, die im Jugendstadium oft kräftig gefärbt sind. Aber auch seine purpurroten pomponförmigen Blüten sind sehr dekorativ.*

»Blepharophylla« bedeutet »wimperblättrig« und bezieht sich auf die feinen Haare an den Blatträndern . Doch die Salbei-Art Salvia blepharophylla *wird wegen ihrer großartigen scharlachroten Blüten gezogen.*

Pulsatilla vulgaris

Sommergrüne Staude · Höhe und Breite: 30 cm · Zierwert: im Frühling · Zone: 4 bis 9

Als ich vor langer Zeit einmal zwischen großartigen, imposanten Felsformationen im Südwesten Frankreichs spazierenging, fand ich eine sonnenbeschienene Stelle zwischen den Felsen, die wie der Hof einer verfallenen Burg anmutete. Dort wuchsen Hunderte von Kuhschellen mit lavendelblauen, weißen und mauvefarbenen, silbrigbehaarten Blüten, die über gefiedertem Laub hingen. Doch um eine Gemeine Kuhschelle *(P. vulgaris)* zu ziehen, braucht man keine Felsen im Garten, sondern nur eine sonnige Ecke mit gut durchlässiger Erde. Neben den Farben, die ich fand, gibt es noch dunklere rotviolette und fast rosafarbene Formen, aber keine ist in meinen Augen schöner als die reinweiße Kuhschelle mit ihren silbrigen Härchen. Am besten erfolgt die Vermehrung durch Aussaat. Die Samen reifen im Hochsommer und sollten frisch gesät werden. Es können jedoch auch Wurzelschnittlinge genommen werden.

Ricinus communis

Einjährig gezogene Staude · Höhe und Breite: 1,8 bis 2,4 m · Zierwert: Laub · Zone: 9 bis 10

Wenn man den Wunderbaum im Spätfrühjahr sät und die Jungpflanzen immer wieder in nahrhafte Erde umsetzt (und ihr Wachstum nicht durch Kälte gehemmt wird), dann entwickelt er sich zu einer großartigen Blattpflanze mit auffälligen gefingerten Blättern. 'Carmencita' hat purpurbronzefarbenes Laub und rote Blüten; das junge Laub von 'Impala' ist mahagonirot, während die Blüten ein Schwefelgelb zeigen. Sie alle ergänzen Rabattenpflanzungen durch tropische Üppigkeit und passen gut zu Blumenrohr und Neuseeländer Flachs.

Salvia

Sommer- und immergrüne Stauden und Sträucher · Höhe: 45 cm bis 1,8 m · Breite: 45 bis 90 cm · Zierwert: von Sommer bis Herbst · Zone: 8 bis 10 (oder wie angegeben)

Aus Mexiko, Mittel- und Südamerika stammt eine Anzahl farbenfroher Salbei-Arten. Sie sind um vieles schöner als der scharlachrote Salbei, der so gerne als Sommerblume gezogen wird. Bei manchen scheinen die Blüten wie aus Plüsch geschnitten, andere sind leuchtendblau wie Enzian, und einige bilden Sträucher, die mit zarten, leuchtenden Blüten übersät sind. Wer Purpurrot mag, hat die Wahl zwischen der niedrigen *S. ble-*

pharophylla mit kriechenden Wurzeln und kurzgestielten großen Blüten, der hohen samtigpelzigen *S. fulgens* oder *S. gesneriiflora* (alle Zone 9 bis 10). *S. buchananii* (Zone 9 bis 10) gleicht *S. blepharophylla,* trägt jedoch dunkles Laub und plüschartige magentapurpurrote Blüten. Große Blüten hat auch *S. patens*, die sich leicht aus Samen ziehen läßt und noch im gleichen Jahr ultramarinblau blüht. Eine weniger bekannte blaue Art mit eher kriechendem Wuchs und kleineren Blüten ist *S. cacaliifolia* (siehe Seite 139; Zone 9 bis 10). Die hohe *S. guaranitica* (Zone 7 bis 10) gibt es in verschiedenen Formen von einfachem Königsblau über 'Black and Blue', bei der die tiefe Färbung noch durch schwarze Kelche verstärkt wird, bis zur mittelblauen 'Blue Enigma' mit grünem Kelch. Bei *S. discolor* (Zone 9 bis 10) stehen die beinahe schwarzen Blüten über weißfilzigem Laub.

Die schmalen Blätter von *S. leucantha* (Zone 7 bis 10) sind grau und passen gut zu den langen, schlanken, überhängenden Ähren aus samtigen weißen und violetten Blüten. Auch *S. confertiflora* (Zone 9 bis 10) besitzt lange, schlanke, pelzige Blütenähren, aber eine ganz andere Wirkung. Bei dieser hohen Pflanze, die auffälliges Laub mit bräunlichen Unterseiten und roten Stielen trägt, stehen die Blütenähren aufrecht. Wenn man die Triebe anfaßt, riechen sie unangenehm nach verbranntem Gummi. Die Blüten sind hellockerfarben und haben zinnoberrote Kelche. *S. involucrata* ist eine andere große strauchige Salbei-Art mit großen, zugespitzten Blättern. Sie hat kräftige Blütenstände mit ungewöhnlich dicken Knospen, die sich zu leuchtendmagentaroten Blüten öffnen. Besonders schön ist die Sorte 'Bethellii'.

Die zarteren Sträucher *S. greggii* (Zone 9 bis 10) und *S. microphylla* tragen Laub, das leicht nach Schweiß riecht. Ersterer hat magentapurpurrote Blüten, doch es gibt von ihm auch die weiße Sorte 'Alba' sowie die Sorten 'Peach' und 'Raspberry Royal'. Letzterer hat tiefrote Blüten mit dunklen Kelchen, bei der Varietät *microphylla (neurepia)* sind die Blätter größer und heller, und die Blüten weisen ein reines weiches Scharlachrot auf. Bei *S. elegans* 'Scarlet Pineapple' erscheinen die schlanken purpurscharlachroten Blüten oft im Winter. Im Vergleich zum köstlichen Ananasduft der Blätter sind sie jedoch von zweitrangigem Reiz. Den übelsten Geruch besitzt die Varietät *turkestanica* des Muskatellersalbeis *(S. sclarea)*. Dennoch ist sie eine schöne zweijährige Pflanze mit papierartigen lavendelblauen oder rosa Blüten, die sich im Sommer über einen langen Zeitraum öffnen.

Alle diese Pflanzen gedeihen am besten an sonnigen Plätzen mit gut durchlässiger Erde und können durch Stecklinge vermehrt werden. *S. patens* wird besser aus Samen gezogen, Formen mit kriechenden Wurzeln kann man teilen.

SCILLA

Zwiebelpflanzen · Höhe: 7 bis 15 cm · Breite: 5 cm · Zierwert: zu Frühlingsbeginn · Zone: 2 bis 10

Die anspruchslosen Blausternchen mögen wie *Chionodoxa* (siehe Seite 146), der sie ähnlich sehen, Sonne oder Halbschatten und jede gut durchlässige Erde. *S. siberica* hat ein ungewöhnlich reines Blau. Eine schöne Sorte ist 'Spring Beauty'; es ist auch eine weiße Form erhältlich. Von *S. bifolia* gibt es die rosaviolette Sorte 'Rosea' und Formen von Ultramarin bis Fliederfarben. Das Blausternchen sät sich selbst aus; Zuchtsorten werden durch Teilung vermehrt.

Die blaublühenden Zwiebelblumen des Frühjahrsbeginns weisen eine eigentümliche Intensität auf. Für keine gilt dies mehr als für das Blausternchen Scilla siberica *'Spring Beauty', das hier mit halbhohen Osterglocken* (Narcissus pseudonarcissus) *wächst.*

Gegen Ende der Tulpensaison öffnet Tulipa sprengeri *ihre exquisiten Blüten. Sie gedeiht sowohl in der Rabatte als auch, wie hier, in kurzem Gras, das von Gänseblümchen durchsetzt ist.*

TULIPA

Zwiebelpflanzen · Höhe: 10 bis 35 cm · Breite: 10 bis 15 cm · Zierwert: im Frühling · Zone: 4 bis 8 (oder wie angegeben)

Jeder hat seine Lieblingstulpen – etwa die schlanken Darwin-Tulpen, die eleganten lilienblütigen Tulpen, die gefransten und gekräuselten Papagei-Tulpen oder die bauschigen gefüllten Tulpen, die farbenprächtigen Rembrandt-Tulpen. Sie alle werden am besten jedes Jahr aus dem Boden genommen. Eine meiner Lieblingstulpen, die man in Gärten selten sieht, ist 'Couleur Cardinal', eine kräftige frühblühende Sorte mit breiten, einzigartig gefärbten Blüten in pflaumenfarbenüberhauchtem Blut- und Zinnoberrot.

Viele Tulpen-Arten eignen sich zum Verschönern von Frühlingsrabatten. Manche wirken tatsächlich sehr lebhaft. *T. praestans* 'Füsilier' trägt an jedem Stengel mehrere kleine spitzblättrige Blüten, die intensiv orangezinnoberrot gefärbt sind (siehe Seite 141). Die kleinere *T. linifolia* hat leuchtendscharlachrote Blüten und schmale, gewellte graugrüne Blätter, die meist am Boden aufliegen. Zur Batalinii-Gruppe gehörige Tulpen wirken ruhiger. Sie haben das gleiche hübsche Laub und gelbe, bronze- oder zartaprikosenfarbene Blüten mit einem olivgrünen Fleck in der Mitte. Während *T. praestans* jahrelang im Boden bleiben kann, sollte man alle Formen von *T. linifolia* jedes Jahr herausnehmen und trocknen lassen.

Die Damentulpe (*T. clusiana;* Zone 3 bis 8; siehe Seite 137) ist schlank und anmutig, wie ihr Name vermuten läßt. Sie trägt an 30 cm hohen Stengeln flammenförmige cremefarbene Blüten, die außen rosarot schattiert sind. Die Varietät *chrysantha* hat hellgelbe Blüten und ist an der Außenseite karmesinrot getönt. Diese Farben zeigt auch die Seerosentulpe *(T. kaufmanniana),* deren lange, schlanke Knospen außen rosa oder rot getönt sind und sich in der Sonne zu cremefarbenen oder gelben Sternen öffnen. Die breiten graugrünen Blätter haben mitunter gewellte Ränder.

Die aus dem Bergland Kretas stammende *T. saxatilis* bildet Ausläufer, die die Blüte beeinträchtigen können. Läßt sich der vorgesehene Platz zum Beispiel durch in den Boden eingelassene Schieferplatten begrenzen, entwickelt sie ihre hellrotvioletten Blüten mit gelben Mitten. Sie blüht später als die Seerosentulpe. Als letzte erscheint zu Sommerbeginn *T. sprengeri*, die sich, wenn sie sich wohl fühlt, an sonnigen und halbschattigen Plätzen mit feuchter Erde und dünnem Gras einbürgert. Sie hat schmale Blüten, die innen seidig und zinnoberrot und außen mattgelborange sind. Bei Aussaat erreicht sie innerhalb von drei Jahren Blühgröße. Die üblichere Vermehrungsmethode für Tulpen ist jedoch die Teilung.

VERBENA

Immergrüne Stauden · Höhe: 15 cm · Breite: 30 bis 45 cm · Zierwert: im Sommer · Zone: 6 bis 9 (oder wie angegeben)

Die Beetverbenen werden im Gegensatz zu Samenzüchtungen durch Stecklinge erhalten. Sie sind von unschätzbarem Wert, um in der Sommerrabatte für Farbe zu sorgen. Da sie sich stark ausbreiten, braucht man von ihnen weniger Pflanzen als bei Sorten, die ausgesät werden. Rosa- und fliederfarben blühende Sorten duften gewöhnlich: 'Silver Anne' ('Pink Bouquet') ist bonbonrosa, 'Sissinghurst' kräftig magentarot. Die winzige *V. peruviana* (Zone 9 bis 10) ist mit ihrer zinnoberscharlachroten Färbung noch auffälliger; von ihr gibt es jedoch auch die reinweiße Sorte 'Alba'. Im Herbst genommene und an einem frostfreien Platz überwinterte Stecklinge machen diese Verbenen auch für kalte Regionen, in denen sie sonst nicht überleben würden, geeignet.

Verbena *'Silver Anne' blüht in einem Spektrum von Perlmutt- bis Bonbonrosa. 'Sissinghurst' trägt dagegen während der gesamten Blütezeit das gleiche brillante Magentarot. Im Hintergrund sind die weißen Korbblüten von Margeriten zu sehen.*

VIOLA

Stauden · Höhe: 15 cm · Breite: 25 cm · Zierwert: im Sommer · Zone: 5 bis 7

Wie bei Verbenen gibt es auch bei Stiefmütterchen und Veilchen durch Samen vermehrte Züchtungen und benannte Sorten, von denen man Stecklinge nehmen kann. Samenkataloge sind voll von großblumigen Stiefmütterchen, doch meine Lieblingssorte ist 'Maggie Mott', eine berühmte, alte lavendelblaublühende Sorte. Wer ungewöhnliche Farben mag, findet gewiß die grüne und bronzefarbene 'Irish Molly' reizvoll. Spezialanbieter offerieren zahllose benannte Sorten, von denen viele wunderschön sind. Nach meiner Erfahrung müssen sie aber regelmäßig durch Stecklinge erneuert werden. Doch es ist nie ein Problem, eine Ecke für sie zu finden, die am besten halbschattig und kühl sein sollte. So werden die Pflanzen den Garten wochen-, wenn nicht monatelang schmücken.

ZIGADENUS ELEGANS

Zwiebelpflanze · Höhe: 60 cm · Breite: 25 cm · Zierwert: im Sommer · Zone: 3 bis 9

Die dezente, schlanke Jochlilie ist etwas für Liebhaber grüner Blüten. Genauer gesagt, sind die kleinen Blütensterne elfenbeinfarben und grünlich überlaufen und bilden an hellen Stengeln lockere Blütenstände. Die Jochlilie gedeiht am besten an einem sonnigen Platz mit gut durchlässiger Erde und kann durch Teilung oder Aussaat vermehrt werden.

Viola *'Maggie Mott' zeichnet sich durch reine Farben und Anspruchslosigkeit aus.*

Die kleinen alabastergrünen Sterne der Jochlilie verdienen eine genaue Betrachtung. An der Basis jedes Segmentes vertieft sich das Grün, und die Staubbeutel stehen weit heraus.

Wald- und Obstgärten

Pflanzen für schattige und naturnahe Bereiche

Fritillaria pyrenaica *erinnert ein wenig an das Karomuster auf den Blüten der Schachbrettblume* (F. meleagris) *und hat die gleichen hängenden Blütenglocken. Doch bei dieser Art sind die Spitzen der Blütenblätter nach oben gebogen und lassen die grünlichgelben Rückseiten und den zitronengelben Saum der inneren Segmente erkennen.*

Eine einzelne Birke mit weißer Rinde, ein alter Nußbaum, eine Eberesche, die im Herbst mit scharlachroten Beeren übersät ist – jeder dieser Bäume kann selbst im kleinsten Garten die Atmosphäre eines Waldes en miniature *entstehen lassen. Im Sommer filtern belaubte Zweige die Sonne, und im Winter mildern sie selbst blattlos noch die Fröste. Zudem bieten sie das ganze Jahr hindurch Schutz vor Wind und schaffen so eine Heimat für einige der schönsten Blumen des Waldbodens, Wildpflanzen und Farne. Buschwindröschen und Kissenprimeln, Hundszahn, Dreiblatt und Christrosen – schon ihre Namen künden von ihrem Charme. Im Sommer sorgen Hortensien für Farbe, bevor Christophskraut und Krötenlilien, Schwalbenwurzenzian und die glänzenden lapislazuliblauen Beeren von* Dianella *in herbstlicher Pracht erstrahlen. Unter den kahlen Ästen gehört der Winter einigen ausdauernden Farnen, winzigen Alpenveilchen und marmoriertem Aronstab. Ein alter Obstgarten oder selbst ein einzelner knorriger alter Apfel- oder Birnbaum, der von dünnem Gras umgeben ist, kann den Lebensraum Wiese nachempfinden und Heimat für* Fritillaria, *Akelei, Wiesenschaumkraut und Schlüsselblumen sein, den Highlights des Frühlings und des Frühsommers.*

Der klassische Waldgarten besteht aus Rhododendren in all ihrer Vielfalt. Sie präsentieren üppige Blüten und Blätter, von denen manche unterseits braungelb oder silbern behaart sind, sowie eine außergewöhnliche Rinde. Magnolien, Lavendelheide und Vaccinium *stellen eine hübsche Ergänzung zu ihnen dar.*

UNTEN LINKS: *Sommergrüne Azaleen-Hybriden verdanken ihre schmetterlingsförmigen Blüten und reinen Farben einer Reihe von wilden Arten. Unter ihnen befindet sich* Rhododendron occidentale, *der seinen Duft an die pfirsichfarbene 'Exquisitum' vererbt hat. Bei der weißen Azalee handelt es sich um 'Persil'. Darüber sind die wachsartigen Blüten von* Magnolia sieboldii *zu sehen.*

OBEN: *Nach der Befruchtung bleiben die Kronblätter von* Helleborus orientalis *um die Samenkapseln stehen und bieten bei schlechtem Wetter etwas Schutz.*

Selbst der kleinste »Wald« aus nur einem Baum verleiht den Pflanzen, die unter ihm Schutz und Kühle finden, sein Gepräge. Ein Waldgarten, der möglichst naturnah gestaltet wurde, unterscheidet sich kaum von einem heimischen Hain. Der sensible Gärtner wird keine Pflanzen einbeziehen, die einen Mißklang erzeugen, und die Pflanzungen sorgfältig pflegen, so daß zarte Wildpflanzen nicht von kräftigen Unkräutern verdrängt werden. Wer einmal erkannt hat, daß die Natur das Vorbild abgibt, beginnt einen idealisierten Wald zu schaffen, einen Garten Eden, in dem Pflanzen verschiedener Kontinente in Eintracht zusammenleben. Dies bietet mehr Möglichkeiten für harmonische Kompositionen – aber auch für Geschmacksverirrungen.

Ein entscheidender Faktor ist der Boden. Die Anlage eines klassischen Waldgartens mit Rhododendren ist nur auf saurem Boden möglich. Entweder ist er von Natur aus humos und sauer, oder er muß – falls er nährstoffarm

Elfenblumen (Epimedium) *sind beinahe perfekte Bodendecker für waldartige Pflanzungen. Einer der hübschesten Vertreter dieser Gattung ist* Epimedium x youngianum. *Die Hybride trägt anmutiges Laub und wippende Blüten.*

Die dunklen Laub- und Blütentöne werden durch die weißen Blütenstände der Traubenhyazinthe Muscari botryoides *'Album', die elfenbeinfarbenen Blüten der Schaumblüte und goldgrünes* Tanacetum *aufgeheitert. Die dunkellaubige gefüllte Kissenprimel heißt 'Captain Blood', während das karminrote Laub (rechts) der Wolfsmilch* Euphorbia dulcis *'Chameleon' gehört.*

und sandig ist – ständig mit Lauberde verbessert und mit Fallaub gemulcht werden, um diese Mängel zu beheben. Zwischen den edlen Sträuchern, die diese Bedingungen brauchen, gedeihen die Aristokraten des kühlen Schattens: das Dreiblatt, die Scheinbeere mit ihren blauen Beeren und der Scheinmohn.

Der schwierigste Bodentyp für den angehenden Waldgärtner ist flachgrundiger, trockener Kalkboden. In einigermaßen nahrhafter alkalischer Erde können jedoch viele der wertvollen kalkverträglichen Sträucher gepflanzt werden, die im ersten Kapitel beschrieben sind, wie etwa Mahonien, etliche Schneeball-Arten und einige Hortensien. Unter ihnen wachsen Winterling und Schneeglöckchen, Elfenblume und Herzblume, Türkenbundlilie und Christophskraut, Lungenkraut, Maiglöckchen und Farne. Egal, ob diese Pflanzen sauren Boden lieben oder Kalk tolerieren, die meisten gedeihen nur dann gut, wenn sie nicht nur vor sengender Sonne geschützt sind, sondern auch vor Wind. Er trocknet oft ihre dünnen Blätter aus, die gegen Wasserverlust schlecht gerüstet sind. Für ihren Schutz sind sowohl Sträucher als auch ein breites Laubdach nötig, vor allem im Frühjahr, wenn sich die zarten jungen Triebe entwickeln und ihnen während unerwarteter Wärmeperioden durch austrocknende Winde Gefahr droht.

Wald- und Obstgärten

Für das an scharlachroten Mohn gewöhnte Auge wirkt der blaue Scheinmohn (Meconopsis betonicifolia) *atemberaubend. Er ist mit seinen reinultramarin- und himmelblauen Tönen und seidigen Kronblättern, die einen Staubgefäßkranz umgeben, einfach konkurrenzlos.*

In dieser waldigen und feuchten Umgebung gedeihen Viburnum opulus *'Roseum' und der intensiv duftende gelbe* Rhododendron luteum *zusammen mit Straußenfarn* (Matteuccia struthiopteris) *und Schaublatt* (Rodgersia).

Eine andere Form eines Gartens unter Bäumen könnte im weitesten Sinn als Obstgarten bezeichnet werden. Ich verstehe darunter Pflanzen, die im Gras unter einem alten Apfel- oder Birnbaum wachsen, der zwar vielleicht nicht viele Früchte trägt, aber mit seinen Blüten und Formen eine eigene Schönheit besitzt, die zu erhalten sich lohnt. Wippende Akeleien, duftiges Wiesenschaumkraut, Narzissen, gemusterte Schachbrettblumen, hübsche Schlüsselblumen und robustere Kissenprimeln, Wiesenstorchschnabel und natürlich die einzigartige Margerite – sie alle gedeihen im dünnen Gras unter Bäumen. Damit sich *Fritillaria* und Narzissen, aber auch Lilien, wie die rote und gelbe Türkenbundlilie, hier einbürgern, müssen sie Samen ausbilden können. Dies bedeutet, daß das Gras im Sommer nicht zu früh gemäht werden darf oder zumindest der Rasenmäher um die Stengel mit den reifenden Fruchtständen herumgelenkt werden muß, damit die Pflanzen sich aussäen. Man kann die Samen aber auch sammeln und sie in Schalen säen. Später pikiert man die winzigen Zwiebeln in Töpfe und pflanzt sie aus, sobald sie ausreichend groß sind, um überleben zu können. Diese Extramühe wird durch ein rasches Wachsen der Kolonien belohnt und empfiehlt sich besonders, wenn man außergewöhnliche Pflanzen wie weißblühende Schachbrettblumen in großen Gruppen ziehen will. Der erste Schnitt im Jahr wird am besten erst nach der Mitte des Sommers durchgeführt, um eine natürliche Aussaat zu ermöglichen. Der zweite kann im Spätsommer erfolgen, bevor die Zwiebelblumen des Herbstes, wie Zeitlose und herbstblühende Krokusse, erscheinen. In nassen Jahren kann dazwischen ein weiterer Schnitt notwendig sein. Das gemähte Gras wird kompostiert. Bleibt es zur Verbesserung des Bodens liegen, fördert man damit nur die gröberen Gräser auf Kosten von feineren Gräsern, Zwiebelblumen und Stauden, die im Obstgarten eine großartige Wiese entstehen lassen.

LINKS UNTEN: *Die himmel- und ultramarinblauen Blüten der Gartenhortensie* Hydrangea macrophylla *'Lilacina' scheinen in dem gesprenkelten Schatten des üppig belaubten Waldgartens zu tanzen – ein kühler Zufluchtsort vor der sommerlichen Hitze.*

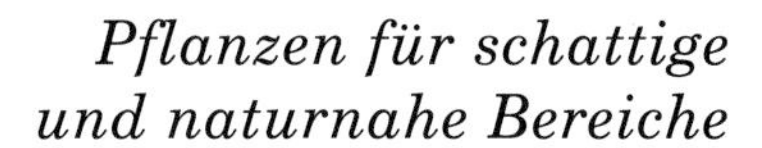

Pflanzen für schattige und naturnahe Bereiche

Hat diese Frühjahrsszene Mutter Natur oder ein sensibler Gärtner geschaffen? Weiße Buschwindröschen (Anemone nemorosa) *vermischen sich mit leuchtendblauen Blüten der Blausternchen-Art* Scilla bifolia, *rosamagentaroten Alpenveilchen, halbhohen gelben Narzissen und den marmorierten Blättern des Aronstabs* Arum italicum. *Gesprenkelte Sonne beleuchtet unter dem Laubdach dieses hübsche Arrangement.*

Im Schatten der Bäume leuchten zwischen den goldfarbenen und scharlachroten Blättern und Früchten des Herbstes die reinweißen Beeren von Actaea pachypoda.

ACTAEA

Sommergrüne Stauden · Höhe: 90 cm · Breite: 45 cm · Zierwert: im Herbst · Zone: 3 bis 9

Anders als viele Waldpflanzen ist das Christophskraut im Herbst am schönsten, wenn seine Beerenbüschel reifen. Die Blüten sind weiß und unscheinbar, doch die geteilten Blätter wirken dekorativ. *A. rubra* trägt glänzende scharlachrote Früchte, bei *A. pachypoda* sind sie kleiner und reinweiß und stehen in Trauben an fleischigen scharlachroten Stielen. Das Christophskraut braucht kühlen, humosen, fruchtbaren Boden und einen halbschattigen Platz. Es kann durch Teilung oder durch Samen, die im Herbst oder Frühwinter reifen, vermehrt werden. Doch Vorsicht: Die Beeren sind giftig.

ADIANTUM

Sommergrüne Farne · Höhe und Breite: 25 cm · Zierwert: Sommerlaub · Zone: 3 bis 8 (oder wie angegeben)

Der Venushaarfarn *(A. venustum)* ist eine zierliche Pflanze mit duftigen, filigranen Wedeln, die langsam ordentliche »Teppiche« bildet und mit kleinen Elfenblumen oder winterharten Alpenveilchen sehr hübsch aussieht. Ähnlich im Charakter, aber etwas höher ist der Hufeisenfarn (*A. pedatum;* Zone 3 bis 8) mit drahtigen schwarzen Stengeln, die einen schönen Kontrast zu den anmutigen grünen Blättern ergeben. Beide Arten benötigen humosen, kühlen Boden und einen schattigen geschützten Platz. Die Vermehrung erfolgt durch Teilung oder durch Sporen, die sofort nach der Reife in feuchten Torf gesät werden.

ANEMONE NEMOROSA

Sommergrüne Staude · Höhe: 15 cm · Breite: 30 cm · Zierwert: im Frühling · Zone: 4 bis 8

Die weißen oder zartrosa überhauchten Sternblüten des Buschwindröschens lassen in den Hainen und Laubwäldern Europas hübsche Flächen entstehen. Für den Garten sind jedoch die Züchtungen mit volleren Blüten oder verschiedenen zarten Farben interessant. Es gibt

Ungeachtet seines zarten Aussehens ist der kleine Hufeisenfarn robust. Gegen die purpurblättrige, sich ausbreitende Veilchen-Art Viola labradorica *und* Pleioblastus viridistriatus, *einem goldfarbengestreiften Bambus, kann er sich gut behaupten.*

die gefüllte weiße Form 'Flore Pleno' und 'Rosea', die einfache rotviolette Blüten trägt. Am schönsten sind aber zartlavendel- oder fliederfarbene Sorten mit oft gelblichen oder grauen Unterseiten wie 'Robinsoniana' und Allenii'. Ähnlich ist auch *A.* x *lipsiensis (A. ranunculoides)*, die jedoch butterblumengelbe Blüten trägt. Diese kleinen Anemonen haben geteiltes Laub und ausläuferbildende Wurzelstöcke, die sich in humosem, kühlem Boden am wohlsten fühlen. Die Pflanzen lassen sich leicht durch Teilung vermehren, denn aus jedem kleinen Wurzelstück mit einem Auge wächst eine neue Pflanze heran. Besonders hübsch sehen sie mit Kissenprimeln aus.

Aquilegia

Sommergrüne Stauden · Höhe: 25 bis 90 cm · Breite: 25 bis 60 cm · Zierwert: im Frühsommer · Zone: 3 bis 8

Zur Gattung Akelei gehören zwei hübsche Zwergformen für kühle, leicht schattige Plätze. *A. flabellata* var. *pumila* f. *alba* wird der Regel gerecht, die lautet: Je kleiner eine Pflanze, desto länger ihr Name. Diese kompakte kleine Form besitzt glatte graugrüne Blätter und cremeweiße Blüten, die an kurzen Stengeln stehen (die Varietät *pumila* hat, wie die große Art milchigblaue Blüten). Im Gegensatz zu ihr trägt *A. viridiflora* geteilte Blätter und dezente, duftende grüne und kastanienbraune Blüten. Auf größeren Flächen an Waldrändern oder im dünnen Gras eines Obstgartens kann sich die erheblich höhere und robustere kobaltblaue 'Hensol Harebell' einbürgern und aussäen. Dabei entstehen auch zartrosa Blüten (siehe Seite 188), die mit dunkelrosa Bergkerbel *(Chaerophyllum hirsutum)* hübsch aussehen. Alle diese Akeleien können aus Samen gezogen werden, die höheren und insbesondere benannte Züchtungen vielleicht nicht immer sortenrein. Wer eine Sorte besitzt, die zuverlässig schöne Blau- und Rosatöne hervorbringt, kann sich glücklich schätzen.

Weiße Buschwindröschen (Anemone nemorosa) *wachsen zusammen mit Wiesen-Schlüsselblumen* (Primula elatior). *Beide mögen den humosen Boden, der sich unter Laubbäumen bildet.*

Manche Pflanzen bedürfen einer genauen Betrachtung, damit ihre Reize erkannt werden. Diese alabastergrüne und braune Aquilegia viridiflora *mit ihren zarten Farben und ihrem feinen Duft gehört zu ihnen.*

Die auffälligen marmorierten Blätter von Arum italicum *ssp.* italicum *'Marmoratum' sind zwar zu jeder Jahreszeit schön, doch besonders im Winter. Hier sind sie zusammen mit dem gefüllten Schneeglöckchen* Galanthus nivalis *'Flore Pleno' zu sehen.*

ARISAEMA

Knollenpflanzen · Höhe und Breite: 30 bis 45 cm · Zierwert: in Frühling und Sommer · Zone: 5 bis 8

In einer Gattung mit vorwiegend braunen und purpurgrünen Tönen sticht die Feuerkolben-Art Arisaema candidissimum *durch ihre zarten rosa- und weißgestreiften Hochblätter hervor, die durch breite, wachsartige Blätter ergänzt werden.*

Der Feuerkolben ist ein Verwandter des Aronstabes. Mit den Flecken und Streifen auf seinen Blättern und Spathen wirkt er oft bizarr, doch mindestens zwei Arten sind auch schön. *A. sikokianum* hat schokoladenbraune Hochblätter mit schlanker Taille, die im Frühjahr vor den Blättern erscheinen. Sie umschließen einen elfenbeinfarbenen, breiten Kolben, der vor dem dunklen Hochblatt blaß leuchtet. Zur Sommermitte öffnet *A. candidissimum* seine Blüten. Seine Hochblätter sind rosa und weiß. Ihnen folgen breite Blätter und Kolben aus orangefarbenen Früchten, die für die Familie der Aronstabgewächse charakteristisch sind.

Der Feuerkolben verdient es, sich ohne Begleitpflanzen vor einem Hintergrund aus dunkler Erde abzuheben. Beide Arten lassen sich aus Samen ziehen, und die runden Knollen vermehren sich in feuchtem, humosen Boden bereitwillig.

ARUM ITALICUM SSP. ITALICUM 'MARMORATUM'

Wintergrüne Staude · Höhe: 45 cm · Breite: 30 cm · Zierwert: im Frühling · Zone: 6 bis 9

Dies ist eine besonders schöne Verwandte des heimischen Aronstabs. Ihre grünlichweißen Blütenscheiden, die im Frühjahr erscheinen, sind zwar nicht bemerkenswert, doch im Sommer folgen ihnen prächtige Kolben aus orangeroten Beeren. Vor allem aber wird diese Pflanze ihrer Blätter wegen gezogen, die im Herbst erscheinen und den Winter hindurch erhalten bleiben. Sie haben eine anmutige, schmale zugespitzte Form und zeigen ein sattes glänzendes Grün mit einer auffälligen weißen Marmorierung, wie der Name 'Marmoratum' vermuten läßt; mitunter wird die Pflanze auch unter *A. italicum* 'Pictum' geführt. Sie paßt großartig zu einem weißblühenden Seidelbast *(Daphne mezereum)* und zur Johannisbeeren-Art *Ribes laurifolium* mit ihren ledrigen Blättern und cremegrünen Winterblüten.

Die Pflanze ist anspruchslos und wächst in jedem fruchtbaren Boden. Zur Vermehrung kann sie geteilt werden, wenn die Blätter absterben.

ATHYRIUM NIPONICUM VAR. PICTUM

Sommergrüner Farn · Höhe: 30 cm · Breite: 45 cm · Zierwert: Sommerlaub · Zone: 3 bis 8

Diese Varietät des Japanischen Regenbogenfarns (früher *A. goeringianum* 'Pictum') hat die für Farne so typischen filigranen Wedel. Doch statt dem üblichen Grün weisen sie eine ungewöhnliche Färbung auf: taubengrau und zinnfarben mit bräunlichrosa Hauch, während die Stengel burgunderrot sind. Diese gedämpften Farben harmonieren wunderschön mit der rotviolettblühenden, kupfrigbelaubten Primel-Sorte 'Guinevere', der ähnlich gefärbten Nieswurz-Art *Helleborus lividus* sowie der Scheinanemonen-Art *Anemonopsis macrophylla* mit ihren nickenden, wachsartigen Blüten in Schieferblau und Weiß.

Der Farn mag kühlen, feuchten, humosen Boden und etwas Schutz. Er kann durch Teilung oder Sporen vermehrt werden.

CARDAMINE

Sommergrüne Stauden · Höhe: 25 bis 45 cm · Breite: 25 bis 60 cm · Zierwert: im Frühling · Zone: 4 bis 9

Das Schaumkraut (früher *Dentaria*) ist eine hübsche Frühlingsblume mit einer Frische, die vor allem für das Wiesenschaumkraut *(C. pratensis)* charakteristisch ist. Letzteres ist auf hochgelegenen und subalpinen Feuchtwiesen heimisch und läßt über dem Gras zarte milchigrotviolette Blütenwolken entstehen. Neben der einfachen Form gibt es die gefülltblühende 'Flore Pleno'. Die größeren Blüten von *C. pentaphyllos,* die jetzt unter *Dentaria pentaphyllos* geführt wird, sind kräftiger rotviolett und passen großartig zum Hellgelb von Schlüsselblumen.

Die Pflanzen bevorzugen kühle, feuchte Erde und etwas Schatten. Sie können im Herbst geteilt werden, um im Frühjahrsgarten große pastellfarbene Flächen entstehen zu lassen.

Die gefülltblühende Sorte 'Flore Pleno' des Wiesenschaumkrauts hebt sich gut vor einem Hintergrund aus metallisch purpurfarbenem Günsellaub ab.

Der unter winterharten Farnen einzigartige Athyrium niponicum *var.* pictum *besitzt silberfarbene Wedel mit auffälligen rosa Mittelrippen, die die anmutigen Konturen durch zarte Farbe ergänzen.*

Kein Bild kann den Charakter der wachsartigen Maiglöckchenblüten, geschweige denn ihres Duftes einfangen. Sie verkörpern die Frische des Frühlings und die Unschuld. Sicher hat bereits jeder einmal ein kleines Sträußchen gepflückt oder gekauft, um sich an dem Duft zu erfreuen.

CODONOPSIS

Sommergrüne Stauden · Höhe und Breite: 60 cm bis 1,2 m · Zierwert: im Spätsommer · Zone: 5 bis 8

Die größeren Arten der Glockenwinde neigen zum Kriechen oder klettern sogar durch benachbarte Sträucher. Diese sollten nicht zu stark belaubt sein, damit die Blütenglocken sichtbar bleiben. Ansonsten stützt man die Pflanze behutsam mit Reisig. Bei *C. convolvulacea* sind die weitgeöffneten Blüten porzellanblau, bei *C. grey-wilsonii* 'Himal Snow' (*C. convolvulacea* 'Alba') weiß. Alle diese Glockenwinden sind anmutig, aber nicht zu vergleichen mit den Arten, die nickende längliche Blüten besitzen. Die schönste ist die Tigerglocke *(C. clematidea)*, deren porzellanblaue Blüten innen braungelb gezeichnet sind und sich gut vom grauen Laub abheben. *C. ovata* sieht ähnlich aus, ihre Zeichnung ist aber nicht so kräftig.

Ungeachtet ihres zarten Aussehens sind Glockenwinden an einem schattigen Platz mit gut durchlässigem, humosem, kühlem Boden leicht anzusiedeln. Vermehrt wird durch Herbstaussaat.

CONVALLARIA MAJALIS

Sommergrüne Staude · Höhe: 25 cm · Breite: 30 cm · Zierwert: im Spätfrühling · Zone: 2 bis 9

Das Maiglöckchen gehört zu jenen unberechenbaren Pflanzen, die sich – wie der Winterling *(Eranthis hyemalis)* – rasch ausbreiten, sofern sie sich wohl fühlen, andernfalls aber schmollen. Am liebsten wachsen sie in waldigem Boden. Doch es ist ebenso möglich, daß sie in der verdichteten Erde neben einem Weg oder in festem, nassem Lehm gut gedeihen, während sie eine sorgfältig vorbereitete Pflanzstelle ablehnen. Die Blätter sind allein wegen ihrer herrlich grünen Farbe hübsch, aber *C. majalis* wird vor allem wegen seiner wächsern anmutenden weißen Blütenglocken gezogen, die einen wunderbaren Duft verströmen. Die Sorte 'Fortin's Giant' hat größere Blätter und Blüten und blüht ungefähr 7 bis 10 Tage später als die Art. Die rosablütige Varietät *rosea* ist zarter, und ihre Blüten haben keine so schöne Glockenform.

Wenn man Maiglöckchenwurzeln pflanzt, legt man diese waagerecht in den Boden und tritt ihn fest. Wer Zugang zu einer Fläche mit Maiglöckchen hat, sticht einfach ein quadratisches Stück mit Wurzeln ab und setzt es an einer anderen Stelle ein. Das Loch füllt man mit frischer Lauberde auf, so daß es rasch verschwinden wird.

Corydalis flexuosa

Sommergrüne Staude · Höhe und Breite: 25 cm · Zierwert: im Frühling · Zone: 5 bis 8

Diese Lerchensporn-Art ist in unseren Gärten relativ neu. Sie hat das zarte, filigrane Aussehen der Gattung und charakteristische kleine, gespornte Blüten in seltenem reinem Türkis oder schillerndem Blau. Doch im Gegensatz zu der eigenwilligen Art *C. cashmeriana* ist diese Pflanze leicht zu ziehen, sofern sie in kühlem, humosem Boden wächst. Es sind bereits mehrere Sorten erhältlich, wie etwa die blaßblaue 'China Blue', 'Père David' und 'Purple Leaf' mit bronzefarbenem Laub und azurblauen Blüten. Das Hellgelb von Kissenprimeln bildet einen perfekten Kontrast zu den schillernden Tönen des Lerchensporns, die man vielleicht durch die goldgrünen Schöpfe der Flattergras-Sorte *Milium effusum* 'Aureum' dämpfen kann. Lerchensporn sieht flächig gepflanzt besonders hübsch aus und kann durch Teilung vermehrt werden.

Cyclamen

Knollenpflanzen · Höhe: 7 cm · Breite: 5 bis 25 cm · Zierwert: von Spätwinter bis Frühlingsbeginn und im Herbst · Zone: 5 bis 9

Am Beginn seines langen Lebens hat das Alpenveilchen mit efeuähnlichem Laub *(C. hederifolium)* eine durchscheinende winzige Knolle mit nur einem marmorierten Blatt. Doch bei einer alten Pflanze kann die scheibenförmige Knolle so groß wie ein Eßteller sein. Dieses Alpenveilchen gedeiht am schwierigsten aller Plätze, nämlich in der durchwurzelten Erde am Fuße eines Baumes. Solange der Boden waldig ist, wächst es aber auch unter günstigeren Bedingungen zwischen Sträuchern. Seine Blätter sind von graugrüner Farbe und marmoriert. Sie erscheinen nach den nickenden Blüten und halten bis zum nächsten Sommer.

Gewöhnlich sind die Blüten rosa, aber oft erscheinen auch weißblühende Jungpflanzen, manchmal in großer Zahl. In einem meiner Gärten haben einige große, rosablühende Knollen, die an einem Hang unter einen alten Apfelbaum gepflanzt wurden, innerhalb von fünf Jahren so viele Nachkommen hervorgebracht, daß nun der ganze Hang bedeckt ist; die Mehrzahl der Pflanzen hat weiße Blüten. Da die Blätter wintergrün sind und im Sommer einziehen, kann dieses Alpenveilchen zwischen die winzige Seefeder *(Blechnum penna-marina)* gesetzt werden, einem Farn, der den Boden während der Sommermonate bedeckt. Die weiße Form wirkt mit dem schwarzblättrigen, grasartigen Schlangenbart *Ophiopogon planiscapus* 'Nigrescens' bezaubernd, der im Herbst zudem schwarze Früchte trägt.

Von den zahlreichen anderen Alpenveilchen-Arten, die Liebhaber verlocken, möchte ich nur eine weitere nennen. Sie wächst ebenso bereitwillig, selbst an trockenen, durchwurzelten Plätzen unter Bäumen, aber auch unter günstigeren Bedingungen in humoser Erde. Wenn der Winter dem Frühjahr weicht, trotzen die dicken, leuchtend-magentaroten Blüten von *C. coum* der Kälte. Von dieser Art gibt es auch eine hübsche weiße Form mit einer karminroten »Nase«. Die runden, unterseits tiefburgunderroten Blätter können vollkommen dunkelgrün bis graugrün marmoriert sein. Da sich diese Alpenveilchen bereitwillig aussäen, bilden sie rasch große Flächen. Bei Neupflanzungen sollte man lieber wachsende Pflanzen kaufen als abgetrocknete Knollen, da sich diese schlecht wie Narzissen oder Tulpen behandeln lassen.

Obwohl relativ neu in unseren Gärten, hat Corydalis flexuosa *mit ihren türkisgrünen Blütentönen bereits viele Freunde gewonnen. Der Sortenname 'Purple Leaf' bezieht sich auf das dunkle Laub.*

Cyclamen hederifolium *sät sich in humosem Boden üppig aus. Auch seine Blätter, die nach den Blüten erscheinen, sind mit ihrer vielfältigen grauen oder jadegrünen Marmorierung wunderschön.*

DIANELLA

Immergrüne Stauden · Höhe: 1,2 m · Breite: 45 cm · Zierwert: in Sommer und Herbst · Zone: 9 bis 10

Die Beeren von Dianella *sind so glatt, ebenmäßig und unglaublich blau, als seien sie aus Lapislazuli geformt und von liebevoller Hand poliert worden.*

Die kräftigen, riemenförmigen Blätter dieser Pflanzen von der Südhalbkugel bilden auf feuchten, kalkfreien Böden schöne Unkraut unterdrückende Büsche. Über ihnen schweben im Sommer duftige Wolken aus kleinen azurblauen Blüten mit gelben Staubgefäßen. Sie sind zwar hübsch, aber ihre Existenz rechtfertigen sie erst vollkommen, wenn sich aus ihnen große, glänzende lapislazuliblaue Früchte entwickelt haben. *D. tasmanica* ist eine der höchsten und einfachsten Arten; andere Arten sind ähnlich. Wenn das Klima auch nur einigermaßen den Bedürfnissen der Pflanzen entspricht, sollte man sie ziehen, denn sie verdienen alle einen Platz im Garten. Vermehrung erfolgt durch Teilung oder Aussaat.

Die vollentwickelten Wedel des Rotschleierfarns zeigen nur noch einen Hauch der bräunlichrosa Färbung, die sie zusammengerollt im Frühling trugen.

DRYOPTERIS

Farne · Höhe: 60 cm bis 1,5 m · Breite: 60 bis 90 cm · Zierwert: Sommerlaub · Zone: 4 bis 8 (oder wie angegeben)

Der Gewöhnliche Wurmfarn *(D. filix-mas)* ist eine hübsche Pflanze mit immergrünen Wedeln, die selbst an unwirtlichen trockenen Plätzen gedeiht. Doch er kann es weder mit der Schönheit des Rotschleierfarns (*D. erythrosora;* Zone 5 bis 8) aufnehmen noch mit der Großartigkeit von *D. wallichiana*. Ersterer ist sommergrün und hat mehr als kniehohe Wedel, die beim Entrollen im Frühjahr korallen- oder rostrot gefärbt sind. Später werden sie glänzendgrün und sind unterseits mit roten Sporenkapseln besetzt. *D. wallichiana* erreicht dagegen am richtigen Platz sogar Schulterhöhe. Seine immergrünen Wedel sind zunächst hellockerfarben, später tiefgrün und stehen an braunen pelzigen Stielen.

Beide Arten können geteilt oder durch Sporen vermehrt werden, und beide verdienen einen Platz mit lockerem, humosem, feuchtem Boden an einem vor Sonne und Wind geschützten Platz.

EOMECON CHIONANTHA

Sommergrüne Staude · Höhe und Breite: 45 cm · Zierwert: im Frühling · Zone: 6 bis 9

Diese Pflanze ist Vertreterin einer großartigen Gruppe von extravaganten Mohngewächsen, die feuchte Erde und gesprenkelten Schatten benötigen. Ihre nickenden weißen Blüten, die durch gelbe Staubgefäße verschönert werden, stehen über großen, runden blaugrünen Blättern. Da sich die Wurzeln, die einen orangefarbenen Saft enthalten, in lockerem Boden leicht ausbreiten, sollte man *Eomecon* von den winzigen kostbaren Waldpflanzen fernhalten; unter Sträuchern darf sie sich jedoch ungehindert ausbreiten. Vermehrung erfolgt durch Teilung.

EPIMEDIUM

Immer- und sommergrüne Stauden · Höhe: 15 bis 45 cm · Breite: 25 bis 45 cm · Zierwert: im Frühling · Zone: 4 bis 8 (oder wie angegeben)

Die zarten Blüten der Elfenblume erinnern an die von winzigen Akeleien; manche Arten tragen sogar einen langen Sporn. Sie sind sehr hübsch, doch wird die Pflanze wegen ihrer Blätter vor allem als Bodendecker geschätzt. Am besten eignen sich zu diesem Zweck die immergrünen Formen *E. perralderianum* und seine Hybride, *E.* x *perralchicum* (Zone 5 bis 8), sowie die halbimmergrüne Form *E. pinnatum* ssp. *colchicum* (Zone 5 bis 8). Erstere trägt fast ungespornte hellgelbe Blüten über glänzenden gezähnten Blättern. Die Hybride sieht ähnlich aus, hat aber die größeren Blüten und den kleineren Wuchs der anderen Elternpflanze. Das Laub von *E. pinnatum* ssp. *colchicum* färbt sich im Herbst und Winter rostrot und bronze. Alle diese gelbblühenden Elfenblumen passen gut zu anderen frischen Frühlingsfarben.

Die sommergrünen Arten sind meist von kleinerem Wuchs. Ihr Laub erscheint im Frühjahr in hübschen aprikosen-, rosa- und bronzefarbenen Tönen und trägt, wenn es im Herbst abstirbt, ähnliche Farben. Eine der kleineren Formen ist *E.* x *rubrum*, dessen purpurrote Blüten weiße Sporne haben. Bei *E.* x *warleyense* sind die kleinen Blüten mandarinenfarben und stehen über frischgrünem Laub, das nicht so dicht wie bei anderen Formen ist. Die rötliche Farbe hat es vermutlich von der Elternpflanze *E. alpinum* geerbt, einer hübschen Art mit roten und gelben Blüten. Eine weitere, beinahe immergrüne Hybride dieser Art ist *E.* x *cantabrigiense* mit kleinen roten und gelben Blüten. Der Abstammung von *E. pinnatum* ssp. *colchicum* verdankt *E.* x *versicolor* (Zone 5 bis 8) eine Palette von Sorten mit hübschen Blütenfarben, die von der blaßgelben 'Sulphureum' bis zur seltenen rosagefärbten 'Versicolor' reichen; letztere wirkt mit kleinblumigen rosa Narzissen wie 'Foundling' bezaubernd. Die weichen Töne von 'Sulphureum' sehen zusammen mit Farnen, den kleineren Formen des Salomonssiegels und weißpanaschierten Funkien hübsch aus. Die andere Elternpflanze ist *E. grandiflorum*, eine Art von außergewöhnlicher Schönheit mit größeren, langgespornten Blüten, die rosa ('Rose Queen') oder weiß ('White Queen') sein können. Die kleinste Elfenblume ist *E.* x *youngianum* mit seinen Formen; bei der weißen 'Niveum' heben sich die Blüten vom purpurnen jungen Laub ab, und 'Roseum' besitzt lavendelfarbene Blüten.

Elfenblumen entwickeln sich an kühlen, schattigen Plätzen mit fruchtbarer Erde am schönsten. Doch auch am Rand einer schattigen Fläche recken sie sich zufrieden der Sonne entgegen, ohne Schaden zu nehmen. Vermehrt wird durch Teilung. Damit die Blüten und jungen Blätter gut zur Geltung kommen, schneidet man, außer bei den immergrünen Arten, im Winter das Laub ab.

So hübsch die akeleienähnlichen Blüten der Elfenblume auch sein mögen – es sind ihre Blätter, die der Pflanze einen Ehrenplatz im waldigen Garten verschaffen. Das Laub von Epimedium x rubrum *ist kupfrigbraun überhaucht und bildet einen schönen Kontrast zu den zartjadegrünen Blättern der Frauenmantel-Art* Alchemilla mollis, *auf denen sich Regentropfen wie Perlen sammeln.*

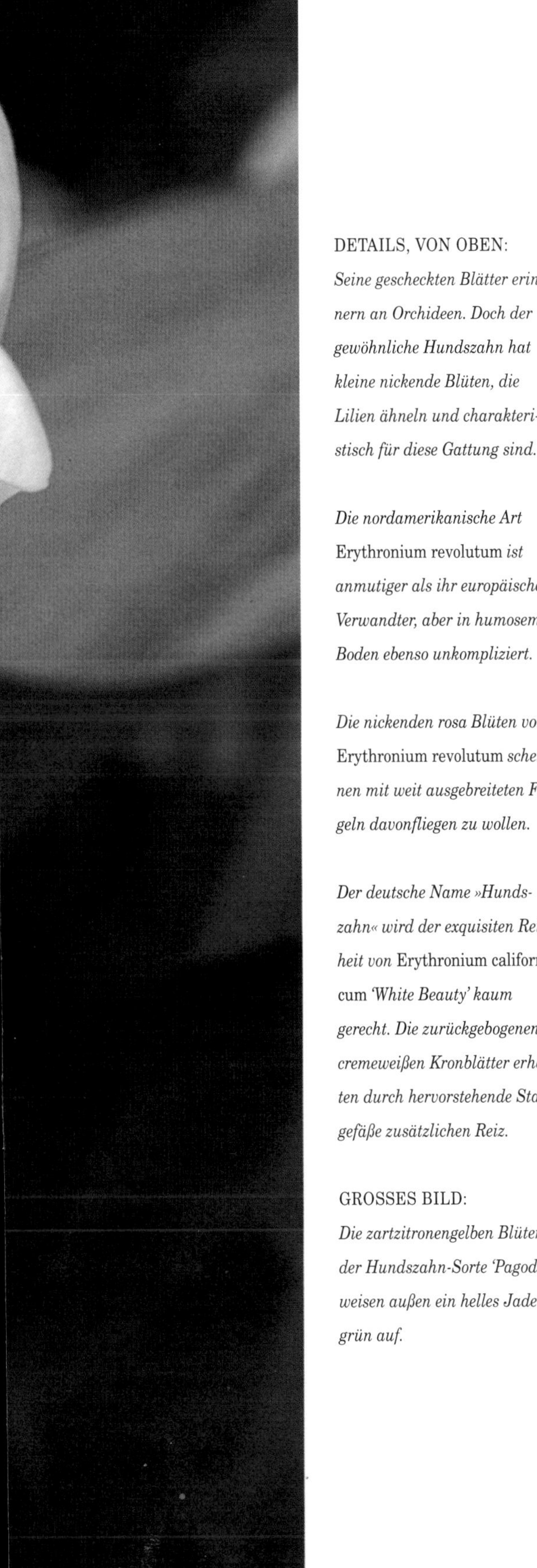

Erythronium
Liebliche Wildpflanzen

DETAILS, VON OBEN:
Seine gescheckten Blätter erinnern an Orchideen. Doch der gewöhnliche Hundszahn hat kleine nickende Blüten, die Lilien ähneln und charakteristisch für diese Gattung sind.

Die nordamerikanische Art Erythronium revolutum *ist anmutiger als ihr europäischer Verwandter, aber in humosem Boden ebenso unkompliziert.*

Die nickenden rosa Blüten von Erythronium revolutum *scheinen mit weit ausgebreiteten Flügeln davonfliegen zu wollen.*

Der deutsche Name »Hundszahn« wird der exquisiten Reinheit von Erythronium californicum *'White Beauty' kaum gerecht. Die zurückgebogenen cremeweißen Kronblätter erhalten durch hervorstehende Staubgefäße zusätzlichen Reiz.*

GROSSES BILD:
Die zartzitronengelben Blüten der Hundszahn-Sorte 'Pagoda' weisen außen ein helles Jadegrün auf.

ERYTHRONIUM

Zwiebelblumen · Höhe: 10 bis 25 cm · Breite: 10 bis 15 cm · Zierwert: im Frühling · Zone: 4 bis 8 (oder wie angegeben)

Der heimische Hundszahn (*E. dens-canis;* Zone 2 bis 7) hat glatte kastanienbraungefleckte Blätter und nickende Blüten in Rosa, Purpurrot oder Weiß. Er wächst im dünnen Gras unter Bäumen. Für Liebhaber gibt es mehrere benannte Sorten, die alle schön sind und einen besonderen Platz in humosem Boden und durchbrochenem Schatten verdienen. Die nordamerikanischen Arten zeigen die Zuordnung zur Familie der Liliengewächse deutlicher. Ihre nickenden Blüten haben zurückgebogene, mitunter auch sternförmige Kronblätter. Manche Arten tragen auch blaßmarmorierte Blätter. Eine der schönsten Sorten ist 'White Beauty', eine Auslese von *E. californicum* mit zurückgebogenen elfenbeinfarbenen Kronblättern. Die Art selbst hat cremefarbene bis weiße Blüten mit gelbbraunen Flecken um das gelbe Auge und zart bronzegetönte Blätter. 'Pagoda' ist eine großartige Hybride in Schwefelgelb mit gelbbrauner Mitte. Ihre Farbe stammt von der unkomplizierten, aber nicht so anmutigen *E. tuolumnense*, deren kleine kräftiggelbe Blüten über einfarbigen Blättern stehen. *E. revolutum* zeigt rosafarbene Blüten und bronzefarbene Blätter.

Diese Hundszahn-Arten und -Sorten benötigen einen kühlen Platz mit humosem Boden und durchbrochenem Schatten. Die Zwiebeln sollten nie austrocknen. Sie breiten sich aus und können geteilt werden, um neue Kolonien entstehen zu lassen.

Ungeachtet ihres zarten Aussehens ist die Sorte 'Pagoda' unkompliziert. Sie breitet sich mit ihren duftigen Blüten unter den Zweigen der Zierkirsche Prunus x yedoensis *'Shidare-yoshino' bereitwillig aus.*

FRITILLARIA

Zwiebelpflanzen · Höhe: 25 bis 90 cm · Breite: 7 bis 23 cm · Zierwert: von Frühling bis Hochsommer · Zone: 5 bis 8 (oder wie angegeben)

Fritillaria ist eine Gattung, die aufgrund ihrer exquisiten Schönheit und vielfältigen Formen die Sammlerleidenschaft anregt. Zu ihr gehören einige Arten, die auch an kühlen, halbschattigen Plätzen gedeihen. Die Schachbrettblume (*F. meleagris;* Zone 4 bis 8) ist eine der unkompliziertesten und gedeiht zufrieden auf allen offenen, nicht zu trockenen Grasflächen oder im dünnen Gras unter Bäumen wie auch zwischen Sträuchern. Ihre charakteristischen eckigen Blüten sind meist braunrot mit dunklem Muster. Hellere oder dunklere rote Varian-

Die Schachbrettblume wächst in freier Natur auf feuchten Wiesen. Moderne Kulturweisen haben sie aus ihrem Lebensraum beinahe verdrängt, doch wo noch nach traditionellen Methoden gewirtschaftet wird, gedeiht sie üppig. Das Gras, in dem sie wächst, sollte erst nach Sommermitte geschnitten werden, wenn ihre Samen gereift und zu Boden gefallen sind. Ein zweiter Schnitt im Spätsommer erhält das Gras schön. Auf Dünger sollte unbedingt verzichtet werden, da er grobe Gräser fördert, die Schachbrettblumen und andere erwünschte Wiesenblumen ersticken.

ten kommen in der Natur vor; etwa 10 Prozent der wildwachsenden Jungpflanzen zeigen ein hübsches Alabasterweiß. Mit etwa 30 cm ist die exquisite blaßschwefelgelbe *F. pallidiflora*, deren große nickende Blüten wie eckige Tulpen aussehen, etwas höher. Mehrere Arten haben grüne laternen- oder glockenförmige Blüten. Mitunter sind sie rotbraun gezeichnet wie *F. pontica* (grün mit schokoladenbraunen Spitzen) oder die höhere jadegrüne *F. acmopetala* (Zone 6 bis 8), deren innere Segmente gelbbraun sind. Bei *F. pyrenaica* sind die zurückgebogenen purpurbraunen Blüten innen glänzend gelbgrün mit brauner Zeichnung (siehe Seite 169). Als letzte Art blüht im Hochsommer *F. camtschatcensis* (Zone 3 bis 8), eine Pflanze der Wälder und subalpinen Wiesen mit leuchtendgrünen Blattrosetten, über denen fast schwarze Glocken hängen.

Fritillaria kann durch Teilung oder durch Aussaat vermehrt werden. Vor allem die Schachbrettblume läßt sich sehr rasch vermehren, wenn man die Samen nach der Reife im Sommer in feuchte Erde sät. Sobald die Jungpflanzen ausreichend groß sind, werden sie ins Freiland gesetzt.

GENTIANA ASCLEPIADEA

Sommergrüne Staude · Höhe: 90 cm · Breite: 60 cm · Zierwert: im Herbst · Zone: 5 bis 8

Der Schwalbenwurzenzian ist im Gegensatz zu einigen seiner kleineren Verwandten im Steingarten ein unkomplizierter Waldbewohner. An seinen gebogenen laubreichen Trieben sitzen Büschel aus reinblauen Blütentrichtern. Es gibt auch eine hübsche weißblühende Sorte mit elfenbeinfarbenem und jadegrün überlaufenem Schlund und manchmal auch blaßhimmelblaue Varianten. Die weiße Form sieht mit Christophskraut hinreißend aus, vor allem mit der Art *Actaea pachypoda*, die weiße Beeren trägt. Blaublühender Schwalbenwurzenzian paßt zur gelbfrüchtigen *Coriaria terminalis* var. *xanthocarpa* oder den kräftigeren Krötenlilien.

Der Schwalbenwurzenzian bevorzugt kühlen, humosen Boden und lichten Schatten. Er kann durch Aussaat vermehrt werden, doch einmal angewachsen, breitet er sich selbst aus.

HACQUETIA EPIPACTIS

Sommergrüne Staude · Höhe: 10 cm · Breite: 15 cm · Zierwert: zu Frühlingsbeginn · Zone: 5 bis 8

Die kleine Schaftdolde sieht auf den ersten Blick wie Winterling aus. Doch verdient sie einen zweiten Blick, denn sie ist ein Doldenblütler. Ihre kleinen gelben Dolden sind von grüngelben Kelchblättern umgeben und öffnen sich zu Frühjahrsbeginn am Boden. Dann schieben sie sich langsam nach oben, während sich auch die geteilten Blätter entfalten. Die Pflanze wurzelt extrem tief und verträgt es nicht, gestört zu werden. Da sie sich nicht leicht teilen läßt, ist die Aussaat die beste Vermehrungsmethode. Am liebsten mag sie fruchtbare, kühle Erde und Halbschatten.

Die gelbgrünen Blattkrausen von Hacquetia epipactis *künden zeitig vom Nahen des Frühlings, während sie sich aus dem noch winterlichen Boden schieben.*

Die exquisiten, aber mitunter empfindlichen Enziane hochalpiner Hänge haben im Schwalbenwurzenzian ein anspruchsloses Gegenstück. Seine kantigen Blütentrichter sind genauso schön und zeigen wasser- und ultramarinblaue oder alabasterfarbene Töne.

Helleborus
Winterliche Anmut

DETAILS, VON OBEN:
Die Blüten von Helleborus orientalis *bleiben selbst nach der Befruchtung noch lange schön, da die Kronblätter nicht abfallen, sondern die reifenden Samenkapseln schützen.*

Nachdem sich in den jadegrünen Bechern von Helleborus lividus *ssp.* corsicus *die Samen entwickelt haben, welken die Stengel und sollten abgeschnitten werden.*

Die nach außen gerichteten Blüten von Helleborus orientalis *sehen besonders hübsch aus, wenn sie die reiche Zeichnung der Unterart* guttatus *sichtbar werden lassen.*

Die rotüberlaufenen Stengel der Stinkenden Nieswurz Wester-Flisk-Gruppe tragen tiefgeteilte schwarzgrüne Blätter, einen starren Blattkranz und dicke jadegrüne Blütenbüschel.

GROSSES BILD:
Die dunkelrotbraunblühenden Formen von Helleborus orientalis *werden durch ihre cremefarbenen Staubgefäße aufgeheitert.*

Helleborus

Immergrüne Stauden · Höhe und Breite: 30 bis 45 cm · Zierwert: von Winter bis Frühling · Zone: 5 bis 9 (oder wie angegeben)

Die Gattung Nieswurz, zu der auch die weißblühende Christrose (*H. niger;* Zone 4 bis 7) sowie mehrere grünblühende Arten gehören, ist für schattige oder waldige Gärten unverzichtbar. Die schattenliebende Stinkende Nieswurz (*H. foetidus;* Zone 4 bis 9) hat tiefgeteilte dunkelgrüne Blätter, über denen im Winter ein Büschel aus jadegrünen Blüten mit kastanienbraunem Saum stehen. Die duftende Form erfüllt die kalte Luft mit Wohlgeruch. Die Wester-Flisk-Gruppe ist eine schöne Zuchtform mit rötlichen Stengeln. Diese Pflanzen lassen kräftige Kontraste zu den breiten Blättern von Bergenien entstehen. Die halbverholzten Stengel von *H. lividus* ssp. *corsicus* (Zone 6 bis 8) tragen im ersten Jahr spitzgesägte blaßgrüne Blätter mit grauen Adern. Im zweiten Jahr erscheint ein kräftiges Büschel aus blaßgrünen Knospen. Sie öffnen sich zu jadegrünen Blüten, die wochenlang halten. Diese Nieswurz mag jede fruchtbare, durchlässige Erde an einem sonnigen oder halbschattigen Platz und kann wie die Stinkende Nieswurz durch Aussaat vermehrt werden – eine Arbeit, die die Pflanze meist selbst besorgt.

H. orientalis blüht im Spätwinter und zu Frühjahrsanfang, beginnend mit der tiefviolettroten Early-Purple-Gruppe. *H. orientalis* ssp. *guttatus* trägt weiße Blüten mit vielen blutroten Flecken. Durch selektive Züchtung entstand ein Spektrum an Farben, das von Weiß und Grünlichgelb über Mattrosa bis zu Schieferblau und fast Schwarz reicht. Bei den Blütenformen kann man zwischen nach auswärts gerichteten Schalen – bei gefleckten Typen sehr beliebt – und den eleganteren, nickenden, ausgestellten Formen wählen. Die kleinere, zartere *H. torquatus* hat purpur-graue Blüten. Aus ihr sind gefüllte Formen in der gesamten Farbpalette von *H. orientalis* hervorgegangen. Falls die alten Blätter von *H. orientalis* zur Blütezeit häßlich werden, kann man sie abschneiden. Diese Art kann aus Samen gezogen werden. Die sterile Early-Purple-Gruppe wie auch alle benannten oder besonderen Formen, die vegetativ vermehrt werden müssen, kann man nach (oder selbst während) der Blüte teilen. Diese Pflanzen gedeihen in feuchtem, fruchtbarem Boden zwischen Sträuchern oder unter Bäumen. In halbschattigen Rabatten passen pflaumenrote Nieswurzblüten gut zu den mahagoniroten jungen Trieben von Pfingstrosen.

Die benannten Formen des exquisiten Helleborus torquatus *– hier die Sorte 'Dido' – wecken den Sammlerinstinkt.*

Die großen Hortensien der Unterart Hydrangea aspera *ssp.* sargentiana *sind mit ihren langen samtigfilzigen Blättern herrliche Pflanzen. Ihre runden Blütenstände sind von dekorativen, kleinen, sterilen Blüten umgeben.*

HEPATICA

Immergrüne Stauden · Höhe: 15 cm · Breite: 30 cm · Zierwert: im Frühling · Zone: 4 bis 7

Das Leberblümchen hat anemonenähnliche zartlavendelblaue Blüten und gelappte Blätter. Diese sind bei *H. nobilis* stumpf und bei *H. acutiloba* zugespitzt. Von der ersten Art gibt es auch weiße, rosa und rote Formen, doch die blaublühenden sind am schönsten. Alle brauchen einen kühlen, schattigen Platz mit waldigem Boden und können geteilt werden, wenn die Blätter absterben.

Die zartrosa x Heucherella alba *'Rosalie' wächst in diesem entzückenden Waldgarten zusammen mit Akeleien in verschiedenen Rosatönen.*

× HEUCHERELLA

Immergrüne Stauden · Höhe und Breite: 45 cm · Zierwert: im Spätfrühling · Zone: 4 bis 8

Die Kreuzung x *Heucherella tiarelloides* entstand aus dem Purpurglöckchen *(Heuchera brizoides)* und der Waldschaumblüte *(Tiarella cordifolia).* Sie bildet einen dichten Laubteppich, der Unkraut unterdrückt. Über ihm erheben sich verzweigte Blütenrispen aus winzigen reinrosa Blüten. x *Heucherella alba* 'Rosalie' ist ähnlich, besitzt aber blassere Blüten. Die Pflanzen gedeihen in fruchtbarer Erde an einem halbschattigen Platz. Die Vermehrung erfolgt durch Teilung der Horste.

HYDRANGEA

Sommergrüne Sträucher · Höhe: 1 bis 2,4 m · Breite: 1 bis 1,8 m · Zierwert: von Sommer bis Herbst · Zone: 6 bis 9

Die großen Exemplare der Rauhen Hortensie (*H. aspera* Villosa-Gruppe) sind schöne Sträucher für durchbrochenen Schatten und einen vor Wind und Spätfrösten geschützten Platz. Oft heißt es, sie würden sowohl in sauren als auch kalkhaltigen Böden blau blühen – doch sie zeigen nie wirklich blaue Blüten. Die zarten Blütenstände setzen sich aus fliederfarbenen Randblüten und winzigen fruchtbaren Innenblüten zusammen. Letztere gehen ins Blauviolett, sind aber keineswegs blau. Das zugespitzte Laub ist behaart. Ein Schnitt ist kaum erforderlich, doch schwache oder frostgeschädigte Triebe müssen entfernt werden. Die Sträucher sollten ein Grundgerüst aus Trieben ausbilden können und entsprechend viel Platz erhalten. Vermehrt wird im Sommer durch Stecklinge.

Auch Formen der Gartenhortensie *(H. macrophylla)* und ihrer Unterart *serrata* stellen schöne Sträucher für den waldigen Garten dar. Zu letzteren gehören mehrere hübsche Formen wie 'Bluebird' und 'Grayswood', deren Blüten beim Öffnen weiß sind und sich dann, unabhängig vom pH-Wert des Bodens, rosa bis rubinrot färben. Die etwas gedrungenere *H. macrophylla* hat ebenfalls schöne Sorten zu bieten: 'Lanarth White', die große 'White Wave', 'Mariesii Perfecta' (besser unter 'Blue Wave' bekannt – trotz dieses vielversprechenden Namens wird sie aber selbst in sauren Böden nur zögerlich blau), die zartfarbene 'Lilacina' (siehe Seite 172) und die tiefrote 'Geoffrey Chadbund'.

Wie bereits erwähnt, leiden Hortensien rasch unter Trockenheit, sei es im Wurzelbereich oder aufgrund von austrocknenden Winden. Sorten von *H. macrophylla* ssp. *serrata* benötigen mehr Schatten als die Art und sehen in natürlichen waldigen Umgebungen am hübschesten aus. Sie brauchen humosen Boden und Schutz vor Wind und lassen sich leicht durch im Sommer oder Herbst genommene Stecklinge vermehren.

HYLOMECON JAPONICA

Sommergrüne Staude · Höhe: 30 cm · Breite: 25 cm · Zierwert: im Frühling · Zone: 6 bis 8

Der Japanische Mohn erinnert zwar an die Scheinmohn-Art *Meconopsis cambrica*, besitzt aber zartere, reingelbe Blüten. Sie stehen über geteilten frischgrünen Blättern. Die Pflanze sät sich jedoch nicht wie der Scheinmohn üppig aus, sondern wird durch Teilung vermehrt. In kühlem, humosem Boden breitet er sich langsam aus.

LEUCOTHOË

Immergrüne Sträucher · Höhe: 60 bis 90 cm · Breite: 90 cm bis 1,2 m · Zierwert: im Frühling · Zone: 5 bis 8

Die Traubenheide bildet in lichtem Schatten auf kalkfreiem, humosem Boden dichte »Teppiche«, so daß sie Unkraut gut unterdrückt. *L. walteri* hat lange, zugespitzte, glänzende Blätter, die im Winter kupfer- und mahagonifarben werden. Im Frühjahr öffnen sich an den überhängenden Trieben Büschel aus kleinen, krugförmigen weißen Blüten. Die beliebte panaschierte Sorte 'Rainbow' trägt grüne Blätter mit einer cremefarbenen, gelben oder rosa Marmorierung; im Winter werden sie ebenfalls rot bis kupferfarben. Beide Formen bevorzugen Boden, der nicht austrocknet, tolerieren jedoch trotzdem leicht trockene Bedingungen. Die ansehnliche kleine Art *L. keiskei*, die nur halb so hoch ist, benötigt gleichbleibende Feuchtigkeit. Sie hat zickzackförmige rötliche Triebe, an denen glänzende dunkelgrüne Blätter sitzen. Die weißen Blüten sind größer und öffnen sich erst nach dem Hochsommer. Keine der Pflanzen braucht einen Schnitt, und alle können durch Stecklinge vermehrt werden.

Die anmutig überhängenden Triebe von Leucothoë keiskei *tragen im Sommer an tiefroten Stengeln Büschel aus kleinen, krugförmigen weißen Blüten. Auch die Blätter sind rot überlaufen, wenn sie in der Sonne stehen.*

MATTEUCCIA STRUTHIOPTERIS

Sommergrüner Farn · Höhe: 90 cm · Breite: 60 cm · Zierwert: Frühjahrs- und Sommerlaub · Zone: 2 bis 8

Der Straußenfarn mag feuchten Boden, wo er sich durch Ausläufer rasch ausbreitet und Kolonien hübscher frischgrüner Trichter aus gefiederten, kurzstieligen Wedeln bildet. Am schönsten sieht er aus, wenn die Trichter einzeln stehen. Es lohnt sich daher, von Zeit zu Zeit sich bedrängende Pflanzen auszudünnen. Aus dem gleichen Grund sollte man niedrige Begleitpflanzen wählen, die aber nicht so zart sein dürfen, daß die Farne sie ersticken.

Dieser Farn mag feuchte Wurzeln so sehr, daß man ihn im Kapitel über feuchtigkeitsliebende Pflanzen einordnen könnte. Doch er verträgt keine austrocknenden Winde, vor denen eine waldige Umgebung schützt. Er ist vollkommen frosthart und kann im Frühling, zu Beginn der Wachstumsperiode, problemlos geteilt werden.

Mitte des Frühjahrs bilden die Wedel des Straußenfarns ihre charakteristische Trichterform aus, auch wenn die Spitzen noch eingerollt sind. Der bescheiden nickende Hundszahn stellt ein Gegengewicht zu ihrem aufrechten Wuchs dar.

Die Kamera lügt nicht: Meconopsis grandis *besitzt tatsächlich mohnähnliche Blüten in kräftigem Stahlblau. Ihre pelzigen Knospen stehen über einer Rosette aus behaarten Blättern.*

MECONOPSIS

Stauden · Höhe: 45 cm bis 1,2 m · Breite: 30 bis 60 cm · Zierwert: von Frühling bis Sommer · Zone: 6 bis 8

Zur Gattung Scheinmohn gehören faszinierende Pflanzen mit knitterigseidigen Kronblättern, deren Farbe vom reinsten Azurblau und Türkis über Ultramarin bis Stahlblau reicht. Um sich schön zu entwickeln, braucht Scheinmohn feuchte, kalkfreie Erde und feuchte Luft. Unter nicht so idealen Bedingungen können seine Blüten schmutzigblau werden, sofern er überhaupt gedeiht. Eine der einfachsten Arten ist *M. betonicifolia* (siehe Seite 172), die zwar nicht immer langlebig ist, aber sich leicht aus frischen Samen ziehen läßt. Es gibt neben himmelblaublühenden Formen auch eine alabasterweiße. Beide haben behaarte Knospen, die sich an der Spitze der Traube zuerst öffnen, und goldgelbe Staubgefäße. Eine imposantere Pflanze ist *M. grandis*, die schulterhoch werden kann. Entsprechend groß sind auch ihre schalenförmigen, nickenden Blüten. Sie kann ebenfalls aus Samen gezogen werden; die Teilung stellt bei Sorten eine sortenreine Vermehrung sicher.

MERTENSIA VIRGINICA

Sommergrüne Staude · Höhe: 45 cm · Breite: 25 cm · Zierwert: im Frühling · Zone: 5 bis 9

Das Blau des Blauglöckchens besitzt eine andere Qualität als das des Scheinmohns. Doch der helle, ins Fliederfarbene gehende Ton seiner nickenden Blütenglocken paßt perfekt zum Graugrün der glatten Blätter. Die Pflanze zieht zur Sommermitte ein. Da sie im Wald heimisch ist, braucht sie im Garten ähnliche schattige und humose Bedingungen. Das Blauglöckchen wird durch Teilung, Aussaat oder Wurzelschnittlinge vermehrt.

RECHTS: *Die Blüten des Blauglöckchens erinnern an die der Schlüsselblume. Im Gegensatz zu ihnen sind sie jedoch blau und im Knospenstadium violett überhaucht.*

Milium effusum 'Aureum'

Sommergrünes Gras · Höhe: 60 cm · Breite: 30 cm · Zierwert: Sommerlaub · Zone: 5 bis 8

Bereits als Kind liebte ich das Flattergras, weil es so schön weich und zartgrün ist. Im Garten sollte man die goldblättrige Sorte 'Aureum' ziehen, deren reingelbe Blätter im Frühjahr erscheinen. Nach wenigen Wochen öffnen sich über ihnen duftige verzweigte Blütenstände in der gleichen zarten Farbe. An schattigen Plätzen mit humosem Boden sät sich das Gras üppig (und sortenecht) aus, so daß zwischen Sträuchern bald ein hellgoldfarbener Schleier liegt, der gut mit filigranen Farnen und breiten Funkienblättern harmoniert.

Narcissus

Zwiebelpflanzen · Höhe: 7 bis 45 cm · Breite: 7 cm · Zierwert: im Frühling · Zone: 4 bis 9 (oder wie angegeben)

Neben den bekannten gelben Osterglocken und anderen mehr oder weniger schwülstigen Züchtungen gibt es fast ebenso viele bezaubernde kleine Narzissen für die leicht schattigen Ränder eines Waldgartens oder das Gras unter Obstbäumen. Die in Westeuropa heimische, perfekte kleine Osterglocke (*N. pseudonarcissus;* Zone 6 bis 9) präsentiert eine hellgelbe Blütenkrone und blassere, leicht gedrehte Blütenkranzblätter. Später, gegen Ende der Narzissenblüte, kommt die Zeit der duftenden Dichternarzisse (*N. poeticus* 'Recurvus'). Sie trägt winzige gelbe Kronen mit orangerotem Saum, die von anmutig zurückgebogenen weißen Kranzblättern umgeben sind. Früh im Jahr öffnet die winzige Alpenveilchennarzisse (*N. cyclamineus)* ihre leuchtendzitronengelben Blüten aus schlanken Kronen und weit zurückgebogenen Kranzblättern. Bei der Reifrocknarzisse (*N. bulbocodium;* Zone 6 bis 9), die schlank und höher ist, sind die Kranzblätter um die krinolinenartige Krone nur noch Zipfel. Neben der reingelbblühenden Art gibt es die intensiver gefärbte Varietät *conspicuus* und die unwiderstehliche, aber seltene, blaßzitronengelbe Varietät *citrinus*.

Diese Pflanzen gedeihen in humosem Boden sowie in dünnem Gras an halbschattigen Stellen, wo die Erde nicht austrocknet. Die Vermehrung erfolgt durch Aussaat oder Teilung.

Parochetus communis

Sommergrüne Staude · Höhe: 7 cm · Breite: 30 cm · Zierwert: im Sommer · Zone: 9 bis 10

Diese Staude bildet in bevorzugtem feuchtem, warmem Schatten rasch einen »Teppich« aus kleeähnlichen Blättern, über denen lange Zeit leuchtendtürkisblaue Schmetterlingsblüten zu schweben scheinen. Falls ein Bach durch den waldigen Bereich des Gartens fließt, wächst sie sogar am Uferrand und kann wunderbar um *Dianella* gesetzt werden, die später lapislazuliblaue Beeren trägt. Zur Vermehrung teilt man die Pflanze.

Pieris

Immergrüne Sträucher · Höhe: 90 cm bis 3 m · Breite: 90 cm bis 2 m · Zierwert: im Frühling · Zone: 5 bis 8 (oder wie angegeben)

Eine der am fröhlichsten wirkenden Frühjahrspflanzen im Waldgarten ist die Lavendelheide. Dieses Heidekrautgewächs verträgt keine kalkhaltige Erde, doch in feuchtem, saurem Humusboden gedeiht es problemlos, sofern es vor Wind, Spätfrösten und starker Sonne geschützt ist. Schutz ist vor allem notwendig, damit das empfindliche junge Laub der Lavendelheide im Frühjahr nicht verbrennt. Sein leuchtendes Scharlachrot kann mit

Die Flattergras-Sorte Milium effusum *'Aureum' heitert mit ihren hellen reingelben Blütenständen und gelbgrünen Blättern schattige Ecken auf.*

Narcissus cyclamineus *gehört zu den kleinsten Narzissen-Arten. Fühlen sich diese Pflanzen wohl, breiten sie sich in moosigem, kühlem Boden oder auf feuchten Wiesen mit nicht zu üppigem Gras bereitwillig aus.*

Die Lavendelheide 'Forest Flame' wächst hier unter idealen Bedingungen an einem schattigen, geschützten Platz. So kann sich ihr empfindliches leuchtendscharlachrotes Frühjahrslaub unbeschadet von Frost, austrocknenden Winden und unverhofft heißer Sonne in seiner ganzen Farbenpracht entfalten.

jeder Blüte konkurrieren. Doch auch die krugförmigen hängenden Blüten sollte man nicht verachten. Sie sind meist weiß, manchmal aber auch rosa oder weinrot und stehen in großen anmutigen Doppeldolden. Eine der schönsten Sorten ist 'Forest Flame', bei der die scharlachroten jungen Triebe sich nach und nach lachsrosa, dann rahmweiß und im Sommer schließlich grün färben. Sie gilt allgemein als winterhärter als *P. formosa* (Zone 5 bis 7), die ähnlich gefärbt ist. 'Wakehurst' ist eine schöne Sorte mit leuchtendscharlachrotem Laub, das später korallenrot, dann zitronengelb und schließlich grün wird; im Spätsommer verblaßt es mitunter.

Die Japanische Lavendelheide *(P. japonica)* hat von allen Arten die meisten Sorten hervorgebracht. Eine schöne Laubfarbe haben 'Mountain Fire' und die zartere 'Grayswood' mit bronzefarbenem jungem Laub und langen, eleganten Blütendolden. Auch eine panaschierte Sorte ist erhältlich. 'Purity' ist eine Form mit kompaktem Wuchs, die besonders hübsch blüht. Ihre Dolden stehen mehr aufrecht. Doch die Japanische Lavendelheide bietet auch Sorten, die nicht die charakteristischen weißen Blüten tragen, wie etwa die tiefrosafarbene 'Christmas Cheer'. Eine ungewöhnliche Farbe besitzt die Sorte 'Flamingo', deren burgunderrote Knospen nach dem Öffnen die Farbe von wasserverdünntem Rotwein aufweisen.

Die elegant wirkende Lavendelheide verdient angemessene Pflanzpartner wie Ahorne mit schlangenhautartiger Rinde, die Prachtglocken-Art *Enkianthus campanulatus* mit ihren korallenroten und cremefarbenen Blütenglocken, gedrungene immergrüne Azaleen mit weißen Blüten oder vielleicht einen zartorangeblühenden *Rhododendron kaempferi*. Vermehrt wird im Herbst durch halbreife Stecklinge. Ein Schnitt ist nur notwendig, um frostgeschädigtes Holz zu entfernen. Wenn die Lavendelheide baumartige Ausmaße annimmt, kann man die unteren Zweige entfernen, um eine Unterpflanzung zu ermöglichen. Sie kann aber auch stark zurückgeschnitten werden, damit sie kompakt bleibt, am besten im Frühjahr nach dem Welken der Blüten.

Podophyllum

Sommergrüne Stauden · Höhe: 45 cm · Breite: 30 cm · Zierwert: im Frühling · Zone: 5 bis 8

Die Blätter des außergewöhnlich reizvollen Maiapfels öffnen sich am Ende ihrer Stengel langsam wie kleine Regenschirme. *P. hexandrum (P. emodi)* trägt starkgelapptes glänzendes Laub, das oberseits bräunlich marmoriert ist und die nickenden weißen Blüten beinahe verbirgt. Den Blüten folgen Früchte in der Größe, Form und Farbe von Eiertomaten. Die Varietät *chinense* besitzt größere, rosa Blüten und noch stärker gelappte Blätter.

Beide Formen können durch Aussaat oder Teilung vermehrt werden und fühlen sich in kühlem Schatten und feuchter Erde am wohlsten.

Polygonatum

Sommergrüne Stauden · Höhe: 30 cm bis 1,2 m · Breite: 30 bis 60 cm · Zierwert: im Frühling · Zone: 4 bis 8

Für Salomonssiegel sind ausladende Stengel, an denen waagerecht frischgrüne Blätter stehen, charakteristisch. Je nach Art sind diese mehr oder weniger breit oder spitz. Unter ihnen hängen elfenbeinfarbene oder grünlichweiße Blütenglocken. Die Palette reicht vom hohen, wuchsfreudigen *P. biflorum* über das mittelgroße robuste *P.* x *hybridum* bis zum ansehnlichen kleinen *P. falcatum* und seiner schönsten Form 'Variegatum'. Deren Blätter zeigen einen weißen Rand mit rosafarbenem Hauch. Andere panaschierte Salomonssiegel wirken weniger zurückhaltend, wie beispielsweise die elfenbeinfarbengestreifte Form von *P. odoratum*, eine Art, für die eckige Stengel charakteristisch sind. Sowohl von *P. odoratum* als auch von *P.* x *hybridum* gibt es gefülltblühende Formen. Welches Salomonssiegel man auch wählt, Farne sind die idealen Pflanzpartner.

Die Pflanzen sind in waldigem Boden an einem schattigen Platz einfach zu ziehen, mit der Einschränkung, daß im Frühsommer die Blätter von Larven der Blattwespe *Phymatocera aterrima* bis auf die Mittelrippe abgefressen werden können. Vermehrt wird durch Teilung oder durch Samen der schwarzblauen Früchte, die den Blüten folgen können.

POLYPODIUM

Immergrüne Farne · Höhe und Breite: 30 cm · Zierwert: Laub · Zone: 5 bis 8

Das Engelsüß *(P. vulgare)* ist ein reizvoller Farn. An sonnigen oder schattigen Plätzen mit humosem Boden bildet es einen »Teppich« aus sehr schmalen, gefiederten Wedeln. Es kann auch auf bemoosten Zweigen wachsen. Weitaus zarter ist jedoch der Federtüpfelfarn *(P. interjectum* 'Cornubiense') mit seinen feingeteilten Wedeln. Wie die des Engelsüß sind sie im Spätsommer von frischem Grün und bewahren ihre Schönheit den Winter hindurch. Im Spätfrühjahr werden sie häßlich und können abgeschnitten werden. Tüpfelfarne breiten sich durch Sporen aus, ausgelesene Formen können durch Teilung vermehrt werden.

Der Federtüpfelfarn toleriert zwar ziemlich trockenen Boden, sollte aber den besten Blattdünger bekommen, damit seine Wedel den Winter über ihre makellose Frische bewahren.

Die Stengel des Salomonssiegels Polygonatum x hybridum *scheinen sich mit ihren aufgerichteten Blättern in die Lüfte erheben zu wollen. Über ihnen hängen die grüngerandeten Blütenglocken.*

Die anmutige filigrane Symmetrie, die viele Farne aufweisen, charakterisiert auch diesen Schildfarn Polystichum setiferum, *der zur Plumosodivisilobum-Gruppe gehört.*

Die süßduftenden gelben Glocken der Schlüsselblume (Primula veris) *bilden einen Kontrast zum dunklen Laub und den jadegrünen Blütenglocken der Stinkenden Nieswurz und den breiten Blättern der Funkien im Vordergrund.*

POLYSTICHUM

Immergrüne Farne · Höhe: 60 cm bis 1,2 m · Breite: 60 bis 90 cm · Zierwert: Laub · Zone: 5 bis 8 (oder wie angegeben)

Schildfarne gehören zu den anmutigsten Farnen. Besonders schön ist *P. setiferum* mit seinen filigranen, dichtübereinandersitzenden Wedeln, die bei der Divisilobum- und der Plumosodivisilobum-Gruppe am üppigsten wirken. Kaum weniger reizvoll ist die Acutilobum-Gruppe, bei der die filigranen Wedel spiralförmig angeordnet sind. An den Stengeln sitzen Brutknospen, die, am Boden festgesteckt, rasch für reichlich Nachkommenschaft sorgen. Erstaunlicherweise vertragen diese üppigen Farne trockenen Boden, nur nicht im Frühjahr, wenn sich die jungen Wedel entrollen. Am besten entwickeln sie sich an vor austrocknendem Wind geschützten Plätzen. Ältere Pflanzen kann man zur Vermehrung teilen und auch um die einzelnen Wedel besser zur Geltung zu bringen. *P. aculeatum* (Zone 4 bis 8) wirkt mit seinen langen filigranen Wedeln ebenfalls elegant. Während sie sich entrollen, sind sie kräftig gelbgrün, später nehmen sie ein glänzendes Tiefgrün an. Der Schildfarn kann durch Teilung oder Sporen vermehrt werden.

PRIMULA

Sommergrüne Stauden · Höhe und Breite: 7 bis 20 cm · Zierwert: im Frühling · Zone: 5 bis 8 (oder wie angegeben)

Die Gattung *Primula* ist so vielfältig, daß sich für jede Ecke des Gartens mindestens eine Primel findet. Waldige Flächen machen da keine Ausnahme. Die Wiesen-Schlüsselblume (*P. elatior;* siehe Seite 175) ist in Europa heimisch, wo sie an Laubwaldrändern wächst. Sie trägt lockere Dolden aus blaßgelben Blüten, die offener als bei der Schlüsselblume (*P. veris;* Zone 3 bis 8) sind und perfekt zu Wiesenschaumkraut passen. Die Kissenprimel (*P. vulgaris*) bedarf keiner Beschreibung. Neben der hellgelbblühenden Form gibt es auch weiße Typen sowie die Unterart *sibthorpii* mit blaurosa Blüten. Primeln, die von *P. juliae* abstammen, haben meist kleine, ansehnliche Blätter, wie etwa 'Wanda' mit kräftig magentaroten Blüten. Unter den vielen Züchtungen von Kissenprimeln und Eliator-Hybriden finden sich auch die Cowichan-Primeln, die »augenlose« Blüten haben. Dies verleiht ihren zinnober-, karmin-, purpur- und granatroten Blüten eine besondere Tiefe. Sie passen gut zum kupferfarbenen Laub von *Heuchera americana*. Andere Eliator-Hybriden besitzen tiefgranatrote Blüten mit goldfarbenen Rand und Mitte oder präsentieren tiefkarminrote Blüten mit weißem Saum.

Primeln gedeihen am besten an leicht schattigen, geschützten Plätzen mit nahrhaftem Boden, der jedoch nicht austrocknen darf. Sorten müssen regelmäßig geteilt oder neu gepflanzt werden, um nicht zu kümmern. Durch Aussaat vermehrte Sorten haben eine unterschiedliche Lebensdauer, lassen sich aber leicht immer wieder neu aussäen.

PULMONARIA

Immer- und sommergrüne Stauden · Höhe: 15 bis 30 cm · Breite: 45 bis 60 cm · Zierwert: im Frühling · Zone: 4 bis 8

Das Lungenkraut läßt an schattigen Stellen mit beständig feuchter Erde zwischen Sträuchern eine großartige Fläche entstehen. Die meisten Arten sind immergrün, doch *P. angustifolia* ist eine der Ausnahmen. Ihre ungefleckten dunkelgrünen Blätter erscheinen mit den ersten Blüten. Im Knospenstadium zeigen sie ein Rosa, geöffnet ein reines Blau, das bei der Unterart *azurea* am intensivsten gefärbt ist. *P. officinalis* ist mit ihren gefleckten Blättern und rosa und blauen Blüten ebenfalls sehr hübsch. Von ihr gibt es auch die weißblühende Sorte 'Sissinghurst White'. Zarteres Laub besitzen *P. saccharata* Argentea-Gruppe sowie *P. vallarsae* 'Margery Fish'. Die Blätter dieser kräftigen Pflanzen sind so stark gefleckt, daß sie fast platingrau erscheinen. Die Blüten zeigen zuerst ein Rosa und werden dann blau. Die gedrungene Art *P. rubra* hat ungeflecktes blaßgrünes Laub und trägt im Spätwinter oder zu Frühjahrsbeginn korallenrote Blüten. *P. longifolia* öffnet im Spätfrühjahr ihre ultramarinblauen Blüten. Diese stehen über langen, schmalen Blättern, die außergewöhnlich stark silbergefleckt sind.

In trockenen Jahren ist Lungenkraut für Mehltau anfällig, und die Blätter sehen nach der Blüte oft sehr mitgenommen aus. Dann schneidet man sie ab, gießt die Pflanzen gut, düngt sie nötigenfalls und wartet auf neues, üppiges Laub. Lungenkraut kann durch Teilung vermehrt werden.

RANUNCULUS FICARIA

Sommergrüne Staude · Höhe: 5 bis 8 cm · Breite: 7 bis 15 cm · Zierwert: zu Frühlingsbeginn · Zone: 4 bis 8

Das Scharbockskraut ist eine sich rasch ausbreitende Wildpflanze mit zitronengelben Sternblüten. Sie kann durch Aussaat vermehrt werden oder durch ihren kleinen knollenartigen Wurzelstock, von dem jedes Stück eine neue Pflanze auszubilden scheint. Aus diesem Grund sollte man sie nur in naturnahen Bereichen des Gartens zwischen Sträucher pflanzen. Züchtungen können aber auch in feinerer Gesellschaft wachsen, wie beispielsweise von Buschwindröschen, oder selbst in schattigen Ecken eines tiefergelegenen Gartenbereiches. 'Brazen Hussy' hat die lebhaft zitronengelben Blüten der Wildpflanze, aber tiefbronzeschwarzes Laub. Darüber hinaus gibt es eine gefülltblühende zitronengelbe Form mit grüner Mitte, die bisher noch keinen botanischen Namen hat.

Diese hübschen kleinen Pflanzen bevorzugen humusreichen, kühlen Boden und lassen sich leicht durch Teilung vermehren. Sie breiten sich bei weitem nicht so rasch aus wie die Wildart.

Das lebhafte Blau der Blüten von Pulmonaria angustifolia *reicht vom Ultramarin dieser Unterart* azurea *bis zu Violett und gehört im Waldgarten zu den Freuden des beginnenden Frühjahrs. Es paßt besonders gut zu hellgelben Kissenprimeln und weißen Buschwindröschen.*

Ranunculus ficaria *f.* floreplено *und andere Formen des Scharbockskrautes breiten sich nicht mit derselben hemmungslosen Kraft aus, die der Wildform zu eigen ist, sondern bilden ordentliche kleine Büschel, die im Hochsommer einziehen.*

Obwohl die winterhärteren Rhododendron-Hybriden auch an offenen Plätzen gedeihen, sehen sie dort niemals so schön aus wie im durchbrochenen Schatten eines Laubdaches, wo hellere Blütenfarben leuchten und kräftigere, karmin- und magentarote Töne zarter wirken.

RHODODENDRON

Immergrüne Sträucher · Höhe und Breite: 60 cm bis 2,4 m · Zierwert: im Frühling · Zone: 7 bis 8 (oder wie angegeben)

Die Blüten der Blutwurz (Sanguinaria canadensis) *erscheinen vor dem Laub. Wenn die Blütenstengel höher werden, entfalten sich auch die breiten Blätter. Ihr dunkles Graugrün ist der ideale Hintergrund für die reinweißen Pomponblüten.*

Die Gattung *Rhododendron* hat dem Besitzer eines Gartens mit saurem Boden und Halbschatten viel zu bieten. Einige Arten besitzen große Anmut und schmetterlingsartige Blüten wie etwa *R. augustinii* (Zone 6 bis 8), dessen Blütenfarbe von Lavendel über Zartviolett bis Schieferblau reicht. Besonders schön ist die Electra-Gruppe mit violetten Blüten und gelbgrünem Hauch. Die Art *R. lutescens* hat einen ebenso hohen und schlanken Wuchs. Ihre kleinen zarten Blüten, die zeitig erscheinen, sind zitronen- bis primelgelb, während die schmalen Blätter ein kupferstichiges Rot zeigen. Azaleen, vor allem ihre sommergrünen Formen, besitzen oft duftende Blüten und ergänzen den Waldgarten durch andere Farben: Sie sind nicht nur rosa und karminrot, sondern auch in reinem Gelb und allen Nuancen der Rot- und Gelbskala erhältlich. Die Art *R. ciliatum* blüht so früh, daß ihr Gefahr durch Spätfröste droht, wenn sie nicht durch ein Baumkronendach geschützt wird. Sie hat einen runden Wuchs und nickende dunkelrosafarbene Blütenglocken.

Im Spätfrühjahr und Frühsommer ist *R. cinnabarinum* mit seinen schmalen Röhrenblüten an der Reihe. Dieser Art wurden die Unterarten *x* Concatenans-Gruppe und *xanthocodon* zugeordnet. Alle ihre Formen sind schön, doch vor allem bestechen die Exemplare der Concatenans-Gruppe mit ihren bläulichen Blättern und ockergelben Blüten. Lediglich ihre Anfälligkeit für Mehltau spricht gegen sie.

Tiefscharlachrot blüht die Repens-Gruppe von *R. forrestii* mit ihrem typischen niederliegenden Wuchs. 'Carmen' ist eine schöne Hybride, die üppig blüht und dunkles Laub sowie wachsartige, blutrote Blütenglocken trägt. Eine nicht ganz immergrüne Zwergform mit sehr eigenem Charakter ist *R. lepidostylum* (Zone 6 bis 8). Sie besitzt borstige intensiv blaugrüne Blätter und zitronengelbe Blütentrichter, die im Spätfrühjahr und Frühsommer erscheinen.

Am anderen Ende der Skala stehen die großlaubigen Rhododendren wie *R. macabeanum* (Zone 8 bis 9). Er gehört zu einer Gruppe von Arten, die den Schutz des Waldes brauchen, um sich in voller Pracht entwickeln zu können. Die großen Blätter von Macabe, wie Liebhaber diese Rhododendron-Art oft liebevoll nennen, sind paddelförmig und bis zu 30 cm lang. Oberseits glänzen sie dunkelgrün, unterseits sind sie grau oder silbrigweiß. Wenn sich im Frühjahr die scharlachroten Knospen öffnen, sind die Blätter zunächst platingrau. Die dicken, wächsern wirkenden Blüten haben eine Glockenform und sind cremefarben bis primel- oder zitronengelb. An der Basis bei den Honigdrüsen befinden sich pflaumenpurpurrote Flecken. Wenn man *R. macabeanum* aus Samen zieht, sollte man die Jungpflanzen wählen, die die größten Blätter und hellsten Unterseiten haben, da sie meist am schönsten blühen.

Der Freizeitgärtner sollte die Sorten am besten durch Absenken vermehren. Es ist auch eine Aussaat möglich, doch das Ergebnis ist ungewiß. Ein Schnitt ist nicht erforderlich, doch es lohnt sich, die welken Blüten zu entfernen, da die Pflanzen dann nicht nur schöner aussehen, sondern zudem ihre Kraft nicht auf die Ausbildung von Samen verwenden.

ROSCOEA

Sommergrüne Stauden · Höhe und Breite: 30 bis 45 cm · Zierwert: im Sommer · Zone: 6 bis 9 (oder wie angegeben)

Die Ingwerorchidee ist eine bemerkenswert winterharte Vertreterin der Ingwergewächse. Sie besitzt faszinierende helmförmige Blüten, die zwischen glänzenden lanzettlichen Blättern stehen. Die Art *R. cautleoides* trägt im Frühsommer zartgelbe Blüten, während *R. humeana* gleichzeitig violett blüht. *R. purpurea* (Zone 5 bis 9) folgt im Spätsommer und präsentiert schmale Blätter und purpurrote Blüten.

Alle Ingwerorchideen benötigen humosen, feuchten Boden an einem sonnigen oder halbschattigen Platz. Unter diesen Bedingungen bilden sie schöne kompakte Büsche. Man kann sie durch Aussaat oder Teilung vermehren.

SANGUINARIA CANADENSIS 'PLENA'

Rhizompflanze · Höhe: 15 cm · Breite: 45 cm · Zierwert: im Frühling · Zone: 3 bis 8

Die ungefülltblühende Blutwurz ist hübsch, aber nur von kurzer Dauer. Deshalb sollte man *S. canadensis* 'Plena' mit ihren halbgefüllten reinweißen Blüten wählen. Die wächsern anmutenden Blätter überraschen durch ihre Größe und Robustheit. Sie wachsen zusammen mit den Blütenstielen und sind nach dem Welken der Blüten noch wochenlang schön. Wenn man die Wurzeln zerschneidet, sondern sie orangefarbenen Saft ab – vermutlich verdankt die Pflanze dieser Eigenschaft ihren Namen.

Die Blutwurz braucht humosen, feuchten Boden und einen geschützten schattigen Platz. Man kann die Pflanze durch Teilung vermehren.

SAXIFRAGA FORTUNEI

Sommergrüne Staude · Höhe: 45 cm · Breite: 30 cm · Zierwert: im Herbst · Zone: 6 bis 8

Kurz vor Ende der Wachstumsperiode präsentiert die Steinbrech-Art *S. fortunei* duftige Wolken aus unzähligen weißen Blütensternen. Doch bereits vorher bieten ihre breiten, glänzenden Blätter einen wunderschönen Anblick, vor allem, wenn sie wie bei der Sorte 'Wanda' mahagonifarben und unterseits burgunderrot sind. Die Art hat grüne Blätter, deren Unterseiten jedoch ebenfalls ein kräftiges Rot zeigen. Damit die Pflanzen schöne Blätter und Blüten tragen, brauchen sie kühle, waldige Erde und einen geschützten Platz. Herbstfröste schaden ihnen nicht. Die Art kann man durch Aussaat oder Teilung, Sorten nur durch Teilung vermehren.

Eine bezaubernde Zusammenstellung: Die Waldschaumblüte mit geaderten Blättern und duftigen weißen Blüten, die Steinbrech-Art Saxifraga fortunei *mit glänzenden Blättern, 'White Beauty', eine Sorte des Hundszahns* Erythronium californicum, *mit nickenden cremefarbenen Blüten sowie Herzblume* Dicentra formosa *mit rosafarbenen Blüten und graugrünen Blättern.*

Tiarella wherryi *hat noch duftigere Blüten als die Waldschaumblüte (siehe Seite 197). Sie stehen in Rispen von zartestem Rosa über gelappten Blättern.*

Hier ist die Schattenblume Smilacina racemosa *in ihrer ganzen Pracht zu sehen. Ihre breiten Blätter bilden den Hintergrund für die duftenden weißen Blütensterne an den Triebenden.*

Smilacina racemosa

Sommergrüne Staude · Höhe und Breite: 45 cm · Zierwert: im Frühling · Zone: 4 bis 9

Die Schattenblume ist mit dem Salomonssiegel verwandt, und ihre Blätter weisen auch eine Ähnlichkeit auf. Die Pflanze bildet schöne Büschel aus frischgrünem Laub und überhängenden Stengeln. Zusammen mit Farnen und dem kupfriggefärbten Laub von Elfenblumen wirken sie sehr hübsch. Die duftenden elfenbeinfarbenen Blüten stehen in aufrechten Trauben am Ende der Stengel. Die Schattenblume gedeiht an einem schattigen Platz mit humosem, am besten kalkfreiem Boden. Vermehrung erfolgt durch Aussaat oder Teilung.

Stylophorum diphyllum

Sommergrüne Staude · Höhe: 45 cm · Breite: 30 cm · Zierwert: von Frühling bis Sommer · Zone: 4 bis 8

Der Schöllkrautmohn gehört zu jenen Mohngewächsen, die ich unwiderstehlich finde. Er hat zerknittert wirkende, rauhhaarige hellgrüne Blätter, die an Schöllkraut erinnern, und trägt über lange Zeit reingelbe Blüten. Ihnen folgen blaugrüne Samenkapseln, mit deren Inhalt sich die Pflanze vermehren läßt. Leider sät sich der Schöllkrautmohn nicht so bereitwillig aus wie der Scheinmohn *(Meconopsis cambrica)*. Er bevorzugt kühle, humose Erde und Halbschatten.

Tiarella

Immergrüne Stauden · Höhe: 25 cm · Breite: 30 cm · Zierwert: im Frühling · Zone: 3 bis 8

Die Schaumblüte ist eine hübsche, unkomplizierte Pflanze. Sie gedeiht an schattigen Plätzen mit kühler, humoser Erde zwischen Sträuchern oder auf waldigen Flächen, wo sie Unkraut unterdrückt. Die Waldschaumblüte (*T. cordifolia;* siehe Seite 197) hat gelappte, behaarte Blätter, die sich im Winter bronzefarben färben, und duftige cremefarbene Blütentrauben. Sie ist wuchsfreudiger als *T. wherryi*, deren höhere Blütenstände rosa getönt sind. Bei *T. polyphylla* ist die Rosafärbung kräftiger, und die Blätter sind auffällig purpurrot geadert. Alle Pflanzen lassen sich durch Teilung vermehren.

Tricyrtis

Sommergrüne Stauden · Höhe: 45 bis 90 cm · Breite: 45 bis 60 cm · Zierwert: in Sommer und Herbst · Zone: 5 bis 9

Die Krötenlilien verdanken ihren Namen den Flecken und Tupfen, die bei mehreren Arten Blüten und Blätter zieren. Die Blüten haben eine ungewöhnliche Form und sind sehr reizvoll. Als erste Art blüht im Sommer die braungetupfte ockergelbe *T. latifolia*, die auch geflecktes Laub hat. Die herbstblühende *T. formosana* trägt glänzende dunkelgrüne Blätter und verzweigte Stengel mit glänzendbraunen Knospen, die sich zu sternförmigen Blüten öffnen. Diese sind gelbbraun und um den gelben Schlund rotviolett gepunktet. Die Stolonifera-Gruppe breitet sich im kühlen, feuchten, humosen Boden, den alle Krötenlilien schätzen, rasch aus. Bei der hohen *T. hirta* stehen die Blüten in den Blattachseln. Sie sind größer als bei *T. formosana* und weiß mit purpurvioletten Punkten. *T. hirta* var. *alba* hat reinweiße Blüten mit dunkelrosa Staubgefäßen. Eine weitere exquisite Krötenlilie ist 'White Towers', die weichbehaartes Laub und große Blüten an kurzen Stengeln hat. Am unwiderstehlichsten sind jedoch die wachsartigen gelben Blüten von *T. macrantha* ssp. *macranthopsis*, die an ausladenden grünlaubigen Stengeln stehen. Alle Krötenlilien können durch Aussaat oder Teilung vermehrt werden.

Trillium

Rhizompflanzen · Höhe: 15 bis 60 cm · Breite: 15 bis 30 cm · Zierwert: im Frühling · Zone: 4 bis 9

Beim Dreiblatt ist alles dreifach vorhanden: Die Blüten besitzen drei Kronblätter und erscheinen über drei, zumeist breiten und oft marmorierten Blättern. *T. grandiflorum* trägt an überhängenden Stengeln reinweiße Blüten über unmarmorierten grünen Blättern. Von ihm gibt es die sehr schöne gefülltblühende Sorte 'Flore-pleno' sowie die zarte rosafarbene Form *roseum*. *T. cernuum* öffnet ebenfalls weiße Blüten mit purpurroten Mitten und Staubbeuteln. Später färben sich die Blüten rosa und scheinen sich bescheiden zwischen den breiten grünen Blättern verstecken zu wollen. Von den Formen mit aufrechten Kronblättern, die zwischen den Blättern herauszubrechen scheinen, ist *T. chloropetalum* hübsch und unkompliziert zu ziehen. Es trägt kastanienbraune, dunkelrosafarbene oder weiße Blüten. Die Art *T. sessile* sieht ähnlich aus und besitzt tiefkastanienrote Blüten und marmorierte Blätter. Beim schönen *T. erectum* reicht die Blütenfarbe von dunklem Kastanienrot bis Weiß (Form *albiflorum*) und Grünlichgelb (Form *luteum*). Wer gelbe Blüten reizvoll findet, sollte *T. luteum* mit zitronen- bis buttergelben Blüten und marmorierten Blättern wählen. *T. rivale* ist kleiner als die anderen Arten und besitzt weiße Blüten, die rosafarben überhaucht und in der Mitte kastanienrot gefleckt sind.

Damit das Dreiblatt gedeiht, benötigt es einen Platz mit kühlem, humosem Boden und Halbschatten. Die Pflanze kann durch Teilung oder Aussaat vermehrt werden.

Trillium grandiflorum *ist meist mit weißen Blüten zu sehen, doch die rosablühende Form ist genauso schön.*

Dunkelrote Stengel und kastanienbraune, behaarte Knospen rahmen die seltsam strukturierten und gefleckten Blüten der Krötenlilie Tricyrtis formosana *ein. Wie Christophskraut zählt sie zu den Juwelen des Waldes, die spät im Jahr am schönsten sind.*

UVULARIA

Sommergrüne Stauden · Höhe: 30 bis 60 cm · Breite: 25 bis 30 cm · Zierwert: im Frühling · Zone: 4 bis 9

Die schlanken Blüten der Trauerglocken-Art Uvularia perfoliata *spiegeln die Farbe der Frühlingssonne wider. Sie hängen an gebogenen Stengeln mit frischgrünen Blättern.*

Die Trauerglocke ist mit dem Salomonssiegel verwandt und besitzt eine ähnliche Anmut. Im Frühjahr hängen an ihren gebogenen Stengeln Blütenglocken. Bei der Art *U. grandiflora* sind sie leicht ausgestellt und zartgelb. Die Blätter zeigen ein frisches Grün. *U. perfoliata* ist kleiner und besitzt blassere Blüten, die sich später öffnen. Im Gegensatz zu *U. grandiflora* stehen sie über den Blättern. Beide Arten benötigen wie das Salomonssiegel humosen Boden an einem schattigen Platz. Die Pflanzen können während der Ruhephase durch Teilung vermehrt werden.

VACCINIUM

Immergrüne Sträucher · Höhe: 90 cm bis 2,4 m · Breite: 1,2 bis 2,4 m · Zierwert: in Früh- und Spätsommer · Zone: 7 bis 9

Heidelbeeren, Moosbeeren, Rauschbeeren und Preiselbeeren sind Pflanzen der Heide und der Torfmoore. Sie tragen köstlich schmeckende Früchte und gehören zur Gattung *Vaccinium.* Diese kann auch einige, wenngleich nicht spektakuläre Sträucher für geschützte, schattige Plätze mit kalkfreiem, humosem Boden bieten. Bei der Art *V. ovatum* ist das ansehnliche Laub zunächst kupferrot, dann glänzenddunkelgrün und sitzt hübsch angeordnet an überhängenden Trieben. Die winzigen krugförmigen Blüten sind bläulichweiß bis rosafarben. Ihnen folgen Früchte, die zunächst rot sind und sich beim Reifen schwarz färben.

Die Pflanze kann im Herbst durch halbreife Stecklinge vermehrt werden. Sie benötigt nur dann einen Schnitt, wenn sie für den ihr zugedachten Platz zu groß wird. Am besten erfolgt er im Frühjahr – oder wenn man Zweige für die Vase benötigt.

VIOLA

Stauden · Höhe: 7 bis 30 cm · Breite: 15 bis 60 cm · Zierwert: im Frühling und von Früh- bis Spätsommer · Zone: 4 bis 8 (oder wie angegeben)

Das Duftveilchen *(V. odorata)* ist im nördlichen Europa eine ebenso vertraute Frühlingsblume wie die Kissenprimel. Seine blauvioletten oder milchweißen Blüten schmiegen sich an Hecken und Waldränder. Sie haben die seltsame Eigenart, den Geruchssinn zu betäuben, denn wenn man ein paarmal an ihnen gerochen hat, scheinen sie ihren charakteristischen Duft zu verlieren. Auslesen des Duftveilchens, die den weichen Wuchs der Art besitzen, sind die purpurviolette 'Czar' und die gelbbraune 'Sulphurea'. Einen typischen büscheligen Wuchs hat die leuchtendgelbe, duftlose Art *V. biflora*, die sich üppig aussät. Ebenfalls duftlos sind *V. cucullata* mit großen schmetterlingsförmigen Blüten und *V. sororia*. 'Freckles', eine Sorte von *V. sororia*, blüht weiß mit vielen mauveblauen Tupfen.

Folgende Veilchen besitzen zwar einen robusteren Wuchs als das Duftveilchen, aber ähnliche Blüten, die jedoch duftlos sind: *V. rupestris rosea* trägt grüne Blätter und dunkelrosafarbene Blüten, und *V. riviniana* Purpurea-Gruppe (Zone 3 bis 8; siehe Seite 155) zeigt purpurrote Blätter und blaßpurpurrote Blüten, die sehr reizvoll aussehen, wenn man sie mit silberfarbenen Taubnesseln wie dem weißblühenden *Lamium maculatum* 'White Nancy', der rosaroten Sorte 'Beacon Silver' oder mit einem »Teppich« aus Schneeglöckchen kombiniert. An offenen Plätzen entwickelt sie zwar die kräftigste Blattfärbung, doch sie gedeiht auch in lichtem Schatten. Das Hornveilchen *V. cornuta* (Zone 6 bis 9) besitzt einen anderen Charakter. Es bildet lockere Hügel aus frischgrünem Laub und schickt seine Triebe aus, so daß seine Blüten keck zwischen Nachbarpflanzen herausschauen. Gewöhnlich blüht es zartviolettrosa, aber es gibt auch weißblühende Formen (Alba-Gruppe; siehe Seite 119). Wenn die erste Blüte vorbei ist, kann man eine zweite anregen, indem man alle langen, dünnen Triebe abschneidet und die Pflanzen kräftig mit Flüssigdünger düngt. Vermehrt wird durch Teilung oder Stecklinge.

Im Frühsommer ist die weniger frostharte Art *V. hederacea* (Zone 7 bis 9) an der Reihe, ein Bodendecker, über dem an langen Stengeln weiße oder violette Blüten zu schweben scheinen. Wie die anderen Arten kann sie ebenfalls durch Aussaat oder Teilung vermehrt werden. Sie bevorzugt fruchtbaren Boden an einem halbschattigen Platz.

Das kleine Veilchen Viola sororia *'Freckles' trägt weiße Blüten mit zahlreichen mauveblauen Tupfen.*

Woodwardia radicans

Immergrüner Farn · Höhe und Breite: 90 cm · Zierwert: Laub · Zone: 9 bis 10

Dieser herrliche Farn für warme, schattige Plätze hat große überhängende frischgrüne Wedel. Sie sind stark gefiedert und besitzen die seltsame Eigenschaft, an der Spitze zu bewurzeln, wenn man diese auf feuchtem, waldigem Boden feststeckt. Dadurch kann er sich stark ausbreiten, wenn es der Platz erlaubt. Er ist ein großartiger Pflanzpartner für *Dianella*.

Zenobia pulverulenta

Sommergrüner Strauch · Höhe und Breite: 90 cm · Zierwert: im Frühsommer · Zone: 6 bis 9

Man stelle sich an einem Strauch, dessen Stengel und Blätter weißbereift sind, Blüten von Maiglöckchen vor, nur doppelt so groß. Dieses Bild beschreibt *Z. pulverulenta*. Die Pflanze duftet jedoch nicht nach Maiglöckchen, sondern nach Anis. Damit der Strauch schön bleibt, schneidet man die abgeblühten Triebe jedes Jahr im Sommer nach der Blüte auf kräftiges junges Holz zurück. Neue Pflanzen können aus Samen gezogen werden. Kalkfreie Erde und ein halbschattiger Standort sind für dieses Kleinod des Frühsommers jedoch ein Muß.

Woodwardia radicans *ist ein großer Farn mit kräftigen Wedeln, deren wunderbare Schlichtheit durch die glänzenden Oberseiten noch verstärkt wird.*

Teich, Bach und Sumpf

Feuchtigkeitsliebende Pflanzen

Die melodischen Geräusche von Wasser, das Spiel der Springbrunnenfontänen sowie die Ruhe eines stillen Teiches werden durch Pflanzen, die Kühle und Feuchtigkeit lieben, betont. In solchen Umgebungen können die kräftigen Büschel des Königsfarns, die großen, an Schwimmfüße oder an das Laub von Kastanien erinnernden Blätter des Schaublattes sowie die runzeligen Blätter des Chinesischen Rhabarbers üppige Pflanzungen schaffen, die die Phantasie beflügeln. Es läßt sich jedoch auch eine kleine sumpfige Blumenwiese anlegen, auf der Etagenprimeln, Mädesüß und Trollblumen, goldfarbengestrichelte Schwertlilien und duftige Astilben wachsen. Ein sumpfiges Stück Erde muß kein Alptraum voller Unkräuter sein, sondern kann ausgefallenen Pflanzen eine Heimat bieten. Zu Frühjahrsbeginn schieben sich die anmutigen Spathen des Aronstabes aus dem schlammigen Boden, und im Sommer blühen orangefarbener Goldkolben zusammen mit scharlach-, granat- und violettroten Lobelien. Farne und Seggen bilden Kontraste in zurückhaltenden Farben. Der Herbst wartet mit herrlichem Spaltgriffel auf, und der Winter straft Eis und Schnee Lügen, wenn Weidenruten ihre leuchtenden Töne präsentieren.

Im Herbst nehmen die prächtigen Wedel des feuchtigkeitsliebenden Königsfarns (Osmunda regalis) *herrliche Rost- und Gelbtöne an. Hier spiegeln sie sich, wenn auch gedämpfter, im dunklen Wasser.*

Teich, Bach und Sumpf

Ruhiges Wasser fügt Pflanzungen durch die Spiegelungen auf seiner Oberfläche und seine geheimnisvolle Tiefe eine zusätzliche Dimension hinzu. Während es für Augenblicke Himmel und Wolken reflektiert, liegt es im nächsten Moment klar und still oder tief beschattet da.

Wasser erzeugt hier eine dreifache Illusion: Die sich spiegelnden Zweige eines Japanischen Ahorns scheinen wieder ihre herabgefallenen Blätter zu tragen, die auf dem ruhigen Wasser schwimmen, während älteres Fallaub langsam in der Tiefe versinkt.

Vor kurzem sind durch Züchtung großartige Hybriden der Kalla (Zantedeschia) *in leuchtenden Farben entstanden.*

Die Saison der feuchtigkeitsliebenden Pflanzen wird mit weißen und gelben Scheinkalla, Kugelprimeln und der rosafarbenen Primel-Sorte *Primula rosea* eröffnet. Ihnen folgen bald Trollblumen in reinem, hellem Gelb und die ersten Etagenprimeln, von denen sich das entfaltende kräftiggefärbte und feingeteilte Laub der Astilben gut abhebt. Inzwischen sind die Blätter von einigen Blattschmuckpflanzen erschienen: Chinesischer Rhabarber, Schaublatt mit seinen an Schwimmfüße oder Kastanienlaub erinnernden Blättern, Tafelblatt, das tellergroßes helles Laub trägt, und der Goldkolben *Ligularia dentata* 'Othello' mit seinen braunroten Blättern, die unterseits glänzen. Einen Kontrast bilden die überhängenden schmalen Blätter der Seggen, das riemenförmige kräftige Laub der Iris und die gefiederten Wedel von Perlfarn und Königsfarn. Zwischen dem üppigen Laub erheben sich die duftigen Blütenstände der Astilben, die rosa- oder cremefarbenen Blütenwolken von Mädesüß mit ihren weichen Silhouetten, die im Gegensatz zu den klaren Konturen der Irisblüten stehen. Im Hochsommer sorgen Goldkolben und Lobelien und im Herbst Spaltgriffel und die weißen Blütenstände der Silberkerze für farbenprächtige Fülle, die, nachdem der Frost die Farnwedel rostrot gefärbt hat, schließlich der Tristesse des Winters weichen muß ...

Feuchte Gärten bedeuten Üppigkeit, Fülle und Wachstum. Sie sind nicht der Ort für Beschränkung, denn das läßt die Natur nicht zu. Selbst wenn man versucht, sie zu kontrollieren, wird sie letztendlich doch siegen. Sind es nicht Goldkolben und Schaublatt, die üppig gedeihen, so wird die Natur den vorhandenen Platz mit unerwünschten Unkräutern füllen, die sich nur unter großer Mühe wieder entfernen lassen. Wer jedoch mit der großen alten Dame zusammenarbeitet und ihre Launen duldet, indem er einen »Dschungel« nach eigener Wahl schafft, hat die Kunst des Gärtnerns an feuchten Plätzen erkannt.

Falls der Garten ein natürliches Gewässer – einen Bach oder einen Teich – aufweist, ist auch der Boden von Natur aus feucht. Hier gedeihen Sumpf-, Uferzonen- und Wasserpflanzen wie auch jene Pflanzen, die Boden bevorzugen, der nicht austrocknet. Eine erstaunliche Zahl dieser Pflanzen wächst sogar im Wasser. Diese Eigenschaft bietet eine gute Möglichkeit, Pflanzen zu schützen, die ein wenig empfindlich und deren Wurzelhälse in feuchter Erde, die im Winter besonders schnell kalt wird, durch Fröste gefährdet sind.

Zu diesen Pflanzen gehören Spaltgriffel *(Schizostylis coccinea)* und Kalla *(Zantedeschia)*. Solange sie in Wasser wachsen, das gerade so tief ist, daß ihre Wurzelhälse nicht erfrieren, können sie relativ strenge Winter überleben, während sie in der offenen

In feuchter Erde entwickelt sich Laub üppig und voll. Hier bildet bronzefarbenes Schaublatt (Rodgersia podophylla) *einen schönen Kontrast zu den riemenförmigen Blättern von* Iris pseudacorus, *den Wedeln des Wurmfarns* (Dryopteris), *den runden, glänzenden Blättern der Sumpfdotterblume* (Caltha palustris) *und dem runzeligen Laub des Mammutblattes* (Gunnera manicata), *das mit zunehmendem Alter noch größer wird. Blüten steuern gelbes Pfennigkraut* (Lysimachia nummularia) *und – etwas später – orangefarbener Goldkolben* (Ligularia dentata) *bei.*

Rabatte sofort absterben würden. Beide Pflanzen bieten sich zum Schmücken eines formalen, mit Steinen eingefaßten Teiches an. Spaltgriffel muß jedoch regelmäßig herausgenommen und neu gepflanzt werden, da er sich unter guten Bedingungen eventuell zu rasch ausbreitet.

Dies führt mich zu einem weiteren möglichen Problem. Vermutlich ist die Erde um einen künstlich angelegten Teich nicht von Natur aus feucht. Deshalb muß man neben dem Teich auch einen künstlichen Sumpf schaffen, wenn man feuchtigkeitsliebende Gewächse pflanzen möchte. Hierfür wird unter den Pflanzbereichen Folie ausgelegt, in die so viele Löcher gestochen werden, daß weder Staunässe entsteht, noch das Wasser

Primula pulverulenta *ist eine der schönsten Etagenprimeln mit weitgespreizten Quirlen aus leuchtendmagentaroten Blüten. Sie stehen an weißbereiften Stengeln, die der Pflanze ihren botanischen Namen verliehen. Hier wächst sie zusammen mit den riemenförmigen grünen Blättern und gelben Blüten von Schwertlilien* (Iris) *und den kräftigen Wedeln des Königsfarns* (Osmunda regalis), *die sommerlich grün sind.*

Die magentaroten Blütenstände von Astilbe chinensis *var.* ataquetii *'Superba' erheben sich hoch über dem hübschen geteilten Laub. Die überhängenden Blätter einer goldfarbenen Segge und die cremeweißen Blüten des Geißbartes* (Aruncus) *lassen das militärisch anmutende Gebaren der Astilbe weicher wirken. Im Hintergrund gedeihen braungelbe Taglilien und die goldorangefarbenen Blüten des Goldkolbens* Ligularia dentata.

ungehindert abfließt. Nach dem Bepflanzen kann ein solches Beet vollkommen natürlich wirken. Diese Mühe lohnt sich in jedem Fall, denn nichts sieht jämmerlicher aus als ein welkender Goldkolben oder eine Astilbe, deren Laub vertrocknet ist.

Noch ein letztes Wort zur Pflanzenauswahl. Es ist nicht immer leicht, Pflanzen in Kategorien einzuordnen, und verschiedene Pflanzen in dem Kapitel über Rabatten könnten auch in diesem erscheinen, etwa Knöterich, Funkie, Silberkerze und einige Wolfsmilch-Arten wie *Euphorbia schillingii* sowie der niedrige goldfarbengestreifte Bambus *Pleioblastus viridistriatus*.

Primula florindae *(vorn rechts) besitzt zartgelbe Blütenglocken, deren Stengel taillenhoch werden können. Sie duften ebenso sehr wie die kleine Schlüsselblume europäischer Wiesen. Daneben lassen die gezackten Blätter des Goldkolbens* Ligularia przewalskii *einen schönen Hintergrund für seine schmalen goldfarbenen Blütenstände entstehen. Funkien, Farne, Bambusgräser und eine weißblühende Astilbe sorgen im Schatten dahinter für zurückhaltende Anmut.*

OBEN: Die Astilbe *'Sprite' gehört zu einer Gruppe bezaubernder niedriger Hybriden, die aus* A. simplicifolia *hervorgegangen sind. Sie besitzt zarte Blütenrispen in unterschiedlichen Rosa- und Weißtönen sowie filigranes Laub.*

GEGENÜBER, LINKS: Carex elata *'Aurea' hat schmale, überhängende goldfarbene Blätter mit einem dünnen grünen Rand. Das breite blaugrüne Laub der Blaublattfunkie bildet einen schönen Kontrast dazu.*

ASTILBE

Sommergrüne Stauden · Höhe: 45 cm bis 1,2 m · Breite: 60 bis 90 cm · Zierwert: im Sommer · Zone 4 bis 8 (oder wie angegeben)

Astilben sind mit ihren hübschen Blüten und oft farbenfrohen Blättern unverzichtbare Pflanzen für feuchte oder sumpfige Böden. Etwas höher als die winzige *A. simplicifolia* ist eine Gruppe ihrer Hybriden mit dem Namen 'Bronze Elegans', die feingeteilte bronzefarbene Blätter und duftige Rispen aus pfirsichfarbenen Blüten tragen. 'Sprite' blüht perlmuttrosa, und 'Praecox Alba' besitzt weiße Blüten. Kräftigere Farben zeigen die lachsrosa 'Dunkellachs' und 'Willie Buchanan' mit elfenbeinfarbenen Blüten und kupferkarminrotem Laub. Man kann sie mit kleinen Funkien kombinieren, beispielsweise »blauen« Funkien wie 'Halcyon' mit rosa Astilben oder die weißpanaschierte *Hosta undulata* var. *undulata* mit weißblühenden Formen. *A. chinensis* var. *pumila* ist eine weitere niedrige Astilbe. Sie hat feste, runde Knospen, die sich zu steifen Rispen aus violettrosa Blüten mit scharlachrotem Hauch öffnen und Ende des Sommers über filigranen Laubteppichen erscheinen. Ihre hohe Verwandte *A. chinensis* var. *taquetii* 'Superba' zeigt ein ähnliches Magentarot. Ihre kräftigen dunklen Blätter vertragen trockenen Boden besser als die meisten Astilben.

Arendsii-Hybriden (Zone 5 bis 8) sind mittelhohe Pflanzen mit feingeteiltem Laub und duftigen Blütenrispen, die aufrecht stehen oder bei einigen Sorten anmutig überhängen. Die Palette der Blütenfarben reicht von Weiß über alle Rosatöne bis zu zahlreichen Rottönen. Als allgemeine Regel gilt: Weiß- und blaßrosablühende Formen besitzen grünes Laub, bei tieferem Rosa sind die Blätter kupferfarben, und rote Blüten stehen, vor allem im Frühjahr, meist über mahagonifarbenen Blättern.

Astilben werden durch Teilung der Wurzelstöcke vermehrt und brauchen keine Stützen. Ein sonniger Platz ist ideal, doch wenn die Erde eher trocken ist, hilft Halbschatten, die mangelnde Feuchtigkeit auszugleichen.

ASTILBOIDES TABULARIS

Sommergrüne Staude · Höhe und Breite: 90 cm · Zierwert: im Sommer · Zone: 5 bis 7

Das schöne Tafelblatt, das früher unter *Rodgersia tabularis* geführt wurde, trägt heute einen unpassenden lateinischen Namen, denn seine runden, flachen, tellergroßen hellgrünen Blätter, die am Rand leicht gelappt sind, haben mit dem geteilten Laub der Astilben nichts gemein. Möglicherweise haben die hohen Rispen aus cremeweißen Blüten, die im Sommer die Blätter überragen, auf die Namensgebung Einfluß gehabt. Um eine grüne Komposition entstehen zu lassen, pflanzt man das Tafelblatt neben die überhängenden dunkelgrünen Blätter und die zylindrischen grünen Blüten der großartigen Riesensegge *(Carex pendula)* oder die breitgefiederten salatgrünen Wedel des Perlfarns *(Onoclea sensibilis)*. Ein feuchter oder sogar nasser Platz in Sonne oder Halbschatten bietet ideale Wachstumsbedingungen. Vermehrt wird durch Teilung oder Aussaat.

CAREX ELATA 'AUREA'

Riedgras · Höhe: 60 cm · Breite: 45 cm · Zierwert: im Sommer · Zone: 5 bis 9

Diese Segge hat eine bescheidenere Größe als die Riesensegge. Sie trägt schmale überhängende Blätter, die fast vollkommen gelb sind und kaum sichtbare grüne Streifen aufweisen. Im Spätfrühjahr und Frühsommer sind sie am leuchtendsten gefärbt. Die Sorte entwickelt fast farblose Blüten, über denen kleine schokoladenbraune Ähren stehen. Die Pflanze wächst nur langsam an, bildet aber schöne Büschel und kann im Frühjahr durch Teilung vermehrt werden.

CIMICIFUGA SIMPLEX

Sommergrüne Staude · Höhe: 1,2 bis 2 m · Breite: 60 cm bis 1,2 m · Zierwert: im Herbst · Zone: 3 bis 8 (oder wie angegeben)

Als schönste unter den Silberkerzen sorgt die Oktobersilberkerze *(C. simplex)* mit ihren hohen weißen Blütenständen, die über tiefgeteiltem Laub aufragen, für frühlingshafte Frische im herbstlichen Garten. Am größten ist die Sorte 'Prichard's Giant' (Zone 4 bis 8) der Varietät *simplex*. Sie entwickelt schöne Laubbüsche, über denen sich verzweigte Blütenstände erheben. Die Sorte 'Elstead' der Varietät *matsumurae* blüht später und besitzt charakteristische purpurrote Stengel und Knospen, die sich zu elfenbeinfarbenen Blüten mit rosa Staubbeuteln öffnen. Bei der Atropurpurea-Gruppe der Varietät *simplex* ist selbst das Laub purpurrot. Die Pflanzen benötigen jedoch einen offenen, hellen Platz, wenn die metallische purpurbronzene Färbung der Blätter nicht zu schmutzigem Grün verblassen soll.

Abgesehen von dieser Ausnahme gedeihen und blühen alle Silberkerzen auch in lichtem Schatten, doch feuchte Erde ist unabdingbar. Die drahtigen Stengel benötigen keine Stütze. Die Pflanzen können durch Teilung oder Aussaat vermehrt werden. Auch purpurlaubige Formen entwickeln sich relativ sortenrein, wobei die schönsten Jungpflanzen ausgelesen werden können.

FILIPENDULA

Sommergrüne Stauden · Höhe: 90 cm bis 1,8 m · Breite: 60 cm bis 1,2 m · Zierwert: im Sommer · Zone: 3 bis 9

Das Mädesüß hat lockere Trugdolden aus winzigen Blüten in Cremeweiß, Rosa und Kirschrot, die über gefiederten oder gelappten Blättern stehen. Die Königin europäischer Wiesen, *F. ulmaria*, ist mit ihren cremefarbenen Blüten zwar sehr hübsch, aber für den Garten wählt man besser die Sorte 'Aurea'. Sie besitzt leuchtendgrüngelbes Laub, das in der Sonne schwefelgelb wird. Die Pflanze braucht viel Licht, damit sie nicht ein unansehnliches Grün annimmt, sowie feuchte Erde. Die Blüten sollte man entfernen, so daß die Pflanze ihre ganze Kraft für die Blätter verwendet; entstehende Jungpflanzen werden ohnehin grün.

Unter den rosablühenden Arten entwickelt *F. purpurea* als erste ihre Trugdolden aus zahllosen leuchtendkirschroten Blüten. Etwa eine Woche später folgt ihr die blassere *F. palmata*, von der 'Elegantissima' und 'Rosea' schöne Sorten sind. *F. rubra* ist eine wuchsfreudige Art, die sich in feuchter Erde rasch ausbreitet. Sie hat sowohl große Blätter als auch große Trugdolden mit Blüten in einem wäßrigen Rosa; bei 'Venusta' sind sie dunkler.

Alle Formen des Mädesüß können durch Teilung vermehrt werden. Trotz der großen Blütenstände brauchen sie meist keine Stütze.

OBEN: Filipendula palmata *'Rosea' ist eine Form des rosablühenden Mädesüß. Ihre runden bonbonrosa Knospen und duftigen geöffneten Blüten scheinen über den geteilten grünen Blättern zu schweben.*

Iris
Stolze Grazie

DETAILS, VON OBEN:
Die Kunst der Züchter hat Iris sibirica *'Limeheart' mit Blüten von außergewöhnlichem Charme hervorgebracht.*

Die goldfarbene Strichelung von Iris chrysographes *lädt zu genauer Betrachtung ein. Doch bereits aus der Ferne wirken die beinahe schwarzen Formen äußerst reizvoll.*

Iris ensata *ist die Elternpflanze von vielen Züchtungen, deren Blüten so breit und flach sind, daß sie mehr zu Waldreben als zu Schwertlilien zu gehören scheinen.*

Schwertlilien, hier Iris pseudacorus, *wurden in stilisierter Form früher häufig für Wappen verwendet und »fleur de lis« genannt.*

GROSSES BILD:
Iris sibirica *ist wie alle Schwertlilien in jedem Stadium wunderschön anzusehen – ob als zusammengerollte Knospe oder als vollkommen geöffnete Blüte.*

IRIS

Sommergrüne Stauden · Höhe: 30 bis 90 cm · Breite: 30 bis 45 cm · Zierwert: im Sommer · Zone: 4 bis 9 (oder wie angegeben)

Die Saison der feuchtigkeitsliebenden Schwertlilien beginnt im Frühsommer mit *I. chrysographes* (Zone 6 bis 9). Ihre samtigen dunkelvioletten Blüten zeigen eine zarte goldfarbene Strichelung, der die Pflanze ihren botanischen Namen verdankt. Die Blüten werden kniehoch oder etwas höher und stehen über schmalen, grasartigen Blättern. Von der Sumpfschwertlilie (*I. pseudacorus;* Zone 5 bis 9) gibt es die großartige Sorte 'Variegata'. Ihre schwertförmigen Blätter zeigen beim Erscheinen im Frühjahr leuchtende primel- und buttergelbe Streifen, die jedoch im Hochsommer nach dem Welken der Blüten grün werden. Die Fruchtstände sollten vor dem Reifen entfernt werden, da sich die Pflanze sonst üppig aussät. Sie bringt aber nur grüne Nachkommen hervor. Ebenfalls im Frühsommer blüht die Wieseniris *(I. sibirica)*, die *I. chrysographes* gleicht, aber höher ist. Die Art blüht violettblau, doch es gibt auch dunkelviolette, granatrote, blaue und weiße Formen. Schöne Sorten sind 'Perry's Blue' und die blassere 'Ottawa', die tiefblaue 'Flight of Butterflies' mit weißen blaugeaderten Hängeblättern, die blaue 'Papillon', 'White Swirl' mit gelber Mitte, die pflaumenrote 'Helen Astor' und die dunkle 'Tropic Night'.

Bei Iris laevigata *'Variegata' sind die hellgrünen schwertförmigen Blätter elfenbeinfarben und cremeweiß gestreift.*

Die Blüten der Japaniris (*I. ensata;* Zone 5 bis 9) und der Asiatischen Sumpfiris *(I. laevigata)* sind prächtiger als die zarten Blüten von *I. sibirica*. Ihre Farbpalette reicht von Weiß über Lavendel bis Tiefviolett und von Mauve bis Purpurrot. *I. ensata* 'Rose Queen' ist eine schöne Sorte im alten Stil mit Hängeblättern in dunklem Violettrosa. *I. laevigata*, die selbst in flachem Wasser gedeiht, gibt es mit lavendelblauen und weißen Blüten. Bei der Sorte 'Variegata' sind die hellgrünen Blätter wunderschön cremefarben gestreift.

Von den genannten Arten braucht *I. sibirica* am wenigsten Feuchtigkeit, doch sie gedeiht an einer sumpfigen Stelle ebenso wie in guter Rabattenerde. Bei allen anderen ist feuchter Boden ein Muß, *I. ensata* benötigt überdies kalkfreie Erde. Alle diese Pflanzen blühen an sonnigen Plätzen am besten, tolerieren aber auch lichten Schatten. Züchtungen müssen durch Teilung vermehrt werden. Bei einigen Arten, vor allem bei *I. chrysographes*, lohnt die Aussaat.

Wenige gelbblühende Pflanzen sind schöner als der Goldkolben Ligularia dentata *'Othello'. Seine dotterfarbenen Blüten bilden einen Kontrast zu den dunklen Stengeln und den kastanienbraunen Unterseiten der auffälligen nierenförmigen Blätter.*

Das satte Blau der Blüten von Lobelia siphilitica *wird durch einen weißen Fleck an der Basis der zugespitzten Kronblätter noch betont.*

Ligularia

Sommergrüne Stauden · Höhe: 1,2 bis 1,8 m · Breite: 60 bis 90 cm · Zierwert: im Sommer · Zone: 4 bis 8

Die gelben oder feurigorangefarbenen Blüten des Goldkolbens bieten im Hoch- und Spätsommer einen heiteren Anblick und locken Schmetterlinge an. Die großen, laubreichen Pflanzen fühlen sich in sumpfigem Boden an einem sonnigen Platz wohl. Bei den bekannten Sorten *L. dentata* 'Othello' und 'Desdemona' wird die Farbe der Blüten durch die nierenförmigen, unterseits rotbraunen, bronzegrünen Blätter noch unterstrichen. Ihre safrangelben Blüten stehen in breiten, flachen Dolden. Die höhere 'Gregynog Gold' hat herzförmige grüne Blätter und goldorangefarbene Blütenstände. Die schmaleren dottergelben Blütenrispen von *L. veitchiana* stehen über sehr großen, beinahe runden Blättern. Auch die weichen Fruchtstände sind reizvoll, wenn auch nicht so farbenfroh. Die kräftige Farbe der Goldkolben verlangt nach angemessenen Pflanzpartnern, wie etwa der scharlachroten *Lobelia* 'Queen Victoria' oder der purpurroten *Lobelia* x *gerardii* 'Vedrariensis'.

Sorten sollten durch Teilung vermehrt werden; Arten können sowohl geteilt als auch gesät werden.

Lobelia

Sommergrüne Stauden · Höhe: 90 cm bis 1,2 m · Breite: 30 cm · Zierwert: im Sommer · Zone: 3 bis 9 (oder wie angegeben)

Feuchtigkeitsliebende Lobelien haben ein anderes Aussehen als die niedrige blaue Lobelie für Balkone und Beete. Sie tragen aufrechte Trauben mit Lippenblüten. Die Palette der Blütenfarben enthält nicht nur Blau, sondern meist ein sattes Scharlachrot, aber auch ein Kirsch-, Granat- und Purpurrot sowie ein kräftiges Rosa. Scharlachrote Formen sind aus der grünblättrigen Kardinalslobelie *(L. cardinalis)* entstanden. Bei der beliebten alten Hybride 'Queen Victoria' stehen die leuchtendscharlachroten Blüten über dunkelviolettrotem Laub, das sie von der empfindlicheren *L. splendens* (Zone 8 bis 9) geerbt hat. 'Pink Flamingo', die für meinen Geschmack zuviel Laub trägt, präsentiert ein leuchtendes Rosa. Die kirschrote 'Cherry Ripe' und die dunkellaubige samtiggranatrotblühende 'Dark Crusader' sind Hybriden mit größerer Frosthärte. *L.* x *gerardii* 'Vedrariensis' (Zone 5 bis 8) blüht purpurviolett, *L. siphilitica* (Zone 4 bis 8) trägt blaue oder weiße Blüten. Alle diese Lobelien leiden zu Frühjahrsbeginn unter Schneckenbefall. Es lohnt sich daher, einige Pflanzen aus dem Boden zu nehmen und an einem schneckensicheren, frostfreien Platz in feuchtem Torf zu überwintern sowie die Pflanzen im Freiland vor Schnecken zu schützen. Vermehrung erfolgt durch Teilung oder Stecklinge mit zwei Blattknoten, die nach dem Welken der Blüten von Blütentrieben genommen und frostfrei überwintert werden. Die Arten können durch Aussaat vermehrt werden, 'Vedrariensis' soll sich ebenfalls durch Samen fast sortenrein vermehren lassen.

Lysichiton

Sommergrüne Stauden · Höhe: 90 cm bis 1,2 m · Breite: 90 cm bis 1,8 m · Zierwert: zu Frühlingsbeginn · Zone: 7 bis 9

Die Scheinkalla braucht in einem Sumpf oder selbst in flachem, fließendem Wasser reichlich Platz, denn ihre großen, sehr glatten grünen Blätter erreichen bis zu 1,2 m Länge. Die Art *L. americanus* besitzt besonders großes Laub. Die Blütenstände mit ihren zugespitzten schwefelgelben Spathen riechen merkwürdig nach Instantkaffee (die Früchte haben schließlich einen wirklich unangenehmen Geruch). Die weißblühende Art *L. camtschatcensis* ist etwas kleiner. Kreuzungen von beiden

Arten sind in zauberhaften Tönen von Primelgelb bis Elfenbeinfarben erhältlich. Alle sehen blühend wunderhübsch aus und besitzen die gleiche Anmut wie die meisten Aronstabgewächse. Beide Arten säen sich in nasser Erde üppig aus. Unerwünschte Jungpflanzen sollten sofort entfernt werden. Große Pflanzen haben kräftige Wurzeln, denen man mit einem Spaten kaum noch Herr wird.

Onoclea sensibilis

Sommergrüner Farn · Höhe: 60 cm · Breite: 90 cm · Zierwert: Laub · Zone: 3 bis 8

Der Perlfarn hat überhängende Wedel, die in breite, fingerförmige Fieder geteilt sind. Sie bewahren ihr frühlingshaftes frisches Grün, bis der erste Frost sie rostrot färbt. Der Farn wirkt in hellen Laubpflanzungen wunderschön und läßt zudem einen anmutigen Hintergrund für feuchtigkeitsliebende Blütenpflanzen wie Primeln, Schwertlilien oder Lobelien entstehen. Die sich ausbreitenden Wurzeln können leicht geteilt werden, wenn an anderer Stelle eine neue Pflanzung angelegt werden soll.

Osmunda regalis

Sommergrüner Farn · Höhe: 1,2 m · Breite: 90 cm · Zierwert: Laub · Zone: 4 bis 9

Der Königsfarn wirkt imposant, sobald sich im Frühjahr die hellbraunen Triebe entrollen. Diese entwickeln sich im Sommer zu hohen grünen Wedeln und zeigen sich vor dem Absterben im Herbst in einem schönen Zitronengelb und warmen Rostrot (siehe Seite 203). Wie der Perlfarn liebt auch der Königsfarn sumpfigen Boden. Er kann geteilt werden, doch ist viel Muskelkraft erforderlich, um das dichte Wurzelgeflecht zu durchdringen. Man kann aber auch die Sporen auf der Rückseite der Wedel aussäen. An einem optimalen Platz sät er sich oft selbst aus.

Umgeben vom stillen, dunklen Wasser eines Teiches leuchten die reingelben Spathen der Scheinkalla Lysichiton americanus *in der Frühlingssonne.*

Das frische Grün des Perlfarns Onoclea sensibilis *paßt großartig zu den tiefpurpurvioletten Blüten von* Iris sibirica *an stolzen, steifen Stengeln. Dahinter bildet der Pyrenäen-Storchschnabel* (Geranium endressii) *einen schönen »Teppich«, der Unkraut unterdrückt.*

Das kräftige Magentarot von Primula beesiana, *eine der anspruchslosesten Etagenprimeln, wird durch blaugrüne Funkien und einen Hintergrund aus Farnwedeln gedämpft.*

PRIMULA

Sommergrüne Stauden · Höhe: 15 bis 90 cm · Breite: 30 bis 60 cm · Zierwert: von Frühling bis Herbst · Zone: 6 bis 8 (oder wie angegeben)

Primeln gehören zu den bezauberndsten Blütenpflanzen für feuchte Plätze. Besonders die Etagenprimeln mit ihrer Vielfalt an leuchtenden und zarten Farben bieten einen heiteren Anblick. Die Sikkimensis-Primeln, die der Schlüsselblume ähneln, duften zudem herrlich. Eine der ersten Blumen im Sumpfgarten ist *P. rosea* (Zone 5 bis 8). Diese winzige Pflanze trägt kräftig rosa Blüten, die sich öffnen, wenn sich die bronzeroten Blätter zeigen. Zunächst wächst diese Primel kauernd am Boden, bis ihre Stengel länger werden. Befindet sie sich an einem optimalen Platz, so breitet sie sich rasch aus. Die Kugelprimel (*P. denticulata;* Zone 4 bis 7) blüht beinahe ebenso früh und trägt an kräftigen Stengeln runde Blütenköpfe, noch bevor die langen, schmalen Blätter erscheinen. Meist sind die Blüten zartlavendelblau, aber auch Reinweiß ist verbreitet. Zudem gibt es violette, rosa- und rubinrote Formen, die durch Wurzelschnittlinge vermehrt werden sollten, da bei einer Aussaat Farbabweichungen auftreten. Im Spätfrühjahr blüht die erste der Etagenprimeln: die kräftige *P. japonica* (Zone 4 bis 8), die charakteristische Quirle aus nach außen gerichteten Blüten trägt. Sie stehen dichter als bei ihren höheren, später blühenden Verwandten und sind violettpurpurrot oder weiß (die Sorte 'Postford White', die sich aus Samen fast sortenrein vermehren läßt, hat mitunter ein rosafarbenes Auge). Die Sorte 'Miller's Crimson' besitzt ein reineres Rot, und darüber hinaus gibt es noch Rosatöne. Im Frühsommer folgt die höhere *P. pulverulenta* (Zone 5 bis 8) mit weißbereiften Stengeln, an denen magentakarminrote Blüten stehen (siehe Seite 206); bei den Bartley-Hybriden sind sie perlmutt- oder korallenrosa. Eine andere magentarosarotblühende Primel mit gelber Mitte ist *P. beesiana* (Zone 5 bis 8). Nun befindet sich die Saison der Etagenprimeln auf ihrem Höhepunkt, und die Gefahr ist groß, daß die Farben disharmonieren. Die hohe *P. bulleyana* zeigt reinorangefarbene Blüten; ähnlich gefärbt sind die kleinere *P. chungensis* mit roten Knospen und die zarte mandarinenfarbene *P. cockburniana* (Zone 5 bis 8). 'Inverewe', eine sterile Hybride, die durch Teilung vermehrt werden muß, ist größer und leuchtet intensiver. Einige wenige Stengel ihrer kräftig zinnoberroten Blüten genügen meistens. Ihre Farbe kann durch weißpanaschierte Funkien, gelb- oder lindgrünes Laub oder die dunklen Blätter der wundervollen *Euphorbia griffithii* 'Dixter' gedämpft werden. Es gibt auch eine großartige gelbblühende Etagenprimel: *P. prolifera* (Zone 5 bis 8) trägt orangefarbene Knospen, die sich zu süßduftenden leuchtendgelben Blüten öffnen.

Den herrlichsten Duft haben die Sikkimensis-Primeln, die im Frühsommer nickende Blüten tragen. Die Gruppe ist nach der Art *P. sikkimensis* benannt, einer bezaubernden Pflanze mit mehlweißen Stengeln und schwefelgelben Blütenglocken, die mit den samtigschwarzen Formen von *Iris chrysographes* großartig wirkt. *P. alpicola* blüht elfenbeinfarben, gelb oder lavendelgrau. Weitaus größer und relativ breitblättrig ist die Tibet-Sommerprimel (*P. florindae;* Zone 5 bis 8) mit ihren hängenden, weißgepuderten zartgelben Blütenglocken, die wie Schlüsselblumen duften. Die Art sät sich üppig aus, doch haben die Nachfahren durch Kreuzung mitunter kupfer- und mandarinfarbene sowie zinnoberrote Blüten.

Die Orchideenprimel (*P. vialii;* Zone 6 bis 7) ist von anderem Charakter. Ihre dichten, kegelförmigen Blütenstände wirken besonders bizarr, wenn die obere Hälfte der scharlachroten Knospen noch fest geschlossen ist, während sich die unteren bereits zu mauvevioletten Blüten geöffnet haben. Nach meiner Erfahrung ist kein Verlaß darauf, daß die Pflanze ausdauernd wächst, aber ich habe den Verdacht, daß Verluste auf das Konto von Dieben, Schnecken oder Alterungsprozessen gehen. Im Spätsommer und Herbst erscheint *P. capitata* (Zone 5 bis 8), die wie eine verfeinerte Version der Kugelprimel *(P. denticulata)* wirkt. Sie hat dichte, runde violette Blütenstände und in Rosetten stehende, unterseits weiße Blätter.

Von diesen Primeln lassen sich durch Teilung identische Nachfahren ziehen. Bei einer Aussaat sollte man auf Überraschungen gefaßt sein.

RHEUM PALMATUM

Sommergrüne Staude · Höhe und Breite: 1,8 m · Zierwert: im Frühsommer · Zone: 5 bis 9

Der Chinesische Rhabarber hat mit 'Atrosanguineum' und 'Bowles' Crimson' außergewöhnlich hohe Pflanzen hervorgebracht. Ihre großen, runzeligen Blätter sind zunächst purpurrot. Sie färben sich oberseits bronzerot und unterseits kastanienbraun, wenn sich im Frühsommer die hohen leuchtendpurpurroten Blütenstände öffnen. Es gibt nur wenige Blattschmuckpflanzen, die schöner sind als der Chinesische Rhabarber, sofern er genügend Platz erhält. Er benötigt feuchte, nahrhafte Erde, aber keinen Sumpf. Man sagt, daß beständig sumpfige Erde das Faulen des Wurzelhalses bewirken kann. Mein Exemplar von 'Atrosanguineum' hat jedoch jahrelang überlebt, obwohl es zu Winterende oft lange in kaltem Wasser stand.

Die großartigen metallisch purpurfarbenen Blätter von Rheum palmatum *'Bowles' Crimson' entwickeln sich aus scharlachpurpurroten Blattknospen und verfärben sich schließlich oberseits bronzerot und unterseits kastanienbraun.*

Die kräftigen Blätter des Schaublattes Rodgersia aesculifolia, *die die Sonne kupferbronze färbt, werden durch die duftigen rosafarbenen Astilben dahinter in ihrer Wirkung gemildert.*

Vom Spaltgriffel mit seinen samtigen Blüten gab es ursprünglich nur die purpurscharlachrote Form. Heute wird eine Palette von Weiß bis Purpurrot angeboten. Eine der schönsten rosafarbenen Sorten ist 'Sunrise', die üppig blüht.

Rodgersia

Sommergrüne Stauden · Höhe: 90 cm bis 1,2 m · Breite: 60 bis 90 cm · Zierwert: im Sommer · Zone: 5 bis 7

Das Schaublatt besitzt hübsche Blätter: Bei *R. aesculifolia* sehen sie wie Kastanienblätter aus, aber sie sind größer und nehmen in der Sonne einen bronzefarbenen Ton an. *R. pinnata* 'Superba' trägt dunkles Laub. Die Blätter von *R. podophylla* muten wie große Füße mit Schwimmhäuten an. Sie sind zunächst kupferrot, im Sommer bronzegrün und im Herbst dunkelbronzefarben. Die erste Art zeigt hohe Büschel aus elfenbein- oder cremerosafarbenen Blüten, 'Superba' tiefrosafarbene Rispen. *R. podophylla* habe ich nie blühend gesehen, doch die Blätter entschädigen diesen Mangel. Alle Formen lassen sich durch Teilung oder Aussaat vermehren.

Salix

Sommergrüne Sträucher · Höhe und Breite: 1,8 bis 2,4 m · Zierwert: Laub, Rinde · Zone: 3 bis 8 (oder wie angegeben)

Aus der großen Vielfalt der Weiden habe ich nur Beispiele für zwei Gruppen gewählt: Die eine ist im Sommer aufgrund ihres Laubes reizvoll, die andere ist besonders im Winter wertvoll, da sie farbige Triebe trägt, die den tristen Garten aufheitern. Zur ersten Gruppe gehört die Varietät *sericea* der Silberweide *(S. alba)* mit silbrigseidigen Blättern, wie viele sonnenliebende Mittelmeerpflanzen sie besitzen. Sie kann im Winter stark zurückgeschnitten werden, nötigenfalls bis auf Bodenhöhe, und entwickelt dann neue Triebe von etwa 2,5 m Höhe. Bei *S. elaeagnos* (Zone 4 bis 8) sind die nadelfeinen Blätter oberseits grau, unterseits weiß und stehen an schlanken, dunkelkastanienbraunen Trieben. Der Strauch hat einen runden Wuchs und kann mehr als kopfhoch werden. Besonders reizvoll wirkt er, wenn der Wind durch ihn streicht und mit dem graugetönten Laub spielt. Die schlanke, zarte Sorte 'Pendula' der Purpurweide *(S. purpurea)* hat fast ebenso schmale meergrüne Blätter, die an dünnen Stielen hängen. Zu den Weiden mit farbigen Wintertrieben gehören einige mit pflaumenvioletten, weißbereiften Zweigen, wie etwa *S. irrorata* (Zone 5 bis 8), die hellere *S. alba* ssp. *vitellina* in Dottergelb sowie *S. alba* ssp. *vitellina* 'Britzensis' in Scharlachorangerot. Auch sie werden durch einen starken Rückschnitt zu Beginn des Frühjahrs kompakt gehalten. Darüber hinaus sorgt er dafür, daß ständig junge Triebe nachwachsen, die die schönste Farbe haben.

Weiden lassen sich leicht durch Steckhölzer vermehren, die in Herbst und Winter überall dort in den Boden gesteckt werden können, wo man neue Pflanzen braucht.

Schizostylis coccinea

Sommergrüne Staude · Höhe: 60 cm · Breite: 30 cm · Zierwert: im Herbst · Zone: 6 bis 9

Der Spaltgriffel gehört zu den letzten Blumen des Jahres. Er trägt seidige purpurscharlachrote, rosafarbene oder weiße Blüten, die sich während des gesamten Herbstes und selbst noch im Winter öffnen. *S. coccinea* blüht purpurscharlachrot, hat aber andersfarbige Sorten hervorgebracht, die die Blütezeit auf drei oder vier Monate ausdehnen, von der blaßrosa 'Mrs. Hegarty' bis hin zu der leuchtendrosa 'Sunrise'.

In feuchter Erde und selbst in flachem Wasser breiten sich die Rhizome des Spaltgriffels rasch aus und lassen einen dichten »Teppich« aus grasähnlichen Blättern entstehen. Die Pflanze kann leicht geteilt werden und in kurzer Zeit eine üppige Kolonie bilden. Ein einzelner Topf aus einer guten Gärtnerei läßt sich sofort in zwölf Stücke teilen.

TROLLIUS

Sommergrüne Stauden · Höhe: 60 bis 90 cm · Breite: 30 bis 45 cm · Zierwert: in Frühling und Sommer · Zone: 3 bis 7

Die Trollblume *(T. europaeus)* der feuchten, subalpinen Wiesen gehört mit ihren schalenförmigen zitronengelben Blüten zu den Wonnen des Frühlings. Die unter *Trollius*-Hybriden zusammengefaßten Pflanzen sind größer und oft leuchtender, aber nicht hübscher als die Art. Beispiele sind 'Earliest of All' (primelgelb), 'Lemon Queen' (zitronengelb), 'Canary Bird' (buttergelb) und 'Orange Princess' (maisgelb und mandarinenfarben). Die wärmeren Töne sind vermutlich durch die Gene von *T. chinensis* entstanden, dessen äußere Blütenblätter ein Büschel kronblattartiger Staubgefäße umschließen. Eine schöne Sorte ist 'Golden Queen', auch wenn sie in meinen Augen weniger Charme als die Art besitzt. Im Frühsommer ist *T. yunnanensis* an der Reihe, der weiter geöffnete, schalenförmige Blüten in funkelndem Gelb zeigt. Unterseits sind die Kronblätter grün.

Trollblumen brauchen feuchten bis sumpfigen Boden und können durch Aussaat vermehrt werden, Sorten durch Teilung.

Es gibt kräftigere, leuchtendere Züchtungen der Trollblume, doch keine hat die Schönheit der wilden Art, die mit ihren runden zitronengelben Blüten auf feuchten subalpinen Wiesen einen heiteren Anblick bietet.

ZANTEDESCHIA

Sommergrüne Stauden · Höhe: 60 cm bis 1,2 m · Breite: 45 bis 60 cm · Zierwert: im Sommer · Zone: 9 bis 10

Trotz ihres exotischen Aussehens ist die Zimmerkalla *(Z. aethiopica)* die winterhärteste Art der Gattung. Sie trägt auffällige breite Blätter in glänzendem Grün und große weiße Spathen, die einen goldfarbenen Blütenkolben umschließen. 'Green Goddess' ist eine Kuriosität mit grünüberlaufenen Spathen. Wenn man diese Art so tief in Wasser pflanzt, daß die Wurzelhälse nicht erfrieren, überlebt sie selbst relativ strenge Winter. In offenem Boden ist bei drohender Frostgefahr eine dicke Mulchdecke ratsam. Bunte Kallas sind empfindlicher: Die Art *Z. elliottiana* besitzt reingelbe Blüten und weißgefleckte Blätter, während *Z. rehmannii* zartrosafarben blüht. Beide haben schmalere Spathen und Blätter. Seit kurzem ist eine Palette farbiger Hybriden im Handel, darunter eine gelbblühende Zimmerkalla mit schwarzer Mitte sowie Formen mit Blüten in Reingelb bis Orangefarben (siehe Seite 204), in mattem Dunkelrosa, Mauve und Purpur. Züchtungen müssen geteilt werden, um sie sortenrein zu vermehren, Arten kann man aus Samen ziehen.

Die hübschen dunkelgrünen Blätter der weißen Zimmerkalla sind breit und zugespitzt. Zwischen ihnen erheben sich elegant wirkende Spathen, die tiefgelbe Kolben umschließen. Bei 'Green Goddess' sind die weißen Spathen an den Spitzen grün überlaufen.

Pflanzenregister

Fett gesetzte Seitenzahlen verweisen auf Haupteinträge, *kursive* auf Bildlegenden.

Informationsstellen und Bezugsquellen

Arbeitsgemeinschaft Deutscher Pflanzenliebhaber-Gesellschaften
Godesberger Allee 142–148
53175 Bonn

Bund Deutscher Baumschulen e.V. – BdB
Bismarckstr. 49
25402 Pinneberg

Bund Deutscher Staudengärtner
Gießener Str. 47
35305 Grünberg

Bundesverband
Deutscher Gartenfreunde e.V. – BDG
Steinerstr. 52
53225 Bonn

Bundesverband
Deutscher Pflanzenzüchter e.V.
Kaufmannstr. 71
53115 Bonn

Deutsche Dahlien-, Fuchsien- und Gladiolen-Gesellschaft e.V.
Drachenfels-Str. 9a
53177 Bonn

Deutsche Efeu-Gesellschaft
Hauptstr. 48
24890 Stolk

Deutsche Fuchsien-Gesellschaft e.V.
c/o Hans-Peter Peters
Pankratiusstr. 10
31180 Giesen

Deutsche Kamelien-Gesellschaft
Stahlbühlring 96
68526 Ladenburg

Deutsche Rhododendron-Gesellschaft e.V.
Marcusallee 60
28359 Bremen

Europäische Bambusgesellschaft Deutschland – EBS
John-Wesley-Str. 4
63584 Gründau

Gesellschaft für Staudenfreunde e.V.
Meisenweg 1
65795 Hattersheim

Internationale Clematis-Gesellschaft
Hagenwiesenstr. 3
73066 Uhingen

Verein
Deutscher Rosenfreunde e.V.
Waldseestr. 14
76530 Baden-Baden

Zentralverband
Gartenbau e.V. – ZVG
Godesberger Allee 142-148
53175 Bonn

Bildnachweis

Der Verlag dankt Fotografen und Institutionen für die freundliche Genehmigung zur Verwendung der Fotografien auf folgenden Seiten:

1 Andrew Lawson; 2–5 Marijke Heuff; 6/7 Andrew Lawson; 8 S & O Mathews; 10/11 Marijke Heuff/Frau L. Goosenaerts, Holland; 12/13 S & O Mathews/RHS-Garten, Wisley; 14 Marijke Heuff/Hidcote; 15 li. S & O Mathews; 15 o. re. Marijke Heuff/Noailles, Frankreich; 15 u. re. Marijke Heuff/Frau L. Goosenaerts, Holland; 16 Marijke Heuff; 17 o. Marijke Heuff/Familie Lenshoek; 17 u. li. Marijke Heuff/Herr und Frau Poley, Holland; 17 u. re. Andrew Lawson; 18 Marijke Heuff/Frau L. Goosenaerts, Holland; 19 li. Marijke Heuff; 19 re. Marijke Heuff/Frau M. van Bennekom, Holland; 20 John Glover; 21 Andrew Lawson; 22 ganz o. Andrew Lawson; 22 o. John Glover; 22 u. S & O Mathews; 22 ganz u. Anne Hyde; 22/23 Marijke Heuff; 23 Andrew Lawson; 24 o. Jane Taylor; 24 u. Andrew Lawson; 25 Andrew Lawson; 26 S & O Mathews; 27 li. Harry Smith Collection; 27 re. Andrew Lawson; 28 Marijke Heuff; 29 Marijke Heuff/La Casella, Frankreich; 30 o. S & O Mathews; 30 u. S & O Mathews; 31 Neil Campbell-Sharp; 32 Eric Crichton; 33 o. Eric Crichton; 33 u. S & O Mathews; 34 ganz o., o. Marijke Heuff; 34 u. S & O Mathews; 34 ganz u. Oxford Scientific Films/Deni Bown; 34/35 Marijke Heuff; 35 Michèle Lamontagne; 36 o. John Fielding Slide Library; 36 u. Marijke Heuff/Herr und Frau Gentis, Holland; 37 li. Eric Crichton; 37 re. Andrew Lawson; 38 o. Marijke Heuff/Frau M. van Bennekom, Holland; 38 u. Neil Campbell-Sharp; 39 o. Marijke Heuff/Herr und Frau Poley, Holland; 39 u. Andrew Lawson; 40 o. Andrew Lawson; 40 u. Jane Taylor; 41 S & O Mathews; 42 ganz o., u. Marijke Heuff; 42 o. Marijke Heuff; 42 ganz u. John Glover; 42/43 Marijke Heuff; 43 Marijke Heuff; 44 o. Andrew Lawson;44 u. Harry Smith Collection; 45 Andrew Lawson; 46 ganz o., o., u. Marijke Heuff; 46 ganz u. S & O Mathews; 46/47 Marijke Heuff; 47 Marijke Heuff; 48 o. Andrew Lawson; 48 u. Neil Campbell-Sharp; 49 Marijke Heuff; 50 S & O Mathews; 51 li. Eric Crichton; 51 re. Marijke Heuff; 52 Andrew Lawson; 53 li. John Glover; 53 re. S & O Mathews; 54 ganz o. Michèle Lamontagne; 54 o. Garden Picture Library/John Glover; 54 u. Marijke Heuff; 54 ganz u. Eric Crichton; 54/55 A–Z Botanical/Anthony Seinet; 55 Oxford Scientific Films/Deni Bown; 56 o. John Glover; 56 u. Royal Botanic Garden, Edinburgh; 57 Garden Picture Library/Gary Rogers; 58 ganz o. S & O Mathews; 58 o., u. Marijke Heuff; 58 ganz u. Andrew Lawson; 58/59 Marijke Heuff; 59 Andrew Lawson; 60 ganz o., u. Andrew Lawson; 60 o., ganz u. Marijke Heuff; 61 Marijke Heuff; 62 Andrew Lawson; 63 o. John Glover; 63 u. S & O Mathews; 64 Clive Nichols; 65 Andrew Lawson; 66/67 Marijke Heuff; 68/69 Marijke Heuff/La Casella, Frankreich; 70 li. S & O Mathews; 70 re. Andrew Lawson; 71 Marijke Heuff; 72 li. Marijke Heuff/Frau L. Goosenaerts, Holland; 72 Mitte Marijke Heuff/Gestalter Piet Oudolf, Holland, 72 re. Marijke Heuff/Old Rectory, Burghfield; 73 Marijke Heuff; 74 ganz o., o. Marijke Heuff; 74 u., ganz u. S & O Mathews; 74/75 Marijke Heuff; 75 Marijke Heuff; 76 ganz o., u. Marijke Heuff; 76 o., ganz u. Andrew Lawson; 77 Clive Nichols; 78 o. S & O Mathews; 78 u. Andrew Lawson; 79 Marijke Heuff/Frau L. Goosenaerts, Holland; 80 o. S & O Mathews; 80 u. John Glover; 81 Andrew Lawson; 82 Eric Crichton; 83 li. S & O Mathews; 83 re. Marijke Heuff/Old Rectory, Burghfield; 86 o. John Glover; 86 u. Eric Crichton; 87 Jane Taylor; 88 Andrew Lawson; 89 Marijke Heuff/Ilnacullin, Irland (Garnish Island); 90/91 Marijke Heuff/Gestalter Piet Oudolf, Holland; 92 Marijke Heuff/Frau G. Lauxtermann, Holland; 93 o. Marijke Heuff/Priona-Garten, Holland; 93 u. Marijke Heuff; 94 o. Marijke Heuff; 94 u. Andrew Lawson; 95 Marijke Heuff/La Casella, Frankreich; 96 o. Oxford Scientific Films/Deni Bown; 96 u. Marijke Heuff/Frau G. Lauxtermann, Holland; 97 S & O Mathews; 98 Marijke Heuff/Herr und Frau Helsen, Holland; 99 o. Andrew Lawson; 99 u. S & O Mathews; 100 li. Jerry Harpur/Great Dixter, North Iam, East Sussex; 100 re. S & O Mathews; 101 Marijke Heuff; 102/103 S & O Mathews; 104 Andrew Lawson; 105 Marijke Heuff; 106 Marijke Heuff/Els de Boer, Holland; 107 Andrew Lawson; 108 ganz o. Harry Smith Collection; 108 o. Noel Kavanagh; 108 u., ganz u. S & O Mathews; 108/109 S & O Mathews; 109 S & O Mathews; 110 ganz o. S & O Mathews; 110 o. Andrew Lawson; 110 u. A–Z Botanical/Frau P. S. Baker; 110 ganz u. John Glover; 111 li. Andrew Lawson; 111 re. A–Z Botanical/ 'The Picture Source'; 112 o. John Glover; 112 u. S & O Mathews; 113 Marijke Heuff/Frau M. van Bennekom, Holland; 114 ganz o. Clive Nichols; 114 o. Anne Hyde; 114 u. Marijke Heuff; 114 ganz u. Andrew Lawson; 114/115 Neil Campbell-Sharp; 115 Marijke Heuff; 116 John Glover; 117 Andrew Lawson; 118 Andrew Lawson; 119 o. Charles Mann; 119 u. Andrew Lawson; 120 li. Jerry Harpur/Great Dixter, North Iam, East Sussex; 120 re. Andrew Lawson/mit freundlicher Genehmigung von Sticky Wicket Dorchester, Dorset; 121 o. Derek Gould; 121 u. John Glover; 122 Eric Crichton; 123 li. Jerry Harpur; 123 re. Andrew Lawson; 124 John Fielding Slide Library; 125 o. Clive Nichols; 125 u. Marijke Heuff; 126 S & O Mathews; 127 o. Marijke Heuff; 127 u. Neil Campbell-Sharp; 128 Marijke Heuff/Herr und Frau Torringa, Holland, 129 o. Jerry Harpur/Iden Croft Herbs, Kent; 129 u. Marijke Heuff/Gestalter Jean Mus, Frankreich; 130 Marijke Heuff/ Brookwell, Surrey; 131 o. John Glover; 131 u. Jerry Harpur/Beth Chatto; 132 Marijke Heuff/Frau L. Goosenaerts, Holland; 133 S & O Mathews/Saling Hall; 134/135 Andrew Lawson; 136 Marijke Heuff/ Tonter Linden; 137 Marijke Heuff; 138 S & O Mathews; 139 o. John Glover; 139 u. li. Andrew Lawson; 139 u. re. Andrew Lawson; 140 li. Marijke Heuff/Priona-Garten, Holland; 140 re. Marijke Heuff/ Helmingham House, Suffolk; 141 Marijke Heuff; 142 ganz o., u. Marijke Heuff, 142 o. Andrew Lawson; 142 ganz u. Neil Campbell-Sharp; 142/143 Marijke Heuff; 143 Andrew Lawson; 144 S & O Mathews; 145 o. John Glover; 145 u. Andrew Lawson; 146 o. Marijke Heuff; 146 u. John Fielding Slide Library; 147 Marijke Heuff; 148 o. John Glover; 148 u. Andrew Lawson; 149 Andrew Lawson; 150 Andrew Lawson; 151 o. S & O Mathews; 151 u. Neil Campbell-Sharp; 152 o. Clive Nichols; 152 u. Neil Campbell-Sharp; 153 John Fielding Slide Library; 154 Derek Gould; 155 Clive Nichols; 156/157 Marijke Heuff; 158 A–Z Botanical/Terence Exley; 159 Marijke Heuff/Frau L. Goosenaerts, Holland; 160 Andrew Lawson; 161 o. S & O Mathews; 161 u. Andrew Lawson; 162 ganz o. Marijke Heuff; 162 o., u. Andrew Lawson; 162 ganz u. S & O Mathews; 162/163 Marijke Heuff; 163 Marijke Heuff; 164 o. S & O Mathews; 164 u. Andrew Lawson; 165 Neil Campbell-Sharp; 166 Marijke Heuff/Frau L. Goosenaerts, Holland; 166 li. Andrew Lawson; 167 re. Marijke Heuff; 168/169 Andrew Lawson; 170 li. Marijke Heuff/Frau L. Goosenaerts, Holland; 170 re. Marijke Heuff; 171 li. Andrew Lawson/Bosvigo-Garten; 171 re. Marijke Heuff; 172 o. li. Marijke Heuff; 172 u. li. Marijke Heuff; 173 re. Andrew Lawson; 174 o. Andrew Lawson; 174 u. John Glover; 175 o. Marijke Heuff; 175 u. Andrew Lawson; 176 li. Andrew Lawson; 176 re. John Glover; 177 S & O Mathews; 178 S & O Mathews/ Hambledon House; 179 o. Andrew Lawson; 179 u. John Glover; 180 o. Jane Taylor; 180 u. S & O Mathews; 181 Marijke Heuff; 182 ganz o., u. John Glover; 182 o. Eric Crichton; 182 ganz u. S & O Mathews; 182/183 Marijke Heuff; 183 Andrew Lawson; 184 Marijke Heuff; 185 o. Eric Crichton; 185 u. Jane Taylor; 186 ganz o. Andrew Lawson; 186 o., ganz u. S & O Mathews; 186 u. Marijke Heuff; 186/187 Marijke Heuff; 187 Andrew Lawson; 188 o. Marijke Heuff; 188 u. Marijke Heuff/Frau L. Goosenaerts, Holland; 189 li. S & O Mathews; 189 re. Andrew Lawson; 190 o. Marijke Heuff; 190 u. John Glover; 191 o. Clive Nichols; 191 u. Andrew Lawson; 192 S & O Mathews; 193 o. Oxford Scientific Films/ Deni Bown; 193 u. S & O Mathews; 194 li. Marijke Heuff; 194 re. John Glover; 195 o. Andrew Lawson; 195 u. S & O Mathews; 196 o. A–Z Botanical/Anthony Seinet; 196 u. S & O Mathews; 197 Andrew Lawson; 198 o. John Glover; 198 u. Marijke Heuff; 199 o. S & O Mathews; 199 u. John Glover; 200 S & O Mathews; 201 o. Neil Campbell-Sharp; 201 u. S & O Mathews; 202/203 John Glover; 204 o. Marijke Heuff/Frau L. Goosenaerts, Holland; 204 u. Michèle Lamontagne; 205 Marijke Heuff/Bordehill, Sussex; 206 Andrew Lawson; 206 u. Andrew Lawson; 207 Andrew Lawson; 208 Jane Taylor; 209 li. Andrew Lawson; 209 re. Clive Nichols; 210 ganz o., u. S & O Mathews; 210 o., ganz u. Marijke Heuff; 210/211 Marijke Heuff; 211 Marijke Heuff; 212 o. Andrew Lawson; 212 u. Marijke Heuff; 213 o. Andrew Lawson; 213 u. Eric Crichton; 214 S & O Mathews/RHS-Garten, Wisley; 215 S & O Mathews; 216 o. John Glover; 216 u. S & O Mathews; 217 Andrew Lawson.

Härtezonen

Die Einordnung in Härtezonen richtet sich nach der Minimaltemperatur, die jede Pflanze verträgt. Die Winterhärte hängt von vielen Faktoren ab, wie etwa Wurzeltiefe, Wassergehalt bei Frosteinbruch, Dauer des kalten Wetters, Windstärke sowie Länge und Temperaturen des vorangegangenen Sommers. Die Zahlen (auf der Grundlage einer Einteilung des amerikanischen Landwirtschaftsministeriums) werden den Pflanzen gemäß ihrer (Un)Empfindlichkeit für Winterkälte in Großbritannien und Westeuropa zugeordnet. In Klimazonen mit wärmeren und/oder trockeneren Sommern, wie etwa in Australien und Neuseeland, vertragen einige Pflanzen kältere Temperaturen; ihre Winterhärte kann in diesen Ländern eine, selten auch zwei Zonen niedriger sein als angegeben.

°CELSIUS	ZONE
unter -45	1
-45 bis -40	2
-40 bis -34	3
-34 bis -29	4
-29 bis -23	5
-23 bis -18	6
-18 bis -12	7
-12 bis -7	8
-7 bis -1	9
-1 bis 4	10
über 4	11